Manuela Martini
Die Rache der Insel

Weitere Titel von Manuela Martini im Arena Verlag erschienen:
*Die Insel*
*Wenn es dunkel wird*
*Sommerfrost*
*Sommernachtsschrei*
*Puppenrache*
*Flieh in die Nacht, mein Herz*
*Stille Nacht. Mörderisch schöne Weihnachtsthriller* (zusammen mit Beatrix Gurian, Ulrike Bliefert, Bettina Brömme und Nora Miedler)

Manuela Martini

# Die Rache der Insel

Thriller

Arena

FSC
www.fsc.org
MIX
Papier aus verantwortungsvollen Quellen
FSC® C110508

1. Auflage als Sonderausgabe im Arena-Taschenbuch 2017

Umschlaggestaltung: Martina Eisele·Design, München
unter Verwendung der Bilder 18679928 von Zigi/Bigstock,
101606603 von 9Chai/Bigstock, 89538536 von alones/Bigstock,
110620379 von seenord/Bigstock, 1349052 von Bosenok/Bigstock
Gesamtherstellung: Westermann Druck Zwickau GmbH
ISSN 0518-4002
ISBN 978-3-401-50959-4

*www.die-insel-ruft.de*
Besuche uns unter:
*www.arena-verlag.de*
*www.twitter.com/arenaverlag*
*www.facebook.com/arenaverlagfans*

*I will follow you into the dark*
Song von Gavin Mikhail

ARE

# RADIO NEWS 1

3 Uhr 41. *Tack, tack, tack* macht der altmodische Rollzahlenwecker und blättert jede Minute eine Ziffer um.

»Wie Sie sicher alle wissen, liebe Zuhörer, werden die Polarlichter in den nördlichen und südlichen Breitengraden von Sonnenstürmen erzeugt.«

*Tack, tack, tack ...*

Sein Blick gleitet durch den dunklen Raum über den Tisch mit dem Strauß aus Plastikblumen hinüber zum Fenster, dem immer gleichen viereckigen Ausschnitt der Welt.

*Tack, tack, tack ...*

Das nächtliche Lichtermeer New Yorks hat die Sterne ausgelöscht und den Nachthimmel in ein grauschwarzes Nichts verwandelt. Als gäbe es da oben nichts. Oder jedenfalls nichts, wonach man sich sehnt.

*Tack, tack, tack ...*

»Jeder, der schon einmal ein solches Schauspiel beobachten durfte, liebe Zuhörer, wird fasziniert sein von der überwältigenden Schönheit dieses Lichterdramas. Doch das Spektakel hat nicht nur seine schönen Seiten: Etwa acht Minuten nach ...«

Er macht die Augen zu und zuverlässig wie immer sind sie da, die guten Erinnerungen, diesmal: die funkelnden Sterne, glitzernd wie Wassertropfen, auf die die Sonne fällt; der Sternenhimmel über dem Strand, der leuchtende Kegel des Vulkans ...

*Tack, tack, tack ...*

3 Uhr 58. Der Wecker blättert eine Minute weiter. 59 und dann 4 Uhr 00.

## NEW YORK

*Bobb bobb bobb bobb bobb bobb bobb*
*Gold gold gold love love love*
*Kiss kiss kiss kiss kiss kiss kiss*
*In New York in New York in New York*
*Bobb bobb bobb bobb bobb bobb bobb*
*Start to rewind rewind rewind rewind*
*Love love love love love love love*
*Who is ready to jump*
*Bobb bobb bobb bobb bobb bobb bobb*
*Kiiiiiiiikisssssssssssssssssssss*
*Do you love what you're feeling inside*
Bobb bobb bobb bobb bobb bobb bobb
Together we do it together
We live forever together
Bobb bobb bobb bobb bobb bobb bobb
Together we do it together
*We live forever together*

Du spürst keine Grenzen mehr. Dein Körper löst sich auf, deine Zellen fliegen, fliegen, docken an andere umherfliegende Zellen an, vereinen sich zu einem neuen Organismus ...

*Higher higher higher higher higher*

Alles schwimmt, fliegt, explodiert.

*Higher higher higher higher hiiiiiiiigher*

»I want you now!«

Nichts ist mehr zwischen uns, ich bin du und du bist ich und wir sind alles, alles, was war, was ist, was sein wird.

*Higher higher higher higher hiiiiiiiigher*
*We live that life together*
*Again and again and again*
*Blow up up up up up up up up*

»Komm!«

»Waaaaas?«

»Raus hier!«

Er nimmt ihre Hand und zieht sie mit sich durch den dunklen Gang, sie stolpert, er fängt sie auf, zieht sie weiter, vorbei an lachenden Gesichtern und zuckenden Körpern, irgendwann hat sie ihre Jacke an und dann ... dann sind sie draußen in der Nacht, in der die Musik aus dem Club nur noch ein leises, dumpfes Stampfen ist.

»Ahhhhh!« Sie streckt die Arme dem schwarzen Himmel entgegen und kann ihn doch nicht berühren.

Der Regen prasselt auf sie herab, durchnässt ihre Haare, rinnt ihr über die Stirn, in die Augen, über die Nase, über die Lippen, übers Kinn, den Hals hinunter, läuft weiter, sie spürt jeden Tropfen, es kitzelt und es fühlt sich gut an, so gut!

»Ich könnte explodieren«, schreit Hannah in die Nacht. »Explodieren!« Sie lacht so sehr, dass es ihr in den Mund regnet, und Kanoa fängt sie auf und sie drehen und drehen sich, schneller, viel, viel, viel schneller als die Welt.

Kanoa lacht auch. Wie sehr sie sein Lachen liebt! Sie will mit ihm lachen, die ganze Nacht lang.

»Stopp, Kanoa!« Sie kann gar nicht mehr aufhören zu lachen. »Stopp, stopp, stopp!«

»Nein!« Dann setzt er sie doch ab.

Sie taumeln und sie muss sich an ihm festhalten und er sich an ihr. Und dann dreht sich für einen Moment immer noch alles und Hannah umarmt Kanoa ganz fest, bis es aufgehört hat.

»Wow …!«

»Was hast du gesagt?«

»Rauscht es in deinen Ohren auch so?«

»Du musst nicht so brüllen, Kanoa.« Sie lacht wieder.

»Die Musik«, sagt er atemlos, »die ist immer noch da drin und im Herzen …«

Er legt seine Hand auf sein Herz. »Da.«

»Bei mir auch.« Sie nimmt seine Hand und drückt sie fest auf ihre Brust. »Do you love what you're feeling inside?«, flüstert sie in seine geöffneten Lippen.

»Bobb bobb bobb«, singt er leise.

Hannah hat das Gefühl, als würden sie sich im Meer küssen, alles fließt und schwebt. Aus seinen kupferroten Haaren rinnen Tropfen in ihre Augen, Pfützen spritzen und der Regen fühlt sich an wie ein Wasserfall. *Together we do it, together we will live forever, together …*

Sie springen gerade noch rechtzeitig zur Seite, als das Taxi in der Pfütze vor ihnen bremst.

»Schau mal«, sagt Hannah beim Einsteigen zu Kanoa, »der sieht aus wie der Weihnachtsmann.«

»Ich *bin* der Weihnachtsmann!« Der Fahrer greift sich lachend an seinen langen Bart. »Na, ihr Turteltäubchen, wohl 'ne nette Party gehabt! Und wo soll's jetzt hingehen?«

Kanoa rutscht neben Hannah auf die Rückbank und zieht die Tür zu.

»Mal überlegen.« Hannah kichert.

»Hmm«, macht Kanoa. »Wie lange fährt man bis ... zum Nordpol?«

»Du willst zum Nordpol? Echt?« Hannah hat ihren Kopf an seine Schulter gelehnt und spielt verträumt mit seinen Händen.

»Oder lieber zum Südpol?«

»Nordpol, Südpol, Kinder, ihr müsst euch schon entscheiden!«

»Nach ...«, fängt Kanoa an, aber Hannah legt ihm den Finger auf die Lippen.

»Nach ... Hawaii.«

»Nein, nein.« Er beugt sich nach vorn zum Fahrer. »He, Sir, wie viel kostet es zum Mond? Eine Million?«

»Kommt ungefähr hin, Jungchen, aber die Kaffeepausen kosten extra. Und ich will richtig guten Kaffee, wenn's schon zum Mond gehen soll.«

Kanoa winkt ab. »Okay, kein Problem. Zwei Millionen also?«

»Na, dafür bring ich euch auch wieder zurück, falls es euch da oben nicht gefällt!«

Dann müssen sie alle lachen und der Taxifahrer gibt Gas. Hinter der Scheibe gleiten die verheißungsvoll glitzernden Lichter New Yorks vorüber. Das Glück soll nie aufhören, denkt Hannah in dem Augenblick und schmiegt sich ganz eng an Kanoas Schulter.

Eine halbe wunderbare Ewigkeit später hält das Taxi in ihrer Straße.

Hannah legt den Kopf in den Nacken und sieht in den Nachthimmel. »Schau mal, Kanoa, der Mond ist von hier unten viel schöner, findest du nicht?«

Er nimmt Hannah in die Arme und küsst sie.

## SHOPPING

Am nächsten Morgen ist der Herbsthimmel zum ersten Mal seit den fast zwei Wochen, die sie nun schon in New York sind, hellblau, fast durchsichtig. Und doch sieht man dahinter nichts, geht es Hannah durch den Kopf. Irgendwas ist doch da, zwischen der Erde und der Sonne und dahinter ...

Alles, was du siehst, ist nur eine Dimension, klingt oft die Stimme von Janice in ihren Ohren. Und dann sieht Hannah wieder ihre Mutter, wie sie sich am Flughafen von ihr verabschiedet hat. Die Haare so stumpf, die Jeansjacke so unmodern und in ihren Augen diese Trauer und Einsamkeit.

»Alles okay?« Kanoas Stimme reißt sie aus ihren Gedanken. Sein Atem ist wie weiße Watte und seine Wangen sind gerötet. Sie mag das. Sie mag einfach alles an ihm. Auch, dass er es immer wieder schafft, sie aus ihren Grübeleien zu holen. Dabei fällt ihm das Leben hier in New York nicht gerade leicht. Er ist doch auf der Insel aufgewachsen, er kennt das alles doch gar nicht. Die Stadt, den ohrenbetäubenden Lärm, die vielen Menschen, den hektischen Verkehr, diese wahnsinnige Betriebsamkeit und die vielen verschiedenen Gerüche.

»Hier lang, Hannah!« Er deutet zu einer kleinen Straße, in der sich ein Laden an den anderen reiht, und die Bürgersteige zu schmal sind für all die Menschen, die hier entlangflanieren.

»Kanoa, in der Straße waren wir doch letzte Woche schon!« Hannah bleibt stehen und setzt die Einkaufstüten ab. Sie trägt zwei, er die anderen vier.

»Wirklich?« Er dreht sich nach rechts, nach links, sieht nach oben und wirkt auf einmal verloren.

»Ja.«

»Aber wir waren bestimmt noch nicht in allen Läden.« Er strahlt so, dass Hannah ihm einen Kuss geben muss.

Kanoa liebt Shopping, egal, ob sie Küchengeräte ansehen, Werkzeuge, Wandfarben oder Lebensmittel. Ganz besonders aber liebt er Klamottenläden. Dann glänzen seine Augen und er ist ganz aufgeregt, steht staunend vor den Schaufenstern mit ihren ausgefallenen Dekorationen, greift in die Regale, sucht Pullover und Schuhe aus, Kleider, Taschen und Stiefel und kann es gar nicht erwarten, bis sie mit den Sachen aus der Umkleidekabine kommt. Auch er selbst betrachtet sich gern in neuen Sachen.

»Ist das was für mich?«, fragt er und probiert Hosen und Shirts und Stiefel und Mützen und Sonnenbrillen, bis sie beide irgendwann erschöpft und glücklich auf die Straße taumeln.

»Das ist der Wahnsinn! Auf der Insel hat es ja noch nicht mal einen ... Coffeeshop gegeben.«

Nein, da gab es Plasmanahrung, Schlafmittel und Gehirnwäsche, denkt Hannah, sagt es aber nicht. Sie will ihm nicht seine gute Stimmung verderben – und sich auch nicht. Jetzt hat er Hannah schon wieder in einen Laden gezogen.

»Die!« Kanoa zeigt ins Regal. »Genau die!«

»Bist du sicher?«

»Mhm. Setz sie auf.«

Sie setzt die bunte Strickmütze auf und betrachtet sich im Spiegel. Er grinst.

»Damit siehst du total süß aus«, flüstert er ihr ins Ohr und gibt ihr einen Kuss. Die Rot-, Orange- und Violetttöne passen gut zu ihren braunen Augen und ihren braunen Locken, die unter der Mütze hervorschauen.

Als sie die Strickmütze nicht in die Tüte packen lassen, sondern gleich aufbehalten will, zwinkert die Verkäuferin ihr mit einem Blick auf Kanoa verschwörerisch zu: »Also, den würd ich nicht mehr hergeben ...«

Draußen nimmt Kanoa sie an der Hand. Wie durch einen Schleier wirft die Herbstsonne ihr milchiges Licht auf Manhattans Straßen. Sie steht so tief, dass es in den engen Häuserschluchten monatelang nur für wenige Minuten am Tag richtig hell wird.

»Oh, den Laden kenn ich noch gar nicht.« Kanoa hat ein neues Schaufenster entdeckt.

»Schon wieder Schuhe?«, stöhnt Hannah. »Wir haben doch gestern erst drei Paar gekauft.«

»Na und?« Schon hat er die Tür aufgestoßen. »Hey, schau dir die mal an!« Neugierig betrachtet er die Pumps mit den goldenen Spitzen und silbernen Absätzen und die exotisch aussehenden Stiefel. »Was meinst du?« Er hält einen Stiefel mit Zebramuster hoch.

»Kanoa, du spinnst! Hast du mal aufs Preisschild geguckt?«

Sie fasst ihn an der Hand und zieht ihn aus dem Laden.

»Na und?«, protestiert er. »Wir haben doch Geld, oder?«

»Deshalb müssen wir ja nicht gleich ganz New York kaufen.«

»Warum nicht?« Er breitet die Arme aus. »Wir kaufen ganz New York!« Und dann bricht er in lautes Lachen aus und Hannah kann nicht anders, als mit einzustimmen ... bis ihr Blick auf den Namen des Ladens fällt. Jimmy Choo.

»Nikkis Lieblingsschuhe«, murmelt sie. Da wird auch Kanoa ernst.

»Ist ziemlich kalt«, sagt er ernüchtert.

Sie nimmt seine Hände, legt sie an ihre Wangen und schließt die Augen. Das tut sie manchmal, das muss sie tun, um sich klarzumachen, dass alles um sie herum wirklich ist. Die Stadt, in der sie sind, das Apartment, die sechs Millionen Dollar auf dem Konto – und er, Kanoa.

Auf der anderen Straßenseite ist das *Abraco,* Kanoas Lieblings-Coffeeshop. Dort bestellt Kanoa den Honig-Safran-Kuchen, den er so mag, und sie trinken dampfenden Kaffee und wärmen sich die Hände an den heißen Bechern. Ihr Atem kondensiert in der kalten Luft.

»Wünsch dir was«, sagt er und umarmt sie.

»Irgendwas?«

»Ja, irgendwas.«

Sie überlegt. Es gäbe so vieles ... »Ich –«

»Pst!« Er legt ihr den Finger auf die Lippen und lächelt. »Nicht verraten.«

*Ich wünsche mir, dass wir glücklich sind – und dass wir Nikki und Poema finden und dass endlich ...*

»Du hast nur einen Wunsch«, unterbricht er ihren Gedanken.

*... dass endlich alles gut wird.*

Kanoa legt den Kopf in den Nacken und sie folgt seinem

Blick hinauf in das blassblaue Viereck, das die steil aufragenden Gebäude aus Stein und Stahl vom Himmel übrig gelassen haben.

Er greift nach ihrer Hand. »Hey, bist du traurig?«

Hannah schüttelt den Kopf, obwohl gerade wieder dieser dunkle Schatten über sie fällt und ihr zuraunt: *Ihr werdet euch verlieren.*

Er küsst sie zärtlich. Seine Lippen schmecken nach bittersüßem Kaffee und Safrankuchen und Hannah fühlt sich augenblicklich getröstet.

»Und jetzt lass uns noch ein bisschen durch die Straßen streifen, ja?«

Sie lächelt und wuschelt ihm durch die Haare. Sie muss sich immer wieder daran erinnern, dass für ihn alles noch neu ist und ein einziges großes Abenteuer. Auf der Insel gab es keine U-Bahn und keine Klamottenläden, keine Coffeeshops und keinen Safrankuchen ...

»Du bist manchmal einfach ... einfach ...«

Er sieht sie fragend an. Ein Schmunzeln umspielt seine Lippen. »Wie denn?«

Sie zuckt mit den Schultern. »Du machst mich glücklich.«

In seinen blaugrünen Augen ist dieses Schimmern. So hat er sie angesehen, als sie aus der Grotte aufgetaucht sind. Und später nach dem Tsunami. Der Tsunami, die Flucht von der Insel, ihr wird immer noch ganz elend, wenn sie daran denkt.

# CRASH BACK

Im Nachhinein kann Hannah sich nicht mehr richtig erinnern, was nach dem Absturz genau passiert ist. *Der Tod ist gar nicht so schlimm, wenn du loslässt,* hat sie mal irgendwo gelesen. *Am Ende siehst du einen Film und dieser Film ist dein Leben.* Und sie haben recht, all jene, die ins Leben zurückgekehrt sind. Das weiß sie heute.

Das Wasserflugzeug stürzte auf die dunkelgraue Wand zu, als wäre die ein Magnet. Hannah schloss die Augen. Mit der rechten Hand hielt sie Summers Hand fest umklammert, mit der linken Kanoas. Bilder von früher blitzten vor ihrem inneren Auge auf.

Wie die Sonne durch graue Regenwolken bricht; ein Sonntagvormittag in London; ihre Mutter Eileen, die Orangen auspresst; wie Toastscheiben aus dem Toaster springen, genau richtig auf Stufe vier gebräunt ... sie sieht Finns breite Schultern; sie umarmt Richard, Richard lacht, sie will wissen, warum, aber da ist er schon weg; und Nikki lässt eine Kaugummiblase platzen, hinter der Janice erscheint; das Lesezeichen mit den Delfinen, das Janice am Flughafen vor ihren Augen in unendlich kleine Teilchen zerschnitt ...

Und dann waren sie plötzlich wieder da, die Geräusche, die Angst, und erinnern sie daran, dass sie im Flieger sitzt, der gerade ins Meer stürzt ... doch da wurde sie plötzlich von einer Kraft nach oben gerissen und in den Sitz gepresst, jemand schrie und Summers Fingernägel gruben sich in Hannahs Handflächen. Ihr Kopf, ihre Ohren drohten zu platzen. Fast senkrecht schossen sie nun hinauf ... immer weiter ... bis ins All, dachte Hannah, in dem es keinen Anfang und kein Ende gibt ... Alle schrien, alles geschah gleichzeitig und so schnell, als gäbe es nur noch eine einzige Sekunde, die letzte Sekunde, bevor ...

»Wir sind drüber!«, brüllte jemand und zitternd legte sich die Maschine tatsächlich wieder in die Horizontale.

Kaum hatten sie Atem geschöpft und waren über die Tsunamiwelle geflogen, ging der Sprit aus und Aiden bereitete sie auf eine Notlandung auf dem Wasser vor. Wieder erzitterte die einmotorige Maschine, als würde sie gleich zerbersten, und wieder glaubte Hannah, sie müsste gleich sterben. Diesmal fühlte es sich aber weniger dramatisch an. Diesmal war es eher so, als würde sie im Kino den Abspann eines berührenden Films ansehen, während sie sich damit abfand, dass er zu Ende war.

Und dann krachte es, als das Flugzeug wie auf Beton aufprallte. Hannah schloss die Augen und krallte sich an die Armlehnen. Der Gurt verhinderte gerade noch, dass sie mit dem Kopf an die Decke knallte. Summer kreischte, während die Maschine wieder in die Luft katapultiert wurde – und kurz darauf zurück aufs Wasser krachte. Hannah weiß nicht mehr, wie viele Tode sie dabei gestorben ist – und wie oft sie sich in Erinnerung rufen musste, dass sie immer noch am Leben war.

Selbst als irgendwann ein Boot der Küstenwache sie erreichte – wie lange hatten sie gewartet, zwei Stunden, eine Stunde? – und in den Hafen der Hauptinsel schleppte, war sie nicht sicher, ob das Ganze wirklich war oder nur eine Halluzination im Moment des Todes.

Erst als sie an Land taumelte und der Wind ihr scharf ins Gesicht blies, wagte sie, dem Gedanken Glauben zu schenken, dass sie tatsächlich gerettet worden war. Fielen sie sich um den Hals? Sie, Kanoa, Summer – und Aiden? Tanzten sie? Weinten sie? Schon nach wenigen Minuten am Hafen hatte sie es vergessen. Eine schreiende, hysterische Menschenmenge riss sie alle mit sich. Tausende hatten hier Zuflucht gefunden, waren wie sie der Todeswelle entkommen. Und nun suchten sie nach Freunden, Verwandten, nach einer Unterkunft – und nach einer Möglichkeit weiterzureisen. Die Glücklichen nach Hause, die weniger Glücklichen an einen Ort, wo sie neu anfangen mussten. Sieben Inseln waren von der Katastrophe heimgesucht worden, einige waren ganz untergegangen, Fischer waren mit ihren Booten untergegangen oder so weit aufs Meer hinausgerissen worden, dass sie nie wieder zurückkämen. Hannah hielt noch immer – oder wieder – Kanoas Hand, der sie durch die Menge im Flughafengebäude zog. Und Summer hielt ihre Hand.

Kanoa drehte sich um und sah suchend über ihre Köpfe hinweg. »Wo ist Aiden?«

»Dahinten!« Summer deutete hektisch zum Ausgang und Hannah konnte gerade noch seine schwarzen Haare im Wind wehen sehen.

»Verdammt!«, rief Kanoa. »Wartet da am Eingang auf mich!« Dann stürzte er los.

Das Chaos, die Menschen, der Lärm, das Geschiebe und Gestoße waren der nächste Albtraum. Hannah hätte gern ihre Eltern angerufen und ihnen gesagt, dass sie am Leben war. Aber das komplette Telefonnetz war zusammengebrochen, genau wie die Internetverbindungen nicht mehr funktionierten. Hannah und Summer drängten sich zwischen Müttern mit schreienden Kindern auf dem Arm und Urlaubern in bunten Strandklamotten hindurch, schoben sich neben Einheimischen mit Plastiktüten und neben gebeugten Alten weiter bis zum Ausgang, wo Hannah endlich wieder atmen konnte.

»Was für ein Wahnsinn«, keuchte Summer und lehnte sich neben sie an die Mauer, die das kleine Flughafengelände umgab. »Sieh dir nur an, was hier los ist!«

Es würde bald dunkel werden und Hunderte von Menschen stritten sich um Taxen und Plätze in Bussen, die sie zu Notfallunterkünften bringen würden. »Wo sollen wir denn hin?«

»Egal«, sagte Hannah erschöpft, »völlig egal. Hauptsache weg von hier.« Wann hatte sie zum letzten Mal geschlafen? Sie konnte sich schon nicht mehr daran erinnern.

Summer hob ihr Gesicht zum Himmel, wo die Abendsonne durch die Wolken brach, und schloss die Augen. »Ich hab schon nicht mehr dran geglaubt, dass ich jemals von der Insel wegkommen würde.«

Ich auch nicht, wollte Hannah sagen, als sie durch das Gewimmel Kanoas kupferfarbene Haare blitzen sah. »Kanoa, hier!« Sie sprang hoch und winkte.

Er sah verstört aus. Hatte er Aiden gefunden?

Noch bevor Hannah etwas fragen konnte, hielt er eine schwarze Tasche hoch – Hannah erinnerte sich, sie war ihr im Flugzeug mit voller Wucht ans Schienbein geprallt. Als er ganz nah vor ihr und Summer stand, zog er ein wenig den Reißverschluss auf.

Summer pfiff anerkennend durch die Zähne, während es Hannah die Sprache verschlug.

»Woher ...«, fing Hannah an und starrte auf die weiß schimmernden Perlen.

»Ich hab sie ihm abgenommen«, sagte Kanoa kurz angebunden und zog den Reißverschluss rasch wieder zu.

»Einfach ... einfach so?« In dem Augenblick dachte Hannah an die Pistole, mit der Summer Aiden auf der Insel bedroht und mit der Kanoa dann Aiden in Schach gehalten hatte.

Kanoas Augen wurden schmal. »Er ist abgehauen.«

»Und zum Abschied hat er dir die Tasche geschenkt?«, fragte Hannah ungläubig. Plötzlich hatte sie Angst vor dem, was Kanoa vielleicht getan hatte.

Er fuhr sich mit der Hand durch die Haare. »Ich hab ihn mit der Pistole bedroht. Aber er wollte einfach nicht sagen, wo Poema und Nikki sind. Dann hat er mir plötzlich die Tasche ins Gesicht geschleudert und ist weggerannt.«

»Er hat dir die Tasche einfach so entgegengeschleudert?«, fragte Hannah. »Aiden?«

»Na ja«, Kanoa zögerte, »wir haben ... er hat ...«

Bevor er weitersprach, hatte Hannah den Riss in seinem Hemd entdeckt und den Schmutz auf seiner Hose.

»Ich hatte ihn fast so weit«, Kanoa schüttelte den Kopf, »und dann hat er es geschafft, sich loszureißen ...«

»Er ist weg?«, brach es aus Summer heraus. »Verflucht!« Sie boxte in die Luft.

»Gott sei Dank«, murmelte Hannah. Und dann hätte sie beinahe geweint vor Erleichterung, wenn Kanoa sie nicht in die Arme genommen hätte. Die Insel hatte sie verändert. Sie fühlte sich dünnhäutiger, alles um sie herum war lauter und greller geworden und sie war nahe dran, die Nerven zu verlieren.

»He, es ist alles okay«, sagte er leise.

Sie wischte sich schnell mit dem Handrücken die paar Tränen, die doch gekommen waren, aus dem Gesicht. »Ja. Schon gut.«

Summer räusperte sich. »Ich würde sagen, wir sollten schleunigst versuchen, von hier wegzukommen.« Sie machte eine ausladende Handbewegung. »Guckt euch mal um, die wollen bestimmt alle ins nächste Flugzeug!«

Hannahs Blick schweifte über den Vorplatz. Sogar hier draußen wurde das Gedränge immer dichter. Ein dicker Typ mit Sonnenbrille stieß ihr den Ellbogen in die Seite, gleich darauf wurde sie von einer Frau mit zwei Kindern auf dem Arm angerempelt, überall schrien die Leute wild durcheinander, winkten hektisch und kämpften sich rücksichtlos voran. Es war schrecklich. Am liebsten hätte sich Hannah in eine Ecke gesetzt und gewartet, bis der Lärm und die Menschenflut verebbt waren. Doch sie wusste, dass sie so schnell wie möglich von hier wegkommen mussten. Aber wohin?

»Aber wo sollen wir hin? Und wo ... wo sollen wir nach Nikki und Poema suchen?«, fragte Hannah.

»Zuerst«, Kanoa klopfte auf die Tasche, »brauchen wir Bargeld.«

»Gute Idee.« Summer seufzte laut. »Nur sehen die Leute hier nicht gerade so aus, als wollten sie Perlen kaufen.«

»Kommt mit«, sagte Kanoa entschlossen. »Ich weiß, wo wir die Perlen loswerden könnten.«

Summer und Hannah sahen ihn erstaunt an.

# FLUCHT

Kaum eine Stunde später war das Chaos noch größer geworden.

Noch mehr Menschen, aber auch noch mehr Gepäck, so kam es Hannah vor. Überall, in jeder Ecke, standen Koffer und Tüten und Kartons. Menschen wühlten in ihren Habseligkeiten. Manche suchten nach Papieren, andere packten – aus welchen Gründen auch immer – ihre Sachen von einer Tasche in die andere um. Es wurde gerufen, geschrien und laut geweint und dazwischen hallte eine unverständliche, seltsam mechanische Ansagestimme aus den Lautsprechern. Hannah konnte es immer noch nicht fassen. Sechs Millionen Dollar! Sie versuchte, sich die Zahl vorzustellen, eine sechs mit sechs Nullen. So viel hatte der Perlenhändler Kanoa bezahlt. Summer und sie hatten Kanoa mit offenem Mund angestarrt, als er wenig später ohne Tasche aus dem schäbigen Flachbau in der dunklen Parallelgasse der Hauptstraße herausgekommen war. Wer konnte, bitte schön, mal eben sechs Millionen Dollar auszahlen?, hatte sie Kanoa gleich fragen wollen. Doch dann hatte sie auf einmal Angst gehabt, was er vielleicht antworten könnte. Und sie war fast ein bisschen dankbar, als Kanoa ein Bündel grüner Geldscheine aus der Hosentasche zog und als Summer ganz unbeeindruckt fragte: »Und wo hast du die anderen Scheinchen?«, und Kanoa ganz selbstverständlich antwortete: »Denkst du, wir können kiloweise Geldscheine mitnehmen? Hier, für jeden zweitausend Dollar.«

Fürs Erste lag die Summe auf Skys Konto, für das Kanoa eine Vollmacht besaß, worüber ihn der Perlenhändler, ein alter Geschäftspartner der Pearls of God, aufgeklärt hatte.

Was machte man mit so viel Geld?

»Erst mal von hier weg!«, sagte Summer.

»Ich finde, wir sollten als Erstes herausfinden, wo Aiden ist«, meinte Hannah, »wo sollen wir ihn denn sonst suchen? In der ganzen Welt?«

»Und wo willst du ihn *hier* suchen?«, erwiderte Kanoa. Seine Haare leuchteten irgendwie heller und feuriger als auf der Insel oder vielleicht kam es Hannah auch nur so vor. »Genau«, pflichtete Summer ihm bei, »wo sollen wir ihn suchen?«

Und in dieser Sekunde, in der jeder für sich noch einmal abwog, was zu tun war, bebte die Erde. Kaum merkbar, aber jeder von ihnen konnte es spüren. Hannah las es in Summers und Kanoas Blicken, in dem kurzen Erstarren ihrer Gesichtszüge. Sie brauchten nichts zu sagen, in wortloser Übereinkunft schlugen sie den Weg zur Flughalle ein.

Irgendwann waren sie tatsächlich bis zum Schalter vorgedrungen. Sie hatten vereinbart, den erstbesten Flug zu nehmen, egal wohin, außer nach Dubai oder Katar, dagegen hatte sich Summer mit Händen und Füßen gewehrt. »Die steinigen da echt noch Frauen, die angeblich Ehebruch begangen haben. Wer weiß, wozu die sonst noch fähig sind?«, hatte sie gemeint.

»Tut mir leid«, sagte die ziemlich übermüdete Angestellte, ohne sie anzusehen, und unterdrückte halbherzig ein Gähnen. »Aber die nächsten freien Plätze habe ich erst wieder«, sie warf einen Blick auf den Bildschirm, »übermorgen.«

Übermorgen!

»Aber wir müssen heute weg!«, sagte Hannah. »Heute, nicht morgen und nicht übermorgen!«

»Haben Sie wirklich keine freien Plätze für einen früheren Flug mehr?« Kanoa drängte sich vor Summer und blickte der Angestellten fest in die Augen. »Es ist auch egal, wie viel die Tickets kosten.«

Summer stieß Hannah den Ellbogen in die Seite und flüsterte ihr ins Ohr: »Ist schon cool, so was sagen zu können, oder?«

Hannah wollte etwas erwidern, doch die Angestellte benahm sich auf einmal merkwürdig. Sie starrte Kanoa an, als würde sie sich an etwas ... etwas erinnern? Oder stutzte sie nur, weil er das mit dem Geld gesagt hatte?

»Miss«, sagte Kanoa, »was ist jetzt?«

Sekunden verstrichen, ehe die Angestellte sich von seinem Anblick losriss, rasch den Kopf schüttelte, etwas murmelte und anfing, auf der Tastatur herumzutippen. »Moment«, sagte sie auf einmal leise, »es könnte sein, dass ...«

Summer verdrehte die Augen und Hannah spürte, wie alles in ihr vor Nervosität kribbelte. Bis jetzt hatte der Boden unter ihren Füßen nicht mehr gezittert, aber wer weiß, vielleicht war das bloß die Ruhe vor dem nächsten Beben. Dem nächsten Tsunami? Sie wollte nicht daran denken, was dann hier los wäre! All die Menschen in Panik, in Angst ... und der Flughafen von einer Riesenwelle weggeschwemmt ... »Ich hab noch was!«, unterbrach die Angestellte ihre düsteren Gedanken. Sie beugte sich ein wenig über den Tresen und sagte leise: »Mit Korean Airlines über Sydney und Seoul nach ... New York. In zwei Stunden.«

»Na also!«, sagte Kanoa und Hannah spürte, wie ihr ein Stein vom Herzen fiel, aber Summer runzelte die Stirn.

»New York?«, fragte sie mit einem ungläubigen Unterton in der Stimme.

»Ja«, die Angestellte nickte und ließ ihren Blick über die

drei wandern. Glaubte sie ihnen nicht, dass sie genug Geld hatten?

»Was hast du nur gegen New York, Summer?«, wollte Hannah wissen. Summer biss sich auf die Lippen und wich ihrem forschenden Blick aus.

»In zwei Stunden«, stellte die Frau klar. »Ihr müsst euch beeilen.«

»Aber wieso New York?«, fing Summer wieder an. Sie klang auf einmal verzweifelt. »Was ist mit ... mit Los Angeles oder London oder – warum ausgerechnet New York?«

»Mann, Summer«, sagte Kanoa, »was soll das?«

»New York«, sagte die Angestellte jetzt ziemlich ungeduldig und sah erst Hannah, dann Kanoa und dann auch Summer so intensiv in die Augen, dass es Hannah ganz mulmig wurde.

»New York – eure Chance, sofort hier wegzukommen ...«

Jemand hinter ihnen rief: »Wie lange dauert das denn noch? Wir wollen alle hier weg!« Und schon begannen die Leute in der Schlange, zu schieben und zu drängeln.

»Mann!«, stöhnte Summer und rieb sich hektisch die Schläfen, als müsste sie zu sich kommen oder ihre Gedanken an den richtigen Platz schieben. »Mann ...«

»Wir nehmen die Tickets«, sagte Hannah nun entschlossen und Kanoa legte ihr seine warme Hand auf den Rücken.

Die Angestellte nickte nur kurz, und als sie ihnen die Tickets reichte, sah sie sie noch nicht mal mehr an.

»Komische Person«, sagte Hannah, »wie sie uns angesehen hat. Als würde sie uns kennen.«

Kanoa blickte zum Schalter zurück und zuckte mit den Schultern.

»Macht endlich Platz! Ihr habt ja eure Tickets!«, schrie ein schwitzender Polizist sie an und schob sich an ihnen vorbei Richtung Schalter. Da erst fiel Hannah auf, dass Summer verschwunden war.

»Wo ist Summer?«, schrie sie gegen den Lärm der Menge an.

Auf einmal kam ihr das Gedränge noch viel dichter vor. Die Luft war dick und kaum noch zu atmen. Es war heiß und Hannah spürte auf einmal, wie durstig sie war. Mein Gott, es konnte doch nicht sein, dass sie Summer verloren hatten!

»Da!«, rief Kanoa in dem Augenblick und zeigte in den Pulk der Leute, die sich an den Schalter drängten.

»Summer«, Hannah reckte sich und winkte, »was ist los? Wir dürfen unser Flugzeug nicht verpassen!«

Summer drehte sich zu ihnen um, blieb aber wie versteinert stehen. Kanoa musste sie erst aus der Menge zerren.

»Habt ihr es nicht gesehen?«, fing sie an. In ihrem kreidebleichen Gesicht waren die Sommersprossen nur noch gelbliche Sprengsel. »Das Armband.«

Hannah warf Kanoa einen fragenden Blick zu.

»Sie hatte ein weißes Armband ... mit ... Muscheln ...«, stammelte Summer.

»Diese Frau am Schalter?« Hannah merkte, wie etwas in ihr hochschoss. Panik. Alles war auf einmal wieder da, die Angst, die Nächte in der Hütte, der Dschungel, der Vulkan ... die Welle ... Nikki ...

Bevor sie es merkte, war sie schon losgestürzt, hatte sich in die Schlange geworfen wie in eine Meeresbrandung. Die spitzen Ellbogen, die Tritte spürte sie kaum und die Schreie und Beschimpfungen hörte sie nicht, sie musste es sehen, das Armband ... sie musste ... selbst den Schlag in die Seite, der ihr die Luft nahm, spürte sie kaum, und als sie zu Boden ging, nur noch Füße um sie herum waren, die sie zu zertrampeln drohten, dachte sie nur an das Armband und an die Angestellte, und daran, dass es ihre erste Spur sein könnte. Und dann nahm ihr ein Fußtritt in die Rippen die Luft und vor ihren Augen wurde es schwarz – bis sie an den Armen hochgerissen wurde.

Kanoa schützte sie mit seinem Körper und kämpfte ihnen einen Weg aus dem jetzt panikartigen Gedränge ins Freie.

»Was hast du dir nur dabei gedacht, Hannah!«, keuchte er, während sie noch immer nach Atem rang. Ihre Lungen konnten gar nicht genug davon bekommen. »Was hast du dir nur dabei gedacht«, flüsterte er und fasste ihr Gesicht mit beiden Händen, als müsste er sich vergewissern, dass sie noch bei ihm war. »Komm, wir müssen weiter! Weg von hier!«

»Sie gehört dazu! Ihr ... ihr wollt doch nicht im Ernst jetzt noch nach New York fliegen?«, schrie Summer sie beide an.

»Doch«, gab Kanoa genauso heftig zurück. »Genau das werden wir tun! Entweder kommst du mit oder du bleibst hier, Summer. Ist deine Entscheidung.«

## DIAMOND DISTRICT, N.Y.C.

Kanoa kneift die Augen zusammen.

Das Blitzen und Funkeln von Silber und Gold, von Ringen und Ketten, Uhren und Armbändern in den Schaufenstern macht ihn müde. Im Diamond District reiht sich ein Schmuckladen an den anderen. Wie hatte Kanoa beim ersten Mal gestaunt! Gestern hat er bei Bronstein aufgehört zu fragen, einem ziemlich großen Laden mit üppig dekoriertem Schaufenster.

Seit sie in New York sind, geht er fast täglich hierher. Es kann doch nicht sein, dass niemand Pearls of God kennt, die Perlen aus dem Pazifik, aus der paradiesischen Bucht. Eines Tages wird er Glück haben, davon ist er überzeugt. Und dies wird die erste Spur sein, die ihn irgendwann zu Aiden führt. Und wenn er Aiden gefunden hat, findet er auch Nikki – und: Poema.

Es ist kalt. Er friert in seinem teuren dunklen Mantel und in den teuren, handgenähten Schuhen, aber er hat gemerkt, dass er in dieser Kleidung anders behandelt wird, als wenn er in einer sportlichen Jacke kommt. Wenn er nach dem Chef fragt, kommt der auch und fragt höflich, wie er ihm behilflich sein kann. So einfach sind die Spielregeln der Zivilisation, hat Kanoa gedacht.

Der Laden neben Bronstein hat eine altmodische braune Holzfassade und nur ein kleines Schaufenster. Kanoa wirft einen Blick auf die Auslage. Neben fünf oder sechs großen Armbanduhren liegen Armreifen aus Gold und daneben – eine Perlenkette mit passenden Ohrringen.

Er reibt sich die Hände in den schwarzen Lederhandschuhen und drückt dann auf den Klingelknopf neben der Eingangstür.

Es ist still und gediegen, auf dem Boden schluckt ein dicker blauer Teppich jedes Geräusch.

Der Verkäufer hinter dem Glastisch trägt einen karierten Tweedanzug mit einem gelben Einstecktuch, sein weißer Schnurrbart ist nach oben gezwirbelt, sodass das Gesicht immer ein Lächeln vortäuscht.

Als Kanoa näher herangeht, bemerkt er die herabhängenden Mundwinkel und das argwöhnische Blitzen hinter den Brillengläsern.

»Was kann ich für Sie tun, Sir?«

»Perlen. Ich suche Perlenschmuck.«

»Haben Sie an etwas Bestimmtes gedacht? Ohrringe, Ketten ... an einen bestimmten Preis?«

»Ich suche Perlen eines ganz bestimmten Produzenten«, fängt Kanoa an. »Genauer gesagt, von Pearls of God.«

Hat da eben nicht ein Mundwinkel gezuckt?

»Pearls of God ... Pearls of God ...«, murmelt der Verkäufer und legt die Stirn in Falten. Auf einmal lächelt er. »Nein«, er schüttelt den Kopf, »nein, tut mir leid, hab ich noch nie gehört.«

»Ich zahle Ihnen einen guten Preis, wenn Sie mir welche beschaffen«, sagt Kanoa. »Sagen wir, das Dreifache vom normalen Preis.«

Kanoa steht jetzt ganz nah vor ihm. Nur noch der Glastresen trennt sie voneinander. Das Gesicht des Verkäufers ist erstarrt, nur die Spitzen seines Schnurrbarts scheinen zu zucken.

»Und«, fragt Kanoa schärfer, »beschaffen Sie mir welche?«

Der Verkäufer zaubert ein falsches Lächeln auf sein Gesicht und stützt sich mit beiden Händen auf den Tresen. »Tut mir leid, Sir, wir arbeiten mit anderen Produzenten zusammen. Aber hier gibt es sicher einen Laden, der ...«

Und jetzt hat Kanoa genug. Blitzschnell hat er die Hände des Verkäufers auf den Tresen gepresst, sodass der sich nicht mehr rühren kann. »Du lügst«, zischt Kanoa ihm ins Gesicht, »du hast Kontakt zu ihnen!«

Er will den Kerl gegen die Wand drücken, die Wahrheit aus ihm herausprügeln, als ein schrilles Summen ertönt. Kanoa lässt ihn los. »Ich krieg euch schon noch!«, sagt er und stürzt dann aus dem Laden hinaus. Er biegt gleich um die nächste Ecke, wechselt die Straßenseite, flüchtet in einen Coffeeshop. Hier in der Menge fällt er kaum noch auf. Die meisten tragen dunkle Kleidung, die meisten sind jung, die meisten haben sogar eine ähnliche Frisur wie er.

Einen Moment lang schließt er die Augen. Sein Hals ist trocken und sein Herz schlägt dumpf in seinen Ohren. Der Kerl weiß was, bestimmt. Er muss ihn nur erwischen. Er wird ihn erwischen. Und wenn er jeden Tag auf der Lauer liegt. Wie er dann die Wahrheit aus ihm herausbringen wird … diesen Gedanken verdrängt Kanoa sofort. Er muss Poema finden, um jeden Preis. Kanoa kommt langsam wieder zu Atem und schaut auf. Ein Mädchen geht an ihm vorbei zum Ausgang und für einen Moment begegnen sich ihre Blicke. Da ist etwas in diesem Ausdruck, der ihn an Hannah erinnert. Etwas Verletzliches, etwas, auf das man aufpassen, das man beschützen muss. Man erkennt es nicht gleich, aber er weiß, dass es da ist. Unter der Oberfläche von Mut und Zuversicht.

Er wird niemals zulassen, dass Hannah etwas passiert. Niemals.

Er muss vorsichtig sein … er darf nicht alles zerstören …

Das Schmuckgeschäft hat noch mindestens zwei Stunden geöffnet. So lange muss er sich hier herumdrücken. Zeit totschlagen.

## SUBWAY

Hannah hält es in ihrer neuen Wohnung kaum aus, wenn Kanoa unterwegs ist. Sie weiß, er ist im Diamond District unterwegs und will nicht, dass sie mitkommt. Weil es vielleicht gefährlich werden könnte, sagt er. Und genau deshalb will sie nicht, dass er dorthin geht. Aber er lässt sich von ihr nicht abhalten. Während Hannah wieder mal allein ohne Ziel durch die Straßen von Brooklyn läuft, um sich mit dem normalen Straßenleben um sie herum abzulenken, fragt sie sich, ob sie seit der Insel Zeichen sieht, die vielleicht gar keine sind. Denn sie sieht viele Zeichen.

Gerade jetzt zum Beispiel. Die Schlagzeile in dem Magazin dort am Zeitungsstand nahe der Station der Subway, die sie nehmen wollte.

*Die Sonne explodiert.*

Sie geht näher.

*Wir sind auf unserem Planeten nicht so sicher, wie wir glauben.*

Wir kommen alle von unterschiedlichen Planeten, hat ihre Mutter im Tagebuch geschrieben. Oder gerade vorhin ist sie an einem Plakat vorbeigegangen, das einen Strand mit Palmen und blauem Meer zeigte.

*Ihre Trauminsel,* hat da gestanden und das hat ihr ein einen Stich in den Magen versetzt. Davon wird sie Kanoa nichts erzählen. Sonst macht er sich bloß Sorgen um sie und würde womöglich ihretwegen nicht mehr nach Poema, nach einer Spur suchen.

Sie will gerade über die Straße zur Subway-Station, als ihr Blick auf ein Mädchen in der Menge der Fußgänger auf der gegenüberliegenden Straßenseite fällt. Die langen blonden Haare, die großen Augen, das runde Gesicht, der Gang ... Nikki? Ist das Nikki?

Hannahs Herz hämmert. Sie ruft, aber der Verkehr übertönt ihre Stimme. Sie läuft los, einfach über die Straße, die Autos bremsen, hupen, sie drängt sich an den Kühlerhauben vorbei. »Nikki!« Das Mädchen hört sie nicht, niemand hört sie, die Menschen gehen einfach weiter, auch das Mädchen geht weiter.

Und als Hannah endlich auf der anderen Straßenseite angekommen ist und in den Strom der Menschen eintaucht, kann sie das Mädchen schon nicht mehr sehen. Keuchend bleibt sie stehen. Ist sie schon wieder einem Phantom hinterhergejagt? Sie fragt sich, ob das, was sie hier tun, nicht völlig unsinnig ist.

Warum fliegt sie nicht zurück zu ihren Eltern? Sie hat ihnen am Telefon erklärt, dass alles okay ist und dass sie einen Freund hat und mit ihm eine Weile in New York bleibt. Aber dass sie sie so bald wie möglich besuchen werde. Das will sie auch wirklich tun, denn sie muss unbedingt mit Janice sprechen. Doch sie will noch ein paar Tage warten, bevor sie Kanoa allein lässt. Für ihn ist doch alles total neu – und er hat es sich nun mal in den Kopf gesetzt, im Diamond District nach einer Spur zu suchen.

## NEW BEGINNING

»Kanoa kommt später«, sagt Hannah und setzt sich auf Summers Couch. »Er ist bestimmt wieder bei diesen Schmuckläden.«

»Manchmal frag ich mich, ob wir nicht einfach alles vergessen und so tun sollten, als hätte es die Insel und das, was dort passiert ist, niemals gegeben.« Summer knabbert gedankenversunken an einem Kartoffelchip. »Aber die Zeit einfach so aus meinem Leben streichen – kann ich auch nicht.«

Hannah nickt. Sie reden nicht zum ersten Mal darüber. Fast jeden Tag treffen Kanoa und sie sich mit Summer.

Ihre Wohnung liegt in Bed-Stuyvesant. Ein echter Glücksgriff. Die Maklerin hat sofort das Richtige für sie gefunden. Das Haus ist eines dieser alten, renovierten Industriegebäude aus rotem Backstein. Es erinnert Hannah an London. In ihrer Gegend leben Künstler, Maler und Fotografen. Kanoa und sie haben die obere Etage gemietet. Ein geräumiges Loft mit Holzboden und großen Fenstern. Ihr Porsche Cayenne steht in der Garage eine Ecke weiter. Den wollte Kanoa unbedingt haben. Dabei kann er gar nicht fahren. Summers Apartment liegt zwei Etagen tiefer, direkt unter ihnen wohnt ein Trompeter. Hannah hört gerne zu, wenn er am Nachmittag übt. Er ist bei den New Yorker Philharmonikern und spielt manchmal auch in Jazz-Kneipen. Neulich haben sie einen seiner Auftritte besucht. Die Kneipe heißt *Chelo's* und ist nur ein bisschen größer als das Café in Sydney, in dem sie immer mit Nikki Iced Coffee trinken war. Wie immer, wenn sie an Nikki und ihre Zeit in Sydney denkt, wird Hannah traurig. Und sie wünscht sich, sie hätten Luke niemals getroffen. Aber dann wäre sie ja auch Kanoa nie begegnet ... und Summer auch nicht. Die letzten Male, als sie so traurig geworden ist, hat Kanoa zum Glück nichts gemerkt, vielleicht, weil er in den letzten Tagen selbst oft niedergeschlagen war. Auch wenn er es nicht zugibt, ist Hannah sich sicher, dass er die Insel vermisst. Nicht Sky und Aiden, aber den Strand und das Meer und den Dschungel und Long John. Und Poema natürlich. Seine Welt ist untergegangen, er ist heimatlos – Hannah kann dieses Gefühl nur zu gut nachempfinden. So hat sie sich nach ihrem achtzehnten Geburtstag gefühlt ...

Im gegenüberliegenden Haus wohnen junge Schauspieler, zwei Jungs und ein Mädchen. Hannah hat die drei schon öfter unten beim thailändischen Take-away getroffen und sie haben Hannah erzählt, dass sie gerade dabei sind, ihre Rollen für einen Kurzfilm zu lernen. Unter ihnen wohnt eine Fotografin. Hannah hat Anna Li – sie kommt aus Singapur – vor zwei Tagen beim Take-away getroffen. Da schnappte die sich gerade ihre Tüte und sagte, das Haus sei so hellhörig, dass sie diesen dämlichen Kurzfilm mittlerweile auch schon auswendig könnte.

»Unter uns wohnt ein Trompeter und ich kann seine Stücke auch schon fast mitträllern«, erwiderte Hannah daraufhin.

Da haben sie beide gelacht und Anna Li hat ihr noch ein paar Tipps zum Ausgehen gegeben.

Hannah sitzt im Schneidersitz und blickt in die züngelnden Flammen des Kamins. Es ist kalt draußen, und auch wenn das Feuer künstlich ist, wirkt es irgendwie gemütlich. Summers Apartment ist nicht ganz so groß wie ihres, es besteht aus einem großen Raum und dem Eingangsbereich. Summer hat die Wohnung hauptsächlich mit Möbeln vom Flohmarkt eingerichtet. Dabei hätte sie alles in teuren Designer-Läden kaufen können. »Ich spar die Kohle lieber, wer weiß, wann ich sie wirklich brauche«, hat sie gemeint. Zudem hat Summer ein Händchen für solche Dinge. Orientalische Lampen, Teppiche auf dem blanken Dielenboden, bequeme Sitzkissen vor einem niedrigen Tisch, eine Truhe mit geheimnisvollen Ornamenten ... jedes Mal entdeckt Hannah etwas Neues.

Immer wieder gehen sie alle Fakten über die Insel, über Sky und die Sekte durch. Alles was sie bisher wissen, ist, dass die Perlenfarm Pearls of God, POG, auch dazu diente, Mädchen für die Sekte anzulocken. Den Lockvogel spielte Luke. Dem waren Hannah und Nikki in Sydney begegnet und er hatte ihnen von dem Traumjob mitten im Südpazifik erzählt. Auf der Vulkaninsel gab es zwei Strände, die ziemlich gleich aussahen – bis auf die Farbe des Sandes: Der eine Strand war schwarz, der andere weiß.

Am schwarzen Strand war die unverdächtige Perlenfarm mit ihren ganz normalen Jobs für Backpacker. Von ihnen wählte man Mädchen, wie auch Nikki und Hannah – und Summer –, und entführte sie auf die Inselseite mit dem weißen Strand. Dort verkündete Sky den Übergang in die fünfte Dimension, wo, wie er predigte, Raum und Zeit keine Rolle mehr spielen, wo man weiß, was jemals war und was jemals sein wird – und wo man seinen Seelenverwandten, seine Twin Flame, seine große Liebe finden wird.

Das Portal in die fünfte Dimension war ein Steintor, das sich auf einer ins Meer ragenden Felsenzunge erhob. Dahinter aber – das hatte Hannah nach ihrer Rettung durch Kanoa von der Klippe aus beobachtet – wartete ein Boot auf sie, das sie zu einer Jacht brachte. Was dann mit den Mädchen und womöglich auch mit Nikki geschehen war, mussten sie herausfinden, dann hätten sie endlich einen Anhaltspunkt, wo sie nach Nikki und Poema suchen konnten. Das hofften sie zumindest.

»Hast du denn eine Ahnung, wie deine Mutter damals von der Insel weggekommen ist?«, fragt Summer und dreht gedankenverloren eine Haarsträhne um den Finger.

»Nein. Ich hab versucht, im Gefängnis anzurufen, aber da heißt es, sie wäre krank.« Hannah grübelt schon die ganze Zeit darüber nach, warum Janice erst ihr Leben so durcheinanderbringen musste und dann so schnell wieder aus ihrem Leben verschwunden ist. Warum war sie gerade jetzt, wo Hannah Antworten von ihr wollte, krank?

Ihre leibliche Mutter war vor mehr als zwanzig Jahren auch

auf der Insel gewesen und hatte mitgeholfen, die Hütten zu bauen. Hannah hatte Janice' altes Tagebuch gelesen, bevor sie nach Sydney aufgebrochen war. Die Einträge waren immer rätselhafter und unleserlicher geworden und Hannah war sich sicher, dass dies alles mit ihren Erlebnissen auf der Insel zu tun hatte. Außerdem hatte sie diese unheimliche Formel in ihr Tagebuch geschrieben: *Mete bab ou alatranp – prepare for what is coming* ... Die Formel, der Hannah auf der Insel immer wieder begegnet war.

Sie hatte so viele Fragen. Wie konnte es sein, dass sie, Hannah, auf dieselbe Insel kam wie ihre Mutter? Warum hatte Luke ausgerechnet sie und Nikki ausgewählt? Gab es dafür eine Erklärung? Es musste doch eine geben, oder? Es war doch alles kein Zufall ... Oder vielleicht doch? Versuchte sie bloß irgendeinen Sinn hinter alldem zu finden? »Manchmal verstehe ich einfach nicht, dass wir das alles erst mal geglaubt haben.« Hannah zündet eine Duftkerze an. Sie leuchtet orange wie die Lampions am Strand der Perlenfarm. Am Anfang war alles so schön gewesen.

Sie denkt oft an die Leute, die zusammen mit Nikki und ihr bei POG gearbeitet hatten: Sébastien, der Franzose, der immer in seinen philosophischen Büchern las.

Matteo, Judiths eitler Freund. Jesper, mit dem sie den Bunker erkundet hat –, und der auf rätselhafte Weise umgekommen ist. Sie erinnert sich an Fumiko und die beiden Holländer, die immer im Dreierpack auftraten; sie denkt an Long John, wie er im Dorf mit den Holzattrappen mit der Machete in der Tür stand und er Kanoa versprach, ihnen Skys Wachen vom Hals zu halten. Nachts wacht sie oft auf und sieht Judith vor sich, das Mädchen aus Deutschland, die ihr Freund für paranoid hielt. Sie hatte das Feuer gelegt, damit Kanoa und sie entkommen konnten. Kanoa und sie ... dabei hätte Judith mit ihnen kommen sollen. Doch dann hatte Erin sie erschossen ... Hannah wird ganz schlecht, wenn sie daran denkt. Sie alle – auch Erin und Bo – sind tot! Und auf der anderen Seite der Insel waren beim Vulkanausbruch Sky und die Mädchen ums Leben gekommen! Hannah kriegt das Bild einfach nicht mehr aus dem Kopf, das sich ihr vom Flugzeug aus geboten hatte: Glühende Lava überzieht die Insel, die Riesenwelle rollt heran und Sky und die Mädchen in ihren weißen Kleidern gehen durchs Felsentor – aber dahinter erwartet sie nichts als das tobende Meer.

»Wieso haben wir überlebt? Warum wir?« Summer betrachtet nachdenklich den Kartoffelchip zwischen ihren Fingern. »Manchmal träume ich von einem Gerichtssaal. Da starren mich Hunderte von Gesichtern an und der Richter mit Perücke fragt: ›Summer, nenn mir einen Grund, warum du überlebt hast!‹ Und dann fange ich an zu stammeln und bleibe stecken und dann erheben sich auf einmal die aufgebrachten Zuhörer und stürzen sich auf mich.« Sie seufzt. »Ich kann dann nicht mehr einschlafen.«

»Kann ich mir vorstellen«, sagt Hannah. »Mir geht es so mit Judith. Und ...« Sie zögert. »Ich muss dir was sagen. Ich habe vorhin ein Mädchen gesehen auf der Straße und ich dachte, es ist ... Nikki.« Sie sieht das Mädchen noch immer vor sich. Die langen blonden Haare, diese perfekte Cheerleader-Figur ... »Ich bin über die Straße gerannt, hab gerufen, aber da war sie schon verschwunden.«

Summer runzelt die Stirn. »Glaubst du wirklich, sie ist noch am Leben?«

»Aber ja! Daran glaub ich ganz fest!«

In dem Augenblick klingelt es an der Tür und Summer steht auf.

Hannah sieht zum Eingang. Jedes Mal, wenn Kanoa wieder heimkommt, fällt ihr ein Stein vom Herzen. »Na, ihr zwei, habt ihr was Neues herausgefunden?« Kanoa kommt mit zwei Tüten vom thailändischen Take-away herein. Er schüttelt die tropfenden Haare, zieht den regennassen Mantel aus und hängt ihn über die Lehne des marokkanischen Holzstuhls. Dann beugt er sich zu Hannah hinunter und gibt ihr einen Kuss auf den Mund. Und wie jedes Mal, wenn er nach einem Tag Herumirren in der Stadt zu ihr kommt, hat sie das Gefühl, dass er für diesen Tag gerettet ist.

»Hannah hat ein Mädchen gesehen, das sie an Nikki erinnert hat«, plaudert Summer drauflos, »und ich bin letzte Nacht mal wieder zum Tode verurteilt worden. Hast du was Neues rausgefunden?«

Kanoa packt die Schachteln aus und stellt sie auf den niedrigen Tisch mit den orientalischen Intarsien.

»Ich bin sicher, ein Verkäufer in einem Laden weiß was. Er hat gelogen. Ich habe auf ihn gewartet, aber er kam nicht mehr raus.« Er hebt die Schultern und lässt sie wieder fallen. »Wahrscheinlich gibt's noch einen anderen Ausgang. Vielleicht hat er Schiss gekriegt?«

»Warum, hast du ihm eine Knarre an die Stirn gehalten?«, fragt Summer grinsend. »Ich hoffe nicht, denn die haben da alle Überwachungskameras.«

»Ich hab keine Knarre, Summer«, sagt Kanoa ernst. Er verteilt Servietten und Stäbchen und setzt sich auf das Sitzkissen vor der Couch, zu Hannahs Füßen.

»Zum Glück nicht«, bemerkt sie und fährt ihm durch die nassen Haare. Wie sehr sie ihn liebt.

»Ich will nicht, dass dir was passiert, Kanoa«, sagt sie und gibt ihm einen Kuss.

»Was soll mir schon passieren?« Er lächelt sie beide an. Aber Hannah spürt, dass er sie beruhigen will.

»Kommt schon«, sagt er, »esst, sonst wird alles kalt.«

Summer bricht ihre Stäbchen auseinander und betrachtet sie einen Moment. »Nikki und Poema können überall sein – oder längst tot.«

»Warum sagst du so was?!«, fährt Hannah auf. Summer weiß doch genau, wie tief sie Kanoa damit trifft. Da spürt sie Kanoas Hand auf ihrem Knie, um ihr zu sagen: Beruhige dich, ist schon okay.

»Aber Fakt ist«, sagt sie etwas ruhiger, »Nikki ist mit Mischa und Adriana und Eloise an Bord gebracht worden. Und diese Jacht hat sie irgendwohin gebracht.«

»Ja, irgendwohin. Aber die Welt ist soooo groß«, sagt Summer, sieht in eine Schachtel, verzieht den Mund und stellt sie wieder zurück. »Wo ist der Reis?«

Manchmal ist sie so, das weiß Hannah. Weil sie nicht zeigen will, wie nah ihr das alles geht.

»Die Perlen und der Name Pearls of God sind unsere Spur.« Kanoa reicht Summer eine Box vom Tisch.

»Welche Spur? Wir haben doch gar keine Spur!« Summer fährt sich durch die Haare. Sie ist nervös, wie so oft in den letzten Tagen. Auf der Insel war sie anders, ruhiger und selbstbewusster. Aber auch Kanoa war anders. Und sie, Hannah, wahrscheinlich auch. Vielleicht liegt es daran, dass sie damals nur von der Insel wegwollten. Jetzt wollen sie ... Rache. Na ja, jedenfalls Kanoa und Summer. Und ich?, fragt sich Hannah. Auch sie will Aiden nicht einfach so davonkommen lassen. Dennoch – sie könnte das alles vergessen, könnte die Zeit auf der Insel hinter sich lassen –, wenn sie nur Nikki und Poema retten könnten.

»Wir finden Aiden, egal wo er ist«, murmelt Kanoa und Hannah entgeht nicht, wie sein Unterkiefer mahlt. Aiden hatte ihn umbringen wollen, ihn, seinen eigenen Bruder. Das kann man nicht einfach vergessen.

»Wie kannst du dir da so sicher sein?« Energisch bricht Summer ein weiteres Paar Stäbchen auseinander. »Vielleicht kriegen wir ihn nie. Verdammt!« Sie hat eines der Stäbchen zerbrochen.

»Was hat Aiden dir eigentlich getan, dass du ihn so hasst?«, fragt Hannah.

Summer pickt ein paar Gemüsestückchen aus der Schachtel heraus und legt die Stäbchen auf den Tisch. »Ich hab doch keinen Hunger.«

»He, hab ich das jetzt alles für mich allein geholt?« Kanoa blickt in die Runde und lächelt aufmunternd.

»Am besten nehmt ihr das Zeug mit und geht rauf.« Summer erhebt sich schwerfällig. »Ich bin müde. Ich konnte letzte Nacht kaum schlafen.«

»Summer, willst du uns nicht sagen, was ...?«, versucht Hannah es wieder, doch Kanoa packt das Essen schon in die Tüte und gibt ihr mit einem Blick zu verstehen, dass sie lieber gehen sollten.

»Tut mir leid«, sagt Hannah. Doch Summer wirft ihr nur einen abwesenden Blick zu, bevor sie im Badezimmer verschwindet.

Später dann, als Hannah mit Kanoa im Schlafzimmer ist, fragt sie: »Weißt du, warum Summer immer so komisch reagiert, wenn die Sprache auf Aiden kommt?«

»Warum wohl? Sie war total verliebt in ihn.«

Er knöpft sein Hemd auf, zieht es aus und wirft es auf den Stuhl, der neben der hellen Kommode aus sonnengebleichtem

Holz steht. *Wir wollen fürs Schlafzimmer etwas, das aussieht wie Strandgut,* hat Kanoa in dem schicken Laden gesagt. *Wie Dinge, die an den Strand gespült werden und die man in sein Strandhaus stellt.* Die Verkäuferin hat gleich gewusst, was er meinte.

Zur Kommode passen das breite Bett mit dem meerblauen Überwurf und die moderne Lampe, die aussieht, als wäre sie aus Segeltuch. Im Wohnzimmer mit der offenen Küche haben sie eine weiche Ledercouch und einen weißen Teppich, den Kanoa unbedingt wollte, weil er ihn an Sand erinnert.

»Ja, schon, aber ...« Hannah ist hinter ihn getreten und schmiegt sich an seinen nackten Rücken. Sie mag seine zarte helle Haut und seinen Geruch nach salzigen Kräutern, die auf den Klippen auf der Insel wuchsen. Dieser Geruch erinnert sie immer an diesen ersten Moment zwischen ihnen, als er sie in der Vollmondnacht vom Felsentor ins Wasser gerissen hat. Sie hat sich an ihn geklammert und er hat sie festgehalten. Ringsum rauschte und klatschte das Wasser gegen die Felswände der Grotte und sie glaubte, sie müsse ertrinken, doch er hielt sie fest und zog sie an Land.

Er dreht sich um und küsst sie.

»Warum sagt sie das nicht?«, fragt sie leise. »Dass sie so wahnsinnig in Aiden verliebt war.«

Er küsst sie wieder. »Ich weiß nur, dass ich wahnsinnig in *dich* verliebt bin.«

Sie schmeckt seine Lippen, und als sie in seine Augen sieht, ist er wieder da, dieser Schatten, der sich so oft über sie wirft ... und sie sagt: »Ich hab manchmal solche Angst.«

»Wovor?«, flüstert er.

»Dass wir uns verlieren«, sagt sie ganz leise, als könnte der Satz, wenn sie ihn laut ausspricht, Wirklichkeit werden.

»Warum sollten wir uns verlieren, Hannah?« In seine Stirn hat sich eine Falte gegraben.

»Weil ...«, fängt sie an, »weil es da draußen etwas gibt, etwas ... etwas Böses ...«

Seine Lippen drücken sich sanft auf ihre. »Das kann uns nichts anhaben.«

»Nein?«, fragen ihre Lippen.

»Nein ...«

Und dann hört sie auf zu denken.

Irgendwann, mitten in der Nacht, wacht sie plötzlich auf. Ein weißes Licht fällt durchs Fenster direkt vor ihr Bett.

»Kanoa«, flüstert sie, aber der schläft fest. Leise steht sie auf und geht zum Fenster. Woher kommt der weiße Strahl? Aus dem Himmel? Ein Stern?

Ach, Hannah, du siehst überall Gespenster und irgendwelche Zeichen. Wahrscheinlich ist das alles ganz ohne Bedeutung. Sie lässt die Jalousien herunter und legt sich wieder hin.

## SCHOKOLADE

Er öffnet die Augen – und macht sie gleich wieder zu. Er will nicht aufwachen. Heute nicht.

»He, ertappt!« Hannah gibt ihm einen Kuss. »Ich hab's genau gesehen, du bist wach!«

»Nein«, brummt er. »Lass mich weiterschlafen.«

»Gehen wir heute zusammen in den Park?«, fragt Hannah unbeeindruckt. »Ich sehne mich nach grünem Gras, nach dem

Duft von Erde und Bäumen und ...« Auf einmal hält sie inne. Als wüsste sie genau, wie es in ihm aussieht.

Heute ist wieder so ein Tag. Etwas schnürt ihm die Kehle zu, sodass er kaum sprechen und atmen kann. Der Typ aus dem Schmuckladen ist nicht mehr aufgetaucht. Seitdem hat Kanoa das Gefühl, die ganze Suche, ihre ganze Reise nach New York, all die Hoffnung, die er aufgebracht hatte, waren umsonst.

»Komm schon, Kanoa, das tut dir mal gut. Du siehst schon ganz blass aus.« Hannah streichelt seine Wangen.

»Wirklich?« Er greift sich ins Gesicht, als könnte er die Farbe spüren.

»He?« Ihr lächelndes Gesicht schwebt über ihm. »Was ist los? Kommst du mit oder kommst du mit?«

»Ich glaube, ich bleibe heute lieber hier.« Normalerweise kann er Hannah keinen Wunsch abschlagen, aber heute ...

»Kanoa! Bitte!« Sie gibt ihm einen Kuss. »Glaub mir, es ist besser, wenn du hier rauskommst.«

»Nein. Es ist besser, wenn ich hierbleibe. Ich kann da nicht raus.« Sie nickt und er weiß, dass sie ihn versteht. Manchmal bemerkt er auch bei ihr, wie sie dagegen kämpft, die Hoffnung aufzugeben, und wie es für Augenblicke doch passiert. So wie jetzt, als ihr Blick ihm sagt, ich hab auch Angst und ich würde am liebsten aufgeben, aber wir dürfen es nicht, nicht wahr? Wir müssen sie retten, oder?

Ihn überkommt die Angst immer ganz plötzlich. In der Nacht hat sie sich heute in seine Träume geschlichen und jetzt überfällt ihn die Panik, wenn er an den Lärm und an die Menschen denkt, die da draußen lauern.

»Du musst aber mitkommen«, sagt Hannah auf einmal ganz ernst. »Du musst einfach!«

Sie sieht ihm dabei fest in die Augen, mit diesem Hannah-Blick, dem er nun doch nicht widerstehen kann. Er nickt langsam und lächelt sie an.

»Hast du noch Angst?«, flüstert sie nach ihrem langen Kuss.

»Nein«, flüstert er zurück, und wenn er Hannah küsst, stimmt das auch.

Sie lächelt ihn übermütig an. »Dann können wir ja gleich los!«

Kanoa zieht sie zu sich herunter. »Warte, nur einen Moment mit dir, hier ...«

Die Stadt mit ihren Millionen Lichtern und Gesichtern, weiß Hannah, macht Kanoa manchmal Angst. Es gibt Tage, da geht er nicht vor die Tür, bleibt lieber im Apartment, in dem er sich geschützt fühlt, ein bisschen wie in einem ... Bunker ... nur mit Fenstern zum Rausgucken. Aber er würde ihr nie sagen, dass er Angst hat. Er gibt sich Mühe, ihr zu zeigen, dass er mit all dem Neuen zurechtkommt.

Sky, Kanoas Vater, ist tot. Alle sind tot. Die Insel, die seine Heimat war, gibt es nicht mehr. Vom Flugzeug aus hat Hannah den rauchenden Punkt inmitten des Ozeans gesehen. Kanoa hat alles verloren. Hannah ist das Einzige, das ihm geblieben ist – und sein Leben.

Auch Hannah verfolgen die Schatten. Nachts sieht sie oft das Felsentor vor sich. Dann spürt sie wieder den kalten, feuchten Sand und den Fels unter ihren nackten Füßen und sieht Nikki im weißen Kleid vor sich, wie sie sich winkend zu ihr umdreht und sagt: »Bis bald.« Gleich darauf verschwindet sie hinter dem steinernen Tor und wenig später wird Hannah selbst ins Wasser gerissen. In dem Moment schrickt sie meistens hoch. Die Bilder verschwinden nur langsam, während ihr Herz wild pocht, aber dann spürt sie Kanoa neben sich im Bett und sein Atmen beruhigt sie. Sie kuschelt sich an ihn und versucht, wieder einzuschlafen. In diesen Momenten fühlt sie sich geborgen, in Sicherheit.

Doch Nikki ist irgendwo da draußen und sie haben sie immer noch nicht gefunden. Für Kanoa muss es noch viel schlimmer sein. Er sucht seine Schwester und weiß, dass sie schon seit fast fünf Jahren verschwunden ist. So viel kann inzwischen passiert sein. Vielleicht ist sie gar nicht mehr am Leben?

Kanoa gegenüber wagt sie diesen Gedanken nicht auszusprechen. Sie weiß, Poema – und auch Nikki – zu finden, ist seine einzige Hoffnung. Und die will sie ihm nicht nehmen.

»Komm, wir gehen in den Park«, sagt sie und zieht ihn aus dem Bett.

»Ist es nicht wunderschön?« Hannah greift nach seinem Arm und schnuppert in die Herbstluft. »Das musst du doch zugeben, oder?« Bisher hat er kaum etwas gesprochen, aber immerhin ist er mitgekommen. Das zählt.

New York im Herbst hat etwas Besonderes. Es ist, als würde alles ein bisschen stiller werden. Der Autolärm, das Hupen, ja selbst die Vögel im Central Park. Hannah geht gern in den Park. Sie sieht den fallenden Blättern zu, wie sie sich als orangerote Farbkleckse auf die feuchte Erde legen. Kanoa liebt den Central Park auch. Doch manchmal fragt sie sich, warum er nicht allein hingeht. Denn er wird oft schweigsam und taucht in eine andere Welt ab, die Hannah nicht kennt und in die er sie auch nicht einlädt mitzukommen. Sie ahnt, es ist eine düstere Welt, in der Poemas Hilferufe ungehört verhallen.

Sie sind stehen geblieben und sehen einem Eichhörnchen zu, das emsig Nüsse in ein Baumloch trägt.

»Weißt du, dass sie oft vergessen, wo sie ihre Nüsse versteckt haben?«, fragt Hannah.

»Vielleicht haben sie so viele Verstecke, dass sie nicht jedes einzelne finden müssen«, meint Kanoa nachdenklich.

Hannah muss nicht fragen, sie weiß, dass er an Aiden denkt.

»Weißt du, was? Ich hab Lust auf Schokolade«, sagt sie schnell und gibt ihm einen Kuss. »Heiße Schokolade!«

Übertrieben seufzend schüttelt er den Kopf. »Ich hab auf der Insel ganz schön was verpasst, oder?«

Sie setzt einen verführerischen Blick auf. »Ja ... und jetzt bist du mir ausgeliefert.«

Er lacht und sie lacht auch und dann zieht sie ihn ins *La Churreria*. Dort setzen sie sich an den letzten freien Tisch neben ein in typischem Stakkato-Spanisch diskutierendes junges Pärchen, bestellen Churros, in Fett gebackene Teigkringel, die man in Streifen schneidet und in heiße, dickflüssige Schokolade tunkt.

»Keine Bewegung!«, sagt er in gespieltem Ernst.

Langsam streckt er den Finger aus – und streicht ihr zärtlich die Schokolade von den Lippen.

»He ...«

Bevor sie noch etwas sagen kann, hat er sie schon geküsst. »Ich liebe Schokolade«, sagt er leise.

»Ich auch«, erwidert sie und küsst ihn noch einmal. Eine Weile betrachtet sie ihn und sie stellt sich dabei vor, sie würde ihn zum ersten Mal sehen. Dann versenkt sie sich in seine Sommersprossen, die hier in New York schon fast verblasst sind, sie lässt ihren Blick über seine dichten kupferfarbenen Haare gleiten, taucht in seine blaugrünen Augen ein und endet auf seinen leicht geschwungenen Lippen. Er hat etwas Sanftes, das sie so sehr an ihm liebt.

»Wie ist das eigentlich, wenn man auf einer Insel aufwächst? Noch dazu mit einem Vater als Sektenguru – und ohne Schokolade? War das nicht wie ...«

Ein Schmunzeln umspielt seine Lippen. »Im Gefängnis?« Dann erlischt sein Lächeln plötzlich.

Sie hat ihm von Janice erzählt und so sagt er rasch: »Entschuldige ...«

Sie winkt ab. »Schon gut. Ich kann ja nicht jedes Mal bei dem Wort Gefängnis eine Krise kriegen.«

»Nein ... also ... nein, es hat sich gut angefühlt. Jedenfalls als Kind. Es war das Paradies. Nur Sonne, Strand und Meer und ich konnte den ganzen Tag machen, was ich wollte. Sandburgen bauen«, er taucht den Churro in die Schokolade, »Fische beobachten, Muscheln sammeln ...« Der Teigkringel verschwindet in seinem Mund. »Und Sky kam uns Kindern eher so vor wie ein ... ein Zauberer.« Er lächelt in sich hinein. Er hat auch gute Erinnerungen an die Insel, denkt Hannah.

»Und später«, fragt sie, »als du keine Sandburgen mehr gebaut hast? Musstest du und Poema auch an diesen Ritualen im Dschungel teilnehmen?«

»Du meinst diese Blutrituale? Erst später, als wir älter waren. Ich höre manchmal noch die Schreie und die Trommeln ...« Er blickt einen Moment nachdenklich in seine Tasse. »Es war schrecklich«, sagt er dann leise.

Hannah streckt ihren Arm über den Tisch aus und nimmt seine Hand. Es fällt ihr schwer, sich vorzustellen, wie es gewesen sein muss, auf der Insel aufzuwachsen.

»Es gab immer was zu tun, die Hütten mussten instand gehalten, die Boote repariert, Kokosnüsse geerntet werden, jemand musste das Essen zubereiten, Feuerholz sammeln ... Es war so was wie ... ein ewiges Ferienlager.«

»Hast du es denn nie seltsam gefunden, dass nur junge Frauen und Mädchen auf der Insel waren?«

Er überlegt kurz. »Nein, zuerst nicht, später dann schon.«

Die beiden, die am Nebentisch so lautstark auf Spanisch diskutiert haben, stehen auf und verabschieden sich mit einem leidenschaftlichen Kuss.

Hannah rührt in ihrer Tasse. Da ist etwas, was sie ihn noch nie zu fragen gewagt hat.

»Sag mal«, fängt sie an, »hat Sky auch ... Experimente mit dir und Poema gemacht?«

»Nein!« Er schüttelt entschieden den Kopf. »Ich war nie im Bunker. Ich wusste überhaupt nicht, dass es den gibt! Ein paarmal war ich mit Sky auf der Hauptinsel. Aiden durfte sogar nach Sydney, aber ich nicht. Keine Ahnung, warum Sky mir das nicht erlaubt hat.«

»Vielleicht hatte er Angst, dass du ihn dann verlassen würdest? Er hat dich über alles geliebt, Kanoa.«

»Ja«, sagt er.

Hannah beobachtet einen Spatz, der frech auf dem Nachbartisch herumhüpft und die Krümel aufpickt. Dann fängt Kanoa auf einmal an zu erzählen. Kanoa war Skys Lieblingssohn. Skys erste Frau, Aidens Mutter, heißt Shannen. Sie hatte indianisches Blut. Von ihr hat Aiden seine seidigen schwarzen Haare und die bronzefarbene Haut. Mit Shannen ist Sky auf die Insel zurückgekehrt, auf der er als Kind mit seinem Vater und seiner Mutter gelebt hat. Hannah erinnert sich noch genau an das Foto aus dem Bunker, auf dem der kleine Sky zwischen seinen Eltern steht, kalkweiß und verschüchtert, und die Hand seiner Mutter umklammert hält.

Shannen und Sky haben in einer Art Kommune gelebt, es gab eine ganze Menge Frauen. Shannen wurde schwanger und brachte Aiden zur Welt. Ein paar Jahre später kam eine junge Backpackerin namens Nora auf die Insel und Sky verliebte sich in die sommersprossige, rothaarige Amerikanerin mit den sanften grünen Augen. Nora bekam zwei Kinder, Poema und Kanoa. Nora aber wurde auf der Insel depressiv und ging eines Morgens mit ihnen ins Wasser, um mit ihnen zu sterben. Kanoa und Poema wurden gerettet – ausgerechnet von Shannen. Bald darauf verließ Shannen Sky und die Insel. Irgendwie gelang es Sky, Aiden dazubehalten.

Hannah trinkt den Rest ihrer Schokolade, die kalt geworden ist, und sieht Kanoa nachdenklich an. »Ich frage mich, wie Poema von einem Tag auf den anderen plötzlich verschwinden konnte.«

Kanoa presst die Lippen aufeinander. »Es war Aiden«, sagt er dann und es klingt bitter. »Aiden hat das mit der Jacht organisiert. Ganz bestimmt. Sky wusste nie, was wirklich passiert.«

»Aber was hat Sky denn gedacht? Dass die Mädchen tatsächlich alle in die fünfte Dimension gegangen sind?«

Statt einer Antwort lächelt Kanoa müde.

»Das ist doch total verrückt, Kanoa!«

»Sky ist ... *war* total verrückt.« Er zieht eine Papierserviette aus dem Spender auf dem Tisch und wischt sich das Fett von den Fingern. »Jemand hat mal gesagt, er sei schizophren. Und Aiden ist genauso wahnsinnig.« Er zerknüllt die Papierserviette in der Faust. »Nein – Aiden ist noch viel gefährlicher.«

Hannah sucht seinen Blick, doch Kanoa starrt an ihr vorbei ins Leere. Wieder einmal ist er weg, weit weg.

# THE LIGHT

In dieser Nacht liegt sie lange wach und denkt über Kanoa nach, über die Insel, über Nikki und über Janice. Sie muss nach London. Sobald wie möglich. Sie hat so viele Fragen. Aber was ist mit Kanoa?

Sie starrt ins Grau des Zimmers, bis ihr die Augen brennen und sie sie zumachen muss. Aber was ist das? Sie reißt die Augen wieder auf. Ein Lichtstrahl fällt durchs Fenster herein, leuchtet direkt in Hannahs Augen. Geblendet hebt sie die Hand, die nun von einem Lichtkranz umgeben ist wie von einem Heiligenschein. Kanoa schläft ruhig atmend neben ihr. Was ist das nur für ein Licht? So weiß und gleißend ...

Vorsichtig, um ihn nicht zu wecken, zieht sie ihren Arm von Kanoas Schulter und schlüpft unter der Decke hervor. Als ihre nackten Füße den kalten Holzboden berühren, zuckt sie kurz zusammen. Schnell steigt sie in ihre warmen Uggs und hängt sich den Bademantel um. Es ist geradezu unheimlich. Vielleicht nur eine Reflexion? Aber dazu ist das Licht zu hell. Sie blickt aus dem Fenster. Im Apartmenthaus gegenüber sind alle Fenster dunkel. Der Lichtstrahl kommt also nicht von dort. Er kommt von viel weiter her – er kommt ... aus dem Himmel.

»Hannah?«, hört sie Kanoas schlaftrunkene Stimme hinter sich. »Was machst du da? Komm wieder ins Bett.«

Sie dreht sich zu ihm um. »Dieser Lichtstrahl ...«

»Ein Scheinwerfer«, brummt er.

»Er kommt aus dem Himmel.«

»Dann eben ein Stern.«

Sie zieht den Bademantel wieder aus, schlüpft zu Kanoa unter die Decke und schmiegt sich an seinen warmen Körper.

»Mach einfach die Augen zu.«

»Ein Stern ist niemals so hell.«

»Dieser schon. Der leuchtet nur für dich.« Er küsst ihr Ohrläppchen. »Nur für dich, Hannah.« Und dann bedeckt er ihr Gesicht mit warmen Küssen. »Dein Stern.«

»Kanoa?« Plötzlich kommt ihr ein absurder Gedanke und beunruhigt setzt sie sich auf. »Und was, wenn ... es doch so was gibt wie ... die fünfte Dimension? Wenn dieser Stern ...«

»Pssst!« Sanft legt er den Finger auf ihre Lippen. »Versuch einzuschlafen, Hannah.« Er nimmt sie in die Arme und zieht sie an sich.

In dieser Nacht hat sie wieder den seltsamen Traum, den sie träumt, seit sie in dieser Wohnung sind.

Eine Frau steht am Fenster und sieht hinaus in die Dunkelheit – und in die Lichter. Die Frau hat ein Baby an ihre Brust gedrückt. Da geht plötzlich die Tür auf und ein Mann, ganz in Weiß gekleidet, kommt herein und streckt die Arme nach dem Baby aus ... und die Frau will schreien, aber der Mann nimmt ihr einfach das Kind aus den Armen und geht, und jetzt erst schreit die Frau, die Fensterscheibe platzt und dann ... dann springt die Frau in die Häuserschlucht. Und die Frau ... ist Janice ...

# NEBELTAGE

Hannah zieht die Jalousie hoch und sieht auf die Häuser und Dächer, die sich vor ihr ausdehnen wie eine endlose Landschaft aus Beton, Stein und Glas. Der Himmel ist von einem undurchdringlichen Weiß. Ohne Wolken, ohne Wind, einfach weiß. Seit Tagen schon liegt Nebel über der Stadt. Als feuchter Schleier hängt er in den Straßen. Er lässt die Fensterscheiben beschlagen, legt sich auf die Haut und vermischt sich mit den Autoabgasen. Sie sind gestern nach einem weiteren Tag im Park sehr spät ins Bett, Summer wollte sie am Abend nicht gehen lassen. Hannah weiß, dass Summer sich oft einsam und traurig fühlt. Manchmal sprudelt sie fast über vor Begeisterung, ist unternehmungslustig, macht Pläne und dann, von einer Minute auf die andere, wird sie ernst, wandert gedankenverloren durch die Wohnung oder blickt aus dem Fenster und scheint alles um sich herum zu vergessen. Summer grübelt über irgendetwas nach, aber sie lässt niemanden an ihren Gedanken teilhaben, nicht mal Hannah. Im Grunde ist sie wie Kanoa, denkt Hannah manchmal. Immerhin, sie und Kanoa haben sich an Summers Launen gewöhnt, obwohl sie schlimmer zu werden scheinen. Aber wer weiß schon, was Summer auf der Insel alles erlebt hat – schließlich war sie über zwei Jahre dort. Was hat Sky mit ihr gemacht? Wie oft war sie bei den Blutritualen im Dschungel dabei? Wie viele Drogen haben sie ihr gegeben? Wie oft musste sie fürchten, dass sie für den Gang durchs Felsentor ausgewählt werden würde? Und: Was für ein gemeines Spiel hat Aiden mit ihr getrieben?

Kanoa liegt schwer atmend im Bett, die Decke bis zum Kinn hochgezogen. Vorhin hat er einen langen Hustenanfall gehabt. Kein Wunder, er ist dieses Klima hier überhaupt nicht gewöhnt. Aber zum Arzt will er nicht. Auf gar keinen Fall. Er hat eine geradezu panische Angst davor.

Aber ich mache mir solche Sorgen um dich, möchte sie ihm am liebsten sagen, aber sie tut es nicht. Weil sie weiß, dass er sie nur beschwichtigen und sagen würde, er sei nicht krank.

Immer wieder versucht sie, Entschuldigungen und Erklärungen für sein Verhalten zu finden: Er ist in einer ganz anderen Umgebung aufgewachsen. Er kennt nichts anderes als die Insel. New York mit seinen Menschen, dem Lärm – das muss ihn ja stressen. Und: Ihm ist niemand mehr geblieben außer ihr. Überleg doch mal, wie es für dich wäre, ohne Eltern, ganz allein in einer unbekannten Welt. Sie erinnert sich noch gut, wie sie sich in der Hütte am weißen Strand gefühlt hat, in den Nächten, in denen Nikki bei Sky und sie ganz allein war ...

Es ist verrückt, denkt sie oft: Auf der Insel, als sie vor Aiden und Sky und den Wachleuten geflohen sind, hat sie sich Kanoa viel näher gefühlt. Auch wenn sie damals noch so gut wie nichts von ihm gewusst hat.

Sie hat sich mit dem Rücken ans Fenster gelehnt und sieht ihn an. Sie liebt ihn, wie sie noch nie zuvor jemanden geliebt hat. Ja, erst jetzt weiß sie, wie es sich anfühlt, wenn man jemanden liebt. Es ist, als wäre er ein Teil von ihr ...

Plötzlich schlägt er die Augen auf. »He, beobachtest du mich, wie ich schlafe?«

Sie ist näher gekommen und streicht ihm liebevoll durch die Haare. Manchmal glaubt sie, sie muss ihn beschützen.

»Ich will dich nie verlieren«, flüstert sie ernst und bedeckt sein Gesicht mit Küssen. »Niemals.«

Er greift nach ihrem Handgelenk und hält es fest. »Ich wollte dieses Leben hier nie. Auf der Suche und irgendwie auch auf der Flucht ...«

»Was für ein Leben wolltest du dann?«

Sein Blick gleitet über ihr Gesicht zum Fenster, als fände er dort draußen, im dichten Weiß dieses nebligen Tages, die Antwort auf ihre Frage. »Unser Leben ... Ich wollte immer nur unser Leben.«

Sie schluckt gegen den Kloß in ihrer Kehle an, kämpft gegen die Tränen, die aus ihr herauswollen, als wäre dann alles anders, wenn sie nur weinen würde. Dabei wird es nicht anders, das weiß sie doch längst – und gerade dieses Wissen lässt sie so verzweifeln. Sie legt sich zu ihm, unter die Decke.

Und wie sie so nebeneinanderliegen, in diesem Apartment, inmitten dieser gigantisch großen Stadt, spürt sie diesen warmen Strom, wie er durch ihre Hände und weiter durch ihren Körper fließt, sich dort ausbreitet und sie mit einer wunderbaren Wärme erfüllt. Sie schließt die Augen. *Nur du und ich.*

»Nur du und ich«, sagt er genau in dem Moment leise und sie spürt seinen Atem in ihren Haaren.

Von irgendwoher kommt Musik ... egal, sie will nicht darüber nachdenken, sie will überhaupt nicht mehr denken, sie will nur noch fühlen, wie sich ihr Körper an seinen schmiegt, will ihn riechen, seinen Atem, seinen Duft nach der Insel ... nach Meer und Gräsern, durch die der Wind weht. Seine Haare leuchten wie das Abendrot und seine Augen – ja, seine Augen sind das Meer ...

»Warum können wir nicht einfach glücklich sein?«, fragt sie, dabei kennt sie die Antwort doch.

Ja, sie kann Nikki nicht vergessen. Und er kann Poema nicht vergessen. Und sie will wissen, was mit ihrer Mutter geschehen ist und ob gerade vielleicht dasselbe mit ihr geschieht. Dreht sie auch ... durch? Sieht sie nicht schon überall Zeichen und wieso wird sie, seit sie hier in der Wohnung leben, ihre Albträume nicht los? Sie will wieder ruhig schlafen können. Will einfach ein normales Leben mit Kanoa führen ...

»Und was ist«, fragt er, »wenn wir sie nie finden?«

Sie denkt an die Nacht, als sie ganz oben auf dem Empire State Building standen und die tausend Lichter unter ihnen leuchten sahen.

»Die Welt ist wie der Sternenhimmel«, hat er zu ihr gesagt, »Tausende Galaxien. Nikki und Poema können überall sein – überall und nirgends.«

Sie legt ihm den Finger auf die Lippen.

»Irgendwo sind sie, ich weiß es«, sagt sie und zieht ihn an sich und hält ihn fest, so fest, dass sie nicht mehr weiß, wo sie aufhört und er anfängt. Solange sie fühlt, dass er sie liebt, wird sie nie wieder allein sein.

Ihre Hände gleiten unter sein T-Shirt, sie will ihn spüren, seine Haut, nichts soll mehr zwischen ihnen sein, kein Stoff, keine Gedanken, nichts, gar nichts mehr. Ihr Körper vibriert unter seinen Berührungen und ihre Gedanken lösen sich auf, es gibt keine Zeit mehr, keine Grenzen mehr, kein Ich, kein Du, alles ist eins, alles, was war, was ist und was je sein wird, verschmilzt in diesem Moment – die ganze Welt, das ganze Universum sind nur Hannah und Kanoa ...

»Wir müssen aufstehen«, sagt Kanoa irgendwann. »Wir können nicht den ganzen Tag vertun ... dieser Verkäufer ...«

»Ich weiß«, seufzt Hannah und rollt sich neben ihn.

# SIGNS

Hannah hat sich einen Supermarkt weiter weg ausgesucht, damit sie dorthin fahren und so Zeit schinden kann. Wer hält es schon aus, nichts zu tun – die ganze Zeit nur einem Phantom hinterherzujagen? Kanoa ist auf dem Hinweg ein Stück mit ihr gefahren. Er ist ganz besessen davon, diesen Verkäufer wieder zu treffen. *Sind wir beide nicht schon längst verrückt?*, fragt sie sich. *Was hat die Insel mit uns gemacht, warum lässt sie uns nicht einfach in Ruhe?*

Das Ruckeln und Brummen der Subway macht Hannah schläfrig, und als ihr kurz die Augen zufallen und sie sie wieder öffnet, fällt ihr eine Frau auf, die in der Nähe der übernächsten Tür sitzt. Hannah sieht zweimal hin. Und dann noch einmal. Kann das sein? Irrt sie sich? Sie *muss* sich irren. Das kann nicht die Frau vom Flughafen auf der Hauptinsel sein, die mit ... Hannah muss schlucken ... mit dem weißen Armband, das Summer gesehen haben will? Aber wäre das nicht ein viel zu großer Zufall? Andererseits – Angestellte der Airlines reisen bestimmt oft durch die Welt. Vielleicht ist sie ja sogar Stewardess und hat an dem Tag nur ausnahmsweise am Schalter gesessen. Schließlich hatte Vanuatu nach dem Tsunami den Notstand ausgerufen.

Die Frau steht auf. Wahrscheinlich will sie an der nächsten Haltestelle aussteigen. Hannah drängelt sich weiter vor, aber an dem Riesentypen mit dem breiten Kreuz und den Kopfhörern kommt sie nicht vorbei. Da fährt die U-Bahn auch schon in die Station ein, die Bremsen quietschen, die Frau steigt aus, wendet sich kurz zur Seite, sodass Hannah ihr Gesicht besser erkennen kann. Ist sie es wirklich? Hatte sie tatsächlich diese hohen Wangenknochen, die schmale, leicht gebogene Nase? Wie lange haben sie mit ihr am Flughafenschalter gesprochen? Fünf, sechs Minuten? Reicht das, um einen Menschen wiederzuerkennen?

Hannah kämpft sich nun rücksichtlos zur Tür, durch die schon neue Fahrgäste hereindrängen. Wo ist die Frau? Da! Hannah sieht sie in dem Tunnel, der zum Ausgang führt, verschwinden. Im letzten Moment zwängt sie sich zwischen den Menschen hindurch, stolpert aus der Tür und stürzt ihr hinterher.

Sie ist es, denkt Hannah, als die Frau oben auf der Straße in ein Taxi steigt. Das Taxi fährt los und ist wenige Sekunden später in den dahinfließenden Strom der Autos eingetaucht.

Verwirrt macht Hannah sich auf den Heimweg. Ich bin schon bald so durchgeknallt wie meine Mutter ...

Vom Einkaufen wieder zu Hause, steht Hannah eine ganze Weile am Fenster und sieht hinaus, während sich die Gedanken in ihrem Kopf immer mehr verheddern.

Irgendwann beschließt sie, zu Summer hinunterzugehen.

Summer hat ihren berühmten Zimttee aufgebrüht und im ganzen Apartment duftet es danach.

»Ah, ich liebe diesen Duft«, sagt Summer und gießt Hannah und sich aus der chinesischen Teekanne vom Flohmarkt ein. »Da muss ich immer an meine Oma denken. Die kam aus Deutschland und wir haben mit ihr deutsche Weihnachten gefeiert. Mit Plätzchen und Weihnachtsbaum und Gänsebraten und so. Mein Dad hat sich dann als Weihnachtsmann verkleidet, mit Bart und rotem Mantel. Er war so ... echt ...«

Sie lächelt wehmütig. »Manchmal fühle ich mich schrecklich verloren, wenn ich an früher denke.« Sie hat sich ihr Strickzeug geholt. Summer strickt gern. Bunte Socken und Schals. Vor allem Schals. Weil man da nur geradeaus stricken muss, hat sie gemeint. Hannah hat sie auch schon einen Schal geschenkt. Der sieht aus wie das Meer: azurblau, türkis, hellgrau. Und er ist wunderschön.

Sorgfältig legt Summer den Faden um die Nadel. »Ich träume jede Nacht davon, wie mein Dad gestorben ist. «

Summer hat, gleich als sie in New York ankamen, ihre Eltern angerufen. Bevor sie zu der Reise nach Australien aufgebrochen ist, war sie schon von zu Hause ausgezogen und hatte den Kontakt zu ihren Eltern abgebrochen. »Die hatten eh nie Zeit für mich.« Als sie sie dann von New York aus anrief, erfuhr sie von ihrer Mutter, dass ihr Vater schon vor einem Jahr gestorben ist. »Sie hat doch echt geglaubt, mir wär das egal, weil ich mich nie gemeldet habe.« Summer bläst sich eine Strähne aus der Stirn. »Ich grübele so oft darüber nach, was ich in dem Moment gemacht habe, als er gestorben ist.«

Hastig strickt Summer weiter, die Nadeln klappern, präzise wie eine Maschine schnellt ihr Finger im richtigen Moment vor und schlingt den Faden darum. »Aber ich kann mich nicht erinnern. Und jetzt ist er einfach nicht mehr da.« Sie schluckt und wischt sich schnell mit dem Handrücken über die Augen.

Hannah sieht den orangefarbenen Schal in Summers Händen wachsen, Masche um Masche. Und dabei stellt sie sich vor, wie es sich anfühlen würde, wenn Eileen oder Richard während ihrer Reise gestorben wären. Hannah spürt einen Kloß im Hals.

»Ich kann meine Mom einfach nicht verstehen«, redet Summer weiter. »Zwei Monate später ist sie schon zu diesem ...«, sie presst kurz die Lippen aufeinander, »diesem Larry, oder wie er heißt, nach Florida gezogen.«

»Lance«, berichtigt Hannah. Summer hat ihr die Story schon einmal erzählt.

»Meinetwegen Lance.« Summer seufzt. »Ich hab jedenfalls keine Lust, meine Mom zu besuchen. *Summer-Honey, darf ich vorstellen, das ist Lance. Lance, das ist* ... Nee, ich war ihr früher ja auch nie wichtig.« Summer legt ihr Strickzeug beiseite.

Hannah nippt an ihrem Tee. »Vielleicht hat sie sich allein gefühlt, nach dem Tod von deinem Vater?«

»Und wennschon«, sagt Summer trotzig, wird dann aber rasch wieder nachdenklich. »Ich hab mir immer eine andere Familie, eine richtige Familie gewünscht, so eine wie meine Freundin Lisa mit ihren zwei Schwestern und ihrem Bruder eine hatte. Da war immer was los und es gab immer was zu feiern. Ich hätte es cool gefunden, einen Bruder zu haben. Na ja, oder 'ne Schwester.«

»Ja, das hab ich mir auch oft gewünscht«, sagt Hannah.

Sie sitzen eine Weile da und trinken Tee, bis Hannah es nicht mehr zurückhalten kann. »Ich muss dir was sagen.«

Das Stricknadelgeklapper hört sofort auf und Summer sieht sie neugierig an, fast ein bisschen ängstlich. »Ja?«

Hannah weiß nicht so recht, wie sie es sagen soll, schließlich hat Summer am Flughafen ziemlich panisch reagiert ... »Ich glaube, ich hab heute in der Subway jemanden gesehen ...«

»Aiden?« Summer grinst, macht eine wegwerfende Handbewegung und greift zur Tasse. »Vergiss es, war ein schlechter Scherz.«

»Nicht Aiden, aber ... ich glaube, die Angestellte, die uns die Tickets nach New York verkauft hat.« Jetzt ist es raus und Hannah beißt sich auf die Lippen.

Mit einem lauten Klirren stellt Summer ihre Tasse auf den Unterteller.

»Ich meine, sie ist vielleicht Stewardess und …« Hannah merkt, wie verrückt ihre Vermutung war. Es gibt sicher Hunderte Frauen, die dieser Frau ähnlich sehen. Und sie hat das Gesicht nicht mal mehr richtig vor Augen.

»Das Armband …«, sagt Summer todernst. »Ich hab recht gehabt … sie muss dazugehören, zu POG …«

»Das ist doch unmöglich, Summer! Ich hab mich bestimmt geirrt«, sagt Hannah und sie ist sich auf einmal sicher, dass sie sich geirrt haben muss. »Ich meine, wie viele Einwohner hat New York? Acht Millionen? Und da sollte ich ausgerechnet diese Frau vom Flughafen treffen?«

Summer hat sie gar nicht gehört, sie ist aufgestanden und zum Fenster gegangen.

Hinter der großen Scheibe flackert und blinkt die Stadt mit ihren rot-weißen Scheinwerferketten, ihren Leuchtreklamen und Ampeln und den vielen Lichtern in den gläsernen Bürotürmen.

Summer dreht sich zu ihr um. »Du hast mich mal gefragt, was zwischen mir und Aiden war.«

Auf ihrem Gesicht ist ein schwaches, trauriges Lächeln, das aber gleich wieder verschwindet. »Er war meine große Liebe. Und er hat unsere Liebe verraten.«

Hannah steht auf, geht zu Summer, der jetzt Tränen über die Wangen laufen, und nimmt sie in die Arme. Sie hat keine Ahnung, warum ihr Summer ausgerechnet jetzt die Geschichte mit Aiden erzählt. Und dann bricht es aus Summer heraus.

»Ich hab ihn geliebt und ich hab gedacht, dass er mich genauso liebt! Wir hatten uns gefunden und ich dachte, es wäre für immer … aber … Ich hab ihm vertraut, ich …«

Hannah hält Summer ganz fest. Sie hat das Gefühl, wenn sie sie loslässt, würde Summer auf den Boden sacken und nie wieder aufstehen.

»Als er mit mir Schluss gemacht hat, hat er gesagt, dass er mich nie geliebt hat, und ich wollte nur noch weg. Ein paarmal habe ich versucht zu fliehen, aber ich bin nie weit gekommen. Kaum hatten Skys Wachen mich zurück ins Lager gebracht, hat Aiden sich wieder um mich gekümmert, morgens und abends hat er mir zu essen und zu trinken gebracht und ist bei mir geblieben. So, wie ich es mir gewünscht habe. Und jedes Mal, wenn er in der Hütte aufgetaucht ist, habe ich wieder gehofft, dass er zu mir zurückkommt, wenn ich mache, was er von mir verlangt. Ich dachte, er würde wieder etwas für mich empfinden.« Summer sieht auf und blickt Hannah in die Augen. Ihr Schmerz verwandelt sich in Wut. »Aber er, er hat mich nur manipuliert und ich war ... war wie gelähmt ...«

»Ja ...« Hannah weiß genau, was Summer meint. Selbst jetzt noch spürt sie, wie es sich angefühlt hat, als Aiden sie so verletzt hat.

»Es war so furchtbar, Hannah, ich hatte Panikanfälle und Halluzinationen, bis ich schließlich dahintergekommen bin, dass es der Tee war. Und dann wollte ich mich nur noch an ihm rächen. Der Gedanke an die Rache hat mich die letzte Zeit auf der Insel am Leben gehalten. Auch wenn ich mit meinen Plänen bis jetzt nicht sehr weit gekommen bin.« Summer lächelt müde und löst sich aus Hannahs Armen. »Am liebsten würde ich das alles einfach vergessen, aber es geht nicht ...« Sie sinkt auf die Knie und hört lange nicht auf zu weinen.

Hannah gibt ihr ein Taschentuch und setzt sich neben sie auf den Boden.

»Und weißt du, warum es nicht geht?«, Summer schnäuzt sich in das Taschentuch. »Weil wir hier in New York sind.«

Hannah sieht Summer verständnislos an. Summer schluchzt auf.

»›Lass uns ein neues Leben aufbauen‹, hat Aiden gesagt und dass er auch von der Insel und von Sky wegwill. Da waren wir ungefähr vier Monate zusammen. Ich wollte mein ganzes Leben mit ihm leben.« Sie bricht wieder in lautes Schluchzen aus. »Und weißt du, was er gesagt hat? Er hat gesagt: ›Wir gehen weg von hier. Wir gehen nach New York.‹« Summer knüllt das Taschentuch zusammen. Ihre letzten Worte hallen endlos in Hannahs Kopf. New York, New York, New York ...

Summer knetet das nasse Taschentuch.

Aiden wollte mit Summer nach New York? Ausgerechnet nach New York? Ist das wieder so ein ... ein Zufall?

Summer ist aufgesprungen und geht unruhig im Zimmer auf und ab. »Nein. Es ist kein Zufall. Ich wusste es, wir hätten die Tickets nach New York nicht nehmen dürfen.« Der Dielenboden knarzt unter ihren Füßen mit den dicken selbst gestrickten Socken, bis sie auf einmal stehen bleibt.

Ihre Augen sind ganz schmal geworden. »Andererseits ... es war so geplant ...«

»Willst du behaupten, die Angestellte wollte uns ...«

»Ja!«, sagt Summer heftig. »Sie gehört dazu. Zu POG. Sie wollte uns auf Aidens Spur locken. Weil sie wusste, wo Aiden ist! Nämlich in New York!«

»Hm«, macht Hannah, während leise Zweifel an Summers Verstand in ihr aufsteigen. »Ich weiß nicht, Summer ...«

»Das ist dir zu abgefahren, zu verrückt, stimmt's?«

Hannah überlegt und sagt langsam: »Na ja, wenn ich an diesen gefakten Angriff der Dunklen Armee denke ...«

Sie erinnert sich wieder, wie sie durch den Dschungel gerannt sind, auf der Flucht vor Hubschraubern der Regierung oder irgendwelcher Feinde von Sky, was wahrscheinlich ein und dasselbe war. Ganz sicher aber waren es keine Flugkörper der Dunklen Armeen aus Skys Universum, wie Aiden behauptet hatte.

»Genau!« Summer nickt. »Selbst im Bunker haben wir noch Aidens Lügen geglaubt. Weil er so gut darin ist. Im Lügen.«

»Also, du meinst, wir wurden hierher...geschickt ...«

»Ja, Hannah, wenn ich es dir doch sage! Die Frau am Flughafen hat uns hierhergeschickt, damit wir Aiden finden oder ...«

Hannah läuft es eiskalt über den Rücken. »... damit Aiden uns findet.«

## RADIO NEWS 2

»Auf der aktuellen Röntgenteleskop-Aufnahme eines Wettersatelliten sind sie als helle Flecken zu sehen. Dabei werden elektrisch geladene Teilchen ...«

»Mann, Alter, wie kann man nur den ganzen Tag diesen Blödsinn hören! So ... na, wie ist das? Ein bisschen Swing. Ich nehm mal an, auf Hip-Hop fährst du nicht so ab.«

»Bobb, bobb, bobb, bobb, bobb, bobb«, macht er.

»Hör auf, Einstein! Das hält ja kein Mensch aus.«

»Bobb, bobb, bobb ...« Er denkt gar nicht daran aufzuhören.

»Jaaaaaa! Schon gut, schon gut. Reg dich ab! Da hast du deinen Scheißsonnensender wieder. Mann, du bist echt total durchgeknallt.«

*»Wete kò ou!«* Heute macht es ihm zur Abwechslung mal wieder Spaß, diesen einfältigen Menschen zu ärgern.

»Was murmelst du da für 'n Zeug?«

*»Sikile ...«*

»Hör auf damit und hör auf mit dem Augengerolle! Sonst krieg ich wirklich noch Schiss.«

*»Wete kò ou! Wete kò ou! Wete kò ou! WETE KO OU!«* Oh ja, heute macht es ihm richtig Spaß.

»Hör sofort auf, Einstein! Mir platzen gleich die Ohren. Was immer du da laberst, ich krieg davon 'ne Gänsehaut. Schluss damit! Sonst geh ich 'ne Beruhigungsspritze holen.«

Was für ein dummer, dummer Mensch!

»Na siehst du, geht doch. So, und jetzt gibt's Hammhamm.«

Er greift nach dem Teller, zieht ihn zu sich heran.

»Und schön aufessen, damit du groß und stark wirst! He, Einstein, verflucht! Was soll das? Jetzt hab ich Rinderzunge und Kartoffelbrei auf meinen Klamotten! Weißt du was, du kannst mich mal! «

Diese Strategie scheint sich zu bewähren. Das ist die Sprache, die dieser Mensch versteht.

»Bei einem Sturmausbruch auf der Sonnenoberfläche treffen die Röntgenstrahlen und die UV-Strahlen der Sonne auf die Erde. Liebe Zuhörer, eine solche Sonneneruption kann Satelliten beschädigen und damit für mehrere Stunden die gesamte Telekommunikation auf der Erde lahmlegen ...«

*Tack, tack, tack ...*

Er starrt auf den Wecker. 5 Uhr 13.

*Tack, tack, tack ...* 5 Uhr 14. Es kommt unweigerlich.

# DELAROSA

Kanoa sieht richtig cool aus, denkt Hannah, wie sie ihm so gegenübersitzt, an dem kleinen Tisch im *DELAROSA* in Brooklyn. Mit dem Dreitagebart, dem neuen Haarschnitt und dem Hemd aus dem Laden, den sie letzte Woche zufällig entdeckt haben. Als sie reinkamen, haben sich gleich ein paar Mädchen nach ihm umgedreht.

Hannah ist es nicht leichtgefallen, Summer allein zu lassen. Aber sie wollte unbedingt auch einmal wieder mit Kanoa ausgehen, damit sie beide wenigstens für ein paar Stunden an etwas anderes denken als an Aiden und an die Perlen und an Nikki und Poema. Wenigstens für ein paar Stunden. Und dann, wenn es passt, muss sie ihm sagen, dass sie einen Flug nach London gebucht hat ...

Es war gar nicht so leicht, in der angesagten Pizzeria einen Platz zu bekommen. »Da müsst ihr unbedingt mal hin«, hat die Fotografin Anna Li übertrieben geheimnisvoll zu Hannah gesagt. »Für Verliebte genau die richtige Location.« Und dann hat sie gehaucht: »Es ist dort so ... romantisch.«

Und es ist romantisch, mit den dunkelroten Wänden, den goldenen Spiegeln und den großen Ölgemälden mit üppigen Frauen und heldenhaften Jünglingen. Und dazu die Musik ... Eigentlich steht sie nicht auf Opern, aber hier und jetzt trägt die Musik dazu bei, dass sie sich fühlt wie in einer anderen Welt.

Und Kanoa sieht so glücklich aus, dass es ihr beinahe wehtut.

Sie haben als Hauptspeise Calzone bestellt, mit Mozzarella und Tomaten, und dazu – ganz klischeehaft – eine Flasche Chianti.

Kanoa schiebt den Vorspeisenteller zur Seite und nimmt ihre Hand. »Hannah?« Das Kerzenlicht schimmert in seinen Augen und sein Blick wird ganz weich. Sie könnte ihn ewig ansehen.

»Ja?«

Er greift in seine Jackentasche und zieht ein Schächtelchen heraus.

»Ich möchte dir etwas schenken«, sagt er und klappt die kleine Box auf.

Auf schwarzem Samt gebettet funkeln Hannah zwei Ringe entgegen. Der eine Ring hat einen roten, der andere einen orangefarbenen Stein.

»Such dir einen aus.«

»Kanoa! Die sind ja wunderschön!« Vor Rührung könnte sie jetzt glatt in Tränen ausbrechen. Beide Steine leuchten im Kerzenlicht, als brenne in ihnen ein Feuer.

Sie deutet auf den roten.

»Gib mir deine Hand«, sagt er und steckt den Ring an ihren Ringfinger und sie steckt ihm den orangefarbenen an seinen kleinen Finger.

Mit einem Mal ist es ganz feierlich geworden zwischen ihnen und sie spürt es ganz tief in ihrem Innern, dass sie zusammengehören. Hannah und Kanoa.

»Zwei Seelen«, fängt Kanoa leise an, »vereinigt wie zwei Flammen. Manchmal getrennt, um zu lernen und zu wachsen. Aber einander immer wieder findend. In allen Zeiten, an allen Orten. Eine Liebe – über alles erhaben, alle Leben überdauernd.«

Sie will etwas sagen, aber vor ihren Augen verschwimmt alles, das warme Kerzenlicht, die prunkvollen Ölgemälde, die spiegelnden Gläser ... die Musik schwillt an und sie muss ganz schnell nach ihrer Serviette greifen und sich die Tränen abwischen. Ist das nicht alles zu kitschig, um wahr zu sein?

»He, du sollst nicht weinen.« Kanoa streichelt ihre Hand.

Sie ist ganz gerührt und weiß gar nicht, was sie sagen soll. Fühlt sich Glück so an? So ... so warm? Ein roter und ein orangefarbener Stein, die zusammen eine vollendete Einheit ergeben, perfekt, ohne Lücke, ohne Ecken und Kanten, die vollkommene Harmonie.

»Kanoa ...«

»Pst.« Er legt den Finger an die Lippen und sie sieht ihm in die Augen, die viel mehr sagen, als Worte es je könnten.

»Ich liebe dich auch ... für immer ...« Sie hält seine Hand ganz, ganz fest.

Die duftende Calzone, die der Kellner bringt, holt sie zurück in die Wirklichkeit.

»Fragst du dich nicht auch manchmal, ob es Bestimmung ist, dass wir uns begegnet sind?«, fragt er, als der Kellner wieder gegangen ist. »In der Felsspalte«, fängt er an und Hannah erinnert sich daran, was er ihr auf der Insel erzählt hat. Dass Aiden ihn umbringen wollte und er verletzt in der Felsspalte überlebt hat. »Als alles um mich herum dunkel war, als nur tagsüber für ein paar Stunden Licht zu mir herunterfiel, da hab ich mich gefragt, ob es einen Sinn für all das gibt, was uns im Leben passiert.«

Hannah betrachtet den dunkelrot leuchtenden Wein in ihrem Glas.

»Und später, als ich dich zum ersten Mal gesehen habe, da hab ich sofort gewusst, dass ich auf dich gewartet habe.«

Hannah sieht ihn über den Rand ihres Glases hinweg an. Hat sie ihn schon einmal so nachdenklich, so tiefgründig erlebt und sich zugleich so verbunden gefühlt mit ihm?

»Es war ... als würde ich dir wiederbegegnen, als wären wir nur kurz getrennt gewesen ...«

Sie schluckt, will etwas erwidern, will sagen, dass es für sie auch so ist und dass sie noch nie so ein Gefühl gehabt hat, aber sie bringt kein Wort hervor. Er lächelt. »Ich glaube, unsere Calzone wird kalt.«

Sie kann sich nicht erinnern, dass sie jemals so glücklich gewesen ist. Kann dieser Moment nicht ewig dauern?, denkt sie, als ihr Blick zum Eingang gelenkt wird, wo ein großer, schlanker, dunkelhaariger Mann im Anzug die Pizzeria betritt. Er blickt sich suchend um und steuert auf einen Tisch zu, an dem eine hübsche Frau mit hochgesteckten Haaren sitzt und ihm freudig zuwinkt.

»Was ist?« Kanoa ist ihrem Blick gefolgt.

»Ach, nichts, ich hab nur gedacht ...«

»Dass du ihn kennst?«

Sie schüttelt den Kopf. Sie kann es nicht erklären, aber einen Moment lang haben die beiden sie an Aiden und Summer erinnert. Gerade beugt der Mann sich über den Tisch und gibt der Frau einen Kuss auf die Wange.

Und dann muss sie ihn einfach fragen: »Hat Aiden eigentlich irgendwann mal New York erwähnt?«

Kanoa lässt sein Besteck wieder sinken. »Wieso?«

»Weil ...« Hannah seufzt. »Summer ... du hast recht gehabt. Sie war verliebt in Aiden. Nein, nicht nur das. Sie hat ihn richtig geliebt. Und Aiden ... na ja, vielleicht hat er anfangs auch etwas für sie empfunden. Jedenfalls wollte er mit ihr nach New York.«

Kanoa runzelt die Stirn.

»Aber vielleicht sagt man das auch einfach nur so, weil es eine coole Stadt ist, oder?« Sie merkt, wie sie gerade versucht, sich selbst zu beruhigen.

Jetzt kann sie den Rest auch noch sagen. Kanoa wird das auch so sehen wie sie: So große Zufälle gibt es nicht. »Ich habe heute übrigens eine Frau gesehen, die aussah wie die Airline-Angestellte auf der Hauptinsel, die uns die Tickets verkauft hat. Aber das ist doch unwahrscheinlich, dass sie es war, oder?«

Er erwidert nichts, sieht sie nur an, mit einem Blick, den sie nicht deuten kann.

»Und«, redet sie weiter, »Summer meint, sie hätte uns hierhergeschickt, weil Aiden hier ist.« Sie schüttelt den Kopf. Die Geschichte kommt ihr nun noch absurder vor. »Ich hab das Gefühl, ich sehe überall Gespenster.«

Nachdenklich lehnt er sich zurück und betrachtet sie.

»Nein.«

»Nein?«, fragt sie.

»Du siehst keine Gespenster ...«

Hannah folgt seinem Blick in die Kerzenflamme auf dem Tisch, die Licht und Schatten über Kanoas Gesicht tanzen lässt. Nach einer Weile sagt er: »Du weißt nicht, wie Poema aussieht.«

»Nein ...« Hannah fragt sich, worauf er gerade hinauswill.

»Wir brauchen ein Foto, Hannah. Wir brauchen ein Foto, aber es ... es gibt keins. Wir haben kein Foto von Poema! Wie, verdammt noch mal, sollen wir sie jemals finden?« Seine Stimme ist immer lauter geworden, die Leute an den Nebentischen drehen sich zu ihnen um.

»Alles in Ordnung, Miss?« Ein Kellner kommt an ihren Tisch.

»Ja«, sagt sie schnell, »alles in Ordnung.« Dabei will sie sagen, dass nichts in Ordnung ist. Stattdessen schenkt sie dem Kellner ein beruhigendes Lächeln.

»Nur ich ... nur ich kenne sie«, sagt Kanoa, als der Kellner wieder gegangen ist. Dabei klingt seine Stimme so leer, dass es ihr einen Stich versetzt.

»Kanoa, wir ...«, fängt sie an, sie will ihn aus dieser Stimmung herausreißen, aber er scheint sie gar nicht zu hören.

»Tut mir leid, dass ich dir den Abend versaut habe«, murmelt er. Und obwohl er sie ansieht, spürt sie, dass sein Blick ganz woandershin geht. Zurück, irgendwohin zurück in die Vergangenheit ...

Kanoa hat sich einmal mehr in seine Welt zurückgezogen, in der sie ihn nicht erreichen kann.

Eine halbe Stunde später hält er draußen vor dem Lokal ein Taxi an und lässt sie einsteigen. »Fahr schon mal nach Hause, ich komme später. Ich muss noch etwas erledigen.«

»Jetzt? Was gibt es denn um diese Uhrzeit noch zu erledigen, Kanoa?«

»Das ... kann ich dir jetzt nicht erklären, Hannah, bitte.«

Warum nicht?, will sie fragen, aber sie atmet tief durch und sie hofft, dass er sie gleich in die Arme nehmen und ihr sagen wird, dass er sich wie ein Idiot benommen habe. Aber der Augenblick verstreicht und schließlich zieht sie die Tür zu und wendet sich an den Fahrer, der alles mitbekommen hat und sie im Rückspiegel neugierig mustert, und nennt ihm ihre Adresse, bevor ihr die Tränen in die Augen schießen.

Warum, warum musste der Abend so enden? Wieder denkt sie an die gemeinsame Flucht über die Insel, an das Dorf mit den Holzattrappen, dem Holzkühlschrank, dem Holztelefon.

Wie sie die Nerven verloren hat und hysterisch wurde. Sie hat ihn beschimpft, ihn angeschrien und dennoch ... dennoch hat er zu ihr gehalten. Er hat sie umarmt, hat sie festgehalten und sie hat gespürt, dass er sie liebt, auch in diesem Augenblick.

Kanoa, denkt sie, bitte komm zurück.

Keuchend läuft Kanoa durch die Straßen. Er braucht das jetzt. Das Brennen in den Lungen. Allein zu sein.

Er wollte Hannah nicht verletzen, aber der Gedanke an Poema und die Erkenntnis, dass niemand weiß, wie sie aussieht, dass sie bestimmt einen anderen Namen bekommen hat, macht ihn total fertig.

Wie soll er sie denn finden?

Alles läuft aus dem Ruder – und diesen Verkäufer im Schmuckladen hat er auch noch nicht wieder erwischt. Und jetzt hat er auch noch ihren gemeinsamen Abend verdorben.

Er bleibt an einer Hauswand stehen und ringt nach Atem.

Wie geht's weiter? Was soll er nur tun?

Selbst in dem spärlichen Licht der entfernten Straßenbeleuchtung leuchtet der orangefarbene Stein an seinem Finger. Er hat lange überlegt, wann er Hannah den Ring schenken sollte. Er wollte, dass es besonders wird, dass sie beide sich immer an den Moment erinnern. Na, das hast du ja super gemacht, denkt er.

Er schließt die Augen und denkt daran, wie er die Ringe bekommen hat. Als er die Perlen auf Vanuatu verkauft hat ... Summer und Hannah warteten draußen.

# BEFORE: DIE RINGE

Kanoa legte Aidens schwarze Tasche auf den Tisch, auf dem jede Menge Plunder herumlag.

Emanuel Scott war kaum auszumachen in dem schlecht beleuchteten, vollgestopften Raum. Sein dunkelbraunes Gesicht mit dem krausen Bart und ebenso krausen Haaren hätte auf den ersten Blick auch ein düsteres Gemälde sein können oder eine skurrile Plastik. Das schlabbrige schwarze T-Shirt nahm seinem riesigen Körper noch die letzte Kontur. Nur das schmutzige Weiß seiner Sneakers und das reine Weiß seiner Augen stachen deutlich aus der alles gleichmachenden Dunkelheit hervor.

»Weißt du, dass es Menschen gibt, die glauben, Perlen bringen Unglück, wenn man sie dem Meer stiehlt?«, fragte Scott.

Es roch genauso nach Fisch wie damals, als Kanoa und Sky ihm eine Lieferung Perlen verkauften. Und Kanoa erinnerte sich, dass er es seltsam fand, denn Perlen rochen nicht nach Fisch. Perlen rochen nach gar nichts. Genauso wenig wie Sterne nach etwas rochen, hatte er gedacht.

»Nein, das wusste ich nicht.« Kanoa kniff die Augen zusammen. Kaum dass Emanuel Scott den Reißverschluss der Tasche aufgezogen hatte, blitzten die weißen Perlen auf und schienen den ganzen Raum heller zu machen. »Aber dann ist es ja umso besser, wenn ich sie los bin.«

Der Alte lächelte seltsam, griff in die Tasche, nahm eine Perle heraus und hielt sie sich dicht vors Auge.

»Es gibt auch Menschen, die glauben, dass ihnen eine Perle Antworten auf ihre Fragen gibt. Mach die linke Hand auf«, forderte er Kanoa auf und legte ihm die Perle in die Handfläche. »Und jetzt stell deine Fragen.«

»Was für Fragen?«

»Was du wissen willst, worauf du Antworten suchst.«

Kanoa überlegte. Es musste an dem Alten liegen, an diesem düsteren Raum mit den in Leder gebundenen Büchern und den geschnitzten Schatullen, dass er ihm nicht einfach die Perle zurückgab und sagte, er glaube nicht an so etwas.

Stattdessen schloss Kanoa die Augen. Er musste nicht lange warten. Seine Fragen waren sofort da. Werden wir Nikki und Poema finden? Und können Hannah und ich glücklich werden?

»Hast du deine Fragen gestellt?«

»Ja.«

Emanuel Scott drückte Kanoas Hand zu. »Spürst du die Perle?«

Kanoa nickte. Sie war kühl und glatt und schien langsam wärmer und schwerer und größer zu werden – so groß, dass sie seine ganze hohle Hand auszufüllen schien.

»Jetzt«, hörte er den Alten murmeln, »jetzt spricht sie ...«

Die Perle fühlte sich bald heiß an und schien zu pulsieren, als wäre darin etwas Lebendiges, ein klopfendes Herz ... und dann, dann ...

*Egal was geschehen ist, wir bleiben zusammen. Was einmal zusammen war, bleibt für immer verbunden ...*

»Du kannst die Augen wieder aufmachen«, hörte er den Perlenhändler nach einer Weile sagen. »Du hast deine Antworten bekommen, richtig?«

»Ich weiß nicht ...«

Scott nickte wissend, nahm Kanoa die Perle aus der Hand und legte sie zu den anderen in die Tasche zurück.

»Sechs Komma zwei Millionen«, sagte er und schlug unvermittelt wieder einen geschäftlichen Ton an. »Für Skys Konto hast du doch noch eine gültige Vollmacht?«

Kanoa nickte benommen und sah Emanuel Scott zu, wie er am Computer eine Überweisung ausfüllte. Kurz darauf bückte er sich und Kanoa hörte das leise Klicken eines einrastenden Zahlenschlosses.

»Kann ich dir vertrauen?«, fragte Kanoa. Da erhob sich Scott von seinem Stuhl und drückte ihm ein Bündel Geldscheine in die Hand.

»Hier, fürs Erste eine finanzielle Überbrückung.« Dann schaute er Kanoa eindringlich aus seinen dunklen Augen an. »Dein Vater hat mir über zwanzig Jahre lang vertraut.«

Mein Vater war wahnsinnig, hätte Kanoa am liebsten erwidert, aber wahrscheinlich wusste das der Alte sowieso – oder es war ihm egal. Vor allem jetzt, da Sky tot war ...

Kanoa war schon an der Tür, als Scott sich räusperte. »Ich wollte dir noch etwas mit auf den Weg geben.«

Kanoa drehte sich noch einmal um.

»Ich kannte deinen Dad schon, als er noch ... ein kleiner Junge war.«

Kanoa wurde ungeduldig. Draußen warteten Hannah und Summer, sie mussten schleunigst den nächsten Flieger weg von hier erwischen ... Das Gesicht des Alten glänzte in der Dunkelheit wie Ebenholz.

»Er war nicht immer so ... wie am Ende. Die Umstände haben ihr Übriges dazu beigetragen.«

Kanoa legte die Stirn in Falten. So ganz verstand er nicht, was Scott meinte.

»Mit seiner weißen Haut und den weißen Haaren ...« Scott hielt Kanoa den Arm hin. »Guck mal, wie schwarz! Dein Dad, so weiß, war ein Gott für uns!«

Kanoa wollte gehen. Aber der Alte hielt ihn zurück. »Und darf man dem Mann, der einen Gott zum Sohn hat, etwas abschlagen?«, fragte Emanuel Scott und kratzte sich hinter dem Ohr. »Nein!«, gab er selbst die Antwort. »Die Experimente, die dein Großvater gemacht hat, die waren nicht ungefährlich und manche ... manche wollten sich rächen.«

»Wovon redest du überhaupt, Emanuel?« Langsam glaubte Kanoa, der Perlenhändler war zu lange allein gewesen und in seiner Einsamkeit hatte er sich irgendwelches Zeug zusammengereimt.

»Und dein Vater, Sky, musste bei den Experimenten immer dabei sein, dabei war er doch noch ein Kind ...«

Scott schüttelte den Kopf. »Aber man soll nicht schlecht über Tote reden. Sie hören es sofort und dann rächen sie sich. – Warte!«

Kanoa wusste, es blieb ihm nichts anderes übrig, als zu warten. Er sah Scott zu, wie er im hinteren, noch dunkleren Teil des Büros in den Regalen herumwühlte und dann mit einem Grinsen im Gesicht zurückkam, das aber sofort verschwand, als er wieder vor Kanoa stand.

Kanoa klappte die kleine schwarze Box auf, die Scott ihm entgegenhielt.

»Zwei Seelen vereinigt wie zwei Flammen«, fing der Alte in feierlichem Ton an, »manchmal getrennt, um zu lernen und zu wachsen. Aber einander immer wiederfindend. In allen Zeiten, an allen Orten. Eine Liebe – über alles erhaben, alle Leben überdauernd.«

Kanoa musste ihn ziemlich fragend angesehen haben, denn

auf Emanuel Scotts ebenholzfarbenem Gesicht zeigte sich ein belustigtes Lächeln. »Stammt nicht von mir, wie du dir vielleicht denken kannst. Das da«, er deutete auf das Schächtelchen in Kanoas Hand, »hat mir mal jemand dagelassen und mir diesen Spruch dazu gesagt.«

Schweigend blickte Kanoa auf die beiden Ringe in dem Kästchen.

»Damit du deine Liebe nicht verlierst, bei den Reisen durch die Dimensionen ...« Er zwinkerte Kanoa zu.

Benommen taumelte Kanoa ins Freie und blickte in das Gesicht von Hannah.

»Mauz!«

Er macht die Augen auf.

Da, einen Meter neben seinen Füßen sitzt ein schwarzes Kätzchen, ganz dünn und klein und in der Dunkelheit kaum auszumachen. Es sieht ihn mit großen grünen Augen an. Er bückt sich, doch es ist so ängstlich und scheu, dass es sich hinter dem Hydranten versteckt.

»Mau«, sagt er leise und wartet. Und tatsächlich, das kleine Kätzchen kommt ganz vorsichtig hervor.

»Komm schon«, sagt er leise, »ich tu dir nichts. Komm schon, kleine Katze ...«

Ganz vorsichtig stakst das Kätzchen zu ihm und bleibt dann vor ihm sitzen, als wollte es fragen, wie er heißt.

»Kanoa, und du?«

»Mau«, macht die Katze und dann noch mal »Maumau«.

Langsam streckt Kanoa die Hand aus, das Kätzchen schnuppert daran und klettert dann in seine Hand, in die es gerade reinpasst. Es lässt sich hochnehmen und Kanoa setzt es in die Innentasche seines Mantels.

»Was meinst du, willst du mit mir nach Hause kommen? Wenn es dir nicht gefällt, bring ich dich wieder hierher. Versprochen.«

Die kleine Katze macht keine Anstalten, die warme Behausung zu verlassen.

Mit der Katze kann er unmöglich weiter durch die Stadt irren. »Dich hat Hannah geschickt, was?«, murmelt er leise.

## GESCHENK

Irgendwann in der Nacht, Hannah hat es tatsächlich geschafft einzuschlafen, hört sie, wie er die Tür aufschließt. Sie stellt sich schlafend, als Kanoa ins Bett kommt. Sie will ihn nicht fragen, wo er herkommt, sie will keine Erklärungen und erst recht keinen Streit. Sie schmiegt sich einfach mit dem Rücken an ihn, und als er sie wortlos umarmt und sanft in den Nacken küsst, fühlt sie sich ein wenig getröstet. So will sie einschlafen und nicht an morgen denken, wenn sie sich wieder in die Augen sehen

Aber natürlich kommt der nächste Morgen. Zuerst fühlt er sich noch weich an. Weich wie ein Schleier, der sich sanft in einer leichten Brise bauscht.

Doch plötzlich wird der Schleier von einem Windstoß fortgerissen und enthüllt etwas Hässliches, Spitzes – und schlagartig ist Hannah wach und erinnert sich wieder an alles, was gestern geschehen ist.

Wie soll sie ihm begegnen?, fragte sie sich gerade, als sie

bemerkt, dass auf seinem Kissen nur der Abdruck seines Kopfes zu sehen ist.

»Kanoa?«

Er ist weg. Einfach wieder gegangen ... Gestern noch hat sie sich so glücklich gefühlt.

»Frühstück?« Er steht mit einem Tablett in der Tür und lächelt sie an.

Sie weiß erst gar nicht, was sie sagen soll. Aber da ist sein Lächeln, das den ganzen Raum erhellt, und sie sagt: »Ich hab gedacht, du wärst weg.«

»Ohne dich?«

Er kommt mit dem Kaffee und einer Tüte Bagels ins Bett.

»Ja. Ohne mich.« Ein bisschen steigt der Ärger wieder in ihr auf. »Wo warst du gestern Nacht?«

»Ich ... bin einfach rumgelaufen ...«

»Mitten in der Nacht?«

»Ich musste einfach irgendwas tun, Hannah! Ich kann nicht einfach nur warten.«

»Und, hast du irgendwas erreicht?«

Ein Lächeln breitet sich auf seinem Gesicht aus. »Ich hab eine Überraschung. Warte.« Ein Poltern kommt aus der Küche. »Bin gleich wieder da.«

Kaum eine Minute später kommt Kanoa zurück und hat etwas kleines Schwarzes im Arm.

Hannah glaubt ihren Augen nicht zu trauen. »Mein Gott, ist das süß! Und so klein und dünn!«

»Es mag Käse und Brot«, sagt Kanoa und streichelt dem Kätzchen über das Fell.

»Ich glaub, es mag alles!«

»Ich hab ihm versprochen, ihn wieder zurückzubringen, wenn es ihm hier nicht gefällt.«

»Sieht so aus, als müsstest du dir darüber keine Gedanken mehr machen«, sagt Hannah. Und beide sehen dem Kätzchen zu, wie es vorsichtig auf der weichen Bettdecke herumstakst und auf den Bagel in Hannahs Hand zusteuert.

»Ich geb ihm in der Küche noch was zu fressen, ich hab Katzenfutter gekauft.«

»Warte, ich komme mit«, sagt Hannah und nimmt das schwarze Kätzchen behutsam auf den Arm. Es ist so leicht, so zart, dass sie sein Gewicht kaum in ihrer Hand spürt. Die trüben Gedanken von gestern Abend und nach dem Aufwachen sind wie verflogen. Kanoa ist hier, bei ihr, das ist doch das, was zählt, oder nicht?

Im Wohnzimmer und in der Küche dreht das Kätzchen erst richtig auf. Es flitzt zwischen ihren Füßen hindurch, springt in Kanoas schwarze Puma-Sneakers neben der Kommode – und verschwindet darin.

»Was meinst du«, Hannah legt den Arm um Kanoa, »sollten wir es nicht Puma nennen?«

»Puma!« Prompt streckt es den Kopf aus dem Schuh. Hannah lacht.

»Ich glaube, es ist ein Kater«, meint sie, als sie das Kätzchen näher betrachtet.

»Okay«, sagt Kanoa, »ein Kater namens Puma.«

»Mau!«, macht Puma und bringt sie beide wieder zum Lachen.

Hannah weiß, es gibt keinen guten Moment dafür, was sie jetzt gleich sagen muss, aber ihr bleibt nichts anderes übrig. Sie hat ihre Reise gebucht ...

»Kanoa ... mein Flug nach London zu meinen Eltern geht morgen.«

Er hört auf zu lachen, wird auf einmal ganz ernst. »Was? Morgen schon?«

»Es ist ja nur für ein paar Tage.«

Er nickt, aber sie sieht, wie er sich bemüht, ruhig zu bleiben. »Okay«, sagt er langsam und versucht zu lächeln. »Und du kommst wirklich wieder?«

Sie hält den Finger mit dem Ring hoch. »Du weißt doch, zwei Flammen ...« Sie lächelt und sagt dann scherzend: »Und wenn ich weg bin, musst du auch kein schlechtes Gewissen haben, wenn du lange nach Poema suchst und nicht nach Hause kommst.«

»Ja ...« Er dreht sich weg. Das mag sie nicht an ihm. Dass er alles in sich hineinfrisst, anstatt es ihr zu sagen. »Ich hab kein Foto von ihr ...«, murmelt er. »Wie soll ich sie ohne Foto finden?«

Hannah steht einfach nur da, wartet, dass er noch etwas sagen wird zu ihrem Abflug morgen, während der kleine Kater über dem Napf sitzt und schmatzt. »Kanoa, verdammt, rede mit mir!«

Aber da ist er schon, irgendetwas murmelnd, aus der Wohnung geeilt.

An ihrem Finger leuchtet der Ring.

Zwei Seelen, wie zwei Flammen, einander immer wiederfindend, in allen Zeiten, eine Liebe, die alle Leben überdauert ... Fast meint sie, sein Flüstern zu hören.

»Hast du das wirklich ernst gemeint, Kanoa?«

# BACK TO LONDON

Nach dem Tsunami wollte Hannah nie mehr im Leben ein Flugzeug besteigen und gerade noch auf der Fahrt zum Flughafen hat sie ein mulmiges Gefühl gehabt. Sie schnallt sich an. Von Kanoa hat sie sich zu Hause verabschiedet. Sie hat darauf bestanden. Abschiede am Flughafen sind das Allerschlimmste.

Gut, dass Kanoa jetzt dieses kleine Kätzchen hat. Um das muss er sich kümmern. Er hatte so etwas Panisches in seinem Blick, als sie ihm gestern das mit London gesagt hat. Er ist so rastlos und unruhig und dauernd unterwegs.

»Lass ihm einfach Zeit«, hat Summer gesagt, »er kommt schon wieder runter. Für ihn ist hier doch sowieso alles total crazy und er glaubt doch fest daran, dass er Poema hier finden kann, wenn er nur lange genug nach ihr sucht.«

Dann lasse ich ihm Zeit, vielleicht hilft ihm das ja, hat Hannah gedacht, und das hat ihr den Abschied ein bisschen erleichtert. Dennoch – seit sie das Haus verlassen hat, denkt sie nur noch an Kanoa.

Warum können sie nicht einfach ein unbeschwertes Paar sein? Sie könnten Spaß haben, ausgehen, tanzen, Eis essen ... glücklich sein. Wir lieben uns doch!, denkt sie jedes Mal, wenn sie den Ring an ihrem Finger betrachtet. Und dann wird sie so unendlich traurig, dann sieht sie Kanoa und sich, wie sie beide ins Meer tauchen und in die Tiefe sinken, immer tiefer ...

»Ich pass auf ihn auf, wenn du in London bist«, hat Summer ihr versprochen.

Die Maschine landet und allmählich, ganz langsam, kann sie sich auch wieder freuen. Auf London und auf ihre Eltern. Die haben sich wahnsinnige Sorgen um sie gemacht, und obwohl sie wissen, dass Kanoa Hannahs neuer Freund ist, verstehen sie nicht so recht, warum sie jetzt in New York lebt und nicht zu ihnen nach London zurückgekehrt ist – gern auch mit ihrem neuen Freund, wie beide nicht müde werden zu betonen.

Hannah seufzt innerlich. Sie weiß, sie kann ihren Eltern nicht alles erzählen. Nicht die ganze Wahrheit. Und plötzlich hat sie Angst davor, wieder da zu sein, wo ihre Reise begonnen hat. Dabei kommt es ihr vor, als wäre sie vor Jahren nach Sydney abgereist. Als sie mit ihrem Koffer nach dem Zoll durch die Tür geht, entdeckt sie Richards Gesicht in der Menge hinter der Absperrung.

»Hannah! Darling!«, ruft Richard und sein Gesicht leuchtet vor Freude. Er umarmt sie stürmisch und wischt sich die Tränen aus den Augen.

»Eileen konnte nicht mitkommen, sie wollte unbedingt etwas für dich vorbereiten«, sagt er ganz aufgeregt. »Wir freuen uns so, dass du da bist.«

In dem Augenblick wird ihr klar, wie sehr ihre Eltern sie vermisst haben – und dass sie viele schlaflose Nächte hinter sich haben müssen. Dabei kennen sie ja gar nicht die ganze Geschichte. Den richtig bösen Teil – den kennen sie Gott sei Dank nicht.

»Daddy«, so hat sie ihn selten genannt, »ich freue mich auch so, dass ich hier bin!« Sie gibt ihm einen Kuss auf die Wange.

In seinen Augen stehen wieder Tränen und er will etwas sagen, aber seine Lippen beben nur und dann nimmt er ganz schnell ihren Koffer.

»Jetzt müssen wir nur noch zum Parkhaus finden.« Richard

würde Kanoa bestimmt mögen, denkt sie und versucht, mit ihm Schritt zu halten. Vielleicht wird ja bald alles gut und sie kann zusammen mit Kanoa zu ihren Eltern fliegen und vielleicht, vielleicht können sie dann beide in London bleiben. Wenn dieser Albtraum endlich ein Ende hat, wenn sie Nikki gefunden hat und die Geschichte mit der Insel vorbei ist ... wenn alles gut ist.

Eileen wirkt erhitzt, ihr Gesicht glüht so stark, dass Hannah schon fürchtet, sie habe Grippe oder eine Erkältung, aber dann bemerkt sie die Schürze – ein untrügliches Zeichen dafür, dass Eileen sich in der Küche ausgetobt hat. Eileen war nie eine große Köchin gewesen, aber heute hat sie sich sichtlich Mühe gegeben.

»Ich habe was Schwieriges ausprobiert. Hoffentlich ist es was geworden!«, verkündet sie gleich und schwenkt das Kochbuch, das, als sie sich umarmen, zwischen ihnen klemmt.

»Oh!«, sagt Eileen halb lachend und halb weinend, »Jamie Oliver hat sich doch glatt zwischen uns gedrängt.«

Es tut irgendwie gut, zu Hause zu sein. Auf einmal fühlt Hannah sich beschützt, und was auf der Insel passiert ist, ist weit weg und gar nicht mehr wirklich. Ja, es kommt ihr vor, als hätte sie nur einen furchtbaren Albtraum gehabt. Und jetzt ist sie einfach wieder das brave, zielstrebige Mädchen, das die Apotheke übernehmen soll.

Einige Minuten genießt sie diesen Zustand – bis sie die Wahrheit nicht mehr verleugnen kann: Es stimmt nicht. Und schließlich kann sie auch Kanoa nicht aus ihren Gedanken – und ihrem Herzen – verbannen. In diesem Augenblick überkommt sie eine schreckliche Sehnsucht nach ihm und in ihr drin zieht etwas an ihrem Herzen. Was er wohl gerade macht? Wie es ihm geht?

*Kanoa, ich vermisse dich, ich vermisse dich so sehr!*

»Das Essen ist fertig!«, ruft Eileen und trägt mit dicken roten Ofenhandschuhen eine dampfende Auflaufform zum festlich gedeckten Esstisch.

»Bitte nimm die Servietten mit, Richard! Und Salz und Pfeffer. Ich war ein bisschen vorsichtig; versalzen ist ein Essen schließlich schnell!«

Es ist wie früher, denkt Hannah, nur haben ihre Eltern sie damals mit ihrem Getue manchmal genervt. Jetzt sieht sie, dass sie sich einfach Mühe geben, alles richtig zu machen, und ihr ihre Liebe auf ihre eigene Art zeigen.

Mein Gott, denkt sie, was war ich nur für ein gedankenloses Scheusal!

»Also, als wir von dem Tsunami gehört haben«, fängt Eileen unvermittelt an, als sie zu dritt am Tisch sitzen, »sind wir nicht mehr vom Fernseher weggekommen. Wir hatten solche Angst um dich, nicht wahr, Richard?«

Richard nickt und Hannah sieht ihm an, dass er immer noch ganz geschockt ist, wenn er daran erinnert wird.

»Mehr als viertausend Menschen ...« Eileen schüttelt den Kopf. »Und als wir dann plötzlich keine Mails mehr von dir bekommen haben ...«

»Mails?« Hannah stutzt. Sie hatten so was schon am Telefon erwähnt, aber Hannah war nicht weiter darauf eingegangen.

»Ja, du hast uns doch geschrieben, dass du jetzt auf dieser Perleninsel bist und ...«

Nun rutscht es aus Hannah heraus: »Ich soll euch E-Mails von der ... Perlenfarm geschickt haben?«

Richard sieht sie aufmerksam an und runzelt dann die Stirn. »Erinnerst du dich nicht mehr?«

Hannah setzt rasch ein Lächeln auf. »Ach, die Mails meint ihr! Ja, es war echt cool dort! Total cool!«

Eileen und Richard tauschen irritierte Blicke. Nein, sie will sie nicht noch mehr beunruhigen. Am Ende werden sie ganz krank vor Angst, wenn sie wieder abreist.

»Ihr könnt euch nicht vorstellen, wie wir geschuftet haben«, erzählt sie im Plauderton. »Ich kann bestimmt nie wieder Muscheln essen, ohne mir gleich 'ne Bürste mitservieren zu lassen!« Sie schaut von einem zum anderen. Eileen und Richard wirken noch immer irritiert, also redet sie schnell weiter. »He, ich hab das mit den Mails einfach vergessen, wir hatten wahnsinnig viel Spaß! Und das Wasser in der Bucht war so blau wie ...« Sie sieht sich um. »Wie ...«, verdammt, nirgendwo findet sie die passende Farbe. Die himmelblauen Kissen sind zu blass und die Vase ist eher violett.

»Wie damals in Griechenland?«, kommt ihr Eileen zu Hilfe.

»Ja!«, ruft Hannah viel zu laut. Wer hat ihren Eltern die Mails geschrieben? In ihrem Namen? Sie spürt, wie etwas Unheimliches nach ihr greift ...

»Wisst ihr noch?« Eileen lacht indessen erleichtert. »Richard, du hast ständig das Meer fotografiert! Hunderte von Fotos hast du geschossen!«

Richard lacht auch und Hannah stimmt mit ein, in ihren Ohren rauscht es. Puh, erst mal gerettet.

Eileen gibt noch ein paar andere Erinnerungen und Geschichten zum Besten, Richard steuert auch welche bei und Hannah lacht und nickt, während ihr düstere Gedanken durch den Kopf spuken. Was für Mails haben ihre Eltern bekommen? Mit welchem Inhalt? Und vor allem: *Wer* hat sie ihnen geschickt?

Auf einmal erinnert sie sich, wie Erin Nikki und ihr den Vertrag zuschob und sagte, sie sollten ihre Kontaktadressen eintragen, falls sie jemanden benachrichtigen müssten.

Ist es möglich ... kann es tatsächlich sein, dass die Mails von Erin oder von Bo waren ...? Ihr ist plötzlich ganz flau.

»Möchtest du noch etwas, Darling?«, fragt Eileen in dem Augenblick und Hannah hält ihr geistesabwesend den Teller hin. Aber wenn es so war, dann war von Anfang an geplant gewesen, dass Nikki und Hannah nie nach Hause zurückkehren würden. Niemals ...

Ein Schauer läuft ihr über den Rücken. Es war alles noch viel, viel perfider, als sie gedacht hat. Luke hat sie auf die Insel gelockt, Bo hat so getan, als würden sie einen ganz normalen Backpackerjob machen, und Erin und Aiden ...

»Hannah?« Richard sieht sie besorgt an. »Alles okay?«

»Ja, ich ...« Hannah ist nah dran, ihnen alles zu erzählen – wirklich alles. Aber was hätte sie damit gewonnen? Ihre Eltern wären schockiert und total panisch vor Sorge. Sie würden Todesängste ausstehen, sobald Hannah wieder nach New York zurückfliegt. Vielleicht würden sie sie nicht zurückkehren lassen zu Kanoa. Nein, beschließt sie, sie wissen nichts von POG und Sky und der Sekte und sie brauchen es auch jetzt nicht zu wissen.

»Ich hab gedacht«, fängt Hannah beiläufig an, »ich könnte Janice im Gefängnis besuchen.«

Beide tauschen Blicke.

»Was?«, Hannah sieht von einem zum anderen. »Was?«

Richard räuspert sich. Eileen ist schneller. »Sie wurde vor ein paar Tagen entlassen.«

»Wegen guter Führung, hat sie uns gesagt«, fügt Richard hinzu.

Hannah ist sprachlos. »Und wann wolltet ihr mir das sagen?«

»Mein Gott, Hannah!«, sagt Eileen. »Du wolltest uns doch

sowieso besuchen. Warum hätten wir dir da einen Tag vorher am Telefon Bescheid geben sollen?«

»Warum? Weil es fair gewesen wäre!«

»Fair? Ist es fair, dass du so lange gewartet hast mit deinem Besuch bei uns?«, bricht es aus Eileen hervor.

»Ich konnte nicht früher!«

»Na, nun beruhigen wir uns alle mal«, geht Richard dazwischen und setzt wieder dieses freundliche Ach-es-ist-doch-alles-nicht-so-schlimm-Lächeln auf, über das sich Hannah so aufregen kann. »Ich nehme an, es geht ihr soweit gut, und sobald sie sich ein bisschen eingelebt hat, wird sie sich bestimmt wieder melden.«

»Warum hat sie mich nicht angerufen?« Hannahs Stimme überschlägt sich.

»Moment«, Richard macht eine beschwichtigende Handbewegung. »Sie wollte deine Telefonnummer, aber wir«, er tauscht mit Eileen einen Blick, »meinten, du solltest darüber entscheiden, ob du mit ihr sprechen willst.«

»Eure Begegnung am Flughafen«, erklärt Eileen, »war ja nicht ganz so harmonisch, und Richard und ich wollten nicht, dass du uns böse bist, wenn wir ihr einfach deine Telefonnummer geben, deshalb ...«

»Schon gut!«, stöhnt Hannah. Sie haben sich solche Mühe gegeben, nichts falsch zu machen, dass sie alles falsch gemacht haben.

»Hast du dich denn mit ihr versöhnt?«, fragt Eileen vorsichtig.

Hannah trinkt hastig einen Schluck Wasser. »Das geht nicht so schnell.«

»Na ja«, meint Richard, »es war ja auch nicht ganz einfach für dich. Sie ist ohne Vorankündigung am Flughafen aufgetaucht. Eileen und ich hatten überhaupt nicht damit gerechnet, nicht wahr, Eileen?«

»Nein, überhaupt nicht!« Eileen schüttelt den Kopf und Richard sagt: »Außerdem ist Janice noch etwas ... also ...«

Was er damit genau meint, sagt er nicht, aber Hannah will auch nicht wieder dieses ganze Adoptionsgerede hören. Wie schlimm es für sie gewesen sein muss, an ihrem Geburtstag die Wahrheit über ihre Herkunft zu erfahren ... und wie man sich fühlen muss, wenn man seine Mutter im Gefängnis besucht und ...

Da kommt Hannah eine Idee. »Habt ihr ihre Nummer, ich ruf sie gleich an.«

Richard steht auf und geht zum Regal mit dem Fernseher. Dann reicht er ihr einen Notizzettel mit einer Nummer darauf.

Hannahs Hände zittern, als sie sich im Flur das Telefon ans Ohr hält.

Es klingelt.

Es klingelt und klingelt – und schließlich kommt das Besetztzeichen.

»Sie geht nicht dran!« Hannah steht in der Tür und muss sich zusammenreißen, um nicht vor Enttäuschung und Wut zu schreien. »Sie geht nicht dran!«

Richard setzt die Brille ab. »Typisch Janice, nicht?«

Eileen wirft ihm einen warnenden Blick zu, worauf er mit den Schultern zuckt. »Erst wird sie ganz hysterisch, als ich das mit der Perleninsel erwähne, und dann ...«

»Wie?«, Hannah stutzt. »Sie wurde hysterisch?«

»Na ja«, meint Richard, »sie war auf einmal völlig aufgelöst ... beinahe panisch ...«

»Kannst du dir erklären, warum?«, fragt Eileen mit gerunzelter Stirn.

»Sie war auch auf der Insel«, antwortet Hannah trocken.
»Was?«, ruft Richard aus. »War das Zufall?«
Hannah starrt ihn an und weiß selber keine Antwort darauf.

## LÜGEN

Hannah kann es nicht fassen. Da ist Janice am Telefon und will ihr alles erklären – und Richard und Eileen geben ihr nicht Hannahs Telefonnummer! Und jetzt nimmt Janice nicht ab. Hannah hat es bestimmt schon zwanzig Mal versucht. Und jetzt diese blöden Gefängnisbehörden. Wütend legt Hannah auf.

»Und?« Eileen blickt von ihrer Kaffeetasse auf.
»Sie dürfen mir ihre Adresse nicht geben!«
»Hm«, macht Richard.
»Vielleicht ist es ja besser so«, meint Eileen und beißt sich gleich darauf auf die Lippen. »Ich meine ...«
»Was hältst du davon, wenn wir drei uns einen schönen Tag machen, Darling?«, sagt Richard betont fröhlich. »Soho, Chinatown, Kino? Was immer du willst.«
Eileen nickt begeistert – und Hannah will sie nicht enttäuschen. Außerdem ist es besser, unterwegs zu sein, als zu Hause die Fragen ihrer Eltern zu beantworten, was so viel heißt wie: sich weitere Lügen ausdenken zu müssen.

»Bist du wirklich sicher, dass du nach New York zurückwillst?«, fragt Eileen, als sie mit den Tüten von Superdry,

Abercrombie und Victoria's Secret bepackt Richtung Underground gehen. Ihre Eltern hatten ihr unbedingt eine Freude machen wollen. Dabei braucht sie doch nichts, will sie doch gar nichts – nichts außer ihnen die Wahrheit sagen, aber das geht ja leider nicht, wenn sie nicht alles noch schlimmer machen will.

»Du könntest mit Kanoa doch auch in London leben«, meint Richard vorsichtig auf dem Weg nach Chinatown, wo sie Ente essen wollen. »Schade, dass du ihn nicht gleich mitgebracht hast. Wir hätten ihn gern kennengelernt, nicht wahr, Eileen?«

»Ja!«, sagt Eileen und hängt sich gut gelaunt bei Hannah ein. »Wir sind doch neugierig auf deinen Freund!«

Sie hat von Kanoa erzählt, natürlich, sonst hätten ihre Eltern überhaupt nicht begriffen, warum sie nach dem Tsunami vor fast zwei Monaten ausgerechnet nach New York geflogen ist. Sie hat ihnen erzählt, dass Kanoas Eltern tot seien und ihm eine Menge Geld vererbt hätten und dass sie selbst so gern mal für eine Weile in New York leben wolle. Es ist furchtbar für sie, so lügen zu müssen. Aber sie tut es für Eileen und Richard.

»Sagt mal«, fragt sie, als sie sich nicht länger zurückhalten kann, »als ihr damals Janice wegen der Adoption getroffen habt, hat sie da irgendwas von dieser Perleninsel erzählt? Oder den Namen Sky erwähnt?«

Eileen und Richard sind stehen geblieben. Hannah sieht ihnen an, dass sie gedacht hatten, das Thema Janice sei vom Tisch und Hannah sei wieder ihre Tochter – und alles könnte wieder so sein wie früher. Wie vorher. Vor ihrem achtzehnten Geburtstag.

»Ich glaube nicht«, sagt Richard, »oder, Eileen?«

»Nein«, bestätigt Eileen. »Wer ist ... wie sagst du? ... Sky?«

»Ach«, meint Hannah mit einer wegwerfenden Handbewegung, »sie hat so was in ihr Tagebuch geschrieben. Ich habe gedacht, sie hätte euch vielleicht was davon erzählt, ihr wisst schon, wie das Backpackerleben damals so war.« Sie setzt ein fröhliches Grinsen auf. »Und jetzt kommt, ich hab einen Mordshunger!«

Als sie sich durch die Menschenmenge in Chinatown schieben, ertappt sie sich immer wieder dabei, wie sie nach einem bestimmten Gesicht Ausschau hält. Sie könnte glatt verrückt werden! Wo ist Janice? Warum ruft sie nicht wieder an?

»Ich möchte wirklich wissen«, fängt sie dann bei der Wan-Tan-Suppe wieder an, bevor sie sich auf die Zunge beißen kann, »wo Janice jetzt lebt. Sie hat doch keine Wohnung, oder?«

Richard und Eileen zucken mit den Schultern. »Nein«, sagt Richard, »aber du musst dir bestimmt keine Sorgen um sie machen, Darling. Es gibt Sozialarbeiter, Bewährungshelfer. Leute, die sie bei der Wohnungssuche unterstützen.«

»Und auch bei der Arbeitssuche«, meint Eileen und nippt an ihrem grünen Tee.

Dann serviert der Kellner die Ente und Hannah beschließt, Janice und die Insel nicht mehr zu erwähnen.

Am Abend in ihrem Zimmer fühlt sie sich auf einmal so fremd, als wäre es das Zimmer von jemand anderem. Außer Richard und Eileen hat sie niemanden getroffen. Weder ihre Schulfreundin Jessica noch sonst irgendwelche Freunde. Die gehören irgendwie längst zu einem anderen Leben. Sie wüsste gar nicht, was sie mit ihnen reden sollte. Noch nicht. Hannah sieht sich in ihrem alten Zimmer um. So viel ist passiert, seit sie ihren achtzehnten Geburtstag gefeiert hat … Sie hat das

Gefühl, in den letzten fünf Monaten ist mehr passiert als in den achtzehn Jahren davor.

Entschlossen geht sie zum Regal und greift nach dem Kästchen mit den Perlmuttverzierungen und dem goldfarbenen Schloss. Wie es scheint, ist es das Einzige, was ihr von Janice geblieben ist. Damals hatte sie nur das Tagebuch mit auf die Reise genommen, aber die anderen Dinge sind alle noch da, die getrockneten Blumen und die Fotos und die Muschel und die Zettelchen. Sie faltet sie auf. Auf einem ist ein Herz mit rotem Buntstift gemalt. *Für immer dein. Kim,* hat jemand darauf geschrieben. Auf einem anderen ist so was wie ein Horoskop gemalt mit Zeichen und Kreisen. Und der dritte ist eine alte Rechnung, so vergilbt, dass man die Zahlen kaum lesen kann. Janice, was hast du alles aufgehoben? Aber jetzt weiß Hannah immerhin, wo die Muschel herkommt. Von der Insel mit den Palmen und dem Sandstrand, *so weiß wie Schnee ...*

»Ach, Janice ...«, sagt sie und hält das Kästchen fest. »Verflucht noch mal, warum gehst du nicht ans Telefon?«

Erst sehr spät schläft sie ein.

Überall vor den Restaurants liegen Tüten mit Müll. Sie läuft keuchend durch die regennassen Straßen. Dunkel ragen die Hochhäuser hinter Chinatown auf. Leuchtreklamen in Chinesisch flackern und rote Lampions schaukeln im Wind. Ein Taxi rast vorbei, schmutziges Pfützenwasser spritzt bis zu ihrem Mantel hoch. Hastig greift sie in ihre Manteltasche, tastet nach dem Zettel. In den Fenstern der Restaurants brennt nur noch die Nachtbeleuchtung, milchig und gelb bestrahlt sie Speisekarten oder Plastiknachbildungen von Gerichten. Hin und wieder leuchtet auch ein Aquarium im Schaufenster, in denen stumme Fische ihre immergleichen Runden drehen. Hannah bleibt stehen. Rechts oder links oder geradeaus? Aus einer Seitenstraße sieht sie eine dunkle Gestalt im Regenmantel kommen. Hannah macht ein paar schnelle Schritte auf die Gestalt zu, die die Kapuze über den Kopf gezogen hat. Dunkle Gummistiefel glänzen vor Nässe.

»Excuse me!«, ruft Hannah schon von Weitem. Die Gestalt dreht sich nach ihr um.

Hannah geht näher und versucht ein entschuldigendes Lächeln. »Kennen Sie diese Adresse?«

Es ist eine alte Asiatin, die Jahre haben ihr Gesicht so zerfurcht, dass kaum noch etwas anderes als Falten darin übrig geblieben ist. Die Frau wirft einen kurzen Blick auf den Zettel.

»Wissen Sie, wo das ist?«

Die Frau schaut sie an, als würde sie sie nicht verstehen.

Ungeduldig zeigt Hannah wieder auf den Zettel. Da schüttelt die Frau heftig den Kopf, murmelt etwas und eilt davon.

Währenddessen regnet es in Strömen und Hannah spürt, wie ihr die Regentropfen übers Gesicht und weiter über Hals und Nacken rinnen, wie die Nässe langsam ihre Kleider und Schuhe durchweicht – und als sie noch einmal einen Blick auf den Zettel wirft, hat der Regen die Schrift fast weggewaschen.

Schweißgebadet wacht Hannah auf.

## VISION

Am nächsten Tag bringen Richard und Eileen sie zum Flughafen, und als sie sich von ihr verabschieden und sie umarmen, haben beide Tränen in den Augen. »Komm bald wieder, Darling«, sagt Richard. »Und versprich uns, dass du auf dich aufpasst.« Eileen tupft sich vorsichtig über die Augen, verschmiert ihre Wimperntusche aber trotzdem. Und auch Hannah muss sich zusammennehmen, um nicht doch ein bisschen zu weinen.

Nach der Sicherheitskontrolle atmet sie auf. Manchmal werden Gefühle einfach zu viel. Sie kauft sich eine Zeitschrift und blickt dabei zum ersten Mal auf ihre Bordkarte. Sitz 21 A – schon wieder ...

Ein Zufall, sagt sie sich. In jedem Flugzeug einer gewissen Größe gibt es diesen Sitz. Und es gibt Tausende von Flugzeugen ...

21 A.

Sie sieht Nikki in der Hütte vor sich, wie sie sich bückt, als Janice' altes Ticket versehentlich aus dem Tagebuch flattert. Das war in der Hütte mit Blick auf die »sexy Typen«, wie Nikki schmachtend meinte, als sie Bo mit nacktem Oberkörper am Strand sah.

»Wenn das dein Tick ist, alte Boardingkarten zu sammeln«, hat Nikki gesagt, »ich habe in der Drogerie immer künstliche Fingernägel geklaut ...« Ein warmes Gefühl steigt in ihr auf. Nikki ... ich würde dir so gern helfen, wenn ich nur wüsste, wo du bist!

»Miss?« Die Frau an der Kasse sieht sie fragend an.

Hannah schiebt den Gedanken an Nikki und an Janice' altes Flugticket weg und bezahlt schnell. Es gibt Tausende von Flugzeugen mit dieser Sitznummer, hallt es in ihrem Kopf. Tausende.

Hannah zieht ihren Rollkoffer Richtung Absperrung und sucht Kanoa. Eigentlich müsste er sie nicht abholen, sie könnte gleich ein Taxi nehmen, aber er hatte darauf bestanden.

Sie versucht, unter all den Gesichtern in der Halle das von Kanoa zu entdecken. Aber sie findet es nirgends. Vielleicht, überlegt sie, steht das Taxi im Stau. Sie stellt ihren Koffer hinter die Absperrung und wählt Kanoas Nummer. Er meldet sich nicht. Vielleicht hat er ja kein Netz, so was gibt's manchmal, wenn man durch einen Tunnel fährt, und in New York gibt es viele, sehr viele Tunnel ... Oder vielleicht hört er das Klingeln nicht, weil der Straßenlärm so laut ist, vielleicht steht er sogar schon hier, direkt hinter ihr?

Schnell dreht sie sich um. Nein.

Sie ist ganz in Gedanken, als sie mit ihrem Koffer durch die Tür nach draußen geht. Ein scharfer Wind bläst ihr ins Gesicht und erinnert sie daran, dass sie ihren Schal in London vergessen hat. Den schönen Schal, den Summer ihr gestrickt hat. Sie wird ihre Eltern bitten, ihn ihr zu schicken.

Sie zieht ihren Rollkoffer hinüber zum Taxistand, wo sie sich ans Ende der langen Schlange stellt. Wenn Kanoa hier noch ankommt, wird er sie entdecken. Ein Taxi nach dem anderen fährt heran, Türen werden aufgerissen, Menschen steigen ein, das Taxi fährt ab und die Schlange rückt auf.

Sie versucht es unter Summers Nummer. Aber auch Summer antwortet nicht.

Genervt und besorgt zugleich stellt Hannah den Koffer ab und lässt den Blick suchend umherwandern, als ihre Aufmerksamkeit zum entfernt liegenden Eingang gelenkt wird. Aus dem Gebäude kommen zwei große, durchtrainiert aussehende Männer mit kurz geschorenen Haaren und dunklen Anzügen. Zwischen ihnen geht ein Mädchen mit schwarzen Stiefeln. Unter dem offenen schwarzen Mantel leuchtet ein jadegrünes, eng anliegendes Kleid. Die blonden, perfekt gestylten Haare fallen ihr sanft über die Schultern. Hannah kann den Blick nicht von ihr wenden. Sie starrt zu der Dreiergruppe hinüber, die nun auf eine schwarze, auf Hochglanz polierte Limousine zusteuert. Einer der Männer öffnet die Hintertür und lässt das Mädchen einsteigen. Schließlich steigt er auf der anderen Seite ein, während sein Partner vorne Platz nimmt. Die Türen schließen sich mit einem satten *Plomp* und die Limousine gleitet davon.

Einen Moment lang hat sie das Gesicht des Mädchens gesehen. Die vollen roten Lippen, die großen Augen, so groß wie Seen ...

»Nikki ...?« War das vielleicht Nikki? Hannah starrt der Limousine nach, bis sie in den fließenden Verkehr aus Taxen, Bussen und Privatfahrzeugen eingetaucht ist. Das Kennzeichen! War da nicht eine 7 und ein P?

POG ...? Oder dreht sie langsam durch?

»He, junge Lady, was ist, wollen Sie nun einsteigen oder nicht?«

Erschrocken fährt Hannah herum. Sie hat den Taxifahrer gar nicht bemerkt.

»Doch ... das heißt ...« Wieder sieht sie auf ihr Handy. Nein, keine Nachricht. »Ja, sicher, natürlich.«

Der Fahrer verstaut ihren Koffer, während sie sich auf die Rückbank schiebt. Noch immer sieht sie das Gesicht vor sich. War da nicht ein kurzes Blitzen in den Augen des Mädchens gewesen, als hätte sie Hannah erkannt?

»Sie müssen sich anschnallen, Miss«, sagt der Fahrer, ein gedrungener, dunkelhäutiger Typ mit Rapperkette und verspiegelter Sonnenbrille.

Hannah nickt abwesend. Sie hält ihr Handy umklammert, damit sie seinen Anruf nicht verpasst. Kanoa kann doch nicht vergessen haben, dass sie heute ankommt?

Autos ziehen draußen vorbei, Landschaft, Straßen, Gebäude. Der Taxifahrer hört einen Sender mit schlechtem Empfang, es rauscht und knackt, aber es scheint ihm nichts auszumachen. Er nickt im Rhythmus und rappt leise mit.

*All I wanna do*
*Every day and night*
*Is to love you forever*
*Wanna wrap my arms around you*
*All I wanna do is to hold you tight*
*Hold you forever*
*Never never let you go …*

»Na, Puma, freust du dich auch, Hannah kommt heute wieder!« Kanoa beeilt sich mit dem Anziehen. Er muss gleich los, zum Flughafen. Nein, er wird ihr nicht sagen, dass er nicht einmal das Haus verlassen hat, dass er Albträume hatte und kaum schlafen konnte. »Das sagen wir ihr nicht, okay?«

Der kleine Kater sitzt schnurrend auf dem Bett und sieht ihn an.

Kanoa nimmt sein Hemd vom Stuhl am Fenster und wirft dabei einen Blick hinaus. Da bemerkt er Summer. Mit großen, entschlossenen Schritten kommt sie aus dem Hauseingang, die Sporttasche über der Schulter. Summer ist auf dem Weg ins Fitnessstudio und ganz schön diszipliniert, jeden Tag um dieselbe Uhrzeit, verlässt sie das Haus. Es wird ihr offenbar nicht langweilig, jeden Tag Gewichte zu stemmen, sich auf Fahrrädern abzustrampeln und auf dem Laufband zu schnaufen, ohne jemals irgendwo anzukommen.

Er knöpft gerade sein Hemd zu, als er etwas auf der sonst wenig befahrenen Straße heranrasen sieht. Ein dunkler Kleinwagen. Summer hat schon einen Schritt auf die Straße gemacht ... Kanoa reißt das Fenster auf, aber da ist es schon zu spät, der Wagen erfasst Summer in dem Moment, als sie die Straße überquert.

Kanoa hört selbst durch die Fensterscheide den dumpfen Aufprall. Ihr Körper fliegt durch die Luft, der Wagen rast davon.

»Summer!« Kanoa stürzt aus der Wohnung.

Als er herunterkommt, hat ein Auto angehalten. Kanoas Herz hämmert. Summer ... Ein Mann telefoniert schon nach der Ambulanz.

Kanoa kniet sich neben Summer, die reglos auf dem Asphalt liegt.

»Kennen Sie das Mädchen?«, fragt eine Frau.

Kanoa nickt und nimmt Summers Hand. »Summer ...«, flüstert er.

»Der Krankenwagen kommt gleich!«, sagt der Mann mit dem Telefon. In Kanoas Ohren rauscht es, alles ist auf einmal weit weg ...

»Summer«, flüstert er und er spürt die Panik in sich aufsteigen, »bleib hier ... du darfst nicht auch noch gehen ...!«

## NACH HAUSE

Hannahs Gedanken überschlagen sich. Was ist nur los mit Kanoa? Warum meldet er sich nicht? Und warum nimmt Summer nicht ab? Sonst geht sie doch selbst im Fitnessstudio an ihr Telefon. Und war das eben wirklich Nikki? Aber das wäre ... Das Klingeln ihres Handys reißt sie aus ihren Gedanken.

»Bist du noch am Flughafen?« Kanoas Stimme klingt atemlos.

»Ich bin ...«

»Hannah«, fällt er ihr ins Wort, »es tut mir leid. Aber ...«

Einen Augenblick lang glaubt sie, die Verbindung sei abgerissen, aber dann spricht er weiter. »Ich bin aufgehalten worden. Mach dir keine Sorgen! Komm erst mal nach Hause.«

Etwas in seiner Stimme sagt ihr, dass sie sich doch Sorgen machen sollte. »Kanoa, ist alles okay?«

»Jaja!«

»Wirklich?«

»Absolut.«

»Und ist Summer auch okay?«

Eine Pause. »Es ist alles okay, Hannah.«

Irgendetwas an seiner Stimme gefällt ihr nicht. Mit diesem unguten Gefühl im Bauch will sie nicht auflegen. Aber die Verbindung wird schlecht, schließlich ist nur noch ein Kratzen zu hören.

Ihr ist auf einmal eiskalt.

»Könnten Sie die Heizung etwas höher drehen?«, fragt sie den Fahrer.

Im Rückspiegel richten sich seine verspiegelten Sonnenbrillengläser auf sie. »Ja, ist echt 'ne Scheißkälte! Zum Arschabfrieren. He, wo kommen Sie her? Von 'ner warmen Insel?«

Woher wissen Sie das, hätte sie beinahe gefragt, aber sie bringt nur ein unverfängliches Lächeln und ein knappes »Ja« zustande.

Um ein weiteres Gespräch zu vermeiden, schaut Hannah aus dem Fenster. Während der Verkehr an ihr vorbeizieht, denkt sie wieder an die schwarze Limousine. Vielleicht hat sie sich ja geirrt. Ist es nicht ein bisschen seltsam, dass sie erst die Angestellte vom Flughafen gesehen haben will und jetzt auch noch Nikki? Sie sieht Gespenster.

## DR. MASON

»Und diese Medikamente soll sie unbedingt nehmen. Achten Sie bitte darauf, ja?« Der Arzt gibt Kanoa die Tüte mit den Medikamenten. »Die hier sind gegen die Schmerzen und die da zum Entspannen und Schlafen. Steht aber alles drauf.« Er lächelt Kanoa an. Seine blonden Haare sind so hell, dass man meinen könnte, er käme gerade frisch aus einem Surfurlaub. Überhaupt wirkt er nur wenig älter als Kanoa.

Kanoas Blick wandert zu Summer. Sie sieht erbärmlich aus, wie sie da liegt. Sie hat Schürfwunden im Gesicht, zwei gebrochene Rippen und eine leichte Gehirnerschütterung. So hat es ihm der andere Arzt – der vor dem Schichtwechsel – erklärt und hinzugefügt, dass sie unbedingt Ruhe braucht. Dann hat eine Schwester ihren Blutdruck gemessen und Kanoa versichert, dass sie noch mal glimpflich davongekommen sei.

»Wenn Ihre Freundin Fragen hat, kann sie mich jederzeit unter der Nummer hier anrufen.« Der junge Arzt greift in die Brusttasche seines zerknitterten weißen Kittels und gibt Kanoa seine Visitenkarte.

»Dr. Lukas Mason«, liest Kanoa, dazu Adresse und Telefonnummer.

Dr. Mason lächelt und klopft Kanoa auf die Schulter. »Alles wird gut! Ihre Freundin hat großes Glück gehabt.« Auf dem Weg zur Tür hält er inne. »Ach, noch was. Hat mein Kollege Ihnen gesagt, dass sie möglicherweise ein bisschen verwirrt sein könnte, wenn sie aufwacht? Das ist ganz normal. Sie hat einen Schock. Aber es besteht kein Grund zur Sorge.« Er lächelt freundlich. »Okay?«

»Ja«, sagt Kanoa. Was soll er auch sonst sagen?

Als Dr. Mason gegangen ist, setzt sich Kanoa auf den Bettrand und betrachtet Summers Gesicht. Trotz der Schürfwunden an der Nase und auf den Wangen sieht es entspannt aus. Die Infusion tropft langsam und beruhigend regelmäßig in den durchsichtigen Schlauch.

»Kanoa?« Summers Stimme klingt ganz dünn, aber immerhin ist sie bei Bewusstsein.

»Ja?« Vorsichtig nimmt er ihre Hand.

»Ich lebe noch, oder?«

Kanoa lächelt sie an. »Sieht ganz so aus. Du hast zwei gebrochene Rippen und eine leichte Gehirnerschütterung. Der Arzt hat mir ein paar Medikamente für dich mitgegeben.«

Sie fährt auf und verzieht vor Schmerz das Gesicht. »Was für ein Arzt? Wo bin ich?«

»Summer, du bist hier im Krankenhaus, hier sind Ärzte und Schwestern und ...«

»Die Stimme ... seine Stimme ...« Ihr Blick irrt suchend umher.

»Du hast einen Schock«, versucht er, sie zu beruhigen. »Die Ärzte sagen, du bist ein bisschen verwirrt, aber du musst dir keine Sorgen machen.«

Sie hat die Augen weit geöffnet und sieht ihn an. In ihrem Blick steht auf einmal Panik.

»Er ... Ich kenne ihn«, sagt sie heiser, fast flüsternd.

Er nickt. Er weiß gar nicht, wen sie meint. Am besten nicht widersprechen, denkt er.

Sie fasst seinen Arm und zieht sich daran hoch. »Kanoa!«, flüstert sie mit Panik in der Stimme. »Er will mich töten!«

»Summer, es ist alles okay. Dir passiert hier nichts. Du bist im Krankenhaus.« Er versucht, so ruhig wie möglich auf sie einzureden. »Es wird dir bald besser gehen. Du hattest einen Unfall, aber du wirst wieder gesund. Du brauchst jetzt unbedingt Ruhe.«

Sie lässt seinen Arm los und lässt sich kraftlos ins Kissen zurücksinken. »Du glaubst mir nicht«, sagt sie leise und verzweifelt, »und das wissen die.«

Kanoa fährt sich durch die Haare. »Summer, wer sind *die?«*

Einen Moment sieht sie ihm direkt in die Augen, dann sagt sie: »Aiden und seine Leute.«

»Nein, Summer. Aiden ist nicht allmächtig.« Er zeigt ihr die Visitenkarte. »Hier, siehst du, Dr. Mason. Er kann dir bestimmt helfen, damit du dich besser fühlst. Soll ich ihn holen?«

»Nein! Nein!« Summer krallt die Finger in seinen Arm. »Kanoa, bitte versprich mir, dass du mich hier nicht allein lässt.«

»Summer ... Hannah kommt heute nach Hause, alles wird gut.«

»Bitte! Lass mich nicht allein hier! Bitte ...« Ihre Stimme zittert vor Angst und ihr Blick ist so flehend, dass er nicht anders kann, als ihr beruhigend zuzunicken.

# HOME

Irgendetwas stimmt nicht, denkt sie, als sie aus dem Taxi steigt. Warum sonst war Kanoa so seltsam am Telefon?

Sie nimmt den Lift, diesen alten Lastenaufzug, der sich unendlich langsam die Stockwerke hinaufmüht.

Sie will gerade den Schlüssel ins Schloss stecken, als die Tür aufgerissen wird. Puma springt ihr entgegen und sie nimmt das Kätzchen auf den Arm. Dann erst sieht sie Kanoa und erschrickt. Über seine Blässe, die dunklen Ringe unter den Augen, die blutleeren Lippen.

»Kanoa ... ist was passiert?«

Puma springt herunter und flitzt in die Wohnung.

»He, soll das eine richtige Begrüßung sein?« Kanoa nimmt Hannah in die Arme und küsst sie stürmisch. Kanoa freut sich, sie zu sehen. Er liebt sie noch immer.

Aber – ist nicht doch etwas anders? Er kommt ihr irgendwie fremd vor. Liegt es daran, dass sie ihn ein paar Tage nicht gesehen hat? Langsam löst sie sich aus seiner Umarmung.

»Kanoa, was ist los?«

Er hat die Tür hinter ihnen geschlossen und fährt sich durch die wirren Haare. »Summer ...«, fängt er zögernd an.

Hannah hält die Luft an.

»Sie ist aus dem Haus gegangen, sie wollte ins Fitnessstudio, du weißt ja, wie wichtig ihr das ist. Und ich sehe gerade zufällig aus dem Fenster, da kommt ein Auto und ... Es ist echt ein Wunder, sagen die Ärzte, dass sie nur ein paar Rippenbrüche und eine leichte Gehirnerschütterung hat. Sie ist über die Kühlerhaube geflogen und ...«

Hannah hört nicht mehr richtig hin – sie sitzt mit Nikki im *Cowbell* in Sydney, als Nikki sagt: »Schau mal, da ist Grazyna!« Grazyna, das Mädchen aus dem Nachbarzimmer im *Blue Horizon,* das in der Nacht diese seltsamen Worte gemurmelt und an die Wand gemalt hat. *Mete bab ou alatranp* ... Hannah hat noch immer den Klang in den Ohren und dann muss sie wieder an den Bunker denken und an Jesper ...

»Hannah?« Kanoa berührt ihren Arm.

Sie zuckt zusammen. »Wo ... wo ist sie?«

»Im Krankenhaus. Ich wollte es dir nicht am Telefon sagen.«

Hannah lässt ihren Koffer fallen, den sie bisher mit den Fingern ihrer rechten Hand umklammert hatte. »Wir müssen sofort zu ihr!«

Kanoa legt ihr seine Hand in den Nacken und sie wird ein bisschen ruhiger, wie meistens, wenn er bei ihr ist.

»Ich komme gerade aus dem Krankenhaus. Sie darf morgen wieder nach Hause.«

»Dann rufe ich sie an!« Sie hat schon ihr Telefon in der Hand.

»Hannah, die Ärzte sagen, dass sie Ruhe braucht.«

Sie starrt auf ihr Telefon, unschlüssig, was sie tun soll.

»Es ist ja alles noch mal gut gegangen«, sagt Kanoa und nimmt ihr sachte das Handy aus der Hand.

»Aber warum ... warum ist das passiert?«, fragt sie. Ein Abgrund hat sich vor ihr aufgetan und sie merkt, wie ihr schwindlig wird und sie gleich dorthinunter stürzen wird ...

»Warum?«, erwidert Kanoa. »Solche Dinge geschehen eben. Sieh doch mal raus!« Mit zwei großen Schritten ist er am Fenster. »Diese Stadt ist doch total verrückt! Acht Millionen

Menschen leben da draußen. Acht Millionen! Was glaubst du, wie viele davon krank im Hirn sind? Und diese Autos überall! Nicht wir, das hier«, er zeigt nach draußen, »das hier ist krank! Diese verrückte Stadt!«

So hat sie ihn noch nie erlebt. Als hätte sich sein ganzer Frust und seine Wut darüber, dass sie noch immer keine Spur von Aiden und Nikki und Poema haben, mit einem Mal entladen.

Seine Augen glühen zornig, während er sich wieder durch die Haare fährt. Noch immer bebt er vor Aufregung.

»Kanoa«, sagt sie und gibt sich Mühe, ruhig zu klingen, »wir können von hier weggehen. Ich meine es ernst. Wenn dich diese Stadt krank macht ...«

Erst jetzt zieht Hannah ihren Mantel aus, wirft ihn achtlos über die Stuhllehne und lässt sich auf die Couch sinken.

»Wir könnten hier weggehen und jemanden damit beauftragen herauszufinden, wo ...«

»Nein«, fällt er ihr ins Wort. »Nein! Wir bleiben hier!«

Sie betrachtet ihn. Das alles macht ihn doch total fertig. Wie weit will er gehen?

»Bist du sicher?«, fragt sie leise.

»Ja, absolut sicher.« Seufzend reibt er sich die Schläfen. »Sorry, dass ich so ausgerastet bin. Mann, das mit Summer hat mich echt mitgenommen.« Er lässt sich neben ihr auf die Couch fallen. Sie würde ihn jetzt gern umarmen und erleichtert sein, aber sie kann sich nicht rühren. Ist es wirklich nur Summers Unfall, der ihn so verstört hat? Puma springt auf die Couchlehne, stakst schnurrend auf Hannahs Schoß und fängt an, mit seinen Vorderpfoten auf und ab zu treten. Vorsichtig streichelt sie sein Fell und endlich kann sie wieder sprechen. Erst erzählt sie ihm das mit Janice und dann die

Sache am New Yorker Flughafen. »Ich glaube, ich habe Nikki gesehen.«

Sein Blick sagt, dass er nicht ganz begriffen hat, was sie gerade gesagt hat.

»Eben, am Flughafen. In einer dunklen Limousine, die irgendwie wichtig aussah. So richtig offiziell, wie bei Staatsbesuchen oder so ...«

»Bei Staatsbesuchen?«

Richtig, er kennt so was ja nicht. »Ja, wenn ein Präsident oder Politiker oder Diplomat durch die Stadt gefahren wird, dann sind die Scheiben meistens verdunkelt, damit man nicht gleich sieht, wer da drin sitzt.«

»Und warum nicht?«

»Weil ...« Hannah überlegt, die Frage hat sie sich noch nie gestellt. »Manchmal soll geheim bleiben, wo er hinfährt oder mit wem er im Auto sitzt.«

Kanoa nickt langsam. »Und Nikki saß in so einem Auto?«

»Du glaubst mir nicht, oder? Du denkst, ich bilde mir das nur ein, stimmt's?«

Kanoa sieht sie forschend an und das ärgert sie. »Kanoa, wenn *du* mir nicht glaubst – wer soll mir denn dann glauben?«

Er legt den Arm um sie und zieht sie an sich. »Ich ... ich glaube dir. Hast du denn das Kennzeichen gesehen?«

»Es ging alles so schnell ...« Da war eine 7 ... ein P?

»Kannst du dich vielleicht an irgendwas erinnern? An einen Buchstaben? Eine Zahl?«

»Eine 7. Und vielleicht ein P und ein O und ein G. Aber ... vielleicht bilde ich mir das alles ein!« Ihre Stimme klingt schrill in ihren Ohren. Da ist es wieder, dieses übermächtige Gefühl, sich in einem Labyrinth verirrt zu haben ... eine

Figur in einem Spiel zu sein, das sie selbst nicht durchblickt ...

»Okay ...« Er lächelt, aber sie sieht, wie viel Mühe es ihm bereitet. »Ist okay, Hannah.«

»Nein!«, sie setzt sich so heftig auf, dass Puma von ihrem Schoß springt. »Es ist nicht okay! Da sehe ich vielleicht Nikki und ich komme noch nicht mal auf die Idee, mir das Kennzeichen zu merken!«

»Hannah ...« Er zieht sie zu sich, nimmt sie wieder in die Arme und sie fängt an zu weinen und zu schluchzen, so laut, dass sie glaubt, es komme gar nicht von ihr, sondern von weit weg.

»Nikki war meine Freundin«, bringt sie hervor, »und ich habe sie nicht retten können ... sie ist vielleicht schon längst tot ...«

Kanoa hält sie einfach fest, Puma klettert wieder auf ihren Schoß.

Irgendwann versiegen ihre Tränen.

## DER UNFALL

»Tut's noch sehr weh?«, fragt Hannah und hilft Summer ins Bett. Sie ist noch am selben Abend mit dem Taxi aus dem Krankenhaus gekommen. Die arme Summer sieht so elend aus. Hannah ist richtig erschrocken. Ihre Haut ist kalkweiß und die Schürfwunden im Gesicht sind dick verkrustet. Am schlimmsten aber ist der Ausdruck in ihren Augen. So leer und hoffnungslos.

»Ob's noch wehtut?« Summer bewegt kaum die Lippen. »Es ist die Hölle, ganz besonders beim Husten und Lachen.« Sie versucht zu lachen, verzieht aber vor Schmerzen das Gesicht. »Außerdem weiß ich gar nicht, wie ich schlafen soll, ich kann mich kaum umdrehen.«

»Ich bin so froh, dass du wieder hier bist.« Hannah ist so erleichtert, dass sie Summer am liebsten fest umarmen würde. Doch im letzten Augenblick fallen ihr die gebrochenen Rippen ein und so legt sie Summer nur die Hand auf den Arm.

»Hat die Polizei denn schon eine Spur?«, fragt Summer, als Hannah ihr das Kissen aufschüttelt.

Sie schüttelt den Kopf. »Noch nicht.«

Summer lässt sich ganz vorsichtig ins Bett sinken und zieht die Decke hoch bis zum Kinn. »Den finden die doch nie im Leben. Es ging ja alles so schnell!«

»Ich mach dir erst mal einen Tee.« Summer widerspricht nicht und Hannah setzt in der Küche Wasser auf und hängt einen Teebeutel in die Tasse.

Und wenn Summer kein Glück gehabt hätte?, denkt sie, sondern wenn es genauso schrecklich gewesen wäre wie bei ... Grazyna? Sie hört den Aufprall, sieht wieder den regenbunten Schal vor sich auf dem Asphalt ... Hannah setzt sich an den Bettrand und rührt Summer Honig in den Tee.

Summer nippt an der Tasse. »Jedes Mal wenn ich die Augen zumache, bin ich wieder unten vor unserem Haus. Ich hab meine Sporttasche über die Schulter gehängt und will gerade über die Straße gehen ...«

Hannah merkt, wie schwer es Summer fällt, darüber zu sprechen. »Du musst es mir nicht jetzt erzählen.« Hannah nimmt ihr die Tasse ab.

»Doch!« Summer setzt sich ruckartig auf und schreit auf

vor Schmerzen. Hannah stellt rasch die Tasse zur Seite und schiebt ihr das Kissen in den Rücken.

»Ich muss es dir erzählen! Es ist sonst die ganze Zeit nur da drin, in meinem Kopf!« Sie pocht sich mit der Faust an die Stirn. »Es ist da drin und geht nicht mehr raus. Und wenn ich es erzähle, verschwindet es vielleicht irgendwann mal.«

»Okay, erzähl's mir, Summer. Also, du gehst über die Straße ...«

»Ja, denn die Subway-Haltestelle ist ja auf der anderen Seite. Ich höre ein Motorengeräusch, nicht ein normales, sondern so eins, als würde jemand voll das Gaspedal runtertreten, du weißt schon, dieses typische Aufheulen?« Summers Stimme zittert. »Ich ... kann mich gar nicht so schnell umdrehen, da hör ich schon den Knall!« Sie reißt die Augen auf, als erlebe sie gerade alles noch mal. »Zuerst hab ich gar nichts gespürt, hab nur den Knall gehört, als ich auf die Motorhaube gekracht bin ... und dann ... dann bin ich im Krankenhaus aufgewacht.« Summer beißt sich auf die Unterlippe. »Hannah, ich bin mir sicher«, sagt sie und ihre Stimme klingt auf einmal ganz düster, »das war Absicht.«

Sie reicht Summer die Tasse. »Hast du jemanden erkennen können?«

»Er muss es gewesen sein!«, redet Summer weiter und verschüttet fast ihren Tee, so aufgebracht ist sie. »Er! Und er wird es wieder versuchen und irgendwann wird er Glück haben ...«

»Summer, wen meinst du?« Hannah muss schlucken, sie ahnt, was sie gleich hören wird.

»Er will sich rächen ...« Summer ist ganz steif vor Angst.

»He, Summer!«, versucht es Hannah erneut, nimmt ihr sanft die Tasse wieder aus der Hand und rüttelt sie vorsichtig an den Schultern. »Erinnerst du dich noch daran, als ich so verzweifelt war? Auf der Insel? Als ich fliehen wollte und Aiden mich zurückgeschleppt und mir Drogen gegeben hat? Da bist du gekommen und hast mir diesen Kräutersaft gebracht, damit ich wieder zu mir komme. Du hast mir geholfen. Erinnerst du dich?«

Endlich bringt Summer ein schwaches Nicken zustande.

»Du hast mich damals gerettet. Ich war so verzweifelt und ich wollte am liebsten sterben ...«

»Ich hab dir aber auch nicht helfen können«, sagt Summer schwach.

»Doch, Summer, das hast du. In dem Moment hast du mir geholfen. Du hast diesen Unfall überlebt, Summer. Nur das zählt! Du bist am Leben!«

Summer holt Luft und nickt schließlich.

»Wir schaffen das schon. Es wird alles gut. Glaub mir.«

»Ja«, sagt Summer endlich. »Okay ...«

Vor lauter Erleichterung will Hannah sie umarmen.

»Nein, bitte nicht!«

»Oh, stimmt ja, deine Rippen!«, sagt Hannah entschuldigend, doch sie sieht, dass Summer sogar ein bisschen lacht und kurz darauf vor Schmerzen das Gesicht verzieht.

»Ich muss dir auch was erzählen«, sagt Hannah dann. Sie weiß, dass sie Summer das nicht verheimlichen will. Die vielen Zeichen ... könnte Summer doch recht haben und es gibt keinen Zufall? »Ich hab am Flughafen ein Mädchen gesehen. Es sah aus wie ... Nikki.«

Summer scheint nicht mal überrascht. Oder vielleicht liegt es auch an ihren Schmerzen, dass sie nichts sagt.

»Aber ich habe mich wahrscheinlich geirrt.«

»Warum glaubst du das immer noch?«

»Es ist einfach total unwahrscheinlich! Hier leben mehrere Millionen Menschen, wieso sollte ich ausgerechnet ...«

»Hör doch endlich mit diesem Schwachsinn auf, Hannah!«, fährt Summer sie an. »Wir sind doch nicht zufällig hier! Das gehört alles zum Plan. Begreifst du nicht? Wir wurden hierhergelockt!«

Mit einem Schlag ist sie wieder da, diese unbestimmte Angst, dass sie die ganze Zeit manipuliert wird. Aber das wäre doch absurd, oder nicht? Und so zuckt Hannah mit den Schultern und sagt so unbesorgt wie möglich: »Summer ... zu welchem ... welchem Plan?«

Andererseits macht sie sich auch ernsthafte Sorgen um den Zustand ihrer Freundin. Ist Summer verrückt geworden? Die wächserne Haut, die fiebrig glänzenden Augen, die wirren Haare ...

Es ist schon dunkel und in der Nacht, das weiß Hannah nur zu gut, fühlt sich alles noch viel, viel schlimmer an. »Soll ich bei dir bleiben? Ich sag auch nichts mehr.«

»Nein. Ist schon okay«, sagt Summer knapp und wendet sich ab.

Hannah kann in dieser Nacht kaum schlafen. Immer wieder muss sie daran denken, was Summer gesagt hat. Die Worte *Plan* und *hierhergelockt* spuken ihr genauso durch den Kopf wie Nikki und die schwarze Limousine – und Janice.

Hannah schlägt die Decke zurück und geht leise in die Küche. Dort liegt ihr Handy. Sie versucht es wieder bei Janice. Vergeblich. »Was ist nur passiert?«, flüstert sie in die Dunkelheit. »Janice, was ist passiert?«

Irgendwann, als sie merkt, wie kalt ihr geworden ist, geht sie zurück ins Schlafzimmer. Und dann, als sie schon fast eingeschlafen ist, als sie das warme Fell von Puma auf ihrem Kopf spürt, gleitet der Lichtstrahl durchs Fenster. Erst will sie

Kanoa wecken, aber dann lässt sie es sein. Sie steht auf und lässt die Jalousien herunter. Zeichen sind nur Zeichen, wenn man es zulässt, dass man sie so interpretiert.

Zurück im Bett kuschelt sich Puma wieder in ihre Haare und Hannah schläft ein.

## HEIMWEH

Und irgendwann ist auch diese Nacht vorbei. Hannah hat Kanoa schon eine ganze Weile betrachtet, bis er die Augen aufschlägt und den Arm nach ihr ausstreckt.

»Ich hab dich beschützt.« Sie gibt ihm einen Kuss und schmiegt sich an ihn. Endlich fühlt sie sich ihm wieder nah, wie hatte sie nur glauben können, ihn verloren zu haben?

Sie streichelt sein Gesicht mit den Sommersprossen, die hier in New York ganz hell geworden sind. So hell wie Sand.

»Weißt du, woran ich gerade denke?«, sagt er nach einer Weile.

»Nein.«

»An den Ozean. An dieses Rauschen. *Ssssscchhhhht* – wenn die Wellen über den Sand rollen, erinnerst du dich?«

Natürlich erinnert sie sich.

Seine Hand streicht sanft über ihren nackten Arm, ja, sie hört es und sie spürt es auf ihrer Haut. »Und dann dieses ganz leise *Pling,* wenn die Schaumblasen zerplatzen.«

Sie macht die Augen zu. Ja, sie hört es auch.

»Kanoa?«

»Ja?«

»Hast du Heimweh?«

Er atmet tief ein und wieder aus. »Manchmal wache ich auf und rieche das Salz und den Seetang.«

»Du hast Heimweh. Nach der Insel.«

Lächelnd schüttelt er den Kopf, aber sie glaubt ihm nicht.

Sie versucht, seinen Blick zu erkunden, doch er lächelt weiter und zieht sie zu sich.

»Ich hab kein Heimweh«, sagt er leise zwischen seinen Küssen. »Du bist doch bei mir.«

»Die Insel war dein Zuhause, Kanoa«, bringt sie zwischen zwei Küssen hervor. »Und sie ist untergegangen.«

Gedankenverloren streicht er über ihre Haare. Er kann ihr nichts vormachen. Er ist traurig.

Ein Krachen aus der Küche lässt sie hochfahren.

»Oh, Puma hat Hunger! Ich hab eine Idee. Komm!« Sie zieht ihn aus dem Bett. »Zuerst kriegt der kleine Räuber sein Frühstück, bevor er uns noch die ganze Küche auseinandernimmt – und dann ...«

Er hält sie am Handgelenk fest. »Und dann?«

»Machen wir einen Ausflug!« Sie lächelt geheimnisvoll.

»Wohin?«

»Ans Meer.«

Wie ein Netz hängt der Geruch von Seetang über dem Strand. Niemand außer ihnen ist hier und nur von fern und wie aus einer anderen Welt dringt die Musik der Karussells des Vergnügungsparks von Coney Island heran. Sie haben den Zug genommen und mit jedem Kilometer, den sie sich von der Stadt entfernt haben, hat sich Kanoa besser gefühlt, das hat sie so richtig gespürt.

Die Zuckerwatte ist rosa und Hannah muss lachen, weil es so lustig aussieht, wenn Kanoa hineinbeißt.

»Sieht aus, als würdest du Wolken essen!«

Er lacht und nimmt einen besonders großen Happen. »Mhm«, macht er, »schmeckt super! Rosarote Wolken!«

Dabei sind die Wolken grau und schwer und das Meer vor ihnen ist fast so schwarz wie Teer. Eine Windböe bläst ihnen die Haare ins Gesicht und nimmt den letzten Rest Zuckerwatte mit.

»Halt!«, ruft Kanoa und versucht, sie wieder einzufangen, aber eine Möwe ist schneller. Sie schnappt sich die Zuckerwatte und fliegt damit aufs Meer.

Sie laufen Hand in Hand über den feuchten, festen Sand und springen manchmal gerade noch vor einer auslaufenden Welle weg. Manchmal landen sie auch mit einem *Platsch* im Wasser, aber Kanoa lacht glücklich, so glücklich, wie Hannah ihn nur ganz am Anfang in New York erlebt hat, als er über alles noch staunte. Die Welt ist so groß, sollte man denken, so voller Möglichkeiten, aber nicht für sie beide. Vielleicht später, wenn sie Nikki und Poema ... Stopp! Nicht jetzt!, befiehlt sie sich. Jetzt, wo er endlich einmal glücklich ist, will sie nicht schon wieder damit anfangen. Nicht mal in Gedanken.

Sie ist froh, dass sie mit Kanoa hierhergefahren ist. Sie haben die Buden und Karussells gleich hinter sich gelassen und sind hinunter an den Strand gelaufen. Nur die Zuckerwatte wollte Kanoa unbedingt probieren.

Auf einmal bleibt er stehen und umarmt sie. Durch die Daunenjacke spürt sie seine Wärme und sein Herz schlagen.

»Wenn wir sie gefunden haben«, sagt er in ihr Ohr, »können wir glücklich sein. Ich weiß es.«

Sie hat so gehofft, er könnte das Ganze eine Weile vergessen, wenigstens für ein paar Stunden.

Möwen fliegen kreischend aufs Meer und lassen sich weit draußen auf dem Wasser nieder.

»Was machen sie da draußen?«, fragt Hannah.

»Auf einen Fischschwarm warten, schätze ich.«

Hannah kneift die Augen zusammen, um besser zu sehen. Man kann sie kaum erkennen, sie haben dieselbe grauweiße Farbe wie das Meer. Und wenn sie so ruhig auf den Wellen treiben, können die Fische sie auch nicht erkennen, überlegt sie.

»Tarnung ist alles«, murmelt er nachdenklich, als hätte er ihre Gedanken erraten. Und wie auf ein geheimes Kommando fliegen die Möwen auf einmal kreischend auf.

Er sieht ihnen nach und Hannah weiß, dass er wieder in seine Welt gegangen ist.

»Poema ist schon so lange weg, ich weiß nicht, ob ...« Der Wind nimmt die letzten Worte mit.

»Ob sie noch lebt?«, beendet sie seinen Satz, und als sie ihn küsst, schmeckt sie das warme Salz der Tränen, die über seine Wangen rollen. Sie spürt einen stechenden Schmerz in der Brust. Und dann muss auch sie weinen. Doch diesmal weint sie nicht um Poema und Nikki und um ihr ungewisses Schicksal. Sie weint um Kanoa und sich selbst.

Als sie zurückgehen, kann sie ihre Fußspuren nicht mehr finden. Die Flut hat eingesetzt und sie weggespült. Nur an manchen Stellen sind noch unscharfe Abdrücke im Sand übrig geblieben, doch auch die werden von den nächsten Wellen mitgenommen.

Sie bückt sich und taucht ihre Hand in den Schaum, den die

Welle gerade zurückgelassen hat. Die Bläschen zerplatzen und in ihrer Hand bleibt nur ein salziges Nass zurück.

»Ob von uns auch nur so wenig übrig bleibt?« Sie sieht in ihre Handfläche, die der Wind schon getrocknet hat.

»Ist das wichtig?«, entgegnet er.

»Willst du nicht, dass irgendwas von dir ... überlebt?«

Die Möwen kommen zurück und lassen sich wieder auf dem Wasser nieder.

»Ich will mit dir glücklich sein, Hannah. Was danach kommt«, er schüttelt den Kopf, »ist unwichtig.«

## BEHIND THE WALL

Später, als sie wieder zu Hause sind, im gemütlichen, warmen Apartment, wo sie heiße Schokolade mit Sahne trinken und Puma bei ihnen auf der Couch sitzt und schnurrt, sagt Hannah: »Manchmal wache ich auf und sehe Janice auf der Insel. Ich will sie fragen, was sie da tut, aber sie lacht bloß und winkt mir zu. Sie sieht total jung aus, sie ist genauso alt wie ich. Und dann sehe ich, dass sie im Bunker ist und diese schreckliche Haube mit den Kabeln auf dem Kopf hat ...«

Puma dreht sich zu ihr um und sieht sie mit großen grünen Katzenaugen an. Hannah streichelt das weiche, schwarz glänzende Fell.

»Warum wurde sie so plötzlich aus dem Gefängnis entlassen? Als ich sie damals besucht habe, war überhaupt nicht die Rede davon. Sie hat jemanden umgebracht! Ich meine, da wird man doch nicht einfach so wegen guter Führung entlassen! Wo ist sie jetzt? Und warum geht sie nicht an ihr Telefon?«

Kanoa fängt auf einmal an zu zittern.

»Was hast du?«, fragt sie erschrocken und fühlt seine Stirn. Sie ist ganz heiß. »Du musst ins Bett, Kanoa, du bist krank. Ich geh zum Drugstore und hol dir ein paar Medikamente.«

Diesmal widerspricht er nicht. Hannah gibt ihm einen Kuss, zieht ihre Jacke an, schnappt sich Schlüssel und Tasche und wirft die Tür hinter sich zu.

Draußen ist es merkwürdig still. Es muss am Nebel liegen, der sich langsam in die Straßen herabsenkt. Er kommt ihr auf einmal unheimlich vor, wie etwas Lebendiges, das in der Nacht die Stadt in Besitz nimmt. Sie geht schneller. Aber auch der Hall ihrer Schritte klingt fremd, anders als sonst. Zum Glück ist der Drugstore gleich in der nächsten Querstraße. Trotzdem fühlt sie sich seltsam bedroht. Kanoa hat doch nur eine Erkältung, sagt ihre Vernunftstimme. Aber was, wenn er sich ein schlimmes Virus eingefangen hat, sagt die andere Stimme. Er hat schließlich sein ganzes bisheriges Leben auf der Insel verbracht ...

Sie läuft schneller. Endlich – der Weg scheint sich endlos zu dehnen – sieht sie das gelbliche Neonschild des Drugstores. Sie ist außer Atem, als sie die Tür aufdrückt.

Trockene, heiße Luft schlägt ihr entgegen und das grelle Neonlicht beißt ihr in den Augen.

»Haben Sie etwas gegen Grippe und Fieber?«, fragt sie den Verkäufer hinter dem Tresen, ein Inder mit Turban und langem grauem Bart.

»Oh, hat es Sie auch erwischt? Das ganze Viertel scheint erkältet zu sein. Kein Wunder bei dem Wetter.« Mit einer Geste, als würde er kostbare Uhren vor ihr ausbreiten, legt er ihr zwei Packungen auf den Tresen. »Ist im Grunde dasselbe. Das hier kostet zwei Dollar mehr, hat aber auch eine höhere Vitamin-C-Dosis.«

»Dann nehme ich das«, sagt Hannah.

»Gute Besserung!«, ruft er ihr noch nach.

Etwas beruhigter tritt sie den Rückweg an. Wie hat sie sich nur so aufregen können? Das ganze Viertel ist erkältet, hat der Verkäufer gesagt.

Kanoa ist eingeschlafen, er atmet flach und schnell. Sie will ihn gerade vorsichtig wecken, als sich der Lichtstrahl über sein Gesicht legt. Seine Haut ist blass und glänzend und unter seinen Augen liegen Schatten.

Hannah geht zum Fenster. Woher kommt nur dieser Lichtstrahl? Und warum trifft er ausgerechnet in ihr Schlafzimmer?

Schnell lässt sie die Jalousien herunter.

Nachdenklich macht sie Puma in der Küche eine Dose auf und sieht ihm zu, bis er den Teller sauber geschleckt hat.

Sie will gerade ihr Handy ausschalten, als sie sieht, dass Summer versucht hat, sie anzurufen – vier Mal. Das ist jetzt drei Stunden her. Sie hat das Telefon auf ihrem Ausflug absichtlich nicht mitgenommen. Wie egoistisch von mir, denkt sie nun schuldbewusst.

Da entdeckt sie Summers Nachricht: *Kannst du zu mir kommen? Sofort?!*

In Panik stürmt Hannah nach unten und klingelt an Summers Apartmenttür.

»Wo warst du denn?«, ruft Summer ihr anstatt einer Begrüßung entgegen. Sie sieht vollkommen aufgelöst aus, ihre Haare sind zerzaust und sie hat ihre Strickjacke falsch geknöpft.

»Wir haben einen Ausflug ans Meer gemacht«, fängt Hannah an zu erklären, »... aber sag schon, was ist passiert? Du bist ja ganz blass.«

»Du wärst auch blass an meiner Stelle ... Komm rein.« Summer spricht schnell und aufgeregt. »Es ist ... ein Albtraum! Es ist so ... am frühen Abend ist auf einmal die Heizung ausgefallen. Ich hab sofort die Hausverwaltung angerufen und die haben einen Handwerker geschickt.«

Bis jetzt hört sich das alles nicht gerade schockierend an, denkt Hannah erleichtert. Aber Summer redet schon weiter: »Sie haben den Heizkörper abmontiert, da unter dem Fenster ...« Sie deutet auf die Wand seitlich vom Sofa. Dort wo der Heizkörper montiert war, prangt eine Schrift, blass zwar, aber deutlich sichtbar. Zu deutlich ...

Hannah braucht ein paar Sekunden, bis sie das alles begreift.

*Mete bab ou alatranp* ist dort an die Wand gepinselt.

Unfähig, etwas zu sagen oder sich zu rühren, starrt Hannah die Schrift an.

»Ich war die ganze Zeit dabei«, sagt Summer noch leiser, »der Handwerker kann es nicht gewesen sein. Es ... es hat die ganze Zeit schon da gestanden ... Die ganze Zeit, in der wir hier wohnen, Hannah!« Sie rauft sich die Haare.

»Summer, bitte«, versucht Hannah, sie zu beruhigen, dabei ist ihr selbst ganz schlecht. Ihre Knie scheinen wie aus Pudding, und ehe sie sich klar darüber werden kann, was das bedeutet, fällt Hannahs Blick auf den Couchtisch, auf dem vier Tablettenröhrchen liegen. »Hast du das alles heute genommen?«

Summer sieht sie verwirrt an. Aber wenigstens hat sie ihre Haare losgelassen.

»Summer? Antworte mir!«

Sie zuckt gleichgültig mit den Schultern. »Das ist gegen die Schmerzen und zum Schlafen.«

»Du nimmst Schlaftabletten?« *Wenn man einmal damit anfängt* ... Hannah hat sofort Eileens warnende Stimme in den Ohren.

»Die haben sie mir im Krankenhaus mitgegeben, nach dem Unfall.« Summer lässt sich schlaff auf ein Sitzkissen sinken. »Jetzt gibt es kein Entkommen mehr ...« Summer starrt auf die Worte an der Wand. »Die Insel rächt sich, Hannah.«

YOU

ARE

# MAI THAI

Als der Morgen graut, fühlt sich Hannah wie gerädert. Um halb zwei ist Summer endlich eingeschlafen und Hannah ist hinauf in ihre Wohnung gegangen. Kanoa schläft immer noch tief und fest. Er ahnt noch nichts. Sie hat sich auf den Ellbogen gestützt und sieht zu, wie er atmet. »Was träumst du wohl gerade?«, sagt sie leise und berührt seine Stirn. Der Ring an ihrem Finger fängt selbst das schwache Licht der Dämmerung auf und lässt den roten Stein geheimnisvoll funkeln.

*Mete bab ou alatranp* – sie will sich vormachen, es nur geträumt zu haben, doch die Worte haben wirklich da gestanden, in Summers Wohnung – in diesem Haus ... Und wieder streckt das Grauen seine langen, kalten Finger nach ihr aus.

Puma hangelt sich die Bettdecke hoch. Schnurrend stapft er zielstrebig auf Kanoas Kopf zu und fängt an, mit seinen Haaren zu spielen.

»Au!« Kanoa schlägt die Augen auf und Hannah versucht, ihre düsteren Gedanken zu verdrängen.

»Geht's dir besser?«, will sie wissen.

»Viel besser, wenn nur dieses kleine Biest hier nicht wäre ...« Er greift in seine Haare, mit denen Puma jetzt wilder spielt.

Hannah nimmt das schwarze Fellknäuel von seinem Kopf.

»Du musst dir leider einen anderen Platz zum Spielen suchen, Puma!«

Sie will ihn auf den Boden setzen, doch er strampelt und klettert gleich wieder aufs Bett, wo er anfängt, sich zu putzen.

Eine Weile sehen sie beide zu, wie Puma erst das eine Bein in die Luft streckt, dann das andere. Und Hannah gibt sich für ein paar Minuten dem Gefühl hin, dass alles in Ordnung ist, bis sie die Schatten, die längst auf der Lauer gelegen haben, nicht länger zurückdrängen kann.

»Summer«, fängt sie zögernd an, »hat gestern an einer Wand in ihrem Apartment etwas entdeckt.« Und dann erzählt sie ihm, was passiert ist.

»Hm«, macht Kanoa. »Bist du sicher, dass Summer das nicht selbst dahin geschrieben hat? Seit dem Unfall ist sie so seltsam geworden, finde ich. Schon im Krankenhaus hat sie behauptet, sie kenne den Arzt. Außerdem nimmt sie 'ne ganze Menge Tabletten ...«

Das hatte Hannah sich auch schon überlegt. »Und im Tablettenrausch hat sie dann den Spruch an die Wand geschrieben?«

Kanoa wird von einem Hustenanfall geschüttelt.

»Ich gehe besser noch mal runter zu ihr.« Sie schlägt die Decke zurück.

»Soll ich mitkommen?«

»Nein, du musst erst mal gesund werden.« Sie beugt sich zu ihm hinunter und gibt ihm einen Kuss. »Du kratzt.«

Er lächelt müde.

»Macht aber nichts.« Sie streicht ihm zärtlich über die Wange. »Und Puma macht es offenbar auch nichts aus.« Der kleine Kater kuschelt sich zärtlich schnurrend an Kanoas Kopf. »Pass schön auf ihn auf, Puma«, sagt Hannah, »und wenn er aufstehen will, beiß ihn in die Nase!«

»Mau!«, macht Puma.

Vielleicht, sagt sie sich, hat Kanoa ja recht ... und Summer hat den Satz selbst an die Wand gepinselt?

Hannah klingelt zum vierten Mal an Summers Tür. Sie will gerade wieder gehen, als sich die Tür einen Spalt öffnet.

»Komm schnell rein!« Summer blickt ängstlich über Hannahs Schulter, zieht sie in die Wohnung und wirft die Tür hinter ihr zu.

»Er war da«, flüstert Summer und dabei flackern ihre Augen, als hätte sie Fieber. Überhaupt sieht sie erbärmlich aus. Strähnen ihrer lose zusammengebundenen Haare hängen ihr ins Gesicht, das so bleich ist, dass die Sommersprossen wie ein gelblicher Ausschlag aussehen.

»Wer denn?«

»Aiden, natürlich! Mein Gott, Hannah, Aiden war hier! Er war hier! Hier in meiner ...«

Hannah gibt sich Mühe, Ruhe zu bewahren. Nein, sie will jetzt auf keinen Fall panisch reagieren.

»Summer, jetzt mal langsam. Bist du dir sicher?« Hannah sieht sich um, als könnte Aiden sich irgendwo versteckt haben.

»Er war da!« Summer nickt immerfort.

»Vielleicht hast du bloß schlimm geträumt?« Weil du zu viele Tabletten genommen hast, will sie noch sagen, aber da braust Summer schon auf.

»Schlimm geträumt? Bullshit!« Sie fuchtelt mit einem Zettel vor Hannahs Nase herum. »Und was ist das? Ist das auch nur ein schlechter Traum, Hannah?«

*Du entkommst nicht,* steht da in Blockbuchstaben. Keine Unterschrift, kein Name.

Hannah dreht den Zettel um.

»Eine verdammte Rechnung, Hannah, auf die er das geschrieben hat! Zwei Mai Thai geschlürft und dabei ist ihm eingefallen, dass er sich an mir rächen will, oder was?« Summer hat die Fäuste geballt und in ihren Mundwinkeln entdeckt Hannah weiße Spuckebläschen.

*The Pearl,* liest Hannah auf der Quittung. Der Name eines Clubs? »Wieso glaubst du, dass Aiden das geschrieben hat?« Hat Summer der Unfall so in Panik versetzt, dass sie hinter allem Aiden vermutet? Andererseits, überlegt Hannah, hat Aiden ja wirklich Spaß daran, andere zu quälen, mit ihnen zu spielen ...

Summer bricht in Tränen aus. »Weil es zu ihm passt! Er will sich an mir rächen. Er will es mir heimzahlen, dass ich ihn mit der Pistole bedroht habe – und dass wir ihm die Perlen geklaut haben!«, schluchzt sie und fängt an, wie ein eingesperrtes Tier auf und ab zu laufen. »Ich hab mich in meiner Wohnung sicher gefühlt.« Summer macht am Fenster kehrt. »Hab gedacht, ich könnte ein neues Leben anfangen und alles vergessen, die Zeit auf der Insel, die Zeit mit Aiden ...« Mit wenigen Schritten ist sie wieder am Fenster, wo sie sich abrupt zu Hannah umdreht. »Ich hätte ihn auf der Insel erschießen sollen, Hannah! Genau das hätte ich tun sollen. *Peng!* Wieso, verflucht, hab ich's nicht getan?« Sie hält sich den ausgestreckten Zeigefinger an die Schläfe. *»Peng, peng* und es wäre endlich vorbei gewesen! Aber ... weißt du was? Ich hab meinen Finger am Abzug nicht bewegen können ... er war ... wie ... gelähmt ...

»Okay, Summer«, unterbricht Hannah ihren Redefluss. »Nehmen wir an, es ist so, wie du denkst.«

»Wieso *nehmen wir an?«* Summer hat sich vor ihr aufgebaut, die Arme in die Taille gestemmt. »Es ist so, Hannah, genau so!«

Summers Wut und Panik haben sich in Entschlossenheit verwandelt. Vielleicht hat sie ja recht, denkt Hannah, vielleicht war Aiden wirklich hier ...

»Okay.« Hannah nickt. »Dann lass uns dahingehen.« Sie zeigt auf die Quittung in ihrer Hand.

Summer runzelt die Stirn. »Wohin?«

»Ins *Pearl* natürlich!«

»Nein.« Summer schüttelt entschieden den Kopf. »Nein! Nein, auf keinen Fall!«

»Oh doch, Summer, genau das tun wir.«

»Und was machen wir, wenn er wirklich da ist? Ich hab mir die ganze Zeit vorgestellt, wie es wäre, ihn zu finden. Und jetzt ...!« Summer greift in die Tasche ihrer Strickjacke und holt ein Tablettenröhrchen hervor. Hektisch, mit fahrigen Bewegungen versucht sie, den Deckel des Röhrchens aufzuschrauben. Als sie es endlich geschafft hat, lässt sie zwei Tabletten in ihre zitternde Hand fallen.

»Was nimmst du da?« Hannah beobachtet, wie Summer die beiden Tabletten ohne Wasser hinunterschluckt.

Summer verzieht den Mund und zuckt mit den Schultern. »Celexa.«

»Celexa?« *Es ist einfach unverantwortlich, wie oft die Ärzte das verschreiben* – O-Ton Eileen. Hannah erinnert sich auch an die Nebenwirkungen: Panikattacken, Schweißausbrüche ...

»Summer, gib sofort dieses Zeug her!« Hannah versucht, ihr das Röhrchen aus der Hand zu nehmen. »Summer!«

»Nein! Es beruhigt mich!« Ihre Stimme klingt eine Spur zu

schrill, während sich ihre Hand um das Röhrchen krallt. »Verdammt, es beruhigt mich! Es beruhiiiiiiigt mich!«

## THE PEARL

Es ist kurz nach halb elf abends, als Hannah den Cayenne aus der Garage fährt. Summer, die zwar todmüde aussieht, aber wenigstens wieder ruhiger wirkt als am Morgen, steigt hinten ein und Kanoa, noch fiebrig, aber entschlossen, die beiden nicht allein fahren zu lassen, setzt sich auf den Beifahrersitz. Hannah steuert den Wagen durch den noch immer dichten Verkehr. Sie haben keine Ahnung, was sie erwartet. Eine Falle? Tatsächlich ein Club? Was, wenn Aiden wirklich da ist? Wenn sie ihm wirklich gleich gegenüberstehen? Was sollen sie dann tun?

Es hat angefangen zu regnen. Die Straßen sind schwarze Spiegel, in denen die Lichter wie bunte Splitter schwimmen. Kanoa hustet immer wieder und schnäuzt sich die Nase. Er sieht ziemlich mitgenommen aus, stellt Hannah mit einem schnellen Seitenblick fest, und das macht ihr Sorgen.

Nach einer Weile wird die Gegend einsamer, rechts und links reihen sich nun Werkstätten, Lagerhäuser und Parkplätze aneinander. Trostlos und dunkel.

»Mann, ist das abgefuckt hier«, sagt Summer von hinten und gähnt.

Hannah fährt jetzt langsamer, ihre Hände umklammern nervös das Lenkrad, laut ihrem GPS müssten sie gleich da sein.

Kanoa lässt das Fenster herunter. Bässe dröhnen dumpf aus dem Dunkeln heran. Wie die Trommeln auf der Insel, schießt es Hannah durch den Kopf und sie spürt einen Schauder über ihren Rücken laufen.

»Hier!« Kanoa zeigt auf das matt leuchtende Schild *The Pearl,* das ihnen ein paar Meter weiter von einer dunklen Hauswand entgegenstrahlt.

Hannah fährt an den Bordstein gegenüber und hält an. Kanoa schnallt sich ab – und hat auf einmal eine Pistole in der Hand. Entschlossen lässt er das Magazin hinaus- und wieder hineingleiten.

Entsetzt sieht Hannah ihm dabei zu. »Kanoa, sag mal, spinnst du?«

Kanoa reagiert nicht, steckt die Pistole in die Jackentasche.

»Scheiße«, murmelt Summer und klingt auf einmal ängstlich.

»Wo hast du die her?«, fährt Hannah ihn an.

»Meinst du, Aiden sagt uns freiwillig, wo Nikki und Poema sind?«, knurrt er und macht die Tür auf.

»Tu das nicht, Kanoa!«, Hannah greift nach seinem Arm. »Kanoa, lass die Pistole da!«

Doch Kanoa hört nicht mehr zu. Er schüttelt Hannahs Hand ab und steigt aus.

»Kanoa!« Hannah reißt die Fahrertür auf und läuft ihm nach. Sie kann ihn doch nicht allein dahinein gehen lassen.

»Bleib endlich stehen, Kanoa!«

Als er sich umdreht, sieht sie, dass er vor Zorn bebt.

»Was, wenn Aiden genau das will?«, sagt sie und lässt ihren Blick durch die Dunkelheit schweifen. »Dass wir jetzt hier sind, dass du eine Waffe dabeihast ...«

Es ist auf einmal ganz still oder irrt sie sich?

»Wir haben keine Wahl, Hannah«, sagt Kanoa schließlich. »Das ist unsere einzige Spur. Deshalb sind wir da.«

In diesem Augenblick schießt von hinten eine weiße Limousine heran, das Regenwasser in den Pfützen spritzt hoch. Der Wagen fährt langsamer und plötzlich schwingt die hintere Tür auf, etwas Dunkles wird herausgestoßen, die Tür wird zugeknallt – und schon rast die Limousine wieder davon, verschwindet in der Dunkelheit.

Das alles geht so schnell, dass man meinen könnte, es wäre nicht passiert – wenn nicht dieses dunkle Bündel dort auf der nassen Straße liegen würde.

Hannah läuft los. Als sie näher kommt, sieht sie blonde Haare, die unter einer dunklen Kapuze hervorlugen, und dann ein rundes, blasses Gesicht.

Nikki ...? Hannahs Herz setzt aus. Sie beugt sich zu dem Mädchen hinunter. Die Augen wirken mit den langen künstlichen Wimpern so dunkel, dass Hannah zurückschreckt. Nein, das ist nicht Nikki. Sie weiß in dem Augenblick nicht, ob sie enttäuscht oder erleichtert sein soll.

Kanoa ist plötzlich neben ihr und hebt das Mädchen hoch. Zusammen tragen sie es von der Straße weg. Nicht eine Sekunde zu früh, denn schon rast ein Kleinwagen vorbei, viel zu schnell, als dass er rechtzeitig hätte bremsen können.

»Idiot!«, schreit Hannah dem Wagen nach, doch der ist längst hinter der nächsten Lagerhalle abgebogen.

Kanoa lehnt das Mädchen vorsichtig an eine niedrige Mauer neben dem *Pearl*, aus dem Bässe dumpf dröhnen, was Hannah jetzt erst bemerkt.

Das Mädchen trägt einen schwarzen, glänzenden Regenmantel und schwarze Lackstiefel. Der grellrote Lippenstift ist verschmiert und aus ihrer Nase läuft Blut.

»Mein Gott, er hätte sie fast überfahren ...« Hannah hat sich zu ihr gekniet. »Das war doch kein Zufall!« Zufall ... denkt Hannah ... schon wieder ein Zufall?

Kanoa wirft einen wütenden Blick in Richtung der Lagerhallen.

Da schlägt das Mädchen die Augen auf.

»Wo? Wer ...«, bringt es hervor.

Hannah tupft ihm das Blut aus dem Gesicht. »Es ist alles gut.«

Verwirrt blickt sich das Mädchen um. Es zittert vor Kälte oder vor Angst oder wahrscheinlich vor beidem.

Das Mädchen tut Hannah leid. »Ich bin Hannah und das ist Kanoa.«

Misstrauisch blickt das Mädchen erst Hannah, dann Kanoa an.

»Madison ... ich heiße ... Madison«, sagt sie mit schwacher Stimme und versucht aufzustehen.

Kanoa hilft ihr auf die Beine.

»Au!«, schreit Madison laut auf. »Mein Fuß!«

»Stütz dich auf mich«, sagt Kanoa, legt ihren Arm um seinen Hals und bringt sie zum Auto, wo er sie vorsichtig neben die reglose Summer setzt.

»Das war er ...«, stammelt Summer, »das war bestimmt ...« Dann erst scheint sie Madison wahrzunehmen.

»Das ist Madison«, sagt Kanoa. »Pass auf sie auf.«

Hannah hat sich schon hinters Steuer gesetzt und lässt den Motor an. Erst jetzt merkt sie, dass sie am ganzen Körper zittert. »Kanoa, steig schon ein, wir fahren nach Hause!«

Er zögert, sein Blick wandert hinüber zum Club, diesem düsteren Gebäude auf der anderen Straßenseite.

»Kanoa!« Hannah weiß, dass er mit dem Gedanken spielt, die Sache hier durchzuziehen. »Du kannst uns doch jetzt nicht allein lassen!«

Kanoa zuckt zusammen, dann steigt er endlich ein. Hannah wartet keine Sekunde länger und fährt mit quietschenden Reifen an.

## DIE SPUR

Der Regen trommelt gegen die Scheibe und das Wasser in den Schlaglöchern spritzt bis zu den Scheiben hoch, wenn Hannah bei voller Geschwindigkeit hindurchfährt. Erst als sie das Viertel hinter sich gelassen haben und die Straßenbeleuchtung wieder heller wird, fährt sie langsamer. Im Rückspiegel sieht sie, dass Madison das Gesicht in den Händen vergraben hat.

»Die haben mich einfach aus dem Auto geworfen! Wie ... wie Müll«, schluchzt sie.

Hannah sucht im Rückspiegel Madisons Blick. »Die? Wen meinst du mit *die?«*

»Besser, ihr habt nichts mit denen zu tun!« Madison schnäuzt sich lautstark in das Taschentuch, das Summer ihr gegeben hat. »Diese Scheißtypen!«

Hannah fährt über eine Ampel, die gerade auf Rot umspringt.

»Hör zu, Madison, wir waren nicht zufällig in der Gegend«, sagt Kanoa. »Du kannst uns also ruhig sagen, was du weißt.«

Im Rückspiegel sieht Hannah, wie Madison erstarrt. »Wie, nicht zufällig? Wer ... wer seid ihr überhaupt?«

Sie kauert sich tiefer in die Ecke. »Ich will aussteigen!« Schon fängt sie an, am Türgriff herumzufummeln.

»Keine Panik!«, sagt Summer. »Wir sind die Guten.«

»Und wieso sollte ich euch das glauben?«

»He, du kannst gern wieder aussteigen!«, fährt Kanoa sie an. »Hannah, halt an, lass sie aussteigen. Hier, sofort! Halt an!«

»Du bist gemein!«, schreit Madison jetzt. »Erst rettet ihr mich und dann werft ihr mich wieder raus!«

»Das willst du doch! Hannah, verflucht, halt an!« Kanoa ist wütend.

»Beruhigt euch alle mal«, geht Hannah dazwischen. »Also, Madison, erzähl mal, wer das war.«

Madison schnäuzt sich wieder und sagt endlich: »Ein gefährlicher Typ und seine Leute.«

»Was für ein Typ?«, will Summer wissen.

»Wieso wollt ihr das wissen?«

Hannah tritt hart auf die Bremse. Der Wagen stoppt abrupt und Hannah dreht sich nach hinten um. »So, Madison, entweder kriegen wir jetzt eine Antwort oder du kannst hier aussteigen.«

Einen Augenblick lang hat es Madison die Sprache verschlagen, dann nickt sie langsam. »Okay, der Typ heißt Aiden.«

Summer gibt einen undefinierbaren Laut von sich, der Hannah zusammenzucken lässt. Der Name hat eine plötzliche, unheimliche Stille hinterlassen.

»Aiden hat dich aus dem Auto gestoßen?«, fragt Kanoa und sieht Hannah ungläubig an.

»Ihr kennt ihn?« Madison wirkt völlig überrascht.

»Allerdings!«, sagt Summer grimmig.

»Madison«, setzt Hannah so ruhig wie möglich an. Sie ahnt, wenn sie Madison zu sehr bedrängen, sagt sie bestimmt nichts mehr. »Weißt du, wo wir Aiden finden können?«

Madison reißt die Augen noch ein Stück weiter auf. »Ihr sucht nach ihm? Warum?«

Hannah wirft Kanoa einen kurzen Blick zu. Was sollen sie ihr sagen? Sollen sie ihr überhaupt etwas sagen? Schließlich haben sie keine Ahnung, wer diese Madison überhaupt ist ...

»Das ist doch egal«, sagt Kanoa ungeduldig. »Wo verdammt finden wir ihn?«

»Moment mal!«, sagt Madison und Hannah kann deutlich die Panik in ihrer Stimme hören. »Habt ihr was ... mit ihm zu tun?«

»Und ob!«, antwortet Summer.

Madison sieht sie ängstlich an.

»Wir haben eine Rechnung mit ihm offen«, sagt Hannah knapp ohne weitere Erklärungen. Vor ihr wird die Ampel rot, aber sie gibt Gas und braust über die Kreuzung.

»Ihr? Ihr alle drei?« Madison wischt sich wieder über die Augen, die von der Wimperntusche ganz verschmiert sind.

Als Summer den Mund aufmacht, kommt Hannah ihr schnell zuvor. »Madison, wir brauchen deine Hilfe.«

»Ich hab solche Angst vor ihm«, wimmert Madison, »solche Angst ...«

»Du brauchst keine Angst mehr zu haben.« Hannah sieht, wie Summer ihr die Haare aus der Stirn streicht. »Wir wissen alle, wozu Aiden fähig ist. Aber jetzt bist du bei uns und in Sicherheit.«

Kanoa dreht sich nach hinten und gibt Madison ein neues

Taschentuch. »Also«, fragt er in einem freundlicheren Ton, »erinnerst du dich, wo er wohnt?«

Madison nickt kaum merklich.

»Kannst du uns zu ihm bringen?«

»Nein!«, stößt sie hervor und fängt an zu zittern. »Nein, das geht nicht! Das ist unmöglich. Er hat gesagt, wenn ich mich noch mal in seine Nähe wage, dann ... dann bringt er mich um!«

»Du musst ja nicht mitgehen.« Kanoa muss sich ziemliche Mühe geben, geduldig zu sein, merkt Hannah und schaltet sich ein.

»Madison. Wo wohnst du? Sollen wir dich nach Hause bringen?«

Madison wischt sich wieder über die Augen. »Nein! Bitte! Nicht! Ich ... ich ... ich kann da jetzt nicht hin ...«

»Dann kommst du erst mal mit uns, okay?«, sagt Hannah und Kanoa fügt hinzu: »Du kannst uns vertrauen.«

Madison sieht sie beide an und nickt dann.

Hannah kann es noch gar nicht richtig glauben. Haben sie jetzt wirklich eine Spur von Aiden? War er wirklich bei Summer in der Wohnung – und: Ist Aiden wirklich hier, hier in New York?

Zurück im Apartment, als sie das Licht anschalten, erkennen sie erst, wie mitgenommen Madison aussieht. Unter ihren Augen haben sich tiefe dunkle Ringe eingegraben, in denen sich die verlaufene Wimperntusche festgesetzt hat, die rot geschminkten Lippen sind rissig, unter der Nase klebt Blut und das kurze rote Kleid unter ihrem teuer aussehenden Lackregenmantel hat einen langen Riss.

»Mir ist soooo schwindlig«, sagt Madison, »und mein Kopf

tut so weh …« Und plötzlich verdreht sie die Augen und Kanoa bekommt sie gerade noch unter den Armen zu fassen, bevor sie zu Boden sackt.

»Nimm ihre Beine«, sagt er zu Hannah, »wir legen sie auf die Couch.«

»Mein Gott, die Arme, sie tut mir so leid.« Summer stöhnt. »Ich weiß genau, wie sie sich fühlt.«

Kanoa kommt mit einer Decke und Kissen aus dem Schlafzimmer. Hannah hebt vorsichtig Madisons Kopf an, während er ihr ein Kissen darunterschiebt.

»Sollten wir mit ihr nicht lieber zu einem Arzt?«, meint Hannah.

»Kein Arzt …«, murmelt Madison, ohne die Augen zu öffnen. »Lasst mich einfach … schlafen.«

Keine Minute später atmet sie tief und gleichmäßig, nur hin und wieder zuckt sie zusammen und murmelt unverständliche Worte im Schlaf.

Summer zieht sich einen Sessel heran und betrachtet Madison nachdenklich. Hannah und Kanoa haben sich gerade auf den Boden gesetzt, als Puma angetapst kommt. Eine Weile bleibt er vor Madison stehen, ehe er auf seinen weichen Pfoten zu Kanoa geht und es sich auf seinem Arm bequem macht.

Ganz still ist es, bis auf Madisons schweres Atmen. Eine Weile hängen sie alle ihren Gedanken nach, bis Summer irgendwann fragt: »Und was sollen wir jetzt mit ihr machen?«

»Habt ihr schon mal dran gedacht, dass das eine Falle sein könnte?«, fragt Hannah.

»Ja«, sagt Kanoa und spricht dann das aus, was auch Hannah schon durch den Kopf gegangen ist. »Aber im Moment ist sie unsere einzige Spur.«

Hannah seufzt und steht auf. »Ich hol ihr was Bequemeres zum Anziehen. So kann sie doch nicht rumlaufen.«

Sie sucht einen weichen Pulli heraus, den sie bei einer ihrer Shoppingtouren mit Kanoa erstanden hat, und nimmt eine bequeme Jogginghose aus ihrem Schrank, als sie Madison schrill aufschreien hört.

»Nein! Nein! Ich will nicht! Bitte lass mich!«

Hannah stürzt ins Wohnzimmer, wo Madison um sich schlägt und immer noch schreit. »Lass mich! Lass mich! Lass miiiiiiich!«

Von einer Sekunde auf die andere verstummt sie, reißt die Augen weit auf und blickt verstört um sich. »Ich ... ich hab gedacht ... ich hab gedacht, Aiden wäre hier.«

»Nein, keine Angst, Madison, er ist nicht hier. Du bist bei uns in Sicherheit.« Summer sieht sie mitfühlend an und Hannah nimmt Madisons Hand. »Willst du uns nicht erzählen, was passiert ist?«

Madison blickt von einem zum anderen und ihre Augen füllen sich wieder mit Tränen. Kurz zögert sie noch, doch dann fängt Madison stockend an zu erzählen: »Ich komme aus Wisconsin. Wart ihr schon mal dort? Könnt ihr euch sparen. Total öd. Nur Felder gibt es da, auf denen Getreide wächst und Gras für die Rinder. Und im Winter saukalt. Meine Eltern haben dort 'ne Rinderfarm. Sie ist schon seit Generationen im Familienbesitz. Mein Bruder Chase will die Farm später mal übernehmen. Glück für mich, denn Farmarbeit macht mir echt keinen Spaß. Von klein auf musste ich mithelfen. Und ich kann euch gar nicht sagen, wie ich das Leben da gehasst habe!

Madison ist auf einmal ganz aufgeregt. Sie muss ihre Kindheit und die Gegend wirklich furchtbar gefunden haben, denkt Hannah.

»He, wisst ihr, wie klein meine Welt war? So klein! Irgendwann hab ich gewusst, wenn ich noch länger darin eingesperrt bleibe, sterbe ich, vertrockne ich wie 'ne Pflanze. Dann hab ich im Internet diese Werbung von einer Modelagentur gefunden.

Und die haben mich eingeladen! Ich war total happy und hab gedacht, jetzt fängt endlich mein richtiges Leben an.«

Hannah merkt, wie Summer in dem Moment aufschaut, als würde sie genau verstehen, wovon Madison spricht.

Madison trinkt einen Schluck Wasser aus dem Glas, das Kanoa ihr hingestellt hat, und erzählt dann weiter: »Und beim Shooting in L.A. habe ich dann Aiden kennengelernt. Da waren lauter superreiche Typen mit ihren dicken Autos vorgefahren. Wie im Film! Und dann ist Aiden gekommen und ich war sofort hin und weg! Nach dem Shooting hat er mich in ein total angesagtes Restaurant eingeladen und er meinte, ich muss mir nie wieder Sorgen machen und dass er sich auf den ersten Blick in mich verliebt hätte ...«

Hannah sieht, wie Summer sich auf die Lippen beißt. Madison fängt an zu schluchzen. »Und jetzt hat er mich einfach abserviert! Ich begreif das einfach nicht! Dabei liebe ich ihn noch immer, aber er hat gesagt, er könnte mich nicht mehr lieben, wie ich es verdient hätte, und ...!« Madison wischt sich die Tränen ab. »Er ist so gemein und dann wieder so ... so ...«

»Faszinierend«, sagt Summer trocken.

Madison sieht sie irritiert an. »Ja. Woher ... weißt du das?«

Summers Stimme klingt vollkommen tonlos, als sie erwidert: »Weil er es mit mir genauso gemacht hat.«

»Ich kenne ihn auch«, sagt Hannah und denkt an die Nacht am schwarzen Strand, an den Sternenhimmel und wie wunderbar weich sich Aidens Stimme angehört hat, als er sagte:

Ich war schon immer hier – und willkommen auf der Insel. Schön, dass du hier bist …

Madisons Blick wandert zwischen Hannah und Summer hin und her. »Und du? Kennst du ihn auch?«, wendet sie sich schließlich an Kanoa.

»Ja, ich kenne ihn auch«, sagt er mit einem schiefen Lächeln, aber Hannah sieht den Zorn in seinen Augen aufblitzen. »Wie lange warst du denn bei ihm?«

»Nächsten Donnerstag wären es genau zwei Monate gewesen.«

Hannah weiß, welche Frage Kanoa ihr gleich stellen wird, »Kennst du eine Poema?« Seine Stimme zittert kaum merklich.

»Oder Nikki?«, fragt Hannah jetzt.

Madison legt die Stirn in Falten. Bitte, denkt Hannah, bitte, sag Ja …

Madison überlegt. »Kann sein, da waren immer so viele Mädchen …«

»*Wo* waren so viele Mädchen?«, will Kanoa wissen. Hannah spürt, dass er seine Ungeduld kaum noch zügeln kann. Auch sie will Madison so viel fragen.

»Na, bei Aiden, in der Agentur!«

»Aiden hat eine Agentur?«, fragen Hannah, Kanoa und Summer fast gleichzeitig.

»Ja, eine Modelagentur, dort, wo sie mich nach dem Casting in L.A. in die Kartei aufgenommen haben! Die haben auch einen Begleitservice oder wie man so was nennt.«

»Aber die Mädchen sind da nicht freiwillig, oder?«, fragt Kanoa mit scharfem Unterton.

Madison zuckt kurz mit den Schultern. »Ich jedenfalls war freiwillig bei ihm …«

Summer stöhnt laut auf.

»Sie heißt Poema und sieht mir ziemlich ähnlich«, fängt Kanoa wieder an. »Denk verflucht noch mal genauer nach!«

»Poema ist seine Schwester«, erklärt Hannah auf Madisons irritierten Blick hin und fügt hinzu: »Und Nikki ist meine Freundin.«

»Ach so.« Madison wirkt auf einmal hilflos. »Ich bin mir nicht sicher, es könnte sein, dass – obwohl, nein ...«

»Was, Madison? Was?« Kanoa packt sie am Arm.

»Kanoa!«, ruft Hannah. »Lass sie sofort los!«

Als wäre er über sich selbst erschrocken, lässt Kanoa sie augenblicklich los und wirft Hannah und Madison einen entschuldigenden Blick zu.

Eine explosive Stille erfüllt den Raum und Hannah fürchtet, dass Kanoa die Chance, von Madison Informationen zu erhalten, ein für alle Mal vertan hat.

»Ich kann euch hinbringen«, sagt Madison da plötzlich.

Hannah glaubt, sich verhört zu haben. Auch Summer und Kanoa starren sie ungläubig an.

»Worauf warten wir noch?«, fragt Kanoa schließlich und steht auf, doch Madison schüttelt den Kopf.

»Glaubst du, wir können da so einfach reinspazieren?«

»Wieso nicht, lebt er auf einer Burg? Oder auf dem Mond?«

»So kommen wir nicht weiter!« Hannah wirft Kanoa einen eindringlichen Blick zu und wendet sich dann an Madison. »Bitte, wir brauchen deine Hilfe.«

Madison sinkt in sich zusammen. »Ich hab solchen Durst«, sagt sie und wirkt auf einmal ganz klein und verletzlich. »Könnte ich was zu trinken haben?«

Hannah geht hinter die Küchentheke. Aiden ist tatsächlich hier in New York! Sie kann es kaum fassen. Dann hat Summer mit ihrer Vermutung also wirklich recht gehabt ... In dem

Moment sieht Hannah auf und blickt direkt in Summers Augen. Und Summer scheint genau dasselbe zu denken wie sie: *Es ist kein Zufall.*

Hannah sucht auch Kanoas Blick, aber er hat sich zum Fenster gewandt und die Hände so tief in die Taschen gesteckt, als müsste er sie da festhalten.

Madison setzt sich auf und blickt in die Runde. »Ihr habt alle eine Rechnung mit ihm offen, was?« Ihre Stimme klingt auf einmal fest.

»Allerdings ...«, platzt Summer heraus.

»Hm«, macht Madison und bläst in die dampfende Tasse. »Ich könnte euch vielleicht in seinen Club einschleusen. Dort kommen wir leichter rein als in die Agentur.«

»Stopp!«, sagt Kanoa auf einmal wieder argwöhnisch. »In was für einen Club?«

Madison sieht ihn mit ihren großen Augen an. Sie kann so unschuldig blicken, denkt Hannah in dem Moment. So unschuldig ... ist das echt?

»Ja, in seinen Club«, sagt Madison über den Rand ihrer Tasse hinweg. »Ins *Pearl.*«

»Wo er seine Scheiß-Mai-Thais schlürft!« Summers Stimme überschlägt sich.

»Bist du sicher, dass wir ihn dann auch dort treffen?« Irgendwas an Madisons Art gefällt Hannah nicht. Ist sie nicht zu hilfsbereit?

»Ganz sicher.« Ein kleines, triumphierendes Lächeln umspielt Madisons Mundwinkel. »Wir gehen morgen hin. Gleich ganz früh, kurz bevor sie schließen«, sagt sie bestimmt.

Als sie im Schlafzimmer allein sind, sagt Hannah zu Kanoa: »Wir müssen vorsichtig sein. Ich traue Madison nicht so ganz.

Und du kennst Aiden. Er hat es schon einmal fast geschafft, dich zu töten.«

Er legt ihr den Finger auf die Lippen. »Denkst du, ich kann mich nicht verteidigen?«

Sie erinnert sich an die Pistole, die Kanoa vorhin plötzlich aus der Tasche gezogen hat. »Ich habe Angst um dich«, flüstert sie in die Dunkelheit.

## GEFANGEN

Graues Licht fällt durch das Fenster, als Hannah die Augen öffnet. Sie hat so tief geschlafen, dass sie einige Sekunden braucht, bis sie sich an Madison und an die letzte Nacht erinnert. Wie es ihr wohl geht? Sie tastet nach Kanoa – und fasst ins Leere.

Beunruhigt steigt sie aus dem Bett, zieht den flauschigen Kapuzenpulli und die Jogginghose an und schlüpft in ihre Uggs. Auf der Couch ist die Decke zurückgeschlagen. »Kanoa?« Keine Antwort.

»Madison?«

Ein ungutes Gefühl beschleicht sie. Sie geht ins Badezimmer. Niemand da. Auch nicht in der Küche. Und dann sieht sie, dass Kanoas Jacke nicht mehr neben der Tür hängt. Und auch Madisons Mantel ist weg! Die beiden sind tatsächlich ohne sie aufgebrochen! Verflucht noch mal! Wie kann Kanoa sie einfach hintergehen! Warum hat er ihr nichts gesagt?

Die Wut brodelt in ihr. Warum ist er nur so ein Sturkopf?

Was denkt er sich dabei? Überlegt er nicht, dass sie vielleicht Angst um ihn haben könnte? Wütend fegt sie sein Hemd vom Stuhl. Kanoa!

Entschlossen schnappt sie sich ihr Handy und wählt Kanoas Nummer. Als sich seine Mobilbox einschaltet, legt sie fluchend auf.

Vielleicht weiß Summer ja was?

Sie will die Tür öffnen – und kann es nicht fassen. Abgeschlossen! Kanoa hat sie auch noch eingeschlossen! Fluchend sucht sie ihren Schlüssel. Normalerweise hat sie ihn in ihrer Handtasche. Aber da ist er nicht.

»Kanoa, du Idiot! Du verdammter Idiot!« Wie konnte er nur ohne sie gehen!

*Okay, Hannah, ganz ruhig. Du musst nachdenken! Genau – Summer hat einen Schlüssel.*

Es dauert gefühlte Stunden, bis Summer endlich an ihr Telefon geht.

»Summer, du musst sofort raufkommen und unsere Wohnungstür aufschließen!«

»Was?«, nuschelt Summer verschlafen.

»Kanoa und Madison sind weg! Die Tür ist abgeschlossen und ich kann meinen verdammten Schlüssel nicht finden!«

Hannah wartet. Stille. Hat Summer aufgelegt?

»Summer?«, schreit Hannah ins Telefon. »Summmmmmmmmer!«

»Okay, okay, ich komm ja gleich«, murmelt Summer endlich. »Ich muss nur erst ... den Schlüssel suchen.«

»Das kann doch nicht dein Ernst sein! Summer!«

»Jaja«, sagt Summer gereizt. »Jetzt verlier mal nicht die Nerven.«

»Das sagst ausgerechnet du? *Ich* soll die Nerven nicht verlieren? Kanoa ist weg ins *Pearl* und er hat sicher seine verdammte Pistole dabei und ...«

»Hannah, entspann dich mal! Ich such ja schon ...«

Hannah hört, wie Summer Schubladen aufreißt und wieder zuknallt. Das kann doch nicht wahr sein, denkt sie die ganze Zeit, das kann einfach nicht wahr sein! Kanoa ist gerade weiß Gott wo und sie ist in ihrer verdammten Wohnung eingeschlossen! Wer weiß, was schon passiert ist!

»Denk nach, Summer, konzentrier dich! Vielleicht hast du ihn in der Küche? Oder im Schlafzimmer oder ...«

»Hannah, nerv mich nicht! Ich leg jetzt auf. Und wenn ich ihn gefunden habe, komme ich zu dir hoch.«

»Warte! Summer! Nein! Ich bin hier eingeschlossen ... Was ist, wenn du ihn nicht ...«

Aber da hat Summer schon aufgelegt.

Hannah kann sich gerade noch zurückhalten, das Telefon in die Ecke zu schleudern. Sie zittert vor Wut. Wie kann Kanoa ihr nur so etwas antun? Hannah rüttelt wieder am Türknauf, sie ist so wütend, so unglaublich wütend!

Irgendwann, so was wie drei Millionen Jahre später, geht endlich die Tür auf.

»Mann, Summer, wie lange wolltest du mich hier noch eingesperrt lassen?«

»Jetzt bleib mal cool, Hannah, ich hab gerade mal fünf Minuten gebraucht, okay? Hast du schon versucht, ihn anzurufen?«

»Natürlich hab ich das!«

»Dann versuch's noch mal.«

»Ich versteh das nicht.« Hannah lässt sich auf die Couch fallen und wählt wieder Kanoas Nummer. Diesmal hinterlässt sie eine Nachricht. »Kanoa, bitte ruf mich an!«

Langsam, wie schleichendes Gift, setzt sich eine furchtbare Gewissheit in ihr fest: Kanoa muss etwas passiert sein. Er würde sie nie so im Unklaren lassen.

»Und was machen wir jetzt?«, fragt Summer.

»Ich weiß es nicht ... Ich weiß nur, dass ich nicht einfach hier herumsitzen kann. Wir müssen zum *Pearl.*«

Und schon reißt Hannah irgendeine Jacke vom Haken und nimmt ihre Tasche. »Was ist, kommst du mit?«

Am Tag sieht dort alles anders aus. Aber schließlich erkennt sie die Lagerhallen, den großen Parkplatz und dann entdeckt sie auch das Schild mit dem Schriftzug THE PEARL wieder.

Was hat sie erwartet? Dass Kanoa dort steht und ihr freudestrahlend einen guten Morgen wünscht?

»Da ist keiner mehr. Die haben erst nachts wieder auf«, sagt Summer.

Hannah steigt trotzdem aus.

»Warte!«, sagt Summer und folgt ihr.

Da ist die Mauer, an die sie Madison gelehnt haben, und da ... da ist der Hinterhof des Clubs. Nichts regt sich. Die Gegend ist wie ausgestorben.

Ein Stück rechts der breiten Eingangstür aus Metall stehen zwei Müllcontainer, vollgestopft mit schwarzen Plastiktüten.

»Hannah!«, hört sie Summer entsetzt aus Richtung der Container rufen. »Komm schnell her!«

Dort, auf dem Asphalt neben den Müllcontainern, ist mit Kreide der Umriss eines Körpers aufgemalt. Hannah hört auf zu atmen. Sie spürt ihr Herz so hart hämmern, dass es wehtut. Mit aller Kraft wehrt sie sich gegen einen entsetzlichen Gedanken.

*Kanoa ...*

»Hannah!« Summer ist neben sie getreten.

»Das da ...« Hannah schluckt und zeigt auf den dunklen Fleck gleich neben dem Umriss. »Das ist doch Blut, oder?«

Alles dreht sich auf einmal vor ihren Augen.

»Summer ...«

Ihre Beine geben nach, dann spürt sie den harten Asphalt unter ihren Knien. Sie will nicht mehr aufstehen. Nie mehr. Was, wenn Kanoa ...

»Komm zum Auto, Hannah. Hier können wir nicht bleiben.«

## BEFORE: KANOA UND MADISON

Er hat gerade wieder diesen fürchterlichen Traum gehabt, in dem er in einer tiefen dunklen Schlucht ist und an den glatten, steilen Wänden hinaufzuklettern versucht. Jedes Mal, wenn er es fast geschafft hat, wenn das hellblaue Stück Himmel zum Greifen nah ist, rutscht er ab und stürzt wieder hinunter.

»Pst! Ich muss mit dir reden.« Er braucht ein paar Sekunden, um zu begreifen, dass es Madisons Stimme ist, und er braucht weitere Sekunden, bis sich seine Augen an die Dunkelheit gewöhnt haben. Madison hat sich zu ihm heruntergebeugt. »Ich warte in der Küche auf dich«, flüstert sie.

Kanoa reibt sich die Augen. Leise, um Hannah nicht zu wecken, schleicht er auf Zehenspitzen hinaus.

Madison sieht ganz anders aus, wenn sie nicht geschminkt

ist. Obwohl ihre Wangen aufgeschürft sind, sieht sie sympathischer aus als mit den grellroten Lippen und dem dicken Lidschatten.

Madison hat Tee gemacht und reicht ihm eine Tasse.

»Danke«, sagt er überrascht. »Geht's dir wieder besser?«

»Ja, viel besser. Ich hab nur noch ein bisschen Kopfschmerzen und der Arm tut auch noch weh.«

Als sie den Ärmel hochstreift, erschrickt er. Der Bluterguss ist dunkelrot und zieht sich fast über den ganzen Unterarm.

»Du hast echt Glück gehabt«, sagt er dann. »Tut mir leid, dass ich vielleicht ein bisschen zu, na ja ...«

»Schon okay.« Sie winkt ab und seufzt. »Ich versteh schon, wenn es um Aiden geht, rasten alle irgendwie aus.« Sie betrachtet ihn einen Moment, schenkt sich dann auch Tee ein und fragt über den Rand ihrer Tasse hinweg: »Wie lange seid ihr eigentlich schon zusammen?«

Die Frage überrascht Kanoa und er muss kurz nachrechnen. »Ungefähr drei Monate.« Ist wirklich erst so wenig Zeit vergangen, seit er mit ihr vor dem Felsentor ins Wasser gesprungen ist? Manchmal kommt es ihm vor, als hätte er schon sein ganzes Leben mit Hannah geteilt.

Kanoa bemerkt ein leichtes Lächeln auf ihren Lippen. Er verschränkt die Arme vor der Brust. »Warum willst du das wissen?«

Sie streicht sich die Haare zurück und sieht ihn auf eine Art an, die ihm nicht gefällt. Ein wenig zu herausfordernd. Zu kokett. »Nur so.« Sie zuckt mit den Schultern. »Ich wollte mich einfach mit dir unterhalten. Wir kennen uns ja nicht und ich bin hier in eurer Wohnung ...« Sie lächelt ihn an. »Tut mir leid, wenn ich zu neugierig war.«

Als er nichts erwidert, stellt sie die Tasse auf der Theke ab und sagt nüchtern: »Wir sollten langsam los. Er geht normalerweise irgendwann jetzt nach Hause. Das ist 'ne gute Zeit.«

Ja, denkt Kanoa und spürt, wie sich seine Kraft zusammenballt. Ja, es ist eine gute Zeit, Aiden!

»Okay, ich sag Hannah schnell Bescheid.«

Madison fasst ihn am Arm. »Wenn du nicht willst, dass ihr was passiert, dann halte sie da besser raus.«

Kanoa überlegt kurz. Auf keinen Fall will er Hannah in Gefahr bringen. Madison hat recht. Er kennt Aiden, er weiß, wozu der fähig ist. Und wenn es eine Falle ist – umso besser, wenn er Hannah raushält. »Okay. Gib mir fünf Minuten.«

Auf Zehenspitzen geht er ins Schlafzimmer, holt seine Sachen und die Pistole und zieht sich an.

Madison wartet schon an der Tür. Sie wirft einen Blick auf die Waffe, als er sie in seine Jacke steckt.

»Wir warten am Ausgang auf ihn«, sagt sie. »Ich lenke ihn ab. Und du ...«

Er nickt. Er wird ihm die Pistole an den Kopf halten. Diesmal wird er Aiden nicht entkommen lassen. Egal, was er dafür tun muss. Manchmal gibt es nur einen einzigen Weg ...

»Kannst du laufen, mit deinem Fuß?«, fragt er, als er die Tür leise zuzieht.

»Schließ ab«, sagt sie.

»Wozu?« Kanoa stutzt.

»Ich hab dir gesagt, es ist gefährlich. Wenn Hannah aufwacht und du bist nicht da, was glaubst du, wohin sie fahren wird?« Er zögert, wägt ab ...

»Mach schon, schließ die Tür zu.«

»Hannah hat einen Schlüssel ...«

Madison öffnet ihre Hand. »Jetzt nicht mehr.«

Er will die Sache abblasen.

»Gib mir den Schlüssel!« Er hat ihre Hand gepackt. Madison will protestieren, aber er sagt: »Ich steck ihn ein. Und versuch nie wieder, mich zu hintergehen, kapiert?«

Ohne zu antworten, lässt sie den Schlüssel in seine geöffnete Hand fallen.

»Wir müssen uns beeilen, also, gibt's hier einen Aufzug? Mein Fuß ...«

Ich tue es Hannah zuliebe, sagt er sich, sie muss da nicht mit reingezogen werden. Und er lässt den Schlüssel in seiner Jackentasche verschwinden.

Draußen auf der Straße weht ein scharfer Wind. Fröstelnd zieht Madison die Schultern hoch und stellt den Kragen ihres schwarzen Regenmantels auf. Er sieht nicht besonders warm aus, aber sie müssen schnell weiter, ein Taxi finden. Sie tut ihm sogar ein bisschen leid, wie sie so klein und verfroren vor ihm steht. Er legt ihr seinen Schal um die Schultern. »So besser?«

Madison lächelt ihn an. »Viel besser.«

Sie haben Glück. Ein Taxi kommt ihnen entgegen und Madison springt rasch auf die Straße, sodass es mit quietschenden Reifen vor ihr stehen bleibt.

»He, Miss!«, blafft sie der Fahrer an, als Kanoa die hintere Tür aufmacht, »wollten Sie sich umbringen?«

Auf der Fahrt bleibt Madison dicht neben ihm sitzen. Sie zittert immer noch. Ihre Hand ist wirklich eiskalt, stellt er fest und umschließt sie mit seiner. Madison schenkt ihm ein dankbares Lächeln. Er spürt die Pistole in seiner Jacke.

»Kanoa«, sagt sie aber dann auf einmal leise.

»Ja?«

»Ich ...«, sie beißt sich auf die Unterlippe, »ich hab gerade gedacht, wie es wäre, wenn wir jetzt einfach weiterfahren würden. Wir könnten irgendwohin fahren, wo es warm ist. Nach Kalifornien oder Hawaii. Da wollte ich schon immer mal hin.« Sie sieht sehnsuchtsvoll aus dem Fenster.

Er sagt nichts, denkt an Aiden. Daran, dass er ihm gleich gegenüberstehen wird. Und was er tun muss ...

»Mein Freund in Wisconsin, Clay, der hat auch solche Sommersprossen wie du.« Sie setzt sich aufrecht hin und sieht durch die Windschutzscheibe nach vorn. »Wir sind gleich da.«

»Dann noch viel Spaß!«, brummt der Fahrer, und kaum hat Kanoa die Tür zugeworfen, ist das Taxi auch schon losgefahren. Kanoa sieht sich um. Ein paar Flachbauten, in denen eine Autolackiererei, eine Schreinerei und noch ein paar andere Handwerksbetriebe untergebracht sind. Alles wie wenige Stunden zuvor. Nur die Bässe dröhnen nicht mehr. Die meisten Straßenlaternen sind kaputt und die Neonschilder der Betriebe leuchten nur schwach. Bis auf das Schild des Clubs. Das leuchtet gleißend weiß.

Drei Autos parken vor dem Eingang.

»Der da gehört dem Barkeeper. Und die alte Kiste«, Madison zeigt auf einen ziemlich verbeulten Dodge Ram, »ist von Angie und der da ...«

Kanoa winkt ab. Die weiße Limousine ist natürlich sein Wagen. Aidens.

Madison deutet auf die Tür, neben der zwei Müllcontainer stehen. »Das ist der Hintereingang. Da kommt er immer raus und steigt in sein Auto.«

Kanoa tastet in seiner Jacke nach der Pistole. Der Knauf ist rau und kalt.

»Sag mal«, fragt sie, als sie im schützenden Schatten einer Mauer stehen bleiben, »woher kennst du eigentlich Aiden?«

Sie zieht eine Packung Zigaretten aus der Manteltasche und lässt ihr Feuerzeug aufschnappen, lang genug, dass die kleine Flamme ihre Augen aufblitzen lässt.

»He«, sagt Kanoa, »du willst doch nicht, dass sie uns sofort bemerken.«

Madison blickt auf ihre Zigarette und steckt sie schulterzuckend wieder weg.

Kanoa antwortet: »Er ist mein Halbbruder.«

»Viele Geschwister hassen sich«, sagt Madison unbeeindruckt. »Steht sogar in der Bibel, Kain und Abel. Kain hat Abel erschlagen, weil er neidisch auf seinen Bruder war. Und warum?«

Kanoa sieht sie an. »Warum?«

»Weil ihr Daddy Abel mehr geliebt hat als ihn.« Madison hat den Mund herausfordernd gespitzt. »Willst du ihn umbringen?«

So einfach wird er es Aiden nicht machen. Diesmal wird Aiden ihm verraten, was er über Poema weiß – und über Nikki. Diesmal entkommt er ihm nicht. Dennoch – x-mal hat er sich den Ablauf vorgestellt, x-mal hat er Aiden in Gedanken die Frage gestellt, die alles entscheidende Frage: *Wo sind Poema und Nikki?*

Aber dann hört seine Vorstellung auf.

Madison zieht ihn hinter einen der Müllcontainer, aus dem schwarze Säcke herausquellen. Es riecht nach Küchenabfällen. Wenn er sich nicht täuscht, hat er eben zwei Ratten dorthinein huschen sehen.

»Noch was.« Madison hat ihn am Ärmel gefasst.

»Wenn was schiefgeht, musst du mich hier rausholen, okay?«

Er will gerade etwas Aufmunterndes sagen, als die Tür von innen aufgestoßen wird. Ein bulliger, brutal aussehender Typ kommt heraus, hinter ihm, im eleganten schwarzen Anzug, die langen schwarzen Haare im Nacken zusammengebunden – Aiden.

Kanoa spürt sein Herz klopfen, es klopft in seinem ganzen Körper und die Hand am Pistolengriff wird feucht.

*Willst du ihn umbringen?*

Madison wirft ihm einen flehenden Blick zu. In diesem Moment preschen Autos heran und auf ihrem dunklen, polierten Lack blitzt das spärliche Licht der Laternen auf wie ein Feuerwerk.

Aiden und sein bulliger Leibwächter stürzen zu der weißen Limousine, Kanoa springt auf und dann geht alles ganz schnell. Die erste schwarze Limousine hält, Türen fliegen auf, und plötzlich zerreißen Gewehrsalven die frühmorgendliche Stille.

*Rattatattaaaaaa ... Rattatattataaaaa ...*

Kanoa kann sich gerade noch ducken. *Wo ist Madison?*

Verdammt, er kann sie nicht sehen! Er kann so gut wie gar nichts sehen! Nur Typen in dunklen Anzügen mit Maschinengewehren, aus denen Feuer blitzt, und zwei weitere Limousinen, aus denen Männer springen und sich chinesisch klingende Kommandos zuschreien. Klirrend prasseln Patronenhülsen auf den Asphalt, dazwischen hört er erstickte Schreie.

Er will raus aus seinem Versteck, doch das wäre lebensgefährlich. *Wo ist Madison? Und noch viel wichtiger: Wo ist Aiden?*

Als Kanoa einen Motor starten hört, wird ihm klar: Aiden hat es zu seiner Limousine geschafft. Im nächsten Moment rast die weiße Limousine auch schon durch aufspritzende

Pfützen davon. Ist es vorbei? Vorsichtig reckt er den Hals, um besser zu sehen, als ein Schuss knapp an seinem Ohr vorbeipfeift.

*Wenn was schiefgeht, musst du mich hier rausholen, okay?*

*Wo zum Teufel ist Madison? Hat sie ihn tatsächlich in eine Falle gelockt? Aber woher kamen diese chinesischen Typen, wer waren die überhaupt?*

Etwas Schweres fliegt gegen den Müllcontainer, hinter dem Kanoa kauert. Etwas Weiches und Schweres ... Kanoa duckt sich noch tiefer, sein Gesicht berührt fast den Asphalt. Er wagt kaum zu atmen, als er eine Ratte bemerkt, die unter dem Müllcontainer hindurchläuft. Hoffentlich schießen diese Typen nicht auf alles, was sich bewegt. Schon wieder geht eine Salve knapp an dem Container vorbei, jemand schreit: »Kanoa!«

Es ist Madison. Die einzige Spur, die ihn zu Aiden führen kann. Er hebt kurz den Kopf und sieht ihren Schatten auf ihn zulaufen. Warum hat sie ihr Versteck aufgegeben?

»Madison, nein!« Er springt auf, will zu ihr, doch sie erstarrt mitten in der Bewegung, sackt zusammen und stürzt in eine Pfütze.

»Madison ...!«, schreit Kanoa, als sich genau im selben Moment etwas Großes, Dunkles vor ihm erhebt. Ein gewaltiger Koloss, der plötzlich stolpert, als er Kanoa sieht. Er rutscht auf dem feuchten Boden aus und knallt fluchend zu Boden.

Keine Sekunde zu früh, denn schon im nächsten Moment schlagen Kugeln mit einem lauten Klirren in eine Autoscheibe ein.

Und dann ist es auf einmal still. Nur in Kanoas Ohren schrillt und surrt es, als er benommen aufsteht. »Madison?«, murmelt er.

Das fahle Licht des Neonschilds spiegelt sich auf ihrem Mantel und auf den Lackstiefeln. Es ist so still … Ihr Kopf liegt in einer öligen Pfütze. Er kniet sich neben sie und sie sieht ihn aus weit aufgerissenen Augen an.

»Madison …«, flüstert er mit erstickter Stimme. Er hebt ihren Kopf ein Stück an und spürt das klebrige Blut an seinen Händen.

Kanoa schließt ihr die Augenlider. Eine große Traurigkeit senkt sich in dem Moment auf ihn herab, so schwer, dass sie ihn zu erdrücken droht.

Sie war seine einzige Spur. Was, wenn Aiden ihm nun für immer entwischt ist? Was, wenn er Poema oder Nikki niemals findet?

Und dann ist da dieses dunkle, schwere Gewissen, das ihn mit einem Mal einholt: Madison, sie hatte ihnen wirklich helfen wollen … und er hatte sie nicht gerettet.

## DER BOSS

»Ist hoffentlich nicht deine Freundin?«, sagt eine hohe, heisere Stimme.

Der Koloss neben Kanoa rappelt sich ächzend auf.

Noch nie hat Kanoa einen so fetten Menschen gesehen. Die platte Nase war sicher mehr als zweimal gebrochen und der Kopf mit dem kurz geschorenen Haar ist viel zu klein für diesen massigen Körper, den nur der unförmige dunkle Anzug vor dem Zerfließen zu retten scheint.

»Hm«, macht der Fettsack und greift in seine Jacketttasche. Kanoa denkt zuerst an eine Pistole – aber dann hat der Koloss auf einmal einen Schokoriegel in der Hand. *Ratsch* reißt er das Papier auf und schiebt sich fast die Hälfte des Riegels auf einmal in den Mund.

»Ich bin dir was schuldig, mein Freund. Du hast mir in gewisser Weise das Leben gerettet«, sagt er mit vollem Mund, wischt sich die rechte Hand an der Hose ab und streckt sie Kanoa entgegen.

»Victor Tong. Ich nehme mal an, du gehörst nicht zu den Leuten von *GOP.«*

*»GOP?«*

*»God's Own People.«* Victor lacht genauso leise und heiser, wie er spricht. Dann wird er plötzlich ernst.

Jetzt bemerkt Kanoa die beiden hässlichen, schlecht vernähten Narben, die wie zwei parallele Reißverschlüsse über Victor Tongs rechte Wange laufen.

»Und, hast du auch einen Namen?« Victors Augen sind zwischen den Fettwülsten nicht mehr als zwei schwarze Schlitze.

»Kanoa.«

»Kanoa?« Victors Kinn schwabbelt beim Sprechen. »Kanoa ... der Freie ... Kommst du aus Hawaii?« Er stopft sich den Rest des Schokoriegels in den Mund.

»Nein.« Kanoa starrt noch immer auf die tote Madison. Er hat das Gefühl, als wäre er irgendwo anders. Irgendwo, nur nicht hier, hier vor diesen Müllcontainern mit den Ratten und den drei, nein, vier Toten und bei diesem Typen ...

»Meine Vorfahren stammen aus Tahiti«, hört er Victor Tong sagen, »und der hier ...« Ein anderer Mann, Kanoa bemerkt ihn erst jetzt, öffnet die Autotür einer monströsen dunklen Limousine. »Der kommt von den Salomon-Inseln, stimmt's, Yu?«

Der andere nickt. »Ja, Salomon-Inseln, Salomon-Inseln, Salomon ...«

»Schon gut, Yu, unser Freund hat's kapiert.« Victor Tong grinst, zumindest sieht es für Kanoa so aus.

*Wer sind diese Leute? Wie komme ich hier weg? Was passiert mit Madison?*

»Wohin kann ich dich mitnehmen, Kanoa?« Victor knüllt das Papier zusammen und steckt es in die Tasche seines umhangartigen Jacketts.

»Ich muss Madison irgendwo ...«, fängt Kanoa an und sieht wieder auf den reglosen Körper in dem Regenmantel und den schwarzen Stiefeln. *Wenn was schiefgeht, musst du mich hier rausholen, okay?* »Ich ... ich kann sie nicht einfach hier liegen lassen.«

Er will sie aufheben, aber Victors schwere Hand hält ihn zurück. »Doch. Die Bullen werden gleich da sein. Und die werden sicher wissen wollen, was du mit der Scheiße hier zu tun hast. Willst du das?«

Kanoa kann sich noch immer nicht bewegen, noch immer lässt der Anblick der toten Madison ihn nicht los.

»He, du hast sie nicht erschossen, kapiert?«, hört er Victors heisere Stimme neben sich. »Komm jetzt, Junge.«

Unfähig, Widerstand zu leisten, lässt er zu, dass Victor ihn auf die Beine und schließlich ins Auto zieht. Yu und ein anderer machen den Kofferraum zu, in den sie bereits die anderen drei Toten hineingehievt haben.

Im Wageninnern riecht es nach Leder und nach einem aufdringlichen, süßen Parfüm. Yu und der Fahrer sitzen vorn, Kanoa sitzt Victor gegenüber. Der Wagen gleitet lautlos durch die Morgendämmerung.

»Auch 'nen Butterfinger?« Victor Tong hat einen neuen Schokoriegel ausgepackt.

Einen Schokoriegel? Kanoa schüttelt den Kopf. Wie könnte er jetzt einen verfluchten Schokoriegel essen! Noch immer sieht er Madison in der Pfütze liegen ...

»Ich bin süchtig nach dem Zeug«, sagt Victor mit vollem Mund. An seinen aufgeworfenen Lippen klebt Schokolade. »Vielleicht sollte ich die Firma verklagen. Was meinst du, Xin, soll ich die Firma verklagen?«

»Das keine gute Idee, Boss!« Die Augen des Fahrers erscheinen im Rückspiegel. »Dann backen Firma keine Butterfinger mehr und was machen Boss dann?«

»Du bist ein elender Mistkerl, Xin!« Victor lacht mit vollem Mund. »Vielleicht sollte ich die Firma lieber kaufen! Was meinst du, Kanoa?«

Kanoa zuckt mit den Achseln.

Ächzend setzt Victor sich auf. »Und jetzt sag mir, Kanoa, wer bist du eigentlich?«

Kanoa blickt ihm fest in die schwarzen Augenschlitze zwischen den Fettfalten. »Aidens Halbbruder.«

Victor knüllt das Papier in seiner mächtigen Faust zusammen, so fest und verbissen, als wäre es etwas Lebendiges, das er zerquetschen will. Es dauert zwei oder drei oder vielleicht auch vier Sekunden, bis er loslacht. Sein heiseres, hohes Lachen klingt schaurig.

»Hahahaha! Du hast echt Mumm in den Knochen! Sitzt hier in Victor Tongs Auto und sagst ihm einfach so, dass du mit seinem Erzfeind verwandt bist. Hahaha! Was meint ihr dazu, Yu, Xin? Hat unser Freund nicht echt Mumm!« Dann wird er ernst und packt blitzschnell Kanoas Handgelenk. »Oder ist mein Freund hier einfach nur dumm und dreist?«

Victors Blick ist jetzt so eiskalt, dass Kanoa ein Schauer über den Körper läuft. Victor Tong schnippt mit dem Finger, Yu greift ins Handschuhfach und fördert etwas Blitzendes zutage. Es ist ein Messer mit einer langen, einer sehr langen Klinge.

»Wenn dir jemand mit nur einer Hand über den Weg läuft, mein Freund«, Victor hält noch immer Kanoas Handgelenk umklammert wie in einem Schraubstock, »ist es gut möglich, dass er sich mit Victor Tong angelegt hat. Yu, wie viele Hände hast du schon abgeschnitten in deinem Leben?«

»Neunundsechzig, Boss«, kommt es prompt.

Victor grinst. »Neunundsechzig! Wir wollen doch nicht, dass diese hübsche Hand hier Yus siebzigste wird.« Die schwarzen Schlitze blitzen auf. »Oder?«

Kanoa hält Victors Blick stand. »Ich will Aiden finden. Er hat meine Schwester und ein anderes Mädchen verschleppt. Dafür soll er bezahlen.«

Endlich lässt Viktor seine Hand los, lässt sie einfach fallen und wischt seine dann mit einem Taschentuch so gründlich ab, als wäre sie schmutzig geworden. Dann klappt er die Armlehne auf und nimmt einen neuen Butterfinger heraus. »So, so, du bist also Aidens Bruder ... und Aiden hat deine Schwester verschleppt.«

Kanoa spürt, dass er so schnell wie möglich aus diesem Auto rausmuss. Victor Tong und seine Leute sind absolut unberechenbar. »Kann Xin mich hier rauslassen? Ich muss nach Hause.«

Victor betrachtet den Schokoriegel und steckt ihn dann wieder ein. »Das halte ich für keine gute Idee, Kanoa.« Er macht eine Pause. »Meine Vorfahren kommen aus Tahiti. Das ist nicht weit weg von ... der Insel.«

Kanoa horcht auf. »Du kennst die Insel?«

»Ich selbst war nie dort, aber ich habe so einiges darüber gehört ...« Victor Tongs teigiges Gesicht verzieht sich zu einer grinsenden Fratze. »Hör mir gut zu: Bei uns auf Tahiti ist es so, wenn einer aus der Familie unrecht getan hat, dann muss die ganze Familie dafür büßen.«

Kanoa kann jetzt Victor Tongs süßsauren Mundgeruch riechen, so nah hat der sich zu ihm vorgebeugt. »Das weißt du doch auch, oder, Kanoa?«

## VERMISST

Auf der Polizeistation erfährt Hannah, dass jemand mindestens achtundvierzig Stunden verschwunden sein muss, bevor man eine Vermisstenanzeige aufgeben kann.

»Wie alt, sagen Sie, ist er?«, fragt der Officer nach, ein übergewichtiger Typ mit Stiernacken, rotem Gesicht und einem nervösen Zucken um den Mund.

»Neunzehn.«

Officer Johnson, wie Hannah auf seinem Namensschild liest, beugt sich über die Theke und sagt in väterlichem Ton: »Miss, nehmen Sie es sich nicht so zu Herzen, die wenigsten haben den Mut zu sagen, dass sie eine Neue haben.«

Ein, zwei Sekunden lang ist Hannah sprachlos, dann fährt sie ihn empört an: »Wie können Sie so etwas sagen, Sie kennen ihn doch gar nicht!«

»Ich bin seit dreißig Jahren Polizist, was glauben Sie, Miss, wie oft ich so was schon erlebt habe?«, sagt er mit einem mitleidigen Lächeln und sie schluckt mühsam eine bissige Erwiderung herunter.

»Ist letzte Nacht etwas passiert, vor dem ... *Pearl?«,* fragt sie stattdessen und hat gleichzeitig Angst vor seiner Antwort.

*»Pearl* – was ist das?«

»Ein Club in Brooklyn.«

Der Officer hebt fragend die Brauen.

»Ich wollte nur ... ich hab ... ich meine, gab es dort einen ...«, das Wort will ihr kaum über die Lippen kommen, »... einen Toten?«

»Moment mal, Miss!« Der Officer stutzt. »War Ihr Freund in irgendwas verwickelt? Erzählen Sie mal genauer ...«

Was, wenn Kanoa wirklich dort war – und er jemanden erschossen hat? Mein Gott, er hatte die Pistole dabei und er war so entschlossen, Aiden diesmal nicht entkommen zu lassen.

Hannah schüttelt rasch den Kopf.

»Nein, vergessen Sie's.« Sie macht eine wegwerfende Handbewegung und bringt sogar noch ein Lächeln zustande. »Meine Fantasie geht manchmal mit mir durch ...« Bevor er noch etwas fragen kann, dreht sie sich um und kämpft sich durch die Menge der Wartenden zum Ausgang.

Vielleicht, sagt sie sich, ist er ja gerade eben nach Hause gekommen. Vielleicht hat er schon die ganze Zeit versucht, mich anzurufen, und vielleicht ... vielleicht – bestimmt! – ist er zu Hause ...

Erst als sie draußen ist und die kalte Luft auch in den kleinsten Lungenbläschen brennt, beruhigt Hannah sich langsam wieder.

»Und?«, fragt Summer, als Hannah sich hinters Steuer setzt.

Hannah schüttelt den Kopf. »Der Officer wollte mir doch glatt einreden, Kanoa wäre mit einem anderen Mädchen abgehauen.«

»So ein Idiot!« Summer tippt sich an die Stirn. »Er kommt bestimmt, glaub mir, Hannah, er kommt ganz bestimmt heute Abend. Vielleicht haben er und Madison ja etwas rausgefunden ... und er wollte dich einfach nur schützen.«

Hannah ist froh, dass Summer da ist, sonst würde sie jetzt durchdrehen. »Was würde ich nur ohne dich machen, Summer?«

Summer lächelt. »Wir halten zusammen, Hannah. Es wird alles wieder gut.« Und sie drückt ganz fest Hannahs Hand.

Aber Kanoa kommt auch am Nachmittag nicht. Gegenüber im Haus üben die drei Schauspieler ihre Rollen. Hannah sieht sie am Fenster gestikulierend auf und ab gehen. Von unten kommen leise Trompetenklänge. Alles wirkt so friedlich und so ... normal.

Summer sitzt mit angezogenen Beinen auf der Couch, die Arme um die Knie gelegt. Puma liegt in Summers Nacken. Er mag Summer – und ganz besonders mag er ihre weichen, selbst gestrickten Pullis. Dann hört er gar nicht mehr auf, mit den Vorderpfoten auf der Stelle zu treten und dabei laut zu schnurren.

»Immer wenn ich die Augen zumache, bin ich wieder auf der Insel«, sagt Summer auf einmal.

»Und ich muss immer wieder an das Felsentor denken«, sagt Hannah und hält kurz inne. »Wie ich hinter Nikki darauf zugegangen bin und wie ich plötzlich ins Meer gerissen wurde. Ich hab gedacht, jetzt ist alles aus. Dabei hat mich Kanoa gerettet. Manchmal wär ich lieber dort als hier. Ich hab mich ihm dort einfach viel näher gefühlt. Ich habe solche Angst um ihn.«

»Ach, Hannah.« Summer legt ihr die Hand auf den Arm. »Er kann schon auf sich aufpassen. Schließlich hat er auf der Insel schon einmal überlebt, und Aiden hat es nicht geschafft, ihn umzubringen.«

»Aber er wollte es, Summer!« Sie denkt an Kanoas Albträume, in denen er in der Schlucht liegt und vergeblich versucht, an den glatten Wänden hinaufzuklettern. »Kanoa hatte vielleicht nur Glück.«

Summer seufzt. »Sieht so aus, als kämen wir nie von der Insel los.«

Ja, denkt Hannah und sieht wieder die Schrift in Summers Apartment vor sich. Inzwischen ist der Heizkörper wieder angebracht und die Wand ist übermalt, aber sowohl Summer als auch Hannah wissen, dass die Schrift darunter immer noch da ist. Und dann die Begegnungen in der Subway, das Mädchen am Flughafen, Aidens Nachricht ... Die Insel hat sich in ihrem Leben breitgemacht, schlimmer – sie hat die Führung in ihrem Leben übernommen.

Der Trompeter hat ein neues Stück angefangen. Es ist traurig und voller Sehnsucht und Hannah schließt die Augen und denkt an Kanoa, an seine meergrünen Augen, an sein Lachen, sie denkt daran, wie sie mit ihm im Boot vor der Insel trieb und wie sie beide dachten, sie würden sterben.

Wir geben nicht auf, haben sie sich geschworen. Und irgendwann wurde ihr Boot von dieser Strömung erfasst und zur Insel zurückgezogen.

Hannah ist auch nach Weinen zumute, um Kanoa und um Summer und um Janice und Nikki und Poema. Aber sie kann nicht. Einer muss stark bleiben. So wie auch Kanoa stark geblieben ist, als sie im Boot auf dem Meer trieben und von diesem Sog erfasst wurden und ins Wasser springen mussten, um nicht mit dem Boot am Felsen zu zerschellen. Einer muss immer stark bleiben, um die anderen zu retten.

## KARMA LOUNGE

Mit jeder Stufe, die Kanoa hinter Victor Tong hinuntersteigt, wird die Luft dicker. Victors Club, die *Karma Lounge* ist in einem Keller. Die Bässe wummern in seinem Körper, bis er sich nicht mehr dagegen wehrt und sein Herz im selben Rhythmus schlägt. *Bobb bobb bobb bobb* ... Hinter Victor Tongs massiger Gestalt fühlt er sich wie ein Blatt in einem Strudel, das nicht anders kann, als sich nach unten ziehen zu lassen.

Kanoa wollte nach Hause, aber Tong hat gesagt, er müsse mit ihm mitkommen, bis sich »die Sache« beruhigt habe. Natürlich war das nicht der Grund. Kanoa ahnt: Victor Tong traut ihm nicht.

»Ist heute nichts los?«, fragt Victor das Mädchen im knappen Bikini mit dem Tablett, das ihnen auf den Stufen entgegenkommt.

Das Mädchen zuckt nur mit den schmalen Schultern. Als sie sich eine Strähne aus dem Gesicht streicht, blickt Kanoa in schräg stehende asiatische Augen. Gegen den massigen Victor wirkt sie zerbrechlich wie eine Porzellanfigur.

»Das ist mein neuer Freund!« Victor schlägt Kanoa mit der

Pranke auf die Schulter. »Er ist ein ganz besonderer Freund und ich erwarte von euch, dass ihr ihn auch so behandelt!«

Kanoa fühlt sich unbehaglich, er hat keine Ahnung, was Victor Tong wirklich im Schilde führt. Was Victor mit seinen »Freunden« macht.

Vier andere Mädchen kommen ihnen auf den Stufen entgegen, alle im Bikini und mit einem seltsam künstlichen Lächeln. Victor Tong klatscht einem der Mädchen auf den Po. »Mach mal Platz, Schätzchen!«

Dann sind sie unten angelangt. Aus dem Nebel tauchen Gesichter auf, um gleich wieder darin zu versinken, Lichter blitzen, erhellen für Bruchteile von Sekunden tanzende Körper, Gläser, Flaschen, eine Bühne, auf der Mädchen in glitzernden goldfarbenen Bikinis die Hüften kreisen lassen. Die Musik übertönt jedes andere Geräusch.

Und plötzlich ist Victor irgendwo im Hintergrund verschwunden. Von hinten legt sich eine schwere Hand auf Kanoas Schulter. Als er sich umdreht, blickt er in das undurchdringliche Gesicht eines Glatzkopfs, massig wie ein Sumoringer. Der Glatzkopf macht mit dem Kinn eine leichte Bewegung zu einer Tür in einer Wand voller glitzernder Punkte. »Geh!«, sagt der Glatzkopf mit unbewegter Miene und dreht den Türknauf.

In dem fensterlosen, neonbeleuchteten Raum blicken ihn in einer Reihe drei Gesichter an. Xin und Victor kennt er schon, den dritten Typen nicht. Sie sitzen da, als würden sie auf jemanden warten. Auf ihn? Seine Pistole hat er nicht mehr. Er fühlt sich völlig ausgeliefert.

»Kanoa!« Victor winkt ihn heran. »Setz dich!« Er weist ihm einen unbequem aussehenden grauen Ledersessel zu. Kanoa hat sich gerade hingesetzt, als die Tür auffliegt und ein junger

Mann hereinstolpert. Yu geht hinter ihm und stößt ihn auf die Knie. Der Mann hat die blonden Haare zu einem Pferdeschwanz gebunden und ist kaum älter als Kanoa. Er hat Angst, das kann jeder sehen, wie er da auf dem Boden kauert und sich so klein macht, als könnte er so unsichtbar werden. Victor Tong reißt das Papier von einem Butterfinger ab, beißt hinein und sagt schmatzend und ganz leise: »Ich höre.«

»Ich ...«, fängt der junge Mann an, »ich soll Ihnen sagen, dass ...«

»Ja?« Victor Tong hat den Mund so voll mit Schokolade, dass er kaum sprechen kann.

»Dass mein Boss nicht ...«

»Nicht was?«

Ängstlich blickt der junge Mann in die starren Gesichter. Egal, was er getan hat, er tut Kanoa leid.

Überhaupt will Kanoa nicht hier sein. Nicht in diesem Club. Nicht bei diesen Mafia-Typen.

»Nicht zahlt«, stößt der Mann hervor und schluckt.

In der Stille, die nun folgt, kann Kanoa sein eigenes Blut rauschen hören – und das Schmatzen von Victor Tong, das langsam leiser wird, bis es ganz aufhört. Die Stille ist jetzt vollkommen.

»Sag das doch noch mal. Nur für den Fall, dass ich mich verhört habe.« Jede Silbe eine Drohung. Es ist so still, als hätten alle aufgehört zu atmen.

»Mein Boss«, die Stimme des jungen Mannes zittert vor Angst, »sagt, er zahlt nicht, weil ... weil es nichts zu zahlen gibt.«

»Habt ihr das gehört?« Victor beugt sich zu ihm hinunter und sagt dicht an seinem Ohr: »Und um mir das mitzuteilen, hat er dich geschickt?«

Der junge Mann nickt erleichtert. Lächelt er nicht sogar ein bisschen? Victor holt Luft und es klingt, als würde er die ganze Luft im Raum in seinen monströsen Körper einsaugen wie ein riesiger Wal.

»Dummerweise hast du dich für den falschen Boss entschieden«, sagt Victor Tong mit seiner leisen, unheimlichen Stimme. »Du arbeitest für eine feige Ratte. Ein mutiger Boss wäre selbst gekommen, um mir das zu sagen.«

Der junge Mann zittert am ganzen Körper. Kanoa kann seine Zähne aufeinanderschlagen hören.

»Nun«, Victor räuspert sich. »Tatsache ist: Dein Boss ist nicht selbst gekommen – und du hast uns das Geld nicht gebracht. So stehen die Dinge nun mal. Wenn dein Boss jetzt hier wäre, könnten wir verhandeln ...« Er macht eine bedrohliche Pause. »Aber er hat nun mal dich geschickt.« Seine Augen blitzen in den schmalen Fettschlitzen auf, er hebt leicht das Kinn, eine kurze, ganz kurze Bewegung nur, aber schon springt Yu auf – und als sein Messer auf die Hand heruntersaust, schließt Kanoa für Sekunden reflexartig die Augen.

Der Schrei geht ihm durch und durch. Der junge Mann verstummt, starrt entsetzt auf seinen Daumen, der am Boden liegt, verdreht die Augen und knallt mit dem Kopf auf den Boden.

Kanoa wendet den Blick ab. Würgt. Schluckt alles herunter. Ekel, Schock und Angst.

Victor seufzt. »Bringt den Kerl zurück und legt noch einen schönen Gruß von mir dazu.«

Yu bückt sich eilfertig nach dem Finger, legt ihn in einen kleinen Karton und drapiert eine rote Schleife auf dem Deckel.

Victors Sehschlitze richten sich auf Kanoa. »Bei Geschäften

sollte man nicht sentimental sein. Ich bin für klare Abmachungen.«

Kanoa kämpft gegen den Brechreiz an.

Der Glatzkopf und Xin packen den jungen Mann unter den Achseln und schleppen ihn hinaus. Yu trägt ihnen das Päckchen hinterher.

»Schickt jemanden, der die Sauerei hier aufwischt!«, ruft Victor ihnen nach. »Und jetzt zu uns«, sagt er zu Kanoa und auf seinem Gesicht regt sich so etwas wie ein Lächeln. »Ich schulde dir einen Gefallen. Du hast mir schließlich das Leben gerettet. Wenn du nicht gewesen wärst, wäre ich nicht gestolpert und ausgerutscht. Ich helfe dir, deine Schwester und dieses andere Mädchen ...«

»Nikki«, bringt Kanoa heraus, »das Mädchen heißt Nikki.«

»Ich helfe dir, die beiden zu finden.« Victor schnauft und beugt sich weiter vor, indem er sich mit seinen fettgepolsterten Händen auf die kurzen Oberschenkel stützt. »Ich hätte da allerdings noch eine kleine Bitte.«

Sein Grinsen jagt Kanoa einen Schauer über den Rücken. Victor spitzt die Lippen: »Du bekommst die beiden Mädchen – und ich ... bekomme Aiden.«

Wie betäubt betrachtet Kanoa das Blut am Boden. »Aiden? Wieso?«

Schwerfällig hievt sich Victor Tong aus dem Sessel. »Das hier ist mein Imperium. Das alles habe ich erschaffen.« Er breitet die Arme aus. »Und dein Bruder Aiden will es mir streitig machen! Er raubt mir die Mädchen und zahlt kein Schutzgeld mehr in den Clubs, die ich seiner Mutter verpachtet habe. Das hat bis jetzt niemand gewagt!« Er schüttelt den Kopf. »Du verstehst doch sicher, dass ich das nicht dulden kann, oder? Sonst verlieren alle anderen den Respekt vor mir.« Sein Grinsen sind bloß lange schmale Schlitze in seinem Gesicht. »Deshalb musste ich dem Jungen seinen Finger abschneiden, verstehst du? Und deshalb werde ich Aiden töten. Das verstehst du doch sicher, oder, Kanoa?«

## DER PLAN

Das Telefonklingeln hallt durch die Wohnung. Wo hat sie bloß ihr Handy?

Hannah stolpert über den Schuhkarton, in dem Puma sich zum Schlafen zusammengerollt hat.

Das Klingeln kommt aus ihrer Tasche auf dem Esstisch. Hektisch reißt sie sie auf. Schminksachen fallen auf den Boden, Taschentücher – endlich.

»Ja?«

»Spreche ich mit Hannah Goulding?«

Sie ist so schockiert von dieser banalen – und völlig unerwarteten – Frage, dass ihr Ja völlig automatisch kommt.

»Hier ist Detective Gallo. Sind Sie in Ihrer Wohnung, Hannah?«

Ihr Herz bleibt ein paar Sekunden lang stehen ... bis sie endlich ein weiteres Ja herausbringt.

»Gut, dann bleiben Sie dort. Wir sind sofort bei Ihnen.«

»Warum? Was ist ... passiert?« Sie spürt, dass sie sich gleich festhalten muss ... Kanoa ...

»Verlassen Sie auf keinen Fall die Wohnung, bis wir da sind. Haben Sie mich verstanden? Und machen Sie niemandem auf! Auf gar keinen Fall!«

»Aber, was ...«

*Klack.* Aufgelegt. Wie betäubt steht sie am Esstisch. Draußen leuchten die Reklametafeln und Autoscheinwerfer und die Fenster in den anderen Blocks. Irgendwo da unten ist Kanoa – oder vielleicht ist er auch nicht mehr da ... Und sie denkt diesen Gedanken in unendlicher Wiederholung, bis Stunden später, so kommt es ihr vor, die Türklingel geht.

Die Panik drängt wieder hoch und es dauert weitere gefühlte Stunden, bis sie es zur Tür geschafft und den Öffner für die Haustür gedrückt hat, bis der Aufzug in der obersten Etage angekommen ist und sie die beiden Männer durch die Kamera vor ihrer Tür stehen sieht. Beide tragen einen Anzug und haben kurz geschnittene Haare. Einer ist etwas kräftiger und massig, so als würde er jeden Tag Gewichte stemmen. Der andere ist eher der blutleere Buchhaltertyp.

Sie halten ihre Ausweise nacheinander vor die Linse.

Detective Bill Hanner und Detective Kevin Gallo. Natürlich könnten die Ausweise gefälscht sein, aber ihre Angst vor der Nachricht ist größer, viel größer und so schiebt sie die beiden Riegel zur Seite und sperrt das Sicherheitsschloss auf.

»Miss Goulding?« Der kräftige mit der roten Krawatte, Kevin Gallo, mustert sie mit durchdringendem Blick.

Hannah schluckt, ihr Herz fängt an zu rasen.

Haben sie Kanoa gefunden?

Der andere Detective zieht ein Foto aus seiner Jackentasche. »Kennen Sie dieses Mädchen?«

Sie braucht einen Moment, bis sie das bleiche Gesicht mit den geschlossenen Augen erkennt. Ist das wirklich ...?

Sie blickt von einem Detective zum anderen. »Das ist ... Madison. Ihren Nachnamen kenn ich nicht, sie war gestern hier ... aber was ...« Die Stimme versagt ihr.

Gallo zieht ein weiteres Foto hervor. »Kennen Sie diesen jungen Mann?«

Kanoa! Ihr Herz hämmert gegen die Rippen, als wollte es diese brechen. Gleich, gleich sagen sie ihr, dass er auch tot ist ...

Gallo räuspert sich und der andere sagt: »Das Mädchen hatte dieses Foto bei sich – mit Ihrer Adresse und Ihren Namen hintendrauf.« Der Detective dreht das Foto um. »Hannah Goulding, das sind Sie, und Kanoa Widman. Ist Mr Widman Ihr Freund?«

»Sie hatte ein Foto mit Kanoa ... und ... mit unserer Adresse?«, wiederholt sie entsetzt und begreift immer noch nicht. Beide Polizisten mustern sie ausdruckslos.

»Jetzt sagen Sie mir doch endlich, was passiert ist!«

»Es gab eine Schießerei zwischen zwei verfeindeten Mafia-Gruppen«, fängt Gallo an. »Dieses Mädchen wurde dabei erschossen.«

»Und was hat das mit Kanoa zu tun?« Jeder Laut fühlt sich an, als würde er ihr die Kehle aufreißen.

»Vielleicht war er auch dabei. Das würden wir gerne wissen.« Hanner sieht sich um. »Ist er nicht hier?«

»Nein!« Sie erschrickt vor ihrer viel zu schrillen Stimme. »Nein, er ist nicht hier!«

»Dann rufen Sie uns bitte sofort an, wenn er nach Hause kommt oder wenn Sie etwas von ihm hören. Er ist womöglich in Gefahr.«

Hannah starrt die Visitenkarte an, die Hanner ihr in die Hand drückt.

»Vielleicht hat er gesehen, wer dieses Mädchen erschossen hat. Diese Typen sind nicht zimperlich. Die mögen keine Zeugen«, sagt Gallo und Hanner fügt hinzu: »Sie verstehen doch, Miss?«

»Also«, sagt Gallo und wendet sich zur Tür, »rufen Sie uns sofort an, wenn Sie was von ihm hören.«

Hannah umklammert den Türgriff, bis ihre Knöchel weiß werden. Die Mafia ... Wie viele Filme hat sie schon gesehen, in denen Leute umgebracht werden, nur weil sie irgendetwas gesehen haben könnten? In ihren Ohren rauscht es, sodass sie kaum noch etwas anderes hört. Sie werden Kanoa umbringen, das ist ihr auf einmal ganz klar.

»Warten Sie!«

Die beiden bleiben stehen.

»Kann ich das Foto noch mal sehen? Das Foto von Kanoa?«

Gallo holt es aus seiner Jacketttasche, und Hannah betrachtet es genauer, als könnte Kanoa eine Botschaft darauf hinterlassen haben.

Ein Schnappschuss. Kanoa, wie er gerade aus dem Haus geht. Aus diesem Haus.

»Wer hat dieses Foto gemacht?«

»Wir haben gehofft, dass Sie uns eine Antwort darauf geben könnten.« Hanner sieht sie eindringlich an. »Also, wenn Ihnen etwas auffällt ...« Er deutet auf die Visitenkarte, die sie immer noch in der Hand hält, dann dreht er sich um und folgt seinem Kollegen zum Aufzug.

Sie schließt die Tür zwei Mal ab. Jemand weiß, dass sie hier wohnen. Jemand ... der vielleicht auch Madison geschickt hat ... jemand, der Summer die Nachricht vom *Pearl* zugespielt hat ...

*Du entkommst nicht.*

Hannah kauert sich hinter der Tür zusammen. Und als der kleine Kater auf ihr Bein klettert, hält sie ihn ganz fest.

Hannahs Gedanken drehen sich immer weiter, so lange, bis sie sich erschöpft auf das Sofa fallen lässt und sich unter der

Patchworkdecke verkriecht. Wo ist Kanoa? Wenn er doch nur hier wäre! Dann würde sie sich sicherer fühlen, bei ihm.

Aber nein, sicher sind sie hier, in New York, in diesem Haus, schon lange nicht mehr.

## RADIO NEWS 4

»Magnetische Pole sind Orte, an denen das Magnetfeld der Erde sich mit der Sonne verbindet, wodurch ein ununterbrochener Weg von unserem eigenen Planeten zu ...«, kommt es aus dem Radio.

Ein Hustenanfall schüttelt ihn, er kriegt keine Luft mehr. »Professor Alonso Rojas von der Seton Hall University hat in seiner Rede darauf hingewiesen, dass möglicherweise die Strahlung Passagieren in Flugzeugen, die in einer sehr hohen Höhe fliegen ...«

»Du willst mir doch nicht in meiner Schicht abnibbeln, Einstein!«

*Ach, du schon wieder! Fahr zur Hölle!*

»Schön einatmen, Einstein, das hilft dir! Ist verdammt teuer, das Spray, haben sie mir gesagt, also, schön weit das Schnäbelchen aufsperren, damit nichts verloren geht! Na, geht doch! Und, besser?«

»Hmmmm!«

»War das eine Antwort, Einstein? Hast du mir eben eine Antwort gegeben? Ich glaub's ja nicht! Sag's noch mal, wie war das? Hmmm?«

*Verpiss dich!*

»Och, Einstein, bitte, nur noch ein Mal, mach noch ein Mal Hmmmm, bitte!«

*Verpiss dich endlich!*

»Auch Astronauten könnten gefährdet sein. Rojas betonte, dass ...«, kommt es aus dem Radio.

Nicht nur Astronauten, weiß er. Nein, nicht nur die ...

*Tack, tack, tack* macht der Wecker und zeigt die nächste Minute an.

Unaufhaltsam rückt der Moment näher. Er kann nur hoffen, dass sich niemand mehr erinnert ...

## CELEXA

Summer sieht total fertig aus, als sie Hannah endlich die Tür öffnet. Die Haare strähnig und fettig und unter den verquollenen Augen dicke Tränensäcke.

»Madison ist tot.« Hannah kann kaum sprechen. Ihre Kehle ist so eng und wund.

»Ich weiß.«

Überall brennen Kerzen. Auf dem Kaminsims, auf der Küchentheke und auf dem Couchtisch, den Summer kurz nach ihrer Ankunft auf dem Hell's-Kitchen-Flohmarkt erstanden hat. Neben den Kerzen steht ein halb leeres Glas, ein anderes ist umgefallen, der gelbliche Inhalt hat sich quer über den Tisch ergossen. Aufgeweichte Tablettenschachteln und zwei halbleere Röhrchen liegen in der Flüssigkeit.

Hannah sieht stirnrunzelnd auf das Durcheinander. »Ist alles okay?«

Summer sieht sie an, als wäre sie verrückt, und bricht in hysterisches Lachen aus. »Okay? Ist hier überhaupt jemals irgendwas *okay* gewesen?«

»Summer ...« Hannah fürchtet, dass Summer wieder einmal einen Wutanfall bekommen könnte – wie so oft in letzter Zeit. Aber heute fühlt Hannah sich absolut nicht in der Lage, sie zu beruhigen. Hannah hat es selbst kaum geschafft, hinter der Tür aufzustehen und die zwei Stockwerke herunterzulaufen.

Sie ist noch immer ganz benommen vom Besuch der Polizei und von der Sache mit dem Foto. Hannah will sich irgendwo hinsetzen, da fällt ihr Blick auf ein weiteres Tablettenröhrchen neben dem Tisch. Sie hebt es auf. »Wie viel hast du davon genommen?«

Summer reißt es ihr aus der Hand. »Das geht dich nichts an!«

»Oh, doch, es geht mich sehr wohl was an. Ich will nämlich nicht, dass du dich selbst kaputt machst.« Dann schiebt sie leiser hinterher: »Ich brauche dich doch.«

Aber ihre letzten Worte gehen in Summers hysterischem Lachen unter. »Hahahaha! Super Spruch, Hannah! Ganz toll! Ich bin doch schon längst kaputt! Wir sind alle schon längst kaputt! Hast du das noch nicht kapiert?«

Hannah spürt, wie ihr das Blut in den Kopf schießt. Sie packt Summer an den Handgelenken. »Summer, hör endlich auf! Du bist ja total zugedröhnt!«

»Hahahahahahaha!« Summers schrilles Lachen kippt um in ein lautes Schluchzen. »Hannaaaaaaaaah ...«

»Summer! Summer!« Hannah schüttelt sie so lange, bis ihre Freundin endlich aufhört. »Schau mich an, Summer, und hör mir zu!«

Summers Arme erschlaffen, ihr ganzer Körper sackt zusammen und Hannah muss Summer festhalten, damit die nicht auf den Fußboden fällt.

»Summer«, fängt Hannah an, sanft auf sie einzureden, »erinnerst du dich noch an die Insel? Da haben wir es auch geschafft. Erinnerst du dich, Summer? Verdammt, erinnerst du dich?«

Mühsam hebt Summer die Augenlider.

»Und wir schaffen es wieder, glaub mir.« Hannah hält ihr das Tablettenröhrchen vor die Augen. »Hast du noch mehr davon? Summer! Hast du noch mehr davon?«

Endlich schüttelt Summer den Kopf.

»Ganz sicher?«

»Sicher«, murmelt sie. »Hannah?«

»Ja?«

Sie ist auf einmal ganz ernst geworden. »Es hat bestimmt alles einen Sinn.«

»Was?«

»Alles, alles hier, das alles muss irgendeinen Sinn haben, dass wir es erleben.«

»Ja ... vielleicht ...«

Summer lächelt plötzlich. »Ich weiß noch genau, wie ich dich zum ersten Mal gesehen habe. Dich und Nikki – als ihr ins große Zelt gekommen seid ...«

»Ja«, sagt Hannah und ist wieder dort, auf der Insel, »alle saßen ganz andächtig da und Nikki hat irgendwas Lustiges gesagt.«

Hannah muss in dem Augenblick sogar ein bisschen lachen. »Es war so typisch Nikki! Sie hat gesagt, warte ... sie hat gesagt ...« Hannah versucht, mit Nikkis Heliumstimme zu sprechen: »›Hast du gesehen, hier gibt's nur Mädchen! Na, ich hab mir gleich gedacht, dass es im Himmel keinen Sex mehr gibt!‹«

Summer lächelt tatsächlich, wenn auch nur ganz schwach.

»Und dann kam die große Show von Sky«, redet Hannah weiter. »Er in der geöffneten Muschel! Ich kam mir vor wie ... wie in einem altmodischen Musical.«

Jetzt kichert Summer leise.

»Und dann hat er seine Ansprache über die fünfte Dimension gehalten und wir sollten alle von diesem Zeug trinken, um uns zu reinigen und unser System zu deprogrammieren. Reset System! Reset System to point zero!«

»Ja, das war echt ganz schön abgefahren. Aber du hast mir ein Zeichen gegeben, dass ich das Zeug nicht trinken soll. Weißt du noch?« Hannah sieht, dass Summer nun wieder bei sich ist, ruhig und fast wie vorher. Sie zieht sie zum Sofa und nimmt Hannahs Hände.

»Ja. Ich hab irgendwie gemerkt, dass du ... dass du dieses verrückte Zeug nicht einfach glaubst, so wie alle anderen.«

Summer wird ernst. »Und, hast du was davon getrunken?«

»Nur ein ganz kleines bisschen. Aber es hat gereicht. Ich war ziemlich weggetreten!«

Eine Weile sitzen sie so da und Hannah schöpft wieder Hoffnung, dass auch diesmal alles gut wird. Sie hat die Insel überlebt. Und sie hat ihre große Liebe gefunden ... Es *muss* alles gut werden. Kanoa muss zurückkommen.

Wenn sie nur wüsste, wo er ist.

»Ich muss jetzt schlafen, Hannah«, sagt Summer unvermittelt.

»Ja, aber ich nehm die Tabletten mit rauf, okay?«

Summer nickt und Hannah rafft die Tablettenröhrchen zusammen.

»Lass mich dich noch mal umarmen.« Summer schlingt die Arme um Hannah und drückt sie ganz fest.

»Es wird schon alles wieder gut, Summer.«

»Ja«, Summer nickt und wischt sich ein paar Tränen aus dem Gesicht, »bestimmt. Du warst ... du bist ... eine echt gute Freundin, danke.«

Als Hannah geht, lächelt Summer sogar wieder ein bisschen.

Stunden später ist Kanoa immer noch nicht aufgetaucht.

Hannah hat sich gezwungen, etwas zu essen zu bestellen. Vor ihr stehen zwei unberührte Schachteln vom Thailänder. Die Warterei und die Ungewissheit machen sie wahnsinnig. Jetzt hat sie es schon mindestens zehn Mal in der letzten Viertelstunde auf seinem Handy probiert. Ohne Erfolg.

Wenn sie nur wüsste, was passiert ist! Ob er noch am Leben ist ... oder ob er tot ist, genau wie Madison ...

Vom Grübeln tut ihr der Kopf so weh, dass sie im Bad nach einer Schmerztablette sucht. Im Schrank unter dem Waschtisch, ganz hinten, findet sie den geflochtenen Korb mit den Medikamenten. Aspirin, eine Wundsalbe für Verletzungen, Pflaster, Ibuprofen und – Hannah starrt auf die Tablettenröhrchen. Lorazepam, Sonata, Halcion, Percoset und Zolpidem – alles Beruhigungsmittel, Antidepressiva, Aufputscher, Schlafmittel –, das gleiche Zeug, das auch Summer hat ...

*Kanoa! Hast du das alles genommen?* Sie spürt, wie ihr die Vorstellung den Boden unter den Füßen wegzieht. War er deshalb oft so weggetreten? Sind denn alle um sie herum verrückt geworden?

Sie will sofort runter zu Summer, aber es ist halb fünf Uhr nachts und Summer muss sich erholen. Sie kann sie genauso gut gleich morgen früh fragen. Vielleicht hat Kanoa mit ihr darüber gesprochen.

Und als sie gedankenverloren die Tablettenröhrchen betrachtet, eines nach dem anderen, entdeckt sie in dem Körbchen einen zerknitterten Zettel. Sie streicht ihn glatt. Dr. Lukas Mason, steht da, und eine Adresse.

## RADIO NEWS 5

Diesmal kommen die schlechten Erinnerungen. Sie suchen ihn heim, als Racheengel in wallenden weißen Gewändern. Ihre Seelen quälen ihn, bohren glühende Speere in seinen Leib und schreien: »Rache, Rache, Rache!«

Er schlägt die Hände vor die Augen. Dabei weiß er, dass das nichts nützt. Die Bilder sind im Kopf, die weißen Kleider, die unschuldigen Gesichter ... Er wollte das nicht. Nicht so.

»Die Stärke der Sonnenwinde hat erneut zugenommen. Professor Huang von der Universität Hawaii erwartet in den nächsten Tagen ...«, kommt es aus dem Radio.

*Tack, tack, tack ...*

## ABGRUND

Kanoa taumelt über die Straße. Plötzlich ist ein eisiger Wind aufgekommen. Die Menschen haben Kapuzen und Mützen aufgesetzt und die Krägen ihrer Jacken und Mäntel hochgeschlagen, manche haben sich einen Schal vor den Mund gebunden. Er will nach Hause, so schnell wie möglich. Hannah hat immer noch keine Ahnung, was passiert ist! Und sein Handy hat er auch nicht mehr.

Wie soll er das alles nur Hannah erklären? Er begreift es ja selbst kaum. Erst die Schießerei vor dem *Pearl,* dann die Begegnung mit Victor Tong und dann der Albtraum in der *Karma Lounge.* Er hat jedes Zeitgefühl verloren. Wie lange war er weg? Und Hannah hat keine Ahnung. Victor Tongs Grinsen war so kalt, dass Kanoa immer noch eine Gänsehaut bekommt, wenn er daran denkt. Er weiß noch nicht, wie viel davon er Hannah gleich erzählen wird.

Endlich hat Kanoa den Eingang zur Subway erreicht. Er rennt die Treppe hinunter, in den dunkeln Schlund, der ihm immer noch unheimlich ist. Plötzlich stutzt er.

»Hannah?«

Kanoa hat die bunte Strickmütze und die braunen Haarspitzen, die darunter hervorschauen, sofort erkannt. Eine warme Erinnerung daran, wie sie sie in dem Vintage-Laden gekauft haben, steigt in ihm hoch.

»Hannah!«, ruft er. Doch sie geht einfach weiter, schiebt sich an den vielen Menschen vorbei, die selbst jetzt, früh am Morgen um halb fünf, in dieser Stadt noch unterwegs sind, als hätte sie es sehr eilig. Irgendetwas ist merkwürdig. Die Art, wie sie läuft. Wie sie nicht nach links und rechts sieht, sondern einfach geradeaus läuft, wie ferngesteuert. Er geht jetzt schneller, versucht, Hannah einzuholen oder sie wenigstens nicht aus den Augen zu verlieren. Verflucht, warum musste er auch sein Handy verlieren? Da fährt sie, zehn, fünfzehn Meter vor ihm, die Rolltreppe zum Bahnsteig hinunter. Kanoa versucht, sich an den Menschen auf der Rolltreppe vorbeizudrängen, aber da ist eine Gruppe von Touristen mit Gepäck und er schafft es nicht, zu Hannah aufzuschließen.

Unten angekommen, geht sein Rufen im Dröhnen einer abfahrenden U-Bahn unter.

Dieser Krach überall, er muss ihn ausblenden, sonst platzt ihm der Kopf. Er rennt jetzt, um sie nicht aus den Augen zu verlieren. Wo will sie hin? Warum rennt sie jetzt, als wäre der Teufel hinter ihr her? Was hat sie vor? Die Subway-Linie, zu der sie unterwegs ist, fährt nicht nach Hause, so viel weiß er.

Immer wieder verschwindet die Strickmütze in der Menge, bis Kanoa schließlich sieht, dass Hannah in den Tunnel zum Bahnsteig abbiegt. Er ist jetzt nur noch wenige Meter hinter ihr.

Kanoa ruft ihren Namen, versucht, sich an einer dicken Frau mit einer großen Tasche vorbeizudrängen. Mit ihrem Watschelgang und der Tasche nimmt sie die ganze Breite des Gangs ein. Endlich hat er sich an ihr vorbeigequetscht. Doch als er sich nach Hannah umschaut, kann er sie nicht mehr sehen. Wo ist sie? Der Gang hat keine weitere Abzweigung. Er führt geradewegs auf den Bahnsteig. Da muss sie sein. Ein Dröhnen rollt heran und lässt den Tunnel und die Erde erzittern. Rücksichtslos drückt er sich an den wartenden Grüppchen vorbei, achtet nicht auf Beschimpfungen und Ellbogenstöße. Hannah hat etwas vor und eine dunkle Ahnung sagt ihm, dass es nichts Gutes ist.

Schon hört er das Zischen und da sieht er wieder ihre Strickmütze, dort, wo die U-Bahn gleich aus dem dunklen Tunnel schießen wird. Er läuft weiter und weiter, glaubt noch, dass er sich täuscht, aber sie springt, Hannah springt auf die Gleise!

Ein ohrenbetäubendes Quietschen. Endlos und schrill, während die U-Bahn weiterrutscht, weiter vorwärts, unaufhaltsam, immer weiter ... Die Menschenmenge weicht zurück, entsetzte Schreie mischen sich unter das Quietschen, bis die U-Bahn endlich, endlich zum Stehen kommt. Die vorderste Tür öffnet sich, ein Mann stolpert heraus, klein und irgendwie grau, und Kanoa steht da, an der Bahnsteigkante, und starrt in den dunklen Abgrund der Gleise.

Jetzt erst hört er wieder das Schreien ringsum.

»Hannah!« Er drängt sich vor zur Tunnelmündung, dorthin, wo ... Dort unten, zwischen den silbrig schimmernden Gleisen, liegt die Strickmütze ... ihre Strickmütze ...

»Mann, Sie können da jetzt nicht runter!« Er wird von starken Armen weggezogen. Überall sind auf einmal Menschen, Uniformen, blinkende Lichter, Absperrbänder, alles drängt und schiebt und schreit. Kanoa taumelt, wird gestoßen und angerempelt, er merkt es kaum. Und obwohl sein Körper sich völlig taub anfühlt, trifft ihn die Erkenntnis plötzlich mit klarer, präziser Wucht: Er hat gerade das Einzige verloren, wofür es sich gelohnt hat zu leben.

Die Menschenmenge nimmt ihn mit sich. Es spielt keine Rolle mehr, wohin sie ihn trägt, alles ist gleichgültig und bedeutungslos geworden.

Irgendwann spuckt ihn die Menschenwoge an einem anderen Bahnsteig wieder aus. Er erinnert sich: Von hier aus geht es ans Meer. Ans richtige Meer, wo er mit ihr gewesen ist. Wo rosa Zuckerwatte an ihren Lippen klebte und wo sie den Möwen zusahen, wo sie Muscheln sammelten und wo kleine Krebse ihre Löcher in den Sand gruben. Wo keine Autos und Züge dröhnten, wo nur die Möwen kreischten und das Meer rauschte.

# ENDE

Hannah hat ein paar Stunden unruhig geschlafen. Im Bad spritzt sie sich kaltes Wasser ins Gesicht und sieht wieder all die Tablettenröhrchen. Dr. Lukas Mason – was haben Sie sich bloß dabei gedacht, dieses Zeug zu verschreiben?

Gleich um zehn wird sie Dr. Mason aufsuchen und ihn zur Rede stellen. Sie geht zurück ins Wohnzimmer, an die große, vom Boden bis zur Decke reichende Scheibe. Die Lichter der City brennen noch immer, das tröstet sie manchmal, aber jetzt macht es sie noch einsamer. Sie legt die Handflächen ans kühle Glas und stellt sich vor, wie es nachgibt und sie in die Tiefe stürzt.

Dann wäre es endlich vorbei, das Warten und Zweifeln – und die Angst, diese schreckliche Angst, die sie nicht mehr loslässt. Wie wäre es, so tief zu fallen, so schnell, dass sie den Aufprall gar nicht mehr spüren würde? Eine Weile bleibt sie so stehen. Und dann, fragt sie sich, was käme danach? Eine neue Dimension?

In dem Moment klingelt es. Kanoa?

Hannah stürmt zur Tür, reißt sie auf. Detective Gallo nickt ihr knapp zu. Er trägt denselben grauen Anzug mit der roten Krawatte wie letztes Mal.

»Darf ich reinkommen?« Ihr Herzschlag setzt einen Moment lang aus. So früh am Morgen – was kann er für eine Nachricht bringen?, schießt es ihr durch den Kopf. »Bitte setzen Sie sich«, sagt er, als wäre sie nur Gast in ihrer eigenen Wohnung, und deutet auf die Couch.

Hannah merkt, wie ihr langsam übel wird. Kanoa ist tot. Wird er das gleich sagen? Sieht er nicht besorgter aus als beim letzten Mal? Er räuspert sich.

»Summer Peterson«, fängt er dann endlich an. »Ist das eine Freundin von Ihnen?«

»Summer?« Warum fängt er jetzt mit Summer an?

»Ja ...« Sie will es nicht mehr hören, was dieser Detective zu sagen hat. Was immer es auch ist, es ist etwas Schreckliches. Sie will sich die Ohren zuhalten, will wegrennen ... da springt Puma auf ihren Schoß. Doch Hannah ist so steif vor Angst, dass sie einfach nur dasitzt und Gallo mit seinen kurz geschorenen Haaren und der billigen roten Krawatte anstarrt.

Sie schluckt wieder, doch die Angst geht nicht weg.

»Summer Peterson hat sich das Leben genommen. Sie ist heute früh vor eine einfahrende U-Bahn gesprungen.«

Stopp. Sie macht die Augen zu. Nein, sie will diesen Film nicht sehen! Sie will das nicht hören! *Das alles ist nicht real, du bist nur in einem Albtraum! Du musst bloß aufwachen und alles ist in Ordnung! Wach auf, Hannah! Wach endlich auf! Los!*

Vorsichtig öffnet sie die Augen. Aber der Detective sitzt immer noch im Sessel und sie sitzt auf der Couch.

»Hat sie jemals mit Ihnen über Selbstmordabsichten gesprochen?«

Etwas ist gerade zerbrochen in ihr.

»Hannah? Alles in Ordnung?« Gallos Gesicht ist plötzlich ganz nah, während seine Stimme von weit, weit her zu kommen scheint.

*Nein, nichts ist in Ordnung. Schon lange nicht mehr.*

»Hier, trinken Sie.« Wie ferngesteuert nimmt sie das Glas Wasser, das er ihr hinhält, und trinkt es aus.

»Besser?«

Sie nickt automatisch. Dabei ist gar nichts *besser.* »Könnten Sie ...«, stammelt sie, »könnten Sie das ... noch mal wiederholen?« Sie muss sich sicher sein, vielleicht hat sie sich ja verhört.

»Summer Peterson hat sich umgebracht.«

Die Zeit, in der sie ihn einfach nur anstarrt und ihr seine Worte durch den Kopf surren, kommt ihr vor wie Lichtjahre.

»Warum?« Mehr bringt sie nicht heraus.

»Warum, ja, das fragen sich nachher alle. Ich habe gedacht, Sie könnten uns vielleicht weiterhelfen. Sie waren doch mit ihr befreundet? Oder nicht?« Er lässt sie keine Sekunde aus den Augen, als er ihr diese Fragen stellt.

Ihre Zähne fangen an zu klappern, ganz von selbst, und Hannah muss die Kiefer aufeinanderpressen, damit das Klappern aufhört.

Sie nickt geistesabwesend. »Doch ... doch ... wir waren ... Freundinnen.« Summer ist tot?

»Gab es irgendwelche Probleme zwischen Ihnen? Eifersucht vielleicht? Zwei hübsche Mädchen, ein Junge ...« Er sieht sie forschend an. »Es ist, nun, zumindest merkwürdig, dass gerade erst gestern eine andere Freundin von Ihnen ums Leben gekommen ist.«

»Madison war keine Freundin«, hört sie sich sagen.

»Aber Sie kannten sie. Und jetzt Summer Peterson.«

Seine Stimme kommt von ganz weit her und sie fühlt sich wie in einem Traum, aus dem sie nicht aufwachen kann.

Erst Grazyna, dann Jesper, ja, die ganze Insel ... und jetzt Summer.

Die Frage in ihrem Kopf wird immer lauter. Wo ist Kanoa? Wo ...

Und da weiß Hannah, es ist noch nicht zu Ende. Sie denkt an die Schrift, nur ein Stockwerk tiefer: *Mete ou bab alantranp.*

Die Insel, hat Summer gesagt, rächt sich.

»Hannah?«

Sie spürt Gallos Hand auf ihrer Schulter. »Warum ... warum sollte Summer sich etwas antun?« Er schaut sie einen Moment lang schweigend an und sagt dann: »Sie hat eine ganze Menge Tabletten genommen.«

Sie schaut auf. »Woher wissen Sie das?«

»Die New Yorker Polizei arbeitet schnell. Seit dem 11. September sowieso. Aber meistens wird unsere Arbeit behindert. Sie glauben gar nicht, wie oft die Leute mich anlügen, mir irgendwelchen Schwachsinn erzählen und ich muss zwischen all diesen Lügen die Wahrheit finden ... Sie wussten also, dass sie Drogen nahm, Hannah?«

»Eben haben Sie von Tabletten gesprochen.«

Er macht eine vage Handbewegung. »Tabletten, Drogen, was auch immer.«

»Summer hatte vor Kurzem einen Unfall«, sagt Hannah. »Sie war überzeugt, dass jemand sie umbringen wollte. Hat sie etwas ... hinterlassen? Wenn man sich umbringt, hinterlässt man doch einen Abschiedsbrief, eine Nachricht oder etwas, in dem man den anderen erklärt, warum man es getan hat, oder nicht?«

Gallo holt sein Notizbuch heraus und blättert darin, bis er eine bestimmte Stelle gefunden hat.

*»Mete bab ou alatranp«,* buchstabiert er langsam, dann sieht er wieder auf. »Haben Sie eine Ahnung, was das bedeutet? Wir haben den Spruch in ihrer Wohnung gefunden.«

Alles um sie herum zieht sich zusammen, die Wände stürzen auf sie zu, die Decke senkt sich herab und der Boden gibt nach ...

»Hannah? Haben Sie meine Frage verstanden?« Gallo rüttelt sie sanft an der Schulter, aber sie spürt es kaum.

Sie ist eingezwängt zwischen den Wänden und die Luft wird knapp, sie kann nicht mehr atmen ...

*»Mete bab ou alatranp* ... was ist das? Ein Fluch?«

Sie glaubt, sie bekommt keine Luft mehr, gleich, gleich erstickt sie ...

»Nein! Nein, wie kommen Sie auf so einen ... so einen Unsinn!« Erst jetzt merkt sie, dass sie aufgesprungen ist. »Summer ist tot.« Sie kann die Tränen nicht mehr zurückhalten. Summer, ihre Freundin Summer, deren Finger sich im Flugzeug in ihre Handfläche gekrallt haben, Summer mit ihren Sommersprossen, Summer ...

»Sie ist tot und Sie sitzen hier und stellen dämliche Fragen!« Sie wischt sich übers Gesicht, aber die Tränen hören nicht auf, sie kann es einfach nicht glauben, sie will es nicht wahrhaben ...

Gallo schenkt ihr ein mitfühlendes Lächeln. »Hannah«, sagt er, als würde er sie verstehen. »Ich weiß, das ist alles furchtbar für Sie. Aber ich muss Ihnen diese Fragen stellen.« Er steckt das Notizbuch zurück in die Tasche seines Anzugs. »Kann ich jemanden für Sie anrufen? Jemanden, der bei Ihnen bleibt? Ist Ihr Freund denn inzwischen wieder aufgetaucht?«

Ihre Antwort kommt mechanisch. »Nein.«

Gallo ist aufgestanden, nimmt die kleine, antike Vase in die Hand, die Kanoa unbedingt in dem kleinen Laden in Soho kaufen musste, in dem es nach diesem pudrigen Parfüm roch, und stellt sie wieder hin. »Sehr geschmackvoll. Und nicht gerade billig, oder?« Er geht zum Fenster. »Schöne Aussicht –

und mitten in New York …« Als er sich zu ihr umdreht, hat er ein herausforderndes Grinsen im Gesicht. »In gewissen Branchen verdient man unendlich viel Geld.« Sein Blick ist ihr unangenehm. »Im Drogengeschäft, zum Beispiel.«

Hannah starrt ihn reglos an.

Gallo rückt seine Krawatte zurecht, das Rot kommt Hannah jetzt noch billiger vor. »Ich frage mich schon die ganze Zeit, wie Sie und Ihr Freund sich so einen Luxus leisten können. Sie fahren einen Hunderttausend-Dollar-Wagen, nicht wahr?«

Jetzt begreift sie, wo das hinführen soll … »Ist das ein Verhör?« Sie gibt sich keine Mühe mehr, nett zu sein. Sie will, dass er endlich geht. Sie kann ihn und seine Fragen nicht mehr ertragen.

»Aber nein, Hannah.« Beschwichtigend hebt er die Hände und setzt ein falsches Lächeln auf.

Glaubt er, er könnte ihr etwas vormachen? Sie bemerkt, wie sich ihre Hände zu Fäusten ballen.

»Was hatte Ihr Freund denn mit dieser Madison zu tun, wenn Sie nicht miteinander befreundet waren? Und was hatte er bei der Mafia-Schießerei vor dem *Pearl* zu suchen?«, fragt er jetzt in beiläufigem Ton.

Soll sie ihm etwa sagen, dass sie sich das auch fragt?

»Er war wahrscheinlich zufällig dort«, sagt sie schnell.

»Zu-fäl-lig.« Gallo spricht jede Silbe einzeln aus, als wäre ihm das Wort völlig unbekannt.

»Außerdem«, fragt sie ihn und eine unerklärliche Hoffnung steigt in ihr auf, »woher wissen Sie überhaupt, dass er da war?«

Er greift in die Jackentasche und zieht einen Plastikbeutel hervor. »Die Spurensicherung hat inzwischen dort sein Handy gefunden.«

Reflexartig streckt Hannah die Hand danach aus, aber er zieht den Beutel weg und steckt ihn wieder ein. »Sorry, Beweismaterial.«

Hannah starrt ihn an. »Gehen Sie bitte«, bringt sie schließlich heraus. Sie ist so durcheinander, dass sie nicht mehr weiß, was sie glauben soll. Vielleicht will ihr Gallo ja bloß eine Falle stellen?

»Falls Ihr Freund mal wieder nach Hause kommt, richten Sie ihm aus, dass wir sofort mit ihm sprechen wollen. Ach ja«, fügt er noch mit einem eisigen Lächeln hinzu, »wir können auch anders, Hannah, richten Sie ihm das ebenfalls aus.«

Als die Tür hinter ihm zufällt, schiebt sie alle Riegel vor. Erst jetzt merkt sie, dass sie am ganzen Körper zittert.

Sie geht zurück ins Bad.

Wie konnte Kanoa nur so etwas tun? In eine Schießerei geraten, Madison vor dem *Pearl* liegen lassen ... hinter ihrem Rücken all diese Medikamente nehmen? Ihm muss etwas passiert sein, Kanoa wäre niemals so verantwortungslos und würde sich nicht bei ihr melden. Die Angst um Kanoa schnürt ihr die Kehle zu. Summer ist ... nicht mehr da. Kanoa ist verschwunden.

Noch nie in ihrem Leben hat Hannah sich so allein gefühlt.

Mit einer wütenden Handbewegung fegt sie alle Tablettenröhrchen und Schachteln von der Marmorplatte herunter, die Röhrchen springen auf; Pillen, weiße, bunte, große, kleine, hüpfen und tanzen auf den Fliesen herum, als freuten sie sich über ihre so unvermittelte Befreiung. Summer ist tot. Nie wieder wird sie mit ihr Zimttee trinken und nie wieder wird sie mit ihr sprechen. Nie wieder wird Summer ihr stolz die Sachen vom Flohmarkt zeigen. Nie wieder wird sich Summer Klamotten von ihr ausleihen, nie wieder werden sie Essen vom Thailänder holen oder zusammen kochen. Das alles passiert nie wieder. Es ist vorbei. Für immer.

Und Kanoa? Kanoa lebt. Oder – oder nicht?

Und plötzlich ist ihr schrecklich kalt.

Der Boden unter ihren Füßen scheint nachzugeben, es rauscht in ihren Ohren ... es ist, als würde sie gerade im eiskalten Meer ertrinken ...

»KANOAAAAAAAAAAAAAAA!«

## GRENZE

Die Stadt zieht am Fenster vorbei. Mauern, Asphalt, Blech und Stahl und ein schmaler Streifen Himmel. Bald wird der Himmel breiter, die Mauern und der Asphalt weichen zurück, und wenn Kanoa die Augen schließt, glaubt er, er kann das Meer riechen.

Er steigt aus.

Der Wind bläst ihm scharf ins Gesicht. Im milchigen Licht der Morgendämmerung verschwimmen die Konturen. Alles erscheint weich und durchlässig, noch formbar. Aber Kanoa weiß, das ist nur eine Täuschung. In seinem Rücken schließen sich die Türen. Und dann fährt der Zug weiter. Ohne ihn.

Ihm ist kalt. Die ganze Wärme, die in ihm war, hat Hannah in diesen dunklen Abgrund der Gleise mit sich gerissen. Ihm bleibt nichts mehr. Er hat alles verloren. Seine Mutter, seine Heimat, seine Schwester – und seine Liebe.

Er lässt die Buden und Karussells, die so früh am Morgen

noch geschlossen sind, hinter sich und geht über den Strand zum Meer. Der Wind weht hier stärker und kälter. Das Meer ist grau wie der Himmel und aufgewühlt und auf den Wellen schwappt weißer Schaum. Ein Schwarm Möwen kauert am Strand wie ein Haufen Steine.

Er bückt sich und hebt eine Muschel auf. So fing alles an. Er war frühmorgens am Strand der Perlenfarm, er wartete gut versteckt am Rand des Dschungels auf eine Gelegenheit, sich Bos Boot zu nehmen, als er ein hochgewachsenes, schlankes Mädchen aus einer der Hütten kommen sah. Irgendetwas zog ihn an, bis heute weiß er nicht, was es war. Er folgte ihr, wie sie neugierig den Pfad in den Urwald nahm.

Seit diesem Augenblick konnte er sie nicht mehr vergessen. Ihm war, als hätte er sein ganzes Leben auf diesen Moment gewartet, an dem er ihr begegnen würde. Und jetzt war sie gegangen ... für immer gegangen ... ohne ihn.

Ein erster Sonnenstrahl schafft es durch die Wolkendecke, lässt den orangefarbenen Stein an seinem Finger aufblitzen, einen Augenblick lang nur, aber ihm ist, als hätte Hannah ihm geantwortet, und er geht weiter, schon umspült das Wasser seine Schuhe ...

»Hannah!«, schreit er in den Wind und das Meer rauscht und braust, die Wellen donnern, die Möwen kreischen und niemand hört seine verzweifelten Rufe, unter seinen Sohlen wird der Boden weicher, er sinkt tiefer in den Sand und das Wasser schlägt an seine Knie und dann an seine Hüften und weiter hinauf ... er merkt es kaum.

## MESSAGES

Kalt und steif wacht sie auf. Sie muss vor Erschöpfung eingeschlafen sein. Über ihr schlugen Wellen zusammen und irgendetwas zog sie immer weiter weg, hinaus in eine grenzenlose Weite ...

»Puma!«

Der Kater schnurrt so dicht an ihrem Ohr, dass es kitzelt.

»Puma!« Sie nimmt das Fellknäuel und streichelt es. »Puma, wo ist Kanoa nur? Ich habe solche Angst um ihn!«

Mit einem »Miau« springt der kleine Kater von ihrem Arm und flitzt in Richtung Küche.

Ihre Kehle ist ganz trocken, ihre Glieder sind bleiern und sie hat diesen unangenehmen Geschmack von Metall im Mund, als sie sich endlich aufrappelt und Puma etwas zu fressen gibt.

Während sie ihm beim Fressen zusieht und dabei ein Glas kaltes Wasser trinkt, klären sich allmählich ihre Gedanken.

Sie kann nicht glauben, dass sich Summer einfach so umgebracht hat – ohne einen Abschiedsbrief zu hinterlassen. Wieso sollte sie so etwas tun? *Sie hat sich das Leben genommen ...* Gallos Worte hallen immer noch in ihren Ohren.

*Wie verzweifelt musst du gewesen sein, Summer!*

Hannah denkt an ihre letzten Momente mit Summer. Sie hat noch ihr lächelndes Gesicht vor sich. »Lass mich dich noch mal umarmen«, hat Summer gesagt ... War das schon ihr Abschied gewesen?

*Warum, Summer? Warum ausgerechnet jetzt? Und – ver-*

*flucht, Summer: Warum ausgerechnet so? Warum bist du einfach so gegangen, ohne ... ohne etwas zu sagen? Ich hätte dir doch geholfen! Wir hätten das bestimmt zusammen geschafft. Wir waren doch Freundinnen! Oder war es wegen ... wegen Aiden? Hat er dich so verletzt, dass du geglaubt hast, du kommst nie darüber hinweg? Aber warum hast du dann nie offen mit mir gesprochen? Summer, wir waren zusammen auf der Insel, wer sonst hätte verstehen können, wie du dich gefühlt hast? Und – hast du vergessen, dass wir den Flugzeugabsturz überlebt haben? Wir haben gedacht, wir müssen sterben – und wir haben überlebt. Warum, Summer, warum? Was war so schlimm, dass du es nicht mehr ertragen konntest?*

Und plötzlich hält Hannah es nicht mehr aus in dem Apartment. Summer muss einen Abschiedsbrief geschrieben haben. Ganz bestimmt – und bestimmt hat sie ihn irgendwo für sie hinterlassen.

Sie hat dieses Klebesiegel an der Tür erwartet, wie man es in Filmen sieht. Aber da ist nichts und so schließt sie einfach auf. Der vertraute Zimtduft strömt ihr entgegen und einen Moment lang glaubt Hannah, Summer würde gleich vor ihr stehen. Aber es bleibt dunkel und still. Hannah tastet nach dem Lichtschalter. Warmes Licht durchflutet die ganze Wohnung und es wirkt so heimelig, dass Hannah das Gefühl nicht loswird, gleich kommt Summer lächelnd auf sie zu. Aber dennoch, irgendetwas ist anders. Vollkommen anders als beim letzten Mal. Und dann sieht sie es.

An allen Wänden – im Flur, in der Küche, ja sogar im Bad – ist mit roter Farbe der eine Satz gepinselt: *Mete bab ou alatranp.*

Er hallt in unendlicher Wiederholung von den Wänden wider, brennt sich in Hannahs Netzhaut, nimmt ihr die Luft zum Atmen, lässt sie an nichts anderes mehr denken.

*Mete bab ou alatranp ... Mete bab ou alatranp ... Mete bab ou alatranp ...*

»Mein Gott, Summer ...« Ihr Flüstern klingt viel zu laut in der leeren Wohnung.

Im selben Augenblick meldet ihr Handy eine Textnachricht. Mit zitternden Händen tastet sie nach dem Telefon in ihrer Hosentasche, es rutscht ihr aus den Fingern und schlittert über den Dielenboden. »Nein!« Sie bückt sich. Das Display ist dunkel.

»Nein, bitte, bitte sei nicht kaputt!« Hektisch drückt sie die Tasten. »Kanoa ...!« Und wenn es ein Hilferuf ist? Auf einmal ist sie sicher, dass er Hilfe braucht. Ganz sicher. Sie sinkt auf den Boden, das Telefon an sich gepresst wie etwas Lebendiges, das in ihren Armen stirbt.

»Kanoa ...«

Sie schüttelt das Telefon, schüttelt und schüttelt – und plötzlich flackert das Display auf und meldet eine Textnachricht. Die Nummer, die in der Anrufliste ganz oben steht, kennt sie nicht. Aber richtig, die Polizei hat ja sein Handy. Er muss also ein anderes Telefon benutzen!

Mit klopfendem Herzen öffnet sie die Nachricht.

*Ich kann dich nicht zwingen, mich zu lieben.*

*Ich kann dein Herz nicht dazu bringen, etwas für mich zu empfinden, wenn du es nicht fühlst.*

*Aber du sollst wissen – in dir habe ich meine Liebe gefunden.*

Sie liest die Nachricht noch einmal und dann noch einmal. Liest die Worte, doch sie versteht sie nicht.

*Kanoa, was meinst du damit? Ich liebe dich doch! Mehr als*

*alles andere!* Hat sie etwas übersehen? Ist es, weil sie allein in London war und er sich hier so verlassen gefühlt hat? Ist es das? *Kanoa, bitte, es darf nicht sein ...!*

Hektisch wählt sie die Nummer. Eine Mobilbox schaltet sich ein. Eine automatische Textansage fordert sie auf, eine Nachricht zu hinterlassen.

Hannah lässt das Telefon sinken.

Dann wählt sie noch einmal und diesmal spricht sie auf die Mobilbox.

»Kanoa ... Kanoa, ruf mich an, bitte!« Sie hat das Gefühl, als würde sie gleich in einen Abgrund stürzen. Ihre Stimme fängt an zu zittern. »Bitte, Kanoa, komm nach Hause!«

Reglos sitzt sie da und versucht, ihre wirren Gedanken zu ordnen. Wenn Kanoa ihr diese Nachricht geschickt hat, dann ist er am Leben, oder? Dann muss er am Leben sein ...

*Ich kann dich nicht zwingen, mich zu lieben.*

*Ich kann dein Herz nicht dazu bringen, etwas für mich zu empfinden, wenn du es nicht fühlst.*

*Aber du sollst wissen – in dir habe ich meine Liebe gefunden.*

Oder ... hat Kanoa ihr eine letzte verzweifelte Botschaft geschickt ...?

# HI GIRLS

Jetzt, bei Tag, hat das *Pearl* geschlossen. Sie wird Aiden dort also nicht antreffen. Niemanden. Niemand wird ihr sagen können, wo Kanoa ist.

Aber vielleicht kann ihr Dr. Lukas Mason helfen.

Vielleicht hat sich Kanoa an ihn gewendet – und falls es zu spät ist ... dann wird sie sich rächen ...

Das Schild an der grauen, von Abgasen zerfressenen Fassade des Mietshauses ist nur ein einfaches Plastikschild mit Telefonnummer und Sprechzeiten. Drei Büros, wenn Hannah richtig gezählt hat, sind in dem zehn- oder zwölfstöckigen Gebäude untergebracht, der Rest sind normale Apartmentwohnungen. Von der gegenüberliegenden Straßenseite beobachten sie zwei Jungen, kaum älter als vierzehn, mit in den Kniekehlen hängenden Hosen und umgedrehten Baseballmützen. Hannah versucht, die Blicke der beiden zu ignorieren, und drückt auf die Klingel. Als der Summer ertönt, beeilt sie sich, die Tür aufzudrücken und sofort wieder hinter sich zuzuziehen.

In dem engen Treppenhaus mit den ausgetretenen Holzstufen riecht es scharf nach Putzmittel. Das gibt ihr ein Gefühl von Sicherheit. Schließlich muss es dort, wo die Praxis eines Arztes ist, sauber sein. Ich bin schon wie Eileen, denkt sie und sie fühlt sich gleich noch ein bisschen sicherer. Dann steht sie im zweiten Stock. Von weiter oben sind Kindergeschrei und ein dröhnendes Geräusch zu hören, vielleicht von einem Dreirad, das über die Holzdielen rollt. Ein gedämpftes Klingeln dringt durch die Wohnungstür, an der sie gerade vorbeigeht, dann folgen hastige Schritte. Nichts ist besonders merkwürdig oder Angst einflößend, es sind ganz normale Geräusche, wie man sie in jedem Wohnhaus hören kann. Und dennoch drückt die Faust, die sich um ihr Herz geschlossen hat, fester zu. Ihre Kehle ist so eng, dass sie kaum noch schlucken kann, und ihr Magen hat sich zusammengezogen. Was wird sie gleich erfahren? Dass Kanoa todkrank ist? Dass er nicht mehr leben will und sie deswegen verlassen hat?

Hör auf mit diesen Gedanken, befiehlt eine Stimme in ihr. Hör auf und denk nur an den nächsten Schritt. Er hat ihr etwas verheimlicht – warum? Wenn sie Kanoa finden will, muss sie in Erfahrung bringen, was es mit diesen Tabletten auf sich hat. Der nächste Schritt? Klingeln an der Praxistür.

Wieder ertönt ein Summer, und als Hannah gegen die Tür drückt, springt diese auf. Die Neonröhren in dem kleinen, fensterlosen Raum verströmen ein kaltes Licht. Alles ist weiß, auch der Schreibtisch, auf den sie blickt. Dann erst bemerkt sie die Sprechstundenhilfe dahinter, ein junges blondes Mädchen mit dunkelrot geschminkten Lippen. Madison!, will Hannah sagen, aber gerade noch rechtzeitig erkennt sie, dass das Mädchen Madison nur ähnlich sieht. *Madison ist tot, Hannah, tot ... Genauso tot wie Summer ...*

»Hannah Goulding?«

Hannah nickt.

»Doktor Mason hat gleich Zeit für Sie. Nehmen Sie doch bitte Platz.« Mit dem Lächeln einer Stewardess weist sie auf die weißen Plastikschalenstühle, die in einer Reihe an der Wand stehen.

Hannah ist sich nicht sicher, ob sie erleichtert sein soll oder beunruhigt, weil sie die einzige Patientin ist. Aber hat die

Sprechstundenhilfe nicht eben gesagt, Doktor Mason hätte gleich Zeit? Heißt das nicht, dass er gerade zu tun hat? Dass ein Patient bei ihm im Sprechzimmer ist? *Hannah, du machst dir zu viele unnötige Gedanken!*

Sie wartet, während die Sprechstundenhilfe auf dem Computer herumtippt. Sofort startet wieder ein grellbunter Film in ihrem Kopf. Madison und Kanoa vor dem *Pearl,* eine wilde Schießerei, die tote Madison, Kanoa flüchtet irgendwohin, sie sieht, wie er durch dunkle Gänge läuft, sich in einem Labyrinth verirrt, an dessen Wänden *Mete bab ou alatranp* leuchtet ... und plötzlich rast ein Zug aus der Dunkelheit heran und reißt Summer mit sich – und Kanoa ...

»Hannah Goulding?«

Hannah schreckt auf. Ihre Handflächen sind ganz feucht. Der Arzt trägt einen weißen Kittel, eine weiße Hose, weiße Schuhe und hat ein Stethoskop um den Hals hängen – er sieht genauso aus, wie man sich einen Arzt vorstellt. Dr. Lukas Mason ...

All die Fragen, die sie ihm stellen wollte, sind ihr entfallen. Dr. Lukas Mason ...

Roboterhaft folgt Hannah seiner einladenden Geste ins Sprechzimmer. »Und was führt Sie zu mir, Hannah?« Er lächelt sie an mit seinen blauen Augen, wie er jeden seiner Patienten anlächeln würde. Hannah bringt kein Wort heraus. Sie ist doch wach?

»Luke ...«, kommt es automatisch aus ihr heraus.

»Eigentlich heiße ich Lukas, aber meine Freunde nennen mich Luke.« Wieder dasselbe professionelle Lächeln. Sie starrt ihn an. Er muss sie doch wiedererkennen.

Aber er schaut sie nur weiter freundlich an, während sie ihn vor sich sieht. Damals, als er die Sonnenbrille auf sein blondes Haar schob, wie er ihnen den Prospekt gab, als sie in seinem Kombi saßen: tiefblaues Meer, das sich an eine sichelförmige Bucht mit Palmen schmiegt ... und Nikki sagte: Ein Traumjob auf einer Trauminsel.

Jetzt trägt er keine Sonnenbrille, er ist auch nicht mehr ganz so gebräunt und sein blondes Haar ist kürzer geschnitten als ... damals in Syndey.

»Sie haben am Telefon von«, er wirft einen Blick auf seine Notizen, »Schlafstörungen gesprochen?«

## BIS HIERHER

Ihr hat es die Sprache verschlagen. Kann er wirklich so gut schauspielern? Oder irrt sie sich ...?

»Na ja, dagegen können wir etwas tun«, sagt er und lächelt so ermutigend und verständnisvoll, als müsste er sie davon abbringen, von einer Brücke zu springen. »Wie lange haben Sie die Beschwerden denn schon? Haben Sie Stress? Ist etwas Besonderes passiert in Ihrem Leben? Ein traumatisches Erlebnis vielleicht?« Sie hört seine Fragen, aber sie ist wie gelähmt. Sie kann nichts anderes tun, als ihn anzustarren. »Haben Sie einen Partner, Hannah? Haben Sie Schwierigkeiten in Ihrer Beziehung?«

Sie beißt sich auf die Lippen. Er weiß es, oder? Er weiß, was mit Kanoa ist ... er weiß, wer *sie* ist.

Er legt den Kopf schräg und schaut sie fragend an, als sie nicht antwortet. »Nun, oft hängen solche Panikzustände damit zusammen, dass man Angst davor hat, verlassen zu werden.«

Sie muss sich abwenden, sie kann ihn nicht ertragen, diesen falschen, mitfühlenden Blick aus seinen blauen Augen.

»Hannah, Sie können mit mir über alles reden, dazu bin ich da. Es ist ganz normal: In Stresssituationen rettet sich unser Organismus oft selbst, indem er abschaltet, und später können wir uns an vieles nicht mehr erinnern.« Seine Stimme hat etwas Tröstendes und Aufrichtiges, man könnte ihr glatt erliegen ...

»Ich ... habe Angst vor ...« Die Worte kommen einfach so aus ihr heraus. Sie hat die Kontrolle verloren ... das ist alles zu viel ... jetzt auch noch Luke ... das ist absurd, oder nicht? Legen sich ihre Erinnerungen von der Insel einfach über all das drüber, was sie hier in New York erlebt?

»Ja?«

»Vor ... vor allem!« Sie schreit fast, dabei muss sie sich ja nicht einmal verstellen. »Ich habe Angst«, wiederholt sie leise, »schreckliche Angst.«

»Ich verschreibe Ihnen etwas gegen die Angstzustände.« Er greift zum Rezeptblock. »Sie werden sich bald besser fühlen, Hannah.« Er kritzelt etwas auf das Papier, der Stift verschwindet fast in seiner breiten Farmerhand.

Sie weiß genau, was er ihr verschreibt: Celexa, Lorazepam ... dasselbe, was er Summer verschrieben hat – und Kanoa.

Er sieht auf. Sein Lächeln ist verständnisvoll und warm. »Und jetzt mache ich mit Ihnen noch eine Entspannungsübung. Sie werden sehen, danach fühlen Sie sich wesentlich ruhiger. Einverstanden?«

Hannah nickt nur müde. Sie kann längst nicht mehr klar denken. Das alles ist nicht wirklich, hallt es bloß noch in ihrem Kopf. »Schön«, sagt er lächelnd. »Lehnen Sie sich zurück und setzen Sie sich bequem hin. Und jetzt atmen Sie tief ein und aus, lassen Ihren Atem kommen und wieder gehen. Ganz genau, Sie machen das sehr gut.« Er deutet an die Wand. »Gefallen Ihnen die Bilder, Hannah?«

Sie bemerkt sie erst jetzt. Die drei gerahmten Bilder neben dem Regal. Ein Fußabdruck im Sandstrand. Eine Muschel. Eine Perle.

»Ich frage mich, wie lange es wohl her ist, Hannah, dass Sie zum letzten Mal Ferien gemacht haben – an einem Strand waren?« Hannah stockt der Atem. »An einem weißen Sandstrand mit Palmen, unter denen Hütten stehen«, seine Stimme ist leiser und sanfter geworden, »Vogelgezwitscher dringt aus dem nahen Dschungel heran ... es vermischt sich mit dem sanften Rauschen des Ozeans ...« Eine fremde Macht ergreift von ihr Besitz, ihre Glieder, ihre Gedanken, gehorchen ihr nicht mehr. »... und mit dem zarten Klimpern des Muschelvorhangs. Ein gleichmäßiger Trommelschlag erhebt sich leise, als die Sonne untergeht, und du, Hannah, folgst diesem Trommeln hinein in den Dschungel, immer tiefer hinein in das grüne Dickicht ...« Hannah schließt die Augen. Sie ist wieder dort, auf der Insel ... »Und plötzlich ist alles still. Vor dir, auf die Lichtung, scheint der Mond ... *Bumm, bumm, bumdudumm ...«*

Sie steht auf der Lichtung. Dort erhebt sich ein Altar. Davor steht ein Holzpfahl, an den ein Wildschwein gebunden ist. Sie hält Nikkis Hand. Da ist der Geruch von Angst. Und Sky ... Sky steht auf dem Podest.

*Bumm, bumm, bumdudumm, bumm, bumm, bumdudumm ...*

Überall im Wald sind Augen ...

Das Schwein am Pfahl quiekt. *Zischhhhhhhh* – der Pfeil schwirrt durch die Luft ...

*Bummbumm!*

Die Trommeln verstummen, die Keule schwingt hinauf in den Mondhimmel ... saust herunter ... Knacken, Krachen ... die Flammen, das Messer ... das Blut ...

»Das ist das Blut, das für euch vergossen wurde.« Skys Stimme durchdringt die Nacht.

Die Mädchen steigen hinauf, in ihren weißen Gewändern.

Das Blut ist warm, als Sky es ihr auf die Stirn streicht.

*Mete bab ou alatranp – prepare for what is coming.*

Der Schutzspruch der Wesen des Lichts.

Ich bin Teil des Experiments ...

»Nimm diese Tabletten, Hannah«, sagt eine andere Stimme, »und gehe zu Aiden. Aiden ist deine Twin Flame ...«

Hannah fühlt sich ruhig, geborgen ...

»Und langsam, ganz langsam kommen Sie jetzt wieder zurück. Zurück in diesen Raum, zurück zu mir. Bewegen Sie Ihre Finger und Zehen und mit jedem Atemzug werden Sie wacher und klarer und ... öffnen die Augen ... jetzt!«, ... und ein Schleier hebt sich.

Hannah schlägt die Augen auf – und Luke sieht sie direkt an, so, dass sie seinem Blick nicht ausweichen kann, selbst wenn sie es gewollt hätte.

»Fühlen Sie sich etwas ruhiger?« Er lächelt und schiebt ihr vier Fläschchen über den Tisch. »Nehmen Sie diese Medikamente, sie werden Ihnen helfen. Auf Wiedersehen, Hannah. «

Wie betäubt steht sie auf und geht zur Tür. Das Mädchen im weißen Kittel sagt noch irgendetwas, aber Hannah ist schon auf der Treppe.

Luke lebt. Luke, der Anfang von allem, ist auch hier in New York. Er hat Summer die Medikamente verschrieben und Kanoa – und auch ihr – und er hat sie gerade hypnotisiert ... die Insel holt sie sich alle wieder zurück ...

Benommen irrt sie durch die Straßen, vorbei an Subway-Stationen, von denen aus sie nach Hause fahren könnte, doch sie geht einfach weiter, bis sie irgendwann zum Times Square kommt, wo haushohe Werbeplakate an den Fassaden hängen und wo auf einem gigantischen Videoscreen eine Modenschau läuft. Schaulustige sind stehen geblieben und haben den Kopf in den Nacken gelegt. Und irgendwann bleibt auch Hannah stehen und blickt hinauf zu der riesigen Leinwand. Grellbunte Scheinwerfer beleuchten einen schmalen Laufsteg, der auf ein blau glitzerndes Meer hinausführt. Und dann – setzt Hannahs Herzschlag aus.

*»All I can do is dance«*, schallt es aus unsichtbaren Lautsprechern und das Mädchen auf dem Laufsteg, das jetzt hüftschwingend direkt auf die Kamera zukommt, dieses Mädchen in dem perlweißen Kleid, die blonden Haare elegant hochgesteckt, das ist ... Nikki!

*»In this life with you ...«* Ihr Lächeln ist verführerisch und die großen blauen Augen sehen Hannah an, nur Hannah ... »Nikki!«, flüstert sie zuerst. »Nikki!«, schreit sie dann und es ist ihr egal, dass die Leute sie befremdet ansehen, egal, völlig egal.

»Das ist Nikki, Nikki Lovell!«, schreit sie. »Sie lebt! Nikkiiiiiii!« Sie stürzt über die Straße auf den Videoscreen zu, der so groß ist, so gigantisch groß, dass er den Himmel verdeckt. Das Hupen und die Flüche der Autofahrer hört sie kaum.

»Nikki!« Sie breitet die Arme aus, »Nikki! Wo bist du?« Aber je näher sie kommt, umso mehr löst sich Nikkis Gesicht auf, in flackernde blassrosa, pinkfarbene und gelbe Lichtquadrate, bis Hannah so nah ist, dass sie nur noch den Arm ausstrecken müsste, um die flimmernde Wand zu berühren. Den Kopf in den Nacken gelegt, sieht sie hinauf, starrt auf einen wabernden Lichtfleck an Nikkis Nasenflügel – als der plötzlich dunkel wird, schwarz ... und die Musik verstummt.

Dann beginnt ein anderer Werbefilm. Auf einmal ist ihr, als wachte sie aus einem tiefen Traum auf, und sie ist sich nicht mehr sicher, ob sie das eben wirklich gesehen hat. Am Ende war Nikki doch nur grelles, flackerndes Licht ... Plasma ... Einbildung ... Lukes Medikament?

Plötzlich erträgt sie den Lärm und die Menschen um sich herum nicht mehr, alles dreht sich vor ihr, tausend Augen starren sie an, aus tausend offenen Mündern schreit es ihr entgegen – was? –, sie kann es nicht verstehen, sosehr sie sich auch anstrengt, sie kann die Menschen um sich herum nicht verstehen! Es ist, als sprächen sie eine fremde Sprache, als kämen sie von einem anderen Planeten ...

Hannah schreit, es muss aus ihr heraus, der Schmerz, die Trauer, die Verzweiflung.

Sie schreit so laut, wie sie noch nie geschrien hat – und dennoch ist der Lärm um sie herum viel, viel lauter, ihr Schreien ist sinnlos, so sinnlos, niemand hört sie, niemand. Sie ist allein, allein unter all den vorüberhastenden Menschen – und dann kann sie nicht mehr, sie hält sich die Ohren zu und rennt und rennt und rennt ... bis sie abrupt stehen bleibt – und die Sekunde dehnt sich, so als gäbe ihr das Schicksal noch eine Chance, sich zwischen Leben und Tod, zwischen Licht und Dunkel zu entscheiden. Das Quietschen der Bremsen, die erschreckten Passanten, der wütende Fahrer, der ihr etwas durch das geöffnete Fenster zubrüllt – das alles nimmt sie wie aus großer Entfernung wahr, als wäre sie nicht mehr als ein Zuschauer ihres eigenen Lebens.

READY

YOU

ARE

# DEAL

»Du wolltest dich also einfach so aus dem Staub machen? Ich hatte doch eine kleine Bitte.« Victor Tong grinst Kanoa aus dem Wageninnern entgegen. »Und wenn Victor Tong eine kleine Bitte hat, erfüllt man sie ihm. Kapiert? Steig ein, du brauchst trockene Klamotten, sonst holst du dir am Ende noch eine Lungenentzündung.« Xin hält Kanoa die Autotür auf.

Butterfinger, so nennt ihn Kanoa inzwischen, weist mit dem Kinn auf die Rückbank ihm gegenüber.

Kanoa steigt in die protzige schwarze Limousine ein. So ganz begreift er noch nicht, was passiert ist.

Xin gibt ihm eine Decke und wirft die Tür zu. Hinter den Scheiben entfernen sich das Meer und der Strand und dann die Buden und Karussells. Kanoa fragt sich, ob das alles wirklich ist. Oder ob er schon längst irgendwo anders ist. Es riecht nach dem süßlichen Parfüm vom letzten Mal und da erinnert sich Kanoa wieder an die ganze Sache vor Aidens Club und an Madisons leeren Blick, wie sie in der Pfütze lag und auf ihrem Lackmantel Scheinwerfer aufblitzten. Und dann sieht er wieder die Strickmütze auf den Gleisen vor sich – Hannah ... Er will zum Türgriff fassen, doch sein Körper ist so unendlich müde und kalt, dass er sich nicht bewegen kann.

Er zittert vor Kälte und zieht die Decke, die Xin ihm gegeben hat, fester um sich. Aber seine Kleider darunter sind nass und klamm.

»Wenn Xin sich wegen dir 'ne Erkältung geholt hat, mach ich dich persönlich dafür verantwortlich.« Butterfinger stopft sich einen Schokoriegel in den Mund und leckt seine Finger ab.

Hat er jemals so einen widerlichen Menschen gesehen? Und jetzt sitzt er auch noch in dessen Auto. Schlimmer noch: Sein Fahrer hat ihn, Kanoa – gerettet.

Er spürt immer noch das gurgelnde Wasser um sich herum. Es war wie damals, das Rauschen, der Sog, wie er die Luft anhielt – nur damals tat er es nicht freiwillig, damals klammerte er sich an seine Mutter und an Poema und dann plötzlich trennte eine gewaltige Woge sie voneinander und das Wasser lief ihm in den Mund, als sich plötzlich ein Arm um seinen Bauch schlang und ihn nach oben riss.

Dieses Mal hatten ihn zwei Arme unter den Achseln gepackt und an die Oberfläche gezogen. Xins Arme.

»Hier, nimm, ist gut für den Blutzucker!«

Victor Tong hat einen neuen Butterfinger aus seiner Anzugjacke genommen.

Kanoa starrt auf den Schokoriegel. Wenn er nicht so frieren würde, wenn er nicht so hungrig wäre – hätte er niemals, niemals etwas von Victor Tong angenommen, und ganz bestimmt nicht diesen Schokoriegel.

»Danke«, murmelt Kanoa. Die Schokolade vermischt sich mit dem salzigen Geschmack, den er noch im Mund hat, und langsam spürt er wieder so etwas wie Wärme in seinen Körper zurückkehren.

»Na also.« Victor Tong lehnt sich mit einem zufriedenen

Grinsen zurück. »Man kann dich einfach nicht allein lassen, Kanoa. Hat Xin gleich gewusst und ist dir gefolgt.«

Kanoa sieht ihn an, diesen fetten Koloss, der mit weit gespreizten Beinen dasitzt, auf denen das Gewicht seines Bauchs ruht. Selbstgefällig und selbstgerecht.

»Und was war das für eine Show in der Subway, Kanoa?«

Butterfinger lutscht sich mit einem schmatzenden Geräusch die Schokolade von den Fingern. »Hast du das Mädchen gekannt?«

Kanoa würgt und spuckt die Schokolade aus.

»Pass doch auf, Mann!«, schreit Butterfinger auf. Angeekelt wischt er die Schokolade von seinem Anzug. »Summer Peterson? War das eine Freundin von dir?«, fragt er dann.

Kanoa starrt ihn an. Summer?

»Na, das Mädchen, das sich vor die U-Bahn geworfen hat.« Butterfingers Augenschlitze werden noch schmaler. »Hast du dich wegen der ertränken wollen?«

»Summer?«, wiederholt Kanoa verständnislos.

»Ja, Summer wie Winter.« Butterfinger grinst über seinen eigenen Witz.

Nicht Hannah ... Kanoa versucht zu begreifen.

»Du könntest dich mal bei Xin bedanken. Der ist nämlich wasserscheu, stimmt's, Xin?«

In dem Augenpaar, das da im Rückspiegel auf ihn gerichtet ist, kann Kanoa keine Reaktion erkennen. »Und zu dieser Jahreszeit mag er überhaupt nicht ins Wasser, wie du dir vielleicht vorstellen kannst.«

»Ich hab ihn nicht gebeten, mich zu retten«, erwidert Kanoa. Es war Summer, nicht Hannah ... Summer ... ist tot ...

»Was hör ich da?« Butterfinger legt die Hand hinters Ohr. »Wie bitte?« Seine Stimme ist leise, kaum lauter als der Luftzug – den ein Messer hinterlässt, wenn es geworfen wird. Er beugt sich vor, seine Sehschlitze heften sich auf Kanoas Augen. »Du wolltest die beiden Mädchen finden? Oder irre ich mich. Weißt du eigentlich, was du willst?«

Endlose Sekunden lang sieht Victor Tong ihn prüfend an, dann greift er in die Innentasche seines Jacketts.

»Das da ...«, er wedelt mit einer Plastikkarte vor Kanoas Nase herum, »ist für dich. Damit kommst du in Aidens Reich. Die ist übrigens von deiner erschossenen Freundin.«

Kanoas Finger sind so steif vor Kälte, dass er sich konzentrieren muss, damit er die Karte nicht fallen lässt.

Benommen betrachtet Kanoa die Plastikkarte und bemerkt dann das getrocknete Blut darauf.

»Von Madison?«, bringt er hervor.

Tong macht eine wegwerfende Handbewegung. »Wie auch immer die Kleine hieß«, er beugt sich ein wenig vor. »Shannen feiert eine Riesengeburtstagsparty in ihrem«, er stöhnt übertrieben, »großkotzigen Haus. Mit der Karte lassen sie dich rein.«

»Shannen?« Kanoa versucht zu begreifen, was Tong ihm da gerade sagt.

»Madison? Shannen?«, äfft Tong ihn nach. »Mensch, bist du ein Papagei? Also, hör zu: Aidens Mutter und ich haben uns immer gut verstanden. Sie ist knallhart – ganz nach meinem Geschmack.« Sein Zwinkern hat etwas Anzügliches, »hab schon mal über einen Heiratsantrag nachgedacht ... Na ja, wir hatten alles zwischen uns geregelt. Sie hatte die westlichen Clubs und ich die östlichen. Alles bestens. Alles paletti. Aber dann kam ihr Söhnchen und wollte bei den Großen mitspielen. Tja«, Butterfinger schüttelt seufzend den Kopf, »Aiden ist ihr Liebling, sie kann ihm einfach nichts abschlagen.

Aber er hält sich nun mal nicht an die Regeln.« Seine Augen verschwinden vollends in den Fettwülsten. »Und er hat zwei meiner besten Männer getötet. So was vergisst Victor Tong nicht.«

Kanoa betrachtet wieder die Magnetkarte. »Und was soll ich tun?«

»Du sollst ihn dazu bringen, aus seinem Elfenbeinturm herauszukommen. Seit der Schießerei vor dem *Pearl* ist er noch vorsichtiger geworden. Geht nur noch mit einem ganzen Pulk Leibwächter vor die Tür.«

»Und wie soll ich das hinkriegen?«

»Erfinde was! Lass dir was einfallen!«

»Und warum erledigt das keiner von deinen Männern?«

Auf Butterfingers Gesicht zeigt sich ein fieses Grinsen. »Du willst doch sicher persönlich von ihm hören, wo deine Schwester ist, oder täusche ich mich da?«

Er gibt Xin einen Wink, worauf der Wagen an den Bordstein rollt und anhält. Er beugt sich ein wenig vor. »Und komm bloß nicht noch mal auf die Idee, dich zu verdrücken. Wir wissen immer, wo du bist, und wir finden dich.«

Kanoa begegnet im Rückspiegel Xins reglosem Blick.

Als die Limousine davongleitet, bleibt Kanoa noch einen Moment lang stehen.

Er hat die Plastikkarte so fest in seiner Hand umklammert, dass sie ihm in die Handflächen schneidet.

Er lebt. Und Hannah lebt. Aber Summer ist tot.

# NEUE PLÄNE

In letzter Sekunde hat irgendetwas Hannah von der Straße gerissen. Offenbar war es keiner der Passanten, die kaum Notiz von ihr nahmen. Vielleicht war sie es auch selbst gewesen. Denn plötzlich war sie aufgewacht aus diesem seltsamen Zustand, in den Luke oder Lukas Mason sie versetzt hatte. Plötzlich wusste sie wieder, wo sie war. Nicht auf der Insel. Nicht im Dschungel bei Sky und dem Ritual. Sie riss sich zusammen, lief auf die Straße, direkt vor ein Taxi.

Jetzt steckt sie den Schlüssel ins Türschloss und hält den Atem an.

Zuerst springt ihr Puma entgegen. Und dann ...

»Du bist da!« Sie kann es nicht glauben. »Du bist wirklich da!« Sie fällt ihm um den Hals und dann kann sie die Tränen nicht mehr zurückhalten. »Summer ist tot!« Und es zerreißt ihr das Herz.

»Ich weiß«, sagt er und hält sie ganz fest. »Ich weiß ...«

»Ich hab gedacht, du bist auch tot«, flüstert sie und küsst ihn, riecht seine Haare, spürt seine Haut. Ja, er ist wirklich da. Kanoa lebt.

»Nein, ich bin nicht tot. Ich bin da«, sagt er leise. »Ich bin da.«

»Ich weiß nicht, was ich ohne dich tun sollte ...« Mein Gott, sie ist so erleichtert, ihn wiederzuhaben. Auf einmal fühlt sie sich wieder lebendig, spürt ihr Herz klopfen, die Wärme kehrt in sie zurück ... Kanoa ... Aber dann denkt sie: Summer.

Es fühlt sich doch alles so gut an, oder? Warum ist nicht alles wieder so wie vorher? Warum kann sie die Zeit nicht zurückdrehen?

»Die Strickmütze, das war doch deine ...« Und er erzählt ihr, dass er gedacht hat, sie habe sich vor die Subway geworfen.

»Und dann wollte ich auch nicht mehr leben. Ich bin ans Meer gefahren.«

»Oh Gott, Kanoa! Summer hat sich vor ein paar Tagen meine Mütze ausgeliehen und ich konnte nicht Nein sagen, weil sie so schlecht drauf war.«

Eine Weile ist es ganz still zwischen ihnen, bis Hannah seine Hand nimmt. »Mein Gott«, stöhnt er und sie sieht, wie er mit den Tränen kämpft. Sie lehnt den Kopf an seine Schulter, riecht nun auch den Duft nach Meer auf seiner Haut. Kanoa legt den Arm um sie. Puma streicht um ihre Beine und schnurrt. Hannah schließt die Augen. Kanoa lebt. »Du zitterst ja«, sagt sie so leise, dass sie ihre Stimme selbst kaum hört. »Was ist passiert? Warum bist du ohne mich zum Pearl?«

Kanoa stützt den Kopf in die Hände und rauft sich die feuchten Haare. Als er wieder aufsieht, sagt er: »Ich wollte dich nicht in Gefahr bringen. Madison ... sie ist tot.«

»Ja«, sie nickt und spürt wieder den Stich im Magen, als dieser Detective seine gemeinen Fragen über Kanoa stellte. »Die Polizei war hier und ich dachte, du bist auch ...«

Er legt ihr den Finger auf die Lippen. »Ich bin da, Hannah. Ich bin doch da.«

»Jaja, ich weiß, ich ...« Sie küsst seinen Finger, er schmeckt noch ein bisschen salzig und sie sieht Kanoa vor sich, wie er allein am Meer ... Nein, sie will nicht weiterdenken und sie will auch nicht weiterfragen, sie will dieses Gefühl, das zwischen ihnen ist, nicht zerstören, aber, verdammt ...

Sein Blick wandert zum Fenster. Schnell nimmt sie seine eiskalte Hand und hält sie fest, so lange, bis sie langsam wärmer wird.

»Es war verdammt kalt draußen«, sagt er dann und lächelt ein bisschen.

Sie streicht ihm über die feuchten Haare und betrachtet seine Augen, seine wunderbaren grünblauen Augen ... jetzt muss sie es fragen. »Die Medikamente im Badezimmerschrank ...«

Kanoa schaut sie fragend an. »Was ist damit?«

»Hast du ...?«

»Was?« Er runzelt die Stirn und rückt ein Stück von ihr ab. »Moment ... du hast geglaubt, ich ...?«

Sie nickt. »Ja ... und hast du ...?«

»Aber nein! Es sind Summers Medikamente.«

»Summers? In unserem Badezimmer?«, fragt sie befremdet.

Er schüttelt den Kopf. »Es war so: Nach dem Unfall wurde sie doch immer merkwürdiger. Und als sie mal weg war, hab ich ihr Apartment durchsucht, weil ich dachte, sie nimmt Drogen. Dabei hab ich die Tabletten aus dem Krankenhaus mitgenommen und bei uns versteckt.«

»Dann hast du sie also nicht genommen?« Sie will es noch mal ganz genau wissen, bevor sie endlich erleichtert sein kann.

»Aber nein!«, sagt er. »Ich würde so was nie machen!

»Nie?«

»Nein! Nie!«

Nein – nein, er hat sie nicht genommen! Hannah umfasst sein Gesicht mit den Händen und bedeckt es mit Küssen. Es gibt vielleicht doch noch eine Chance, aus alldem hier irgendwie herauszukommen!

»He ...«, sagt er zwischen ihren Küssen, »ich bin ja da ...«

»Wirklich?«, flüstert sie.

»Ja ...« Seine Lippen küssen zärtlich ihre Tränen von den Wangen.

Dann fällt ihr etwas ein, das sie ganz weit von sich geschoben hat.

»Kanoa ...«, fängt sie zögernd an, »ich weiß, es ist eigentlich unmöglich ... aber ... ich war bei dem Arzt, der Summer die Tabletten verschrieben hat, und dieser Arzt ...«

»Dr. Mason?« Kanoa runzelt die Stirn.

»Du kennst ihn?«, fragt sie erstaunt.

»Das war der Arzt im Krankenhaus. Und Summer hatte panische Angst vor ihm. Sie glaubte, sie kennt ihn.«

»Dr. Lukas Mason ist ...« Hannah löst sich aus seiner Umarmung. »Luke, der Typ aus der Bar in Sydney, der Nikki und mir den Traumjob auf der Perlenfarm vermittelt hat.« Sie reibt sich fest über die Wangen, als müsste sie aus einem Traum aufwachen.

»Das ist total verrückt, oder?«

Die Insel rächt sich ... hört sie Summer sagen, und es klingt hohl und so, als käme es von weit her ...

Kanoas Augen haben sich zusammengezogen. Und ein kalter Schauer überläuft sie, denn da ist noch was, diese seltsame SMS, die ihr solche Angst gemacht hatte, weil sie geglaubt hatte, sie sei von Kanoa.

»Und du hast mir auch keine SMS geschickt? Ich kann dich nicht zwingen, mich zu lieben ...«

»Aber nein? Was für eine SMS?«

*Ich kann dein Herz nicht dazu bringen, etwas für mich zu empfinden, wenn du es nicht fühlst.*

*Aber du sollst wissen – in dir habe ich meine Liebe gefunden.*

Jedes Wort hat sich ihr ins Gedächtnis gegraben.

»Halt mich fest, Kanoa.« Plötzlich ist das ganze Grauen wieder da und sie kann nicht so tun, als hätte sie keine Angst.

Kanoa legt den Arm um sie.

»Jetzt versteh ich langsam«, Stück für Stück setzen sich gerade Teile des Puzzles zusammen, »Lukas Mason ist Luke aus Sydney. Er hat Summer die Medikamente gegeben, die Panikattacken auslösen können. Es war alles geplant. Auch dieser Autounfall. Und der Spruch im Apartment. Summer sollte so in Panik versetzt werden, dass sie irgendwann nur noch ... den Selbstmord als Ausweg sieht. Und die SMS ...« Sie spricht es nicht aus, aber sie kann nur von einer Person geschrieben worden sein. Aiden.

»Das System ist perfekt ... Sie lassen es aussehen wie Selbstmord oder wie einen Unfall«, murmelt er. »Sie lassen uns nicht entkommen ...«

»Kanoa, wir dürfen nicht zulassen, dass sie uns auch noch zerstören. Versprichst du mir das?« Dabei blickt sie ihm ganz fest in die Augen.

»Sie werden uns nicht zerstören, Hannah«, sagt er und sieht sie entschlossen an.

»Wir werden kämpfen, ja?«

Er nickt. »Wir werden kämpfen, Hannah. Du und ich ...«

»Zwei Flammen ...«

»Ja ...«

Und so, wie er es sagt, wie er sie festhält, wie sie sein Herz schlagen spürt, glaubt sie ganz fest daran.

Er nimmt sanft ihren Arm. »Warte, ich muss dir was zeigen.«

Er kommt mit einer Plastikkarte zurück.

»Unsere Eintrittskarte.«

Hannah betrachtet die perlweiße Karte. »Wofür?«

»Shannen, Aidens Mutter, feiert ihren fünfundvierzigsten Geburtstag.«

»Und Aiden ist auch da, ja?« Hannah kann es nicht fassen, dass Kanoa so naiv ist. »Und du glaubst, dass wir da einfach reinspazieren, Shannen zum Geburtstag gratulieren und dann Aiden fragen, ob er uns nicht endlich mal verraten möchte, wo wir Nikki und Poema finden? Und natürlich gibt uns Aiden bereitwillig Auskunft?« Fast hätte Hannah laut gelacht, wenn Kanoa sie nicht so ernst ansehen würde.

»Hannah, wenn du eine bessere Idee hast, dann sag's mir! Ich weiß nur, das hier ist unsere einzige Möglichkeit, an Aiden ranzukommen. Und diesmal finde ich raus, wo Nikki und Poema sind! Da kannst du sicher sein!«

»Weißt du eigentlich, mit was für Leuten wir es da zu tun haben? Und überhaupt, woher hast du eigentlich diese Karte?«

Kanoa nimmt Puma auf den Arm und streichelt ihn, als hätte er ihre Frage nicht gehört. »Hast du Hunger, kleiner Kater?«

»Kanoa«, sagt sie scharf. »Woher hast du diese Karte?«

»Haben wir noch Futter für ihn?«

»Natürlich haben wir Futter!«, fährt sie ihn an. »Kanoa! Ich hab dich was gefragt!«

Er zögert. Dann schüttelt er den Kopf.

»Das kann ich dir nicht sagen, Hannah.«

»Und warum nicht?«

»Hannah, bitte – du musst mir jetzt vertrauen.« Und alles ist in diesem Blick, was er ihr versprochen hat. Wir werden kämpfen …

*Ich kann dich nicht zwingen, mich zu lieben.*

*Ich kann dein Herz nicht dazu bringen, etwas für mich zu empfinden, wenn du es nicht fühlst.*

*Aber du sollst wissen – in dir habe ich meine Liebe gefunden.*

Und plötzlich weiß sie, wie ihr Kampf aussehen wird.

## INSIDE

Die Fahrt durch den Tunnel hat etwas Unheimliches. Hannah hat das Gefühl, als würde sie ihre inzwischen vertraute Welt immer weiter hinter sich lassen. Dabei sind sie bloß in einen anderen Stadtteil unterwegs. Und doch kommt es ihr vor wie die Reise in ein gefährliches Land. Sie hat Kanoa nichts von ihrem Plan gesagt, denn er wäre entschieden dagegen. Sie wird Aiden mit seinen eigenen Waffen schlagen. Ihm Liebe vorspielen. Genauso, wie er es mit ihr gemacht hat. Ihm alles entlocken, was sie wissen will. Und ihn dann zerstören.

Die Welt sieht nicht anders aus jenseits des Tunnels. Ampeln, Neonschilder, Lichter, die sich in die Dunkelheit brennen, und Häuserschluchten, noch dunkler als die Nacht. Irgendwann biegt der Wagen in eine breite Straße mit hoch aufragenden Häusern ein und wenige Minuten später hält der Fahrer vor einem milchig weiß leuchtenden Hochhaus. GOP steht in großen, hell erstrahlenden Buchstaben über dem Eingang, vor dem das Taxi anhält.

GOP ...? Hat sie das nicht irgendwo schon mal gelesen? Und jetzt fällt es ihr wieder ein. Hastig kramt sie in ihrer Handtasche. Die Visitenkarte ... Da ist sie.

»Dr. Lukas Mason. GOP«, liest sie ab.

»GOP …«, sagt Kanoa finster, »heißt God's Own People …«

»G-O-P«, wiederholt Hannah entsetzt. »Kein Wunder, dass wir Aiden nicht gefunden haben, wir haben immer nach POG gesucht!«

Eine Gänsehaut überläuft sie. *Das System ist perfekt* … Kanoa hat ihren Blick bemerkt und nickt ihr zu, und auch ohne dass er es ausspricht, sagt er: Keine Angst, wir schaffen es. Zusammen.

Das Taxi hält und Kanoa wirft die Autotür hinter ihnen zu.

Was sieht sie zuerst?

Den roten Teppich, über den die halbe Haute Volée von New York in eleganter oder schriller Abendgarderobe zum Eingang schreitet?

Die Blitzlichter, die ein Gesicht aus der Menge für Bruchteile von Sekunden aufblitzen lassen?

Die Reihe dunkelhäutiger Wachleute in weißen Anzügen, schwarzen Hemden und weißen Krawatten?

Oder die polierten Karosserien der Autos, zu denen Diener in Livree eilen, um den Gästen die Autotüren zu öffnen?

»Ist ja wie bei der Oscar-Verleihung«, bemerkt Hannah. Eine Frau in einem langen roten Kleid hängt sich in den Arm eines jungen Mannes im weißen Smoking und bleckt die blitzenden Zähne für ein Foto.

»Oscar-Verleihung?«, fragt Kanoa. Manchmal vergisst sie, dass er das alles auf der Insel ja nie mitbekommen hat.

»Ach«, winkt sie ab, »so ein Filmevent.«

Sie nimmt seine Hand.

»Versprich mir, dass du nichts Unüberlegtes tust, okay?«

Er lächelt sie an. »Was denkst du denn?«

»Ich meine es ernst, Kanoa.«

»Ich verspreche es, Hannah. Schau dich doch mal um, diese ganzen Leute. Da kann er nichts riskieren.«

Dann sind sie an der Reihe und Hannah gibt dem Türsteher, einem bulligen Kerl mit Händen wie Schaufeln, die Karte. Er mustert sie beide – einen Augenblick zu lang? – und Hannah merkt, wie ihre Hand in Kanoas Hand feucht wird.

»Viel Spaß«, sagt der Türsteher in dem Moment und gibt ihr lächelnd die Karte zurück.

»Kanoa, du musst mir jetzt auch vertrauen«, sagt sie und geht voraus.

Sie hat Angst. Das Herz klopft ihr bis zum Hals und ihr Mund ist ganz trocken. Kanoa und sie gegen Aiden – und sein Imperium. Ist das nicht vermessen? Was für eine Chance haben sie gegen ihn, der ihnen immer einen Schritt voraus zu sein scheint?

Daran denkt sie, als sie die gleißend helle Lobby betreten – und dann sieht sie zu Kanoa und sie will nur noch an ihren Sieg glauben, daran, dass alles schon irgendwie gut wird.

Was für ein Licht! Als käme es direkt von den Sternen! Sie legt den Kopf in den Nacken und sieht hinauf ... In der Mitte führt ein gläserner Aufzug hinauf in die Kuppel. In jedem Stockwerk gehen frei über die Tiefe führende gläserne Röhren zu den am Rande liegenden Stockwerken ab.

»Total verrückt!« Kanoa hat sich zu ihrem Ohr gebeugt, die Musik und die vielen Menschen um sie herum sind so laut, dass man sein eigenes Wort nicht versteht.

Schon werden sie angerempelt und weitergedrängt, auf eine Bar zugeschoben, aus milchig weißem Material, das aus sich selbst heraus zu leuchten scheint. Vier Barkeeper mixen virtuos bunte Cocktails; Kellner, die Models bei Abercrombie und Fitch sein könnten, balancieren über den Köpfen der Gäste Tabletts mit Gläsern. Und so viele Menschen hier sehen aus wie Musikstars oder Schauspieler, mit ihren Klamotten, Sonnenbrillen und dem affektierten Gehabe. Jeder scheint alles zu tun, um aufzufallen. Gerade hat Hannah den Ellbogen einer Frau mit lila Haaren und einer großen Brille in die Rippen bekommen.

»Huch!«, sagt die Frau und schafft es noch, ihr Glas mit einem eleganten Schwung zu retten. Zwei Mädchen in langen weißen, fast durchsichtigen Kleidern, ziehen hysterisch kreischend an ihr vorbei und steuern auf einen strahlenden jungen Typen zu, der aussieht wie Justin Bieber. Eine Dreiergruppe kommt auf sie zu, zwei Mädchen, ein Junge, oder sind es drei Mädchen – oder drei Jungen? Alle sind grell geschminkt wie Lady Gaga, tragen hochhackige Lackstiefel und dazu weiße Regenmäntel.

Zwischen all den schrillen Outfits entdeckt Hannah aber auch dunkle Anzüge, weiße Hemden und Krawatten, schwarze Abendkleider und konservative Frisuren.

Ein gut aussehender Kellner mit stark gegelten Haaren will ihr einen Cocktail anbieten. Argwöhnisch betrachtet sie die gelbgrüne Flüssigkeit. Minze? Ananas?

Sie lehnt dankend ab. Sie muss klar im Kopf bleiben und Aidens Getränken traut sie nicht.

Bunte Scheinwerfer streifen über Gesichter, spiegeln sich in Gläsern, erhaschen ein Lachen oder auch nur gebleckte Zähne, gleiten über nackte Haut, blutrote Lippen, blitzende Pailletten und dunkle Sonnenbrillen, über weiße Smokings und schwarze Abendkleider. Die Musik dröhnt in rhythmischen Bässen, zwingt alle Herzen, im selben Takt zu schlagen, ohne Chance, sich dagegen zu wehren.

Hunderte Parfüms vermischen sich mit verführerischen Essensdüften von den üppigen Büffets, die Hannah neben den Bars entdeckt. Köche mit hohen weißen Mützen heben silberne Deckel von exotisch aussehenden Speisen. Hannah schließt einen Augenblick lang die Augen und denkt an die Insel, an den Strand der Perlenbucht, wie die Lampions im sanften Wind schaukelten und sich Jespers Gitarrenmusik mit dem Rauschen des Meeres mischte.

Und als sie die Augen wieder öffnet, ist Kanoa verschwunden. Untergegangen in der schrillen, wogenden Menge. Verschluckt von den wummernden Bässen.

»Kanoa?«

Doch wohin sie sich auch dreht, überall sind nur Augen und Münder. »Kanoa ...« Verdammt, so war es nicht ausgemacht.

## AIDEN

»Wie schön, dich zu sehen!«

Die Menschen, die Dekoration, die Bars, alles um sie herum verblasst.

Er steht vor ihr. Im schwarzen Smoking, die langen Haare im Nacken zusammengebunden. Er sieht noch strahlender aus, noch schöner, noch ... überirdischer. Aiden lässt den Blick aus seinen schwarzen, funkelnden Augen langsam an ihr heruntergleiten. Er lächelt sie an, beugt sich zu ihr und gibt ihr einen leichten Kuss.

»Du siehst wunderschön aus!«

Sie kann sich nicht bewegen.

Er wirkt ganz und gar nicht überrascht, sie hier zu sehen.

»Hannah! Ich habe so gehofft, dass du kommen würdest! Ich warte schon so lange auf dich.« Leiser fügt er hinzu: »So, so lange ... Erinnerst du dich noch daran, wie wir uns das erste Mal begegnet sind, Hannah?« Seine Stimme hat jetzt wieder dieses Einschmeichelnde, Verführerische, auf das sie am Anfang hereingefallen ist. Er macht einen tiefen Atemzug, als wären sie am Meer. »Ich kann dich nicht zwingen, mich zu lieben«, fängt er mit sanfter Stimme an und sieht ihr dabei tief, ganz tief in die Augen. »Ich kann dein Herz nicht dazu bringen, etwas für mich zu empfinden, wenn du es nicht fühlst. Aber, du sollst wissen – in dir habe ich meine Liebe gefunden.«

*Jetzt, Hannah, jetzt kommt dein Einsatz.*

Sie sammelt ihre Kräfte für ein Lächeln und will gerade etwas Schmeichelndes erwidern, als er sagt:

»Tut mir leid, das mit Summer«, er zuckt mit den Schultern, »aber sie musste bestraft werden. Erinnerst du dich, was sie auf der Insel zu mir gesagt hat, als sie die Pistole auf mich gerichtet hat? Sie hat gesagt: *Du bist das Hinterhältigste, Gemeinste, was mir jemals begegnet ist. Und ich hasse dich!* Nein, das konnte ich ihr nicht durchgehen lassen.« Er strahlt sie an.

Einen Augenblick lang ist Hannah sprachlos. Sie erinnert sich an alles. Wie sie ihm zum ersten Mal am Strand begegnet war, wie seine samtene Stimme sie in den Bann gezogen hat, wie sie sich unter dem Sternenhimmel küssten und wie sie an nichts anderes denken konnte als an ihn. Und dann sieht sie Summer ...

Mörderische Wut ballt sich in ihr zusammen. Wie sie ihn hasst!

»Du hast Summer umgebracht! Summer war meine Freundin! Du bist ...«

Aiden winkt lässig ab. »Vergiss Summer! Sie konnte es nicht ertragen, dass mir eine andere Twin Flame zugeteilt wurde.«

»Du bist doch total verrückt, Aiden!« Was sagt sie da nur? Ihr ganzer Plan, ihn um den Finger zu wickeln, ist dahin! Aber jetzt gibt es kein Zurück mehr. Sie explodiert vor Wut. »Du hast doch genau gewusst, dass wir kommen, stimmt's? Du hast Kanoa die Eintrittskarte zugespielt, richtig? Und ... ... überhaupt ... du hast Madison zu uns geschickt! Natürlich!« Sie brüllt ihn an: »Du hast Summer getötet! Du hast das doch alles von Anfang an geplant!«

»Nicht ganz, Hannah!« Er lächelt geschmeichelt. »Ehrlich gesagt hatte ich andere Pläne. Aber Madison war von Anfang an sprunghaft und unzuverlässig. Am Ende hat sie einfach die Seiten gewechselt.« Er hebt die Schultern in seinem schwarzen Smoking und lässt sie wieder fallen. Sein Bedauern sieht fast echt aus.

Hannah glaubt ihm kein Wort. »Und deshalb musste sie sterben?« Hannah sieht die Kreideumrisse auf dem Asphalt vor sich – alles, was von Madison geblieben ist. »Was bist du nur für ein ... Monster?«

Er lacht auf. Etwas zu laut und zu heftig. »Weißt du, Hannah, was mir schon immer an dir gefallen hat?«, er sieht sie belustigt an. »Dein Mut. Allerdings warst du bei der Flucht vor der Dunklen Armee schon etwas ängstlich.« Er greift nach einer Schale mit Trauben, die ein Kellner auf einem Tablett gerade vorbeiträgt. »Probier mal! Die kommen aus Südafrika.«

Sie schiebt seine Hand weg. »Du hast Summer in den Tod getrieben. Du hast Nikki und Poema verschleppt. Wo sind sie?« Sie ist so wütend – und doch so machtlos. Wenn er ihr keine Antworten gibt ... wie sollen Kanoa und sie je die beiden Mädchen finden?

Erstaunt hebt er die Brauen. »Warum bist du so feindselig?« Sein Blick schweift über sie hinweg. »Gefällt dir das alles hier denn nicht? Es könnte auch dein Leben sein. Ich bin bereit, dir deinen Starrsinn zu vergeben ...«

»Ich will dein Leben und deine hirnrissige fünfte Dimension nicht! Du bist genauso wahnsinnig wie Sky!«, schreit sie ihn an.

»Sky!« Sein Lachen hat etwas Abfälliges. »All I can do is dance!« Aiden äfft den Song nach. »Und dann diese Auftritte in dieser lächerlichen Muschelsänfte! Mein Gott«, er schüttelt den Kopf, »das war ja so erbärmlich!«

»Ich sehe dich aber immer noch im Hintergrund neben der Bühne stehen und kräftig mitklatschen.«

»Ich hatte schon lange meine eigenen Pläne. Was glaubst du denn, was ich die ganzen Jahre auf der Insel gemacht habe?« Sein Ton hat etwas Arrogantes.

»Mädchen deine Liebe geschworen, ihnen erzählt, dass sie deine Twin Flame sind ...«

»Ich habe das hier alles mit aufgebaut!«, unterbricht er sie und sein Blick hebt sich zu der hellen Kuppel hinauf.

»Wirklich?«, sagt Hannah spöttisch. »God's Own People – ziemlich anmaßend. Und was betreibt dein Verein? Mädchenhandel – getarnt als Modelagentur? Drogenhandel? In was seid ihr noch verstrickt? In Mord?« Die Wut in ihr fühlt sich an wie ein brodelnder Vulkan, der drauf und dran ist, vollends auszubrechen. Aiden nimmt zwei Gläser von dem Tablett, das gerade an ihnen vorbeigetragen wird, und gibt Hannah eines. »Wozu leben wir, wenn wir nicht lieben dürfen, Hannah!«

Hannah stellt das Glas so heftig zurück, dass dem Kellner

das Tablett aus der Hand rutscht und alle Gläser auf dem Boden zerspringen. Die Leute um sie herum weichen zur Seite.

»Antworte mir, Aiden! Was ist das alles hier – und wo sind Nikki und Poema?«

»Wollen wir die Zeit, die uns hier bleibt, nicht anders nutzen, als zu streiten?«, sagt er mit seiner samtenen Stimme.

»Wovon redest du, Aiden?«

»Die alte Zeit neigt sich dem Ende zu. Du erinnerst dich doch. An das Experiment?« Er streckt die Hand nach ihr aus und berührt sie leicht am Arm. »Anstatt ihre Armeen gegeneinander in den Krieg zu schicken, sollten stellvertretend Repräsentanten der Lichtplaneten und der Schattenplaneten gegeneinander kämpfen – und man fand einen Ort. Eine Insel, mitten im Ozean.«

Sein Griff um ihren Arm ist fester geworden. »Aber die Schlacht konnte nicht zu Ende gekämpft werden, denn kurz vor der Entscheidung ging die Insel unter.«

Was für ein Spiel treibt Aiden mit ihr? Unsanft schüttelt sie seine Hand ab. Er scheint es gar nicht zu bemerken, er hebt sein Glas mit dem blauen Cocktail und spricht theatralisch weiter:

»Und hier, an diesem Ort, wird die Entscheidung fallen. So wurde es bestimmt. Deshalb musstet ihr alle hierherkommen. Wird es den Lichtwesen gelingen, sich aus dem Dunkel zu befreien, sich an ihre Herkunft zu erinnern – und werden sie die dunklen Mächte besiegen und dann zu ihren Heimatplaneten ins Licht zurückkehren?«

Seine Augen glänzen. »Hannah, komm mit mir! Geh mit mir ins Licht!«

»Du bist doch total verrückt, Aiden! Geh allein ins Licht oder fahr zur Hölle!«

Doch Aiden hört ihr gar nicht zu. »Wir werden auf die Neue Erde gelangen! Die Neue Erde, die fünfte Dimension wartet auf uns!« Er fasst sie wieder am Arm. »Ich könnte dich einfach hierbehalten, Hannah«, sein Gesicht ist jetzt ganz nah an ihrem. »Aber du musst freiwillig mitkommen, damit das Experiment gelingt! Verstehst du! Wir dürfen diesen Kampf gegen die Schattenwesen nicht verlieren! Und dein Herz weiß, dass wir füreinander bestimmt sind!« Seine schwarzen Augen kommen ihr vor wie große, tiefe Löcher …

»Lass mich!« Sie reißt sich los.

»Und wenn du mit mir kommst«, ruft er ihr noch nach, während sie quer durch die Lobby zum Ausgang rennt, »dann erfährst du auch, wo Nikki und Poema sind!«

## STERNE

Die Musik kommt ihr lauter vor als am Anfang, die Luft stickiger, das Licht greller. Alkoholfahnen blasen ihr ins Gesicht, ein Glatzkopf mit glasigen Augen torkelt auf sie zu, grapscht nach ihr und will mit ihr tanzen, sie entkommt ihm gerade noch, stolpert über etwas, wird von den Armen eines Bärtigen aufgefangen, der sie küssen will, sein Mund ist schon ganz nah, er haucht »Hallo, Süße« und sie reißt sich los und kämpft sich weiter bis zur Glastür. Und endlich ist sie draußen.

Atemlos hält sie ihr Gesicht in den Regen und atmet die

kalte Nachtluft ein. Ihr Plan ist total schiefgegangen! Wütend kickt sie eine Dose weg.

Wie kalt und still es hier draußen ist. Sie hört ihre eigenen Schritte auf dem Asphalt. Der Turm ist so gleißend hell, dass er die Sterne überstrahlt. Wo ist bloß Kanoa? Wohin ist er so plötzlich verschwunden? Er hat ihr doch versprochen, nichts Unüberlegtes zu tun. Sie ruft ihn an, aber er geht nicht ans Telefon. Und was soll sie jetzt tun?

*Hannah, du hattest doch einen Plan.* Kann sie ihn jetzt noch durchziehen? Ohne zu wissen, was mit Kanoa ist? Nachdem sie gerade Aiden so abgefertigt hat?

Ein paar Minuten grübelt sie, dann hat sie sich entschlossen.

Als der Türsteher wieder den Scanner über ihre Codekarte wandern lässt, ertönt ein schrilles Piepsen. »Tut mir leid.« Er schüttelt bedauernd den Kopf. »Wegen Überfüllung wird die Karte nicht mehr akzeptiert.«

»Aber ich war doch eben noch drin!«, protestiert sie.

Er scannt die Karte noch einmal. Wieder das schrille Piepsen. »Tut mir wirklich leid, Miss.«

»Rufen Sie Aiden an! Bitte!«

»Miss, ich kann nicht einfach ...«

»Rufen Sie ihn an und sagen Sie ihm, seine Twin Flame muss mit ihm sprechen!« Twin Flame ... wie weit wird sie gehen?

Er mustert sie einen Moment, dann dreht er sich weg und spricht etwas in sein Mikro. Kurz darauf nickt er ihr zu. »Entschuldigen Sie die Unannehmlichkeiten. Es war ein Fehler in der Software. Sie werden am Aufzug erwartet.«

Hannah drängelt sich zwischen den Grüppchen hindurch nach rechts. Schon von Weitem sieht sie den Aufzug in der Mitte der riesigen Lobby.

»Hannah?« Ein hochgewachsener Mann im schwarzen Smoking, mit langen blonden Haaren, kommt auf sie zu.

»Aiden erwartet Sie oben.« Er begleitet sie zur Aufzugtür, die sich im selben Moment öffnet. Mit einem unbehaglichen Gefühl setzt sie den Fuß auf den gläsernen Boden.

Die Tür gleitet lautlos zu. Sie ist allein in dieser gläsernen Kabine, und als sie die Taste mit der Stockwerknummer 45 blinken sieht, wird ihr leicht übel. Fünfundvierzig Stockwerke! So hoch! Sie nimmt sich vor, nicht nach unten zu sehen. Mit einem leisen saugenden Geräusch setzt sich der Aufzug in Bewegung. Hannah fühlt sich wie in einer ... Raketenkapsel – obwohl die ganz sicher schneller hochschießt. Rotes Licht glimmt unter ihr auf und erlischt wieder. Immer schneller geht es nach oben. Nicht runtersehen, sagt sie sich. Dann tut sie es doch. Tief unter ihr wogt die tanzende bunte Menge wie ein schäumendes Meer.

45. Endlich hält der Aufzug an, federt sanft ab und öffnet die Türen. Rechts und links gehen gläserne Röhren ab und führen über die schwindelnde Höhe des fünfundvierzigsten Stockwerks zu den Räumen.

Was für ein Albtraum, dieses Gebäude! Aiden steht am Ende der gläsernen Röhre. Das Strahlen seiner Augen ist ihr unheimlich. *Verzaubert* hat sie am Anfang auf der Insel gedacht. Jetzt denkt sie *hypnotisiert.*

»Du bist also zurückgekommen.« Aiden streckt ihr die Hand entgegen.

Mühsam bekommt sie ein Lächeln zustande und nimmt seine Hand. »Wie du siehst.«

Aiden macht eine Handbewegung zu den Räumen hin. »Komm mit!«

»Wohin?«

Er weist zu einer Tür und lächelt geheimnisvoll.

Eine Wand voller Monitore, die die Gäste unten im Foyer zeigen, fällt Hannah als Erstes ins Auge. Dann bemerkt sie den Sessel mit der hohen Rückenlehne, der sich langsam in ihre Richtung dreht.

»Mom?«, sagt Aiden überrascht und lässt Hannahs Hand los. »Was machst du denn hier? Warum bist du nicht bei deinen Gästen?«

Hannah blickt in das Gesicht einer Frau, die Aidens ältere Schwester sein könnte. Dasselbe schwarze seidige Haar, dieselben schwarzen, glänzenden Augen. Nur der Blick, den sie an Hannah heruntergleiten lässt, ist anders. Hannah bekommt eine Gänsehaut.

»Wer ist denn deine hübsche Begleiterin, Aiden?« Ihre Stimme ist angenehm weich und dunkel, fast so wie die von Aiden.

»Mom, das ist Hannah.«

Ihr Blick verändert sich, wird auf einmal freundlich. »Du bist also Hannah. Aiden hat mir schon viel von dir erzählt. Er kann von nichts anderem mehr reden.«

So verlegen lächelnd hat Hannah Aiden noch nie erlebt.

Die Frau ist aufgestanden und um ihren Schreibtisch herumgegangen. In dem langen schwarzen Kleid, das sich an ihren Körper schmiegt wie eine zweite Haut, sieht sie aus wie eine perfekte Statue. Das glänzende Haar fällt ihr über die Schultern und reicht ihr bis zur Brust. Das Gesicht könnte nicht ebenmäßiger und vollkommener sein.

»Bist du auch so in meinen Sohn verliebt wie er in dich, Hannah?« Dabei lächelt ihr Mund, aber ihre Augen sagen etwas anderes.

Hannah wirft einen Seitenblick auf Aiden. In diesem Augenblick hat sie begriffen. Sie kann vielleicht Aiden täuschen, aber nicht Shannen. Und Shannen scheint nicht gerade erfreut über Aidens Besessenheit … Sie überlegt fieberhaft und sagt dann: »Ich war mal sehr verliebt in ihn, aber das ist schon lange her.«

Aidens Züge erstarren. Offenbar hat Hannah zu Shannens Zufriedenheit geantwortet, denn die schenkt ihr ein wohlwollendes Lächeln.

»Nun … wenn du nicht mehr in meinen Sohn verliebt bist, was willst du dann hier?«

Hannah überdenkt blitzschnell die Situation. Was für eine Rolle spielt Shannen in dem Spiel? Vielleicht ist Shannen ihre einzige Chance.

Also holt sie Luft und sagt: »Ich bin hier, weil ich wissen will, was mit Poema und Nikki passiert ist.«

Shannen hebt die Augenbrauen und sieht ihren Sohn fragend an. »Wer ist Nikki?«

Aiden braucht einen Moment, um zu reagieren. Dann schüttelt er bedauernd den Kopf. »Ich hab keine Ahnung, Mom, ich kenne keine Nikki.«

»Nun, Hannah«, Shannen lächelt jetzt genauso falsch wie Aiden. »Offensichtlich können wir dir nicht weiterhelfen.«

»Aiden lügt! Das wissen Sie ganz genau!«

»Wenn Aiden sagt, er weiß es nicht, dann ist es auch so.« Shannens freundlicher Ton ist falsch, genauso wie ihr nachsichtiges Lächeln. »Das musst du akzeptieren. Und du, mein Sohn«, Shannen mustert Aiden mit strenger Miene, »musst es hinnehmen, dass Hannah nicht mehr in dich verliebt ist. Gefühle kann man nun mal nicht erzwingen.«

Hannah wartet auf Aidens Protest, aber er beißt sich nur auf die Lippen und schlägt die Augen nieder.

»Und jetzt«, sagt Shannen abschließend und deutet zur Tür, »entschuldigt mich.«

Und jetzt? Was soll sie jetzt tun? Hannah ist einen Moment lang ratlos, da nimmt sie über Shannens linker Schulter ein Bild wahr. Sie macht einen Schritt auf die Videowand zu. »Das ist doch ...« Sie tritt noch näher. »Nikki!«

Sie kneift die Augen zusammen, aber als sie sie wieder öffnet, ist das Gesicht immer noch da. Nikki mit der Heliumstimme, Nikki, die immer einen coolen Spruch parat hatte, Nikki, die schmatzend Kaugummi kaute, Nikki, Cheerleader und *All American Girl* – sitzt rittlings auf dem Schoß eines widerlichen rotgesichtigen Kerls im Nadelstreifenanzug. In einer Hand hält er eine dicke Zigarre – mein Gott, was für ein Klischee! –, mit der anderen Hand hat er Nikkis Nacken umfasst.

»Das da ist Nikki!«, sie deutet auf den Monitor. »Sie ist hier irgendwo! Wo?«

»Hannah«, Aiden lacht auf, »diese Mädchen sehen doch alle gleich aus, wenn sie geschminkt sind! Aber eigentlich sollte dich das hier mehr interessieren.« Er deutet auf den Monitor ganz rechts oben.

Kanoa. Sein Gesicht wird immer wieder von den nackten Rücken der Mädchen verdeckt, die sich zu ihm beugen, ihn küssen und ihm ein Glas an die Lippen halten. Kanoa mit vier halb nackten Mädchen ... Hannah merkt, wie ihr ganzer Körper zu zittern anfängt, vor Wut, vor Angst, vor ... Ohnmacht ...

»Er scheint sich glänzend zu amüsieren, findest du nicht, Hannah? Mein Bruder hat schon immer 'ne Schwäche für hübsche Mädchen gehabt und die vier da sind doch wirklich scharf!«

»Aiden!«, kommt es streng von Shannen, die sie die ganze

Zeit beobachtet hat. »Ich möchte nicht, dass du in meiner Anwesenheit so redest! Wo bleiben deine guten Manieren?«

»Was läuft da?«, bringt Hannah zwischen zusammengebissenen Zähnen hervor. »Wo ist das?« Sie deutet auf den Monitor. »Ich will sofort zu ihm!«

»Und ihm den Spaß verderben?« Aiden lacht boshaft auf.

»Bring mich zu ihm! Sofort! Und zu Nikki!«

»Schluss jetzt mit dem Theater!«, herrscht Shannen sie beide an. »Geht jetzt!«

»So einfach ist das nicht!«, widerspricht Hannah, doch da zerrt Aiden sie schon hinaus.

»Pass auf, Hannah!«, sagt er draußen, als die Tür hinter ihnen zugefallen ist. Seine Augen funkeln sie an. »Wenn du mit mir kommst, lasse ich Kanoa am Leben und Nikki und Poema kommen frei. Das hängt ganz von dir ab.«

»Ich werde niemals mit dir kommen, Aiden!«, schleudert sie ihm wütend entgegen. Sie ist wütend über ihn und wütend über sich, weil sie ihm wieder in die Falle gegangen ist! Ihre Wut ist grenzenlos. Und es scheint keinen Ausweg zu geben! Aiden bestimmt die Regeln, wieder einmal ...

»Wir Lichtwesen müssen das Experiment für uns entscheiden, Hannah! Begreif das doch!«

Das kann er nicht ernst meinen, er muss wahnsinnig geworden sein, denkt Hannah. Will er sehen, wie weit sie gehen würde?

»Du bist genauso verrückt wie Sky!«

»Sky?« Er lacht verächtlich auf. »Sky war nur ein durchgeknallter Idiot mit schwachsinnigen Ideen. Er hat nichts verstanden. Alles«, sein Blick irrt umher und dann hinauf zur hell glühenden Kuppel, »ist noch viel, viel großartiger, Hannah!«

Sie muss es noch einmal versuchen. »Wo ist Kanoa?«, fragt sie ihn und macht einen Schritt auf ihn zu. »Wir verschwinden aus deinem Leben und du kannst zurück ins Licht. Bring mich zu ihm, jetzt gleich!«

Er setzt ein Lächeln auf. »Bist du dir sicher, dass du dir das antun willst?« Von unten dringt dumpf die Musik herauf, wie aus einer anderen Welt. »Gut, meinetwegen. Aber erst will ich dir noch etwas Wunderschönes zeigen. Danach änderst du vielleicht deine Meinung.«

## STERNE

Der Flur führt an geschlossenen Metalltüren vorbei. Ist Kanoa in einem dieser Räume?, fragt sich Hannah.

Der Gang endet an einer breiten, schweren Tür, die Aiden mit einer Magnetkarte öffnet. Hannah hält die Luft an. Was will er ihr zeigen?

Dahinter führt eine steile Treppe hinauf. Am Ende stehen sie vor der nächsten Tür. Auch die öffnet Aiden mit seiner Karte. Kalter Wind schlägt Hannah entgegen. Vor ihr breitet sich der Nachthimmel aus und Aiden lächelt sie triumphierend an.

Sie betreten eine Plattform, die ringförmig unterhalb der Kuppel entlangläuft. Aiden breitet die Arme Richtung Himmel aus. »Ist das nicht … faszinierend?«

Die Stadt vor ihnen leuchtet so hell aus Abermillionen Scheinwerfern, Laternen, Lampen und Ampeln, dass die Sterne nur zu erahnen sind. Es ist wirklich ... faszinierend ... denkt Hannah widerstrebend.

»Wenn sich das Portal zwischen den magnetischen Gitternetzen, die die Erde umgeben, öffnet, ist der Weg frei! Siehst du das Licht?« Er zeigt hinauf in den Himmel zu einem besonders hellen Stern. Ist das ... der Stern? Das Licht, das in ihr Zimmer leuchtet?

»Dort wartet das Mutterschiff, das uns Lichtwesen aufnimmt und uns zurück zu unserem Heimatplaneten bringen wird. Hannah, meine Liebste«, ein glückliches Lächeln überzieht sein Gesicht, »wenn die Lichtwesen es schaffen, sich zu diesem Zeitpunkt hier einzufinden, haben wir den Kampf gegen die Dunkle Armee gewonnen. Dann haben wir das Experiment für uns entschieden, verstehst du? Dann ... haben wir endlich gesiegt! *Wir Lichtwesen!*«

Das meint er doch nicht ernst!, denkt Hannah. Das kann niemand ernst meinen!

»Hannah«, sagt er mit sanftem Lächeln. »Wir werden für immer zusammenbleiben und unser Glück wird niemals enden.« Er streckt die Hand nach ihr aus und berührt zärtlich ihre Wange. Hannah zuckt zurück.

»Wenn du mit mir dorthin gehst, lass ich Kanoa am Leben. Und Nikki und Poema auch«, sagt er immer noch lächelnd. »Das Portal wird sich bald öffnen.«

»Ich gehe zur Polizei!«, versucht es Hannah.

Das belustigt ihn offenbar, er lacht auf. »Was willst du denen denn erzählen? Davon abgesehen: Mom ist sehr einflussreich und hat viele Freunde bei der Polizei – und noch viel weiter oben.« Er senkt die Stimme. »Oder glaubst du, der Typ im Nadelstreifenanzug, den du gerade gesehen hast, ist nicht auf Empfehlung von ganz oben gekommen?«

Es ist alles noch schrecklicher, als sie gedacht hat. »Du und deine Mutter, ihr betreibt Mädchenhandel ... Ihr erzählt ihnen was von einer Modelkarriere und dann landen sie bei solchen Typen! Wie krank seid ihr eigentlich?«

»Aber Hannah ... mach dir keine Sorgen!« Er hat einen besänftigenden Ton angeschlagen. »Alle diese Mädchen sind doch freiwillig hier! Wir werden alle zusammen aufsteigen, dorthin, wo es keine Zeit gibt, keinen Tod, keine Krankheit, keine Armut, keinen Schmerz – nur ewiges Glück mit unserer Twin ...«

In dem Augenblick klingelt sein Telefon. Er nimmt ab, hört zu, spricht dann atemlos und eindringlich mit dem Anrufer und wendet sich von ihr ab.

Sie blickt durch die helle Kuppel hinunter in die Lobby. Dort, weit unten, wogt die Menge noch immer und dröhnt die Musik. Sie muss sich schnell am Geländer, das um die Kuppel herumführt, festhalten. Wo kann Kanoa nur sein?

Aiden telefoniert ziemlich erregt, geht mit gesenktem Blick auf und ab. Und so dreht sie sich um, läuft ins Treppenhaus zurück und schließt leise die Tür hinter sich. Sie muss sich beeilen, Himmel, wo war jetzt noch mal der Monitorraum? Der Gang kommt ihr endlos vor und dann weiß sie nicht, ob sie von rechts oder von links gekommen sind. Hastig wirft sie einen Blick über die Schulter. Sie entscheidet sich für rechts. Und welche Tür? Die erste ist verschlossen, die zweite auch, die dritte nicht, aber dort ist niemand – nur ein dunkler Raum. Es ist die vierte Tür.

Shannen sieht von ihrem Computer auf.

»Was ...«

»Wo ist dieser Raum?«, schneidet Hannah ihr das Wort ab

und deutet auf den Monitor, wo Kanoa gerade die Augen verdreht. Kurz darauf wird sein Kopf von einem halb nackten Rücken verdeckt. Hannah will nicht hinsehen, da schaltet Shannen den Monitor ab. »So«, sie lehnt sich in ihrem Schreibtischsessel zurück. »Es ist an der Zeit, dass wir vernünftig miteinander reden. Mein Sohn ist geradezu besessen von der Vorstellung, mit dir zusammen zu sein.« Sie macht eine Pause und fährt dann fort: »Ich wünsche mir natürlich sehr, dass Aiden glücklich wird. Jede Mutter wünscht sich das für ihr Kind.« Sie lächelt kühl. »Aber ich bezweifle, dass Aiden mit *dir* glücklich wird.«

Da hast du absolut recht, denkt Hannah.

»Ich denke, das Beste wäre ...« Shannen zieht etwas aus der Schublade und nimmt einen Stift. »Sagen wir: Hunderttausend?«

Sie fängt an zu schreiben. »Hunderttausend Dollar und du verschwindest noch heute aus New York.«

»Behalten Sie Ihr verdammtes Geld! Ich verschwinde auch ohne Ihre Dollars aus dem Leben Ihres Sohnes. Ich will nur wissen, wo Kanoa, Nikki und Poema sind!« Sie hat sich vor Shannen aufgebaut.

Die sieht Hannah unbeeindruckt an und zerreißt den Scheck. »Gut, wie du willst. Ich kümmere mich darum, aber dann verlasst ihr sofort New York.« Mit eisigem Lächeln fügt sie hinzu: »Und solltet ihr das nicht tun, werde ich dafür sorgen, dass ihr für immer verschwindet.«

Hannah ist sich sicher, dass Shannen kurzen Prozess mit ihnen machen wird.

»Und wieso sollte ich Ihnen vertrauen?«, fragt sie dennoch.

»Ganz einfach, weil es deine einzige Chance ist«, sagt Shannen so kalt, dass es Hannah fröstelt.

»Komm mit, bevor Aiden hier auftaucht.«

Shannen überragt Hannah um einen halben Kopf. Auf ihrem schlichten schwarzen Kleid kommt die lange doppelte Perlenkette besonders gut zur Geltung. Shannen ist immer noch sehr schön mit ihrer bronzefarbenen Haut, den hohen Wangenknochen und den intensiven dunklen Augen. Wie schön muss sie erst in jüngeren Jahren gewesen sein? Und was für ein Paar haben sie und Sky wohl damals abgegeben? Schwarz und weiß – wie der Strand –, Licht und Schatten ...

Hannah folgt ihr zum Aufzug. Sie verspürt ein kribbelndes Unbehagen, als sie mit Shannen in dieser engen Kapsel eingesperrt ist. Außerdem muss sie sich darauf konzentrieren, nicht hinunterzusehen, in die tanzende Menge und in die bunt blitzenden Lichter.

Endlich hält die Kabine an. Alle Türen, die von der Galerie abgehen, sehen gleich aus. Und jedes Stockwerk gleicht dem anderen. Shannen ist vor einer Tür stehen geblieben und schiebt eine Code-Karte durch das Lesegerät. Ein Lämpchen leuchtet grün auf und mit einem leisen Klack öffnet sich die Tür.

Wie Nebel schwebt das rötliche Licht im Raum mit der Couch – auf der niemand mehr sitzt. Überall stehen und liegen benutzte Gläser und leere Flaschen; von dem kleinen runden Tisch tropft noch der Champagner aus der umgefallenen Flasche auf den roten Teppich.

»Wo sind sie alle hin?« Hannah sieht sich um. »Wo ist Kanoa?«

Wütend fegt sie die Flaschen und Gläser vom Tisch. »Wo ist er?«

»Da war Aiden wohl schneller«, bemerkt Shannen trocken. »Ich regele das. Geh jetzt. Du hörst von mir.«

»Ich gehe nur mit Kanoa!«, beharrt Hannah.

Shannen sieht ihr kalt in die Augen. »Wenn du Kanoa lebend wiedersehen willst, dann gehst du jetzt, und zwar sofort.«

Und so, wie sie es sagt, weiß Hannah, dass jeder Einwand sinnlos wäre.

Auf der Straße dreht Hannah sich um. Vor ihr ragt milchig der GOP-Turm in den Nachthimmel.

Jetzt hängt alles von Shannen ab. War das wirklich die richtige Entscheidung?

Ein Streifenwagen nähert sich, rollt langsam auf sie zu und hält dann direkt neben ihr am Bordstein. Das Seitenfenster gleitet herunter.

Soll sie jetzt alles sagen? Dass GOP eine Fassade für einen florierenden Mädchenhandel ist? Dann könnten sie sofort das Gebäude untersuchen. Sie würden Nikki und Kanoa finden ... Schon macht sie einen Schritt auf den Wagen zu.

»Guten Abend, Miss«, sagt der Polizist. Sie kann ihn nicht genau erkennen, nur, dass er ein schmales Gesicht und helle Haut hat. »Alles in Ordnung?«

Sie zögert.

Was, wenn die Polizei nichts findet? Dann steht Shannen ganz sicher nicht mehr zu ihrem Versprechen.

»Ist alles okay mit Ihnen?«, fragt er.

Und was sollte sie ihm erzählen? Dass ihr Freund mit halb nackten Mädchen Champagner getrunken hat und jetzt spurlos verschwunden ist? Er würde sie belächeln, genauso wie der Officer auf der Polizeistation.

»Ich ...«

»Kommen Sie von der Party bei GOP?« Er grinst anzüglich. »GOP ist bekannt für seine rauschenden Partys. Mein Chef geht da auch gerne hin. Ach ... und um diese Zeit sollte so ein hübsches Mädchen wie Sie lieber ein Taxi nehmen.« Er salutiert lächelnd, lässt die Fensterscheibe hochgleiten und fährt weiter.

## BRÜDER

»Na, gefällt es dir?« Aidens Stimme dringt durch einen dichten roten Nebel zu ihm. »Hannah war übrigens nicht sehr begeistert«, er hört Aiden übertrieben seufzen, »ich bin sicher, sie hat jetzt endgültig genug von dir, Kanoa.«

Kanoa will aufspringen, sich auf Aiden stürzen, ihn zum Schweigen bringen – und noch mehr, aber er kann sich nicht bewegen. Sein Körper gehorcht ihm nicht. Er kann noch nicht einmal mehr sprechen. Und in seinen Ohren rauscht es. Das Mädchen auf seinem Schoß kippt kichernd das Glas über ihm aus. Er kann sich nicht wehren. Ein anderes, das mit der gepiercten Zunge, leckt ihm über die Wange – und er kann sich noch nicht einmal abwenden. Muss es über sich ergehen lassen, das klebrige, nasse Lecken.

Aiden setzt sich neben ihn und gibt dem Mädchen mit dem Glas einen Klaps auf den Hintern. »Süße, hau jetzt ab!« Das Mädchen murmelt irgendetwas und rutscht von Kanoas Oberschenkeln. Mit einer knappen Kopfbewegung schickt Aiden auch das andere Mädchen weg.

»Du hättest mal Hannahs Gesicht sehen sollen!« Aiden lacht und schlägt sich auf die Schenkel. »Sie war ziemlich sauer!«

Kanoa spürt, wie sich alles in ihm zusammenballt, um endlich zu explodieren, aber sein Körper ist wie aus Beton.

Aiden bohrt ihm den Zeigefinger in die Rippen. »Ich hab eine Überraschung für dich, Brüderchen.«

Kanoa kann noch nicht mal *Fuck you* sagen ...

Auf einmal sind zwei Männer da, die ihn unter den Achseln packen, in einen anderen Raum schleifen und dort in einen Sessel hieven.

»Danke, Jungs«, hört er Aiden sagen und dann wird eine Tür geschlossen. Der Raum ist dunkel bis auf einen blau leuchtenden Monitor.

Aiden richtet die Fernbedienung auf den Monitor, auf dem jetzt ein Bild aufflackert.

Kanoa blickt in ein fahles, schmales Gesicht mit einem spitzen Kinn. Die roten Haare wirken verfilzt; überhaupt sieht das Mädchen mit dem verschmierten Lippenstift völlig fertig aus.

»Kanoa?« Er horcht auf. Kann sie ihn sehen?

»Bist du wirklich da? Bist du endlich gekommen, um mich zu retten?«, fängt sie mit erstickter Stimme an. »Ich hab schon nicht mehr dran geglaubt! Ich hab gedacht ...« Ihr versagt die Stimme. Flehend sieht sie in die Kamera. Rechts an ihrem Hals ist eine großflächige dunkle Stelle. Eine Tätowierung? »Bitte, Kanoa!« Sie fällt auf die Knie. Die Kamera folgt ihrer Bewegung. Boden und Wände sind aus Beton. Kanoa unterdrückt mühsam einen Brechreiz.

»Vielleicht erkennst du mich nicht mehr ... nach all den Jahren oder hast mich vergessen ...« Poema ...? Vor Kanoa beginnt sich alles zu drehen, er würgt. Ist das Poema? »Sie haben mich hierher verschleppt ... bitte Kanoa, ich flehe dich an, hol mich hier raus, bitte ...« Ihr lautes, verzweifeltes Schluchzen ist so fürchterlich, dass Kanoa sich die Ohren zuhalten will, aber er kann sich nicht bewegen.

Aiden drückt auf Stopp. Poemas Gesicht friert in der Unschärfe ein.

»Na, das ist doch eine echte Überraschung«, sagt Aiden und lächelt strahlend. »Glaub mir, Kanoa, ich hab immer wieder versucht, Shannen zu überreden, dass sie Poema nicht so schlecht behandeln soll. Aber«, fügt er bedauernd hinzu, »sie lässt sich nicht umstimmen. Das ist ihre Rache. Weil eure Mutter die Liebe zwischen ihr und Sky zerstört hat. Ich kann da leider nichts machen.«

Kanoa fühlt nur noch Hass. Mörderischen, glühenden Hass. Er will sich auf Aiden stürzen und ihn so lange würgen, bis er grausam erstickt.

Alles in ihm tobt und schreit, aber er ist dazu verdammt, regungslos dazusitzen und sich Aidens Grinsen anzusehen.

»Aber«, Aiden rutscht mit seinem Stuhl näher an Kanoa heran, »ich hätte da vielleicht eine Idee.«

Kanoa versucht, die Fäuste zu ballen. Der Schweiß bricht ihm aus vor lauter Anstrengung.

»Du lässt Hannah mit mir gehen. Dann sorge ich dafür, dass Poema freikommt. Na, das ist doch ein Deal?«

Verzweifelt versucht Kanoa, etwas zu sagen, und noch verzweifelter versucht er, sich auf Aiden zu stürzen.

»Du musst nur deinen Zeigefinger heben für Ja. Also?«

Kanoa kann ihn nur anstarren, dabei brodelt der Hass in ihm so sehr, dass er Aiden umbringen könnte.

Da schlägt ihm Aiden ins Gesicht. »Na, kapierst du es endlich?«

Kanoa schmeckt Blut auf seiner Zunge.

Der nächste Schlag trifft seine Nase

Tränen schießen ihm in die Augen.

Geh zur Hölle, Aiden, verrecke ...

»Du wirst dieses Bild von Poema niemals vergessen«, zischt Aiden ihm ins Ohr. »Und deshalb kannst du mit Hannah niemals glücklich werden. Denn sie wird dich immer daran erinnern, dass du deine Schwester wegen ihr im Stich gelassen hast. Hannah gehört zu mir.«

Aiden wirft einen Blick auf seine Armbanduhr. »In einer halben Stunde«, sagt er in plötzlich geschäftsmäßigem Ton, »dürftest du dich wieder bewegen können. Bis dahin geb ich dir Bedenkzeit. Also, Hannah gegen Poema – und Nikki gibt's gratis dazu.«

TO

READY

YOU

ARE

## REALITY

Sie hätte nicht gehen dürfen. Ist sie wirklich so sicher, dass Shannen Wort hält? Und was ist mit Aiden? Wenn er stärker ist als seine Mutter? Hätte sie nicht doch dem Officer Bescheid geben sollen?

Daran denkt sie schon die ganze Zeit, seit sie im Taxi durch die Stadt fährt. Es ist ein dunkles Viertel, ohne Straßenbeleuchtung und Leuchtreklamen. Vor düsteren Hausfassaden heben sich schemenhaft Gestalten ab, doch bevor Hannah sie näher betrachten kann, ist das Taxi schon in die nächste Straße eingebogen. Endlich wird es wieder heller. Aus Fenstern flimmert das Licht von Fernsehern, in Schaufenstern leuchtet die bunte Auslage und dann sind sie am Times Square, wo die Videowände zucken und ihre Millionen Pixel in die Nacht brennen. Auf der Videowand läuft Werbung, wie letztes Mal. Ein silberfarbener Wagen gleitet dort durch Landschaften, die wie aus einer anderen Welt zu kommen scheinen.

»Halten Sie an!«, ruft sie nach vorn.

Der Fahrer dreht sich zu ihr um. »Hier? Aber ich kann hier nicht lange stehen, Miss. Soll ich warten?«

»Nein, lassen Sie mich einfach hier raus.«

Sie zahlt und steigt aus, hastet auf die andere Straßenseite und sieht gebannt auf die Videowand. Sie will es noch einmal sehen. Will wissen, ob sie sich geirrt hat.

Nach der Mercedes-Werbung kommt eine von Porsche. Und danach ein schnell geschnittener Spot von Adidas.

Und dann Flimmern ... nur noch Flimmern ...! Die Videowand sendet nur noch grellbunte Lichtblitze in die Morgendämmerung.

## MEMORIES

Wie weit reichen Erinnerungen zurück? Und was sind Erinnerungen? Sind es wirklich unsere eigenen oder ist es das, was andere uns eingeredet haben?

Du siehst deiner Schwester ähnlich, haben sie immer gesagt. Daran kann er sich erinnern. Und dass er mit ihr im Sand gespielt hat. Sie hatte einen perlweißen Bikini und er eine perlweiße Badehose. Auch daran erinnert er sich. Sie hatten einen Eimer – aus Blech? – und ein kleines Netz an einem Stiel. Poema hatte das Netz und er den Eimer und zusammen sind sie zum Wasser gelaufen. Er spürt immer noch, wie schön kühl das Wasser über die Füße lief und wie es kitzelte, wenn der weiße Schaum auf der Haut trocknete.

Poema fing winzige Fische in ihrem Netz und leerte es in seinen Eimer, in den sie Wasser gefüllt hatten. Sie ließen die Fische ein bisschen darin herumschwimmen, beobachteten sie und kippten sie wieder zurück ins Meer.

»Jetzt kennen sie uns und wissen, dass wir ihre Freunde

sind«, sagte Poema dann und er nickte, obwohl er nicht so recht verstand, was sie damit meinte. Einmal, da kam sie vom Schwimmen im Meer zurück an den Strand und sagte: »Mir sind gerade zwei Haie begegnet.« Er erinnert sich genau, wie sie vor ihm stand, in dem weißen Bikini, und wie ihr das Wasser von den lockigen rotblonden Haaren ins Gesicht tropfte. »Wir haben uns in die Augen gesehen und weißt du, was passiert ist? Sie haben mir kurz zugenickt und sind weitergeschwommen.«

»Wirklich?«, hat er gefragt und sie bewundert, weil sie keine Angst gehabt hatte und weil er sie sowieso immer bewunderte.

»Ja. Sie haben mich wiedererkannt.« Ihre grünen Augen leuchteten.

»Du meinst, dass das die Fische aus unserem Eimer waren?«, fragte er voller Erstaunen.

»Aber natürlich, Kanoa.«

Er ist daraufhin auch ein paarmal hinausgeschwommen, aber nie sind ihm Haie begegnet. Nur einmal drei Delfine. Aber die hatten sie bestimmt nie in ihrem Eimer gehabt.

Sie durften nur bis zu den Knien ins Wasser, das hatte ihnen ihre Mutter Nora eingeschärft. Meistens saß sie im Sand und las, während er und Poema im Wasser spielten. Sie las immer, daran kann er sich auch erinnern. Der Wind spielte mit ihren langen Haaren und er fand, dass seine Mutter die schönste aller Frauen in der Bucht war.

Bis auf die Frau mit den langen schwarzen Haaren und der bronzefarbenen Haut. Er fand Shannen, wie er und Poema sie nennen durften, fast so schön wie seine Mutter. Obwohl Shannen nicht so nett zu ihnen war wie die anderen Frauen. Und ihr Sohn Aiden war manchmal ziemlich gemein. Der hatte dieselben seidigen schwarzen Haare wie Shannen und Poema wollte sie immer anfassen. Einmal ließ er es zu, doch dafür musste Poema ihn küssen.

Das hat Kanoa überhaupt nicht gefallen, denn Poema gehörte zu ihm. Aiden blieb meistens bei seiner Mutter, cremte ihr den Rücken mit Sonnencreme ein oder bürstete ihr glänzendes Haar. Er trug ihr Handtuch und brachte ihr Eistee und manchmal Blumen, die er im Dschungel gepflückt hatte. Und Shannen bedankte sich bei ihm mit einem Kuss und sagte Dinge, wie »Danke, mein Herz, mein geliebter Sohn, du bist mein Ein und Alles«.

Die anderen Frauen am Strand waren immer nett zu ihm und Poema. Oft sammelten sie zusammen mit ihnen Muscheln, bauten Sandburgen, backten Sandkuchen oder spielten Ball.

Männer gab es keine – außer Sky. Doch darüber hatten sie sich als Kinder keine großen Gedanken gemacht.

Sky. Sein Vater war so anders als alle Menschen, die er in seinem Leben gesehen hatte. Seine Haut war so weiß, dass sie fast bläulich erschien. Wenn er kam, wurden die Frauen still, hörten mit dem auf, womit sie gerade beschäftigt waren, und blickten ihn bewundernd und ehrfürchtig an. Sky nahm gern die Kinder auf den Arm und küsste und liebkoste sie. Aber Kanoa hatte immer ein bisschen Angst vor Sky gehabt. Von einer Sekunde auf die andere konnte Sky wegen der kleinsten Kleinigkeit sehr böse auf die Kinder werden. Weil er einen Fleck auf ihrem T-Shirt bemerkte, weil sie zu laut waren oder weil sie nicht gleich gehorchten.

»Du darfst ihm nie widersprechen«, hat Poema zu ihm gesagt. »Das mag er nicht, da wird er ganz komisch. Richtig unheimlich.«

Das nahm er sich zu Herzen, weil er sich immer alles zu Herzen nahm, was seine Schwester sagte.

Und dann kam der Tag, an den er sich viele Jahre nicht mehr hatte erinnern können. Erst als er in der Felsspalte lag, halb tot, und sein Leben an ihm vorbeizog, da sah er auch diesen Tag wieder vor sich.

Er war damals acht Jahre alt gewesen. Seine Mutter hatte sich verändert. Sie lachte nicht mehr, weinte oft nachts im Bett, bis Kanoa und seine Schwester zu ihr unter die Decke krochen und sich an sie schmiegten. Wenn Kanoa aufwachte, starrte sie mit offenen Augen in die Dunkelheit. Er weiß nicht, wie lange sie in diesem Zustand lebte, er weiß nur, dass Poema ihm einschärfte, Mommie auf keinen Fall traurig zu machen.

Von da an gab er besonders darauf acht, dass er seine Mutter nicht traurig machte. Ihre Mutter liebte es, in den frühen Morgenstunden zu schwimmen. Und eines Morgens, es war die ganze Nacht über windstill und sehr warm gewesen, nahm sie Poema und ihn an die Hand und ging mit ihnen über den weißen Sand.

Zusammen tauchten sie ins Wasser und ließen sich von den sanften Wellen treiben. Nie schwamm ihre Mutter weit hinaus. Nur ein paar Meter, dann schwamm sie parallel zum Strand. Und nie gingen sie bei Ebbe schwimmen, nur bei Flut. Dann konnte man sicher sein, dass man zurück an den Strand getrieben und nicht aufs offene Meer hinausgezogen wurde. Das hatte sie ihm und Poema immer wieder eingeschärft.

An diesem Morgen aber hatte längst die Ebbe eingesetzt und Kanoa spürte, wie etwas ihn wegzog, weg von seiner Mutter, weg vom Strand. Er hatte ein bisschen Angst, aber als seine Mutter den Arm nach ihm ausstreckte und er sich an sie klammerte, verschwand die Angst. Sie kam erst wieder, als er und Poema von ihrer Mutter umarmt wurden und sie tiefer sanken. Auf einmal bekam er keine Luft mehr. In der Felsspalte – viele Jahre später – erinnerte er sich an das letzte Bild von seiner Mutter. Ein blasses Gesicht mit großen Augen und Haaren, die wie Algen im Wasser schwebten ...

Er und Poema wurden gerettet. Shannen hatte sie beobachtet, wie sie zu dritt ins Wasser gingen und immer weiter hinausschwammen. Sie hatte laut nach ihnen gerufen, aber Nora war nicht umgekehrt. Daraufhin war Shannen ins Wasser gesprungen. Sie rettete ihn und Poema, zwei schreiende Kinder, die sich in panischer Angst an sie klammerten und auch sie beinahe in die Tiefe gezogen hätten.

Er und Poema verdankten ihr Leben also Shannen. Aidens Mutter ...

Eines Tages war Shannen nicht mehr da. Sie hatte sich von niemandem verabschiedet und niemand wusste, wohin sie gegangen war. Aiden hat danach wochenlang kein Wort mehr gesprochen.

Auch später hat Kanoa nie erfahren, was genau passiert war.

## VERSTECK

Als Hannah endlich nach Hause kommt und die Tür aufschließt, gähnt ihr eine stille, verlassene Wohnung entgegen. Summer ist nicht mehr da und Kanoa ... Ihr wird die Kehle eng und sie fühlt sich auf einmal so unendlich müde. In diesem Moment springt ihr etwas an den Beinen vorbei. Puma! Sie hat doch glatt Puma vergessen.

Und bevor sie reagieren kann, hat er die Situation genutzt und ist durch den Türspalt ins Treppenhaus entwischt.

»Puma! Bleib hier!«

Hoffentlich steht nirgendwo ein Fenster auf, sie will gar nicht daran denken, dass Puma hinaus auf die Straße läuft!

»Puma!«

So schnell ist sie noch nie die Treppen hinuntergerannt.

»Puma!« Da ist er, zwei Stufen weiter unten. Er macht sich ganz klein. »Du willst mit mir spielen, oder?«

Sie bückt sich und streckt langsam die Hand nach ihm aus. Gleich hat sie ihn. »Komm, Puma, komm!«

In dem Moment, als sie ihn nehmen will, springt er davon, und flitzt die Stufen weiter hinunter. Und sie hastet hinterher.

»Puma, nicht!«

Nur noch eine Etage bis zum Ausgang. Hoffentlich hat niemand die Tür aufgelassen!

Sie fliegt beinahe. Ihr Herz hämmert gegen die Rippen, so fest, dass es wehtut. Kanoa hat Puma nach Hause gebracht. Wenn Puma jetzt etwas passiert, würde sie es als schlechtes Zeichen sehen, ja, ganz bestimmt ... Endlich hat sie es geschafft. Sie ist unten angekommen. Und die Eingangstür ist geschlossen. Aber wo ist der Kater?

»Puma!« Sie versucht es mit »Mau!« und »Miau!« und lauscht.

»Mau«, kommt es ganz zaghaft irgendwoher.

»Mau?«, antwortet Hannah.

»Mau ...«, kommt es kläglich zurück.

Und da, plötzlich, lugt er hinter der Ecke gegenüber der Eingangstür hervor.

»Puma! Komm her, mein Kleiner.« Sie geht in die Hocke und bewegt ihre Finger, um ihn anzulocken. Diesmal darf sie es nicht vermasseln. Jeden Moment kann die Tür aufgehen und dann läuft er ganz bestimmt nach draußen. »Findest du nicht, dass es an der Zeit wäre hinaufzugehen. Vielleicht etwas Leckeres fressen? Hm? Das wär doch was?«, lockt sie ihn.

»Mau!« Puma rollt sich vor ihr auf den Rücken. Ganz vorsichtig streckt sie die Hand aus, berührt sein Fell – und blitzschnell springt er auf und rennt die Treppe hinunter.

Sie stürzt hinterher. Diese Treppe schräg gegenüber vom Eingang ist ihr kurz nach dem Einzug aufgefallen. Da geht es zum Keller, hat sie nur gedacht, sich aber nicht weiter darum gekümmert. Nur wenige schmale Stufen führen hinunter und enden vor einer dunklen alten Holztür. Rechts davon an der Wand, im Dunklen, sind Sicherungskästen und Stromzähler angebracht. Hannah sucht nach einem Lichtschalter. Eine schwarze Katze hier im Dunkeln zu finden, ist ziemlich unmöglich.

Sie tastet über den rauen Verputz. »Miau! Puma, Mau!«, ruft sie immer wieder. »Mau! Mau! Mau!«

Endlich hat sie den Schalter gefunden. Flackernd springt an der Decke ein gelbliches Licht an. Hier unten wird wohl nie geputzt. Dicke Spinnweben hängen in den Ecken und auf dem unebenen Betonboten kann Hannah kleine schwarze Knödel entdecken. Mäusedreck. Kein Wunder, dass es Puma hier gefällt.

Und wie soll sie ihn jetzt finden? Da huscht ein kleiner Schatten zur Holztür, zwängt sich durch ein Loch – und verschwindet.

Auch das noch!

Die Tür hat eine rostige Klinke und einen Riegel mit einem Vorhängeschloss.

Ihr bleibt nichts anderes übrig, als Futter zu holen und vor der Tür zu warten, bis Puma hungrig wird und wieder rauskommt. Sie hofft bloß, dass dort hinter der Tür keine Mäuse sind und Puma sich die nächsten Tage mit ihnen vergnügt.

Sie hastet also wieder rauf in die Wohnung, füllt ein Schälchen mit Thunfisch. Das Handy vergisst sie diesmal auch nicht. Sie will auf keinen Fall Shannens Anruf verpassen.

Unten angekommen, hockt sie sich vor die Kellertür, lauscht und ruft und lockt. Aber der kleine Kater kommt nicht. Und Shannen ruft nicht an.

Es ist so still, als wäre die Zeit stehen geblieben. Seit Tagen schon hat sie den Trompeter nicht mehr gehört, fällt ihr jetzt ein. Auch keine Wasserspülung, keine Musik, keine Stimmen. Es ist, als gäbe es dieses Haus gar nicht.

## KAIN UND ABEL

»Wie gefällt dir mein Reich?« Aiden blickt auf ihn herunter.

Genau so wie jetzt hat Aiden gegrinst, als er ihn in die Schlucht gestoßen hat. Genau so.

»Fuck you!«, sagt Kanoa. Immerhin kann er wenigstens wieder sprechen.

Mit einer großen Geste schenkt Aiden zwei Gläser ein.

»Wir sollten unser Wiedersehen feiern! Das ist Nektar von Sommerblüten aus Neufundland.« Aiden hält das Glas gegen das Licht, in dem die Flüssigkeit bernsteinfarben leuchtet.

»Weißt du, wie kurz der Sommer dort ist?« Er hält es Kanoa vor die Nase.

Kanoa kann seine Finger wieder bewegen, aber selbst wenn er am Verdursten wäre, würde er nichts von Aiden annehmen.

»Dass ihr euch an meinen Perlen bedient habt, ist übrigens nicht sehr nett gewesen. Aber ich bin nicht nachtragend. Oder, Kanoa? Bin ich nachtragend?« Er lacht. »Ganz im Gegensatz zu dir, Kanoa.« Er stellt Kanoas Glas auf einem kleinen Tisch ab und trinkt mit geschlossenen Augen, als wäre es kostbarster Wein.

»Wo ist sie?«, bringt Kanoa zwischen zusammengebissenen Zähnen hervor.

Betont langsam setzt sich Aiden auf den Stuhl, schlägt die Beine übereinander und wippt mit dem Fuß, als würde er sich langweilen. Der schwarze Smoking und die polierten Schuhe haben bestimmt ein Vermögen gekostet. Gar nicht zu reden von der großen Uhr mit den vielen Zeigern.

»Sag mal«, fängt Aiden an und betrachtet eingehend seine Fingernägel, »da am Hafen auf der Hauptinsel – hättest du mich wirklich erschossen?«

»Ja«, antwortet Kanoa ohne Zögern.

»Hm ...«, Aiden nickt nachdenklich, steht auf, geht ein paar Schritte. »Hm«, macht Aiden wieder, dreht den Stuhl um und setzt sich rittlings darauf.

»Unsere Schwester fühlt sich hier nicht so ganz wohl, wie du ja sicherlich bemerkt hast. Hast du über mein Angebot nachgedacht?«

»Poema ist nicht deine Schwester«, bringt Kanoa wuterstickt hervor. Verdammt, er muss es schaffen, sich zu befreien! Verzweifelt stemmt er sich gegen die Fessel.

Aiden lacht boshaft auf. »Oh doch, Kanoa! Und du bist mein

Bruder. Und das wird auch immer so bleiben, Kanoa. Skys Gene sind in mir und auch in dir und Poema!«

»Du bist vollkommen wahnsinnig!«

»Wahnsinnig? Ich bin genial! Aber jetzt zu unserem Geschäft! Hast du dich entschieden?« Er beugt sich zu Kanoa hinunter.

Kanoa spuckt Aiden ins Gesicht.

Angewidert wischt sich Aiden die Spucke von der Wange.

Und dann tritt er zu, trifft Kanoa mit der Spitze seiner polierten Schuhe in die Rippen. Kanoa krümmt sich vor Schmerz. Aiden tritt wieder zu. »Bedank dich bei deiner Mutter! Du und deine Schwester und deine Mutter – ihr habt doch alles kaputt gemacht!« Er reißt Kanoa hoch und schlägt ihm ins Gesicht. »Sie war völlig pleite und fertig, als sie damals auf die Insel kam! Eine abgefuckte Backpackerin! Mehr nicht!«

Mit jedem Satz schlägt er zu, bis Kanoa am Boden liegt.

»Sie hat Sky um den Finger gewickelt und hat alles getan, damit meine Mutter verstoßen wurde!« Kanoa versucht, unter Aidens Schlägen nicht zu schreien, diesen Triumph will er Aiden nicht gönnen.

»Dabei hat sie alles mit ihm aufgebaut! Die Perlenfarm, die Community! Alles!«

Kanoa kann kaum noch atmen, er will an Hannah denken ... aber der Schmerz schießt durch seinen Körper und lähmt seine Gedanken. Im Mund schmeckt er Blut, etwas Heißes läuft ihm über die Stirn, er schließt die Augen und versucht, nichts mehr zu empfinden.

»Aiden! Hör sofort auf!«, ertönt plötzlich eine herrische Stimme. »Ich befehle es dir!«

Verschwommen kann Kanoa eine Frau mit langen schwarzen Haaren erkennen. Sie ist ganz in Schwarz gekleidet und sie ist schlank und groß, größer als Aiden. Mühsam holt er Luft. »Mein Gott, Aiden, bist du verrückt geworden?«

Kanoa versucht, die Augen aufzumachen, aber die Lider wiegen tonnenschwer.

»Poema gegen Hannah«, zischt Aiden ihm ins Ohr, »überleg's dir.«

## MAU

Hannah sucht einen Hammer. Zuerst sieht sie im Schrank im Werkzeugkasten nach. Doch da ist er nicht. Dann fällt ihr ein, dass sie ihn vor ein paar Tagen in der Küche gebraucht hat. Ja, da liegt er noch – unter dem Bild vom Flohmarkt. Im letzten Moment denkt sie noch an eine Taschenlampe.

Wieder unten schlägt sie auf das Schloss ein. Zuerst zaghaft, dann schlägt sie fester zu. Zweimal verfehlt sie es, beim dritten Mal passiert nichts, auch beim vierten Mal nicht. Das Schloss ist stabiler, als sie gedacht hat. »Mau!«, macht es ganz erbärmlich hinter der Tür.

»Puma! Ich bin gleich da!«

»Mau!«, kommt es wieder und diesmal klingt es viel weiter weg. Sie konzentriert sich, holt aus und – trifft diesmal genau. Das Schloss springt auf.

Sie lässt den Hammer fallen und stößt die Tür auf. Abgestandene Luft quillt ihr aus absoluter Schwärze entgegen.

»Puma?«

Der Kegel der Taschenlampe schält eine schmale, steile in

die Tiefe hinunterführende Treppe aus dem Dunkel. Die Wände sind unverputzt und grau. Vorsichtig steigt sie hinunter.

»Puma?« Ihre Stimme klingt dumpf hier unten. Wo ist der kleine Kater? Kaum drei Meter vor ihr endet die Treppe und Hannah steht vor einer Eisentür, auf der eine vierstellige Zahl steht. 2347 ... Eine Nummerierung? Sie mag sich gar nicht vorstellen, was dahinter ist. Ein labyrinthisches Kanalsystem? Oder ein Maschinenraum? Wer weiß, wo Puma herumtappst und durch welche Löcher und Spalten er in andere Räume gelangt und herumirrt? In dem Moment zittert der Boden unter ihr, nicht nur der Boden, auch die Wände zittern – ein Donnern hebt an, als wäre da hinter dieser Tür ein Monster aufgewacht. Hannah presst sich an die Wand. Sofort sind die Bilder wieder da. Die Insel mit dem Vulkan, Veronica in der Nacht am Strand – und die riesige Welle, die alles verschlingt. Ein Erdbeben? Ist das ein Erdbeben? Mitten in New York? Da springt etwas auf sie zu. Hangelt sich mit spitzen Krallen an ihrem Hosenbein hoch. »Puma! Da bist du ja!« Der kleine Kater drückt sich an sie und sie hält ihn ganz fest. »Ich hab gedacht, dir ist was passiert, kleiner Puma.« Sie gibt ihm einen Kuss auf seinen Kopf und denkt dabei auch an Kanoa ... Puma kriecht ganz tief in den Ausschnitt ihrer Jacke. Und sie rennt, so schnell sie kann, die Treppe hinauf.

»Das war die U-Bahn! Ich glaub, das war nur die U-Bahn!« Sie japst nach Luft und muss fast lachen.

»Mau!«, kommt es ganz leise und ängstlich unter ihrer Jacke hervor. Da klingelt ihr Telefon.

»Du musst sofort kommen! Beeil dich!«, sagt eine aufgeregte Stimme. Und dann klickt es in der Leitung.

Shannen.

# RADIO NEWS 6

»Hier ist der Zimmerservice mit soeben aufgebrühtem Kaffee, frisch gebackenen Brötchen – und leckeren Pillen! He, Einstein, du bist ja schon aufgestanden!«

»Hmmmm.«

»Guckst du dir zur Abwechslung mal den Sonnenaufgang an? Du hast echt 'ne tolle Aussicht. Wirklich gigantisch dieser Feuerball!«

»... Störungen in den Handy- und Stromnetzen verursachen. Mehr noch: Sonnenstürme können die zwanzigtausend Kilometer von der Erde entfernt kreisenden Telekommunikationssatelliten ...«

»Was faseln die da im Radio? Sonnenstürme? He, Einstein ...«

»Psssst!«

»... die bei solchen Stürmen frei werdende Energie kann für eine begrenzte Zeit das elektromagnetische Feld, das die Erde umgibt, stören ...«

Gib dir keine Mühe, du verstehst es doch nicht, du Idiot.

»Einstein! Ich weiß genau, was du denkst, wenn du diesen Blick aufsetzt.«

Ach ja?

»Du denkst: Dieser Typ ist doch eh zu blöd dazu, stimmt's, das denkst du doch.«

Lass mich endlich in Ruhe!

»... sodass ein Durchgang in andere Dimensionen durchaus denkbar ist, meint Professor Fosar vom Institut für ...«

»Häh? Ein Durchgang in andere Dimensionen? Was soll das denn heißen? Von was für Dimensionen redet der Typ da im Radio?«

»Psst!«

»Außer unserer Wirklichkeit gibt es noch andere Wirklichkeiten. Wir sehen ja bloß, was unser Organ Auge sieht und welche Verknüpfungen unser Gehirn gemacht hat. Katzen zum Beispiel haben andere Augen und sehen völlig andere Bilder von unserer Welt. Oder Wale, die die Welt über ihr Hörorgan wahrnehmen. Und alle Seelen, alles Wissen, alles Geschehene und alles, was geschehen wird, ist in einer fünften Dimension versammelt. Wir können es auch das Feld nennen, in dem alle Informationen abrufbar sind ... Danke, Professor Fosar ...«

»Also, Einstein, hab ich das richtig verstanden? Unsere Erde wird von Gittern aus Energiefeldern umgeben? So weit kann ich mir das ja noch vorstellen. Und dann ... dann passieren diese Stürme auf der Sonne und reißen diese Gitternetze auseinander, dass ... äh ... dass ein Durchgang in ... äh ... ins Universum möglich wird? Klingt cool. Und wir können durch diese Durchgänge in diese fünfte Dimension reisen? Das ist echt cool! Und in dieser ... äh ... fünften Dimension weiß ich alles? He, Mann, dann wär ich superreich, oder? Dann wüsste ich schon vorher die Aktienkurse und ... Also, wie ist das? Muss ich irgendwo stehen und warten? Und wo finde ich diesen ... diesen Durchgang? He, Einstein, ich würde das echt gern machen! Du denkst vielleicht, ich bin blöd, aber he, mich würde so was total interessieren!«

»Alles Unsinn! Alles ... alles Unsinn!«

»Wie bitte? Einstein? Du hast eben mit mir gesprochen! Wir machen Fortschritte. Echte Fortschritte. Aber ... wenn das alles Blödsinn ist ... warum guckst du immer diesen blöden alten Wecker an? Jetzt kapier ich ... du weißt die Uhrzeit, wann sich diese ... diese Durchgänge öffnen, stimmt's? He, Einstein wir gehen zusammen, was meinst du? He, was ist los? Warum starrst du mich so an?«

»Nein! Wir gehen nicht!«

»Einstein! Du hast ja schon wieder gesprochen!«

»Wir gehen nicht! Niemand darf gehen! Niiiemand!« Er schreit so lange, bis die spitze Nadel in seinen Arm sticht.

## ZWISCHENFALL

»Ich hasse diese Stadt!«, murmelt Hannah und sieht durch das Seitenfenster ins Auto nebenan, in dem auf dem Rücksitz ein Kind plärrt. Das Taxi steckt im Stau.

*Du musst sofort kommen!,* hat Shannen am Telefon gesagt und sich seitdem nicht mehr gemeldet. Weiß der Himmel, was mit Kanoa passiert ist! Hannah sieht wieder auf die Uhr.

Der Fahrer dreht sich zu ihr um. »Keine Sorge, Miss. Hinter der nächsten Kreuzung läuft alles wieder wie geschmiert!«

Sie macht die Augen zu und zählt, um sich abzulenken. Das hat sie früher, wenn sie nicht einschlafen konnte, immer gemacht – und dann später vor den mündlichen Prüfungen, bei denen sie draußen vor der Tür warten musste, bis sie an der Reihe war. Sie fängt bei hundert an. Hundert, neunundneunzig, achtundneunzig, siebenundneunzig ...

Sie vermisst ihn so. Sein Lachen. Seinen Blick. Sie vermisst es, nachts neben ihm zu liegen, sie vermisst seinen Geruch, seinen Körper, seine Küsse, sie vermisst seine Stimme, sie vermisst, wie er ihren Namen sagt und wie er sie ansieht. Sie vermisst, wie er mit Puma spielt und ihn streichelt ... Wenn nur dieses Taxi endlich weiterfahren würde! *Du musst sofort kommen! Beeil dich!*

Siebenundsechzig, sechsundsechzig, fünfundsechzig ...

Irgendwann, endlich hält der Taxifahrer am Bordstein.

Es regnet in Strömen. Hannah zieht die Jacke über den Kopf und blickt hinauf zur Spitze des jetzt im Tageslicht nur mattweißen Turms.

Sie geht auf den Eingang zu, als drei dunkle Wagen heranrasen und mit quietschenden Reifen vor ihr zum Stehen kommen. Sie springt zur Seite, zu spät, sie ist schon von oben bis unten nass gespritzt. Was wollen die von ihr?

Türen werden aufgerissen und vier, nein sechs Männer in dunklen Regenmänteln steigen aus und hasten auf den Eingang zu, der diesmal von nur einem Türsteher bewacht wird. Hannah beobachtet, wie einer der Männer seinen Ausweis zeigt und der Türsteher daraufhin in sein Handy spricht. Es scheint Probleme zu geben, denn der Mann im Regenmantel lässt sich das Handy geben. Wenige Sekunden später öffnet sich die Glastür und die Männer gehen eilig hinein. Hannah läuft zum Eingang.

»Shannen erwartet mich«, sagt sie ohne Einleitung zum Türsteher, einem schlaksigen jungen Typen mit Ziegenbärtchen und Ohrring.

»Tut mir leid, aber ... äh ... sie hat wohl gerade keine Zeit.« Er wirkt irritiert und blickt immer wieder zur Tür.

»Sie wollte mich dringend sprechen! Rufen Sie sie an!«

Der Türsteher presst die Lippen zusammen und schüttelt den Kopf. »Das geht jetzt nicht.«

»Und warum nicht?«

In diesem Moment öffnet sich die Tür und Hannah setzt schon zu einem Sprint an, als die Männer zurückkommen. In ihrer Mitte haben sie Shannen. Sie trägt einen langen schwarzen Mantel, ihr Haar weht hinter ihr her wie ein Schweif – und ihr Gesicht ist versteinert. Dann erst bemerkt Hannah die Handschellen.

»Shannen? Was ist los? Wo ist Kanoa?«, ruft sie.

Doch Shannen streift Hannah nur mit einem Blick, den sie nicht deuten kann.

Alles geht jetzt ganz schnell, einer der Männer eilt voraus, reißt die hintere Tür des zweiten Autos auf, ein anderer drückt Shannens Kopf nach unten, schiebt sie auf den Rücksitz, wirft die Tür hinter ihr zu und steigt vorne ein. Motoren heulen auf, dann spritzt nur noch das Wasser und der Konvoi verschwindet im Regenschleier.

»Wer war das?«, fragt Hannah.

Der Türsteher hebt die Schultern und lässt sie wieder fallen. »Die Steuerfahndung ...«

## PAYBACK

Kanoa ist noch immer benommen von den Drogen und Aidens Schlägen. Sein Körper ist ein einziger Schmerz, als Aiden die Tür aufreißt und ihn an seinen auf dem Rücken gefesselten Armen vom Stuhl zerrt.

»Los, raus hier!«

Aiden zieht ihn zur Tür und Kanoa kann für einen kurzen Moment ein paar Männer erkennen, die ein Stockwerk über ihnen jede Tür aufreißen.

»Was ...?«

»Halt die Klappe!« Aiden zieht eine Pistole aus der Jacke und stößt ihn wieder zurück. Einer der Männer blickt nach unten in ihre Richtung. Aiden hat Kanoa die Hand auf den Mund gepresst. »Einen Mucks und ich puste dir das Hirn weg!«, zischt Aiden ihm zu und drückt ihm den kalten Lauf an die Schläfe. Der Mann bleibt noch einen Moment stehen und blickt sich um, dann wendet er sich ab und geht weiter.

Aiden stößt Kanoa auf den Gang, durch die Röhre zum Aufzug. Lautlos schließt sich die Kabinentür und der Lift fährt genauso lautlos nach unten.

Jetzt steht er ganz nah neben Aiden, der den Lauf der Pistole auf Kanoas Herz gerichtet hat.

Doch Kanoa hat keine Angst. »Ist das die Polizei? Sind sie dir auf der Spur, Aiden?«

»Du sollst die Klappe halten!«, zischt Aiden. Er ist auf einmal ziemlich nervös und fahrig. Das ist seine Chance. Kanoa bündelt die ganze Kraft, die ihm noch geblieben ist, und wartet auf den kurzen Augenblick, wenn Aiden wieder nach draußen sieht. Kanoa weiß, ihm bleiben nur Bruchteile von Sekunden, denn Aiden wird abdrücken. Kanoa hält den Atem an. Aidens Augen wandern nach links. Jetzt. Die Hände auf dem Rücken gefesselt, reißt er den Kopf nach vorn und kracht mit der Stirn auf Aidens Nasenrücken. Aiden schreit auf und lässt die Pistole fallen. Bevor Aiden etwas tun kann, drückt Kanoa ihn mit seinem ganzen Körpergewicht gegen die Aufzugwand. Aiden keucht vor Schmerzen.

»Was hast du mit Poema gemacht?«

Das Blut schießt Aiden aus der Nase. Kanoas Wut kennt jetzt kein Erbarmen. Er rammt Aiden das Knie zwischen die Beine und Aiden sackt mit einem erstickten Schrei zusammen. Aber diesmal ist es Kanoa, der nicht aufhört. »Das ist für Poema! Und das auch und das und das!« Endlich kann er Aiden bezahlen lassen. Auch wenn es nur eine Anzahlung ist.

Als die Kabine unten in der Lobby aufsetzt, liegt Aiden wimmernd am Boden. Kanoa steigt über ihn hinweg und rennt mit noch immer gefesselten Händen zum hinteren Eingang. Den hat er bei der Party entdeckt. Diese Tür ist nicht bewacht. Er entdeckt einen Feuerlöscher in der Ecke, presst sich mit dem Rücken dagegen und versucht, an einer scharfen Kante die Fessel aufzureiben. Er muss sich beeilen, Aiden ist bestimmt gleich wieder auf den Beinen. »Verdammt!«, stößt Kanoa zwischen zusammengebissenen Zähnen hervor und versucht es weiter. Dann endlich hat er es geschafft. Seine Hände sind frei. Er rennt zur Tür und stürzt ins Freie. Regen prasselt auf ihn nieder und für ein paar Sekunden hebt er das Gesicht in den Himmel und lässt die Tropfen sein zerschlagenes Gesicht kühlen. Dann läuft er weiter die Straße hinunter. Es gibt nur einen Menschen, der ihm jetzt helfen kann, sich zu rächen.

## WIEDERSEHEN

Hannah ist um das Hochhaus herumgelaufen. So ein großes Gebäude muss doch einen Hinterausgang oder einen Notausgang haben.

Der Regen hat sie bis auf die Haut durchweicht und es regnet immer noch. Ihr ist kalt, sie spürt ihre Finger und Füße kaum noch. Aber das ist jetzt egal. Sie muss in dieses Haus. Ganz bestimmt ist Kanoa noch drin.

Und da ist wirklich noch ein Ausgang. Die schmale Metalltür wirkt unscheinbar zwischen den Blumenkübeln aus Granit. Sie rüttelt am Türknauf. Vergeblich. Was hat sie denn gedacht? Dass vorn Wachen stehen und hinten jeder reinkann? Irgendwo muss doch ein Öffner sein. Ein Tastenfeld, um einen Code einzugeben. Einen Knopf! Einen Schalter! Irgendetwas!

Aber da ist nichts. Nichts. Nichts. Nichts! Nur ... sie bückt sich. Rote Schlieren auf dem Boden, die der Regen gerade wegwäscht.

Ist es das, was sie denkt? Blut?

Sie hebt das Gesicht in den Himmel und schreit. Doch niemand hört sie und der Regen prasselt unablässig auf sie herab. Schon läuft sie wieder auf die andere Seite zum Haupteingang. Sie muss den Türsteher überzeugen, sie hereinzulassen, und sie muss die Polizei anrufen.

Der Türsteher ist nicht mehr da. Sie drückt gegen die Glastür, aber natürlich lässt sie sich so nicht öffnen.

»Kanoa!«, schreit sie, doch niemand hört sie. Sie schlägt auf das kalte Glas ein, bis ihre Knöchel vor Schmerz ganz taub sind. »Kanoa ...«

Das Wasser läuft ihr ins Gesicht, brennt ihr in den Augen, läuft in ihre Kleider und sie ist nass bis auf die Knochen.

Sie muss die Polizei anrufen. Die Polizei ist jetzt ihre einzige Hoffnung.

Ihre steif gefrorenen Hände können kaum das Handy halten. Sie wählt die Notrufnummer.

Als sie gerade ihren Namen sagt, bricht die Verbindung ab.

Sie versucht es noch einmal. Diesmal kann sie ihren Standort durchgeben, dann reißt die Verbindung wieder ab.

Haben sich denn alle Kräfte gegen sie verbündet?

Was, wenn das Blut von Kanoa ist? Vielleicht liegt er blutend im Gebäude – oder ist er nach Hause gefahren? Hin- und hergerissen steht sie da, als sie einen Streifenwagen die Straße heraufkommen sieht.

Heftig winkend läuft sie ihm entgegen.

»Miss? Können wir Ihnen helfen?«, fragt der junge dunkelhäutige Officer.

»Sie müssen unbedingt dieses Gebäude da durchsuchen!« Sie ist ganz atemlos. »Ich habe vor der Tür Blutspuren entdeckt und mein Freund ist dort drin eingesperrt und wahrscheinlich auch meine Freundin, und überhaupt, GOP ist nur eine Fassade für Mädchenhandel und Shannen wurde gerade verhaftet ...«

»Miss«, unterbricht sie der Officer, »wo sind die Blutspuren?«

»Auf der anderen Seite, am Hinterausgang, aber ... Sie sehen ja selbst, wie es regnet, die sind jetzt bestimmt weggespült ...«

»Kommen Sie, steigen Sie ein, wir fahren zum Revier und nehmen dort alles zu Protokoll.«

»Nein, wir haben keine Zeit ... Sie müssen doch bloß irgendwie diese Tür da öffnen!« Sie schreit den Officer an.

»Miss!«, schaltet sich sein Partner ein, den sie erst jetzt bemerkt, »beruhigen Sie sich erst mal!«

»Tun Sie doch endlich was!«, schreit sie den Officer an. »Schlagen Sie die Türen ein, verstehen Sie denn nicht? GOP ist ...«

In diesem Moment trifft ein Notruf ein, Hannah kann die schnarrende Stimme aus dem Lautsprecher hören.

Mit quietschenden Reifen und heulender Sirene prescht der Wagen davon.

## TASHA

Kanoa nimmt den Eisbeutel von seinem geschwollenen Auge.

Victor Tongs Blick bleibt an der aufgeplatzten Braue hängen. »Aiden hat ja ganze Arbeit geleistet.«

Er sitzt in Victor Tongs Büro in einer Sitzgruppe aus grünem Leder. Das schummrige Licht kommt von zwei Stehlampen mit grünen Schirmen. Sie legen ihr grüngelbliches Licht über die Gesichter von Butterfinger, Xin und Yu.

»Ich muss sofort Hannah anrufen«, Kanoa versucht sich aufzurichten. »Ahhhhhhh!« Der Schmerz nimmt ihm die Luft.

Auf Victor Tongs Zeichen hin greift Yu in seine Jacke und gibt Kanoa ein Handy. Er vertippt sich viermal, bis er endlich die richtige Nummer hat. Dann hält er sich das Telefon ans Ohr und wartet so lange, bis das Besetztzeichen ertönt. Warum geht Hannah nicht ans Telefon? Ist ihr etwas passiert? Die ganze Zeit hat er versucht, die Angst um sie zu verdrängen. Jetzt macht er sich Vorwürfe. Er hätte gleich zu ihr gehen müssen ... nicht zu Butterfinger.

Der hat sich inzwischen neben ihn in die Sitzgruppe fallen lassen und fieselt langsam und gründlich das Papier von einem Butterfinger.

Kanoa probiert es noch mal.

»Hannah?«

»Hallo?« Ein starkes Rauschen übertönt ihre Stimme. Oder – ist das überhaupt ihre Stimme? »Hörst du mich, Hannah?«, schreit er ins Telefon.

»Kanoa? Wo bist du? Bist du okay?« Ihre Stimme dringt kaum durch das laute Rauschen.

»Ja, und du?«

Es knackt und summt und rauscht und er versteht nur noch Wortfetzen. »... gut ... du ...?«

Jetzt rauscht und knackt es nur noch. Dann ist die Verbindung abgebrochen.

»Irgendwas stimmt nicht mit dem Telefon!«

Butterfinger nickt gleichmütig. »Ja, hat angeblich mit diesen Sonnenstürmen zu tun, sagen sie im Radio. Die stören die Kommunikationssatelliten.« Er zuckt mit den Schultern. »Versuch es später noch mal. Jetzt machen wir dich erst mal wieder ein bisschen menschenähnlicher.« Victor Tong macht Yu Platz, der mit Nadel und Faden und einem Spray hereinkommt.

»Keine Sorge, Yu kann so was.« Victor Tong klopft Yu auf die Schultern. »Yu hat sogar schon mal einen Finger wieder angenäht, stimmt's?« Aus Yus Mund kommt ein kaum hörbares heiseres Lachen. »Weil uns da ein kleiner Fehler unterlaufen ist!« Yu kichert und streift sterile Handschuhe über. »Augen zu!«, befiehlt er wieder ernst und richtet die Sprayflasche auf Kanoas Brauen.

Ein brennender Schmerz schießt ihm ins Gehirn.

»Also«, sagt Victor Tong mit vollem Mund. »Ich hab mich mal ein bisschen umgehört. Du weißt ja, ich hab meine Connections.«

Der erste Stich lässt Kanoa aufstöhnen.

»Ich hab hier 'ne Adresse«, sagt Butterfinger und kritzelt

etwas auf einen Zettel, »es war nicht ganz leicht, die Kleine dazu zu bewegen, dass sie mit dir redet.«

»Welche Kleine?«, bringt Kanoa nach dem zweiten Stich hervor.

»Dana, Daisy, Trish, Tash … oder wie sie sich nennt. Sie weiß was über Poema.«

Kanoa stößt Yus Hand weg und will aufspringen. »Warum hast du das nicht gleich gesagt!«

Yu drückt ihn mit einer Kraft, die Kanoa dem kleinen Asiaten gar nicht zugetraut hätte, in den Sessel zurück. Butterfinger erhebt sich schwerfällig und gibt Kanoa den Zettel. »Wenn du bei ihr warst, hab ich meinen Teil unserer Übereinkunft erfüllt. Und dann, mein Freund, erinnerst du dich an den kleinen Gefallen, um den ich dich gebeten habe.«

Kanoa spürt Tongs schwere Hand auf seiner Schulter.

»Yu«, hört er ihn sagen, »sei ein bisschen vorsichtig mit unserem Freund hier, ja?«

Wie zur Bestätigung rammt Yu Kanoa die Nadel in die Haut. Doch eher würde Kanoa sich die Zunge abbeißen, als Yu den Gefallen zu tun und aufzuschreien.

»Ach ja, du solltest dich ein bisschen beeilen. Die kleine Lady hat's dringend gemacht. Scheint nicht gern zu warten ....« Heiser kichernd über seine Bemerkung schiebt sich Victor Tong den Rest des Butterfingers in den Mund. »Xin wartet in der Limo auf dich.«

# BESUCH

Als Hannah vor der Haustür aussteigt, hat es fast aufgehört zu regnen. Sie will gerade ihren Schlüssel aus der Tasche holen, als jemand überrascht ihren Namen ruft.

Sie dreht sich um und sieht in ein Gesicht, das so dunkel ist wie Teer. Es kommt ihr bekannt vor, aber es gehört nicht zu der Stimme, die ihren Namen gerufen hat. Dann, den Bruchteil einer Sekunde später, sieht sie ein Mädchen im Rollstuhl.

»Hannah! Bist du es wirklich?«

Hannahs Blick bleibt an dem Mädchen mit der roten Bommelmütze und dem karierten Mantel hängen.

Irgendwie kommt sie ihr bekannt vor, das aschblonde Haar, das unter der Mütze hervorlugt, die Nase ...

»Judith?«

Aber das kann natürlich nicht sein. Judith ist tot. Erschossen von Erin, am Strand. Genauso wenig wie der große, massige Mann mit der dunklen Haut und dem langen schwarzen Mantel – Long John sein kann. Zuletzt hat sie ihn auf der Insel mit einer Machete in der Hand gesehen. Hannah weiß gar nicht, welche Frage sie zuerst stellen, ja, was sie sagen soll.

Sie begreift immer noch nicht. »Ich hab gedacht, du bist ...«

»Tot?« Judith lacht auf. »Nein, Erin hat es nicht geschafft, mich zu töten!«

Ihr Lachen klingt heller als damals am Strand, ihr Gesicht wirkt länger und schmaler und ihre Nase scheint noch ein wenig mehr hervorzuspringen. Hannah sieht alles wieder vor sich. Kanoa und sie im Boot – im Hintergrund brennen die

Hütten – und Judith rennt auf sie zu, Hannah streckt den Arm nach ihr aus, da steht Erin plötzlich da und schießt ...

Hannah merkt, wie sie Judith schockiert und fassungslos anstarrt.

»He, freust du dich denn nicht, uns zu sehen?«, fragt Judith.

»Doch!«, sagt Hannah schnell und umarmt Judith und gibt Long John die Hand. »Natürlich freue ich mich, aber es ist gerade so viel passiert.« Hannah beeilt sich, die Haustür aufzuschließen, bevor sie vielleicht in Tränen ausbrechen muss, weil sie gerade alle Gefühle überwältigen.

»Ich kann es gar nicht fassen«, sagt Judith, »dass wir dich hier treffen.«

»Ja ... ich auch nicht«, stammelt Hannah. »Wie seid ihr überhaupt von der Insel weggekommen?«, fragt sie völlig durcheinander und sieht zu Long John, der in seinem langen Mantel gefährlich und geheimnisvoll wirkt. Long John antwortet nicht, sondern sieht Judith an, die sagt: »Das ist eine längere Geschichte ... aber«, sie blickt an der Hausfassade hinauf. »Wohnst du *hier?* Wirklich *hier,* in *diesem* Haus?«

Judith legt die Stirn in Falten und sieht Hannah irgendwie merkwürdig an. Aber Hannah hat anderes im Kopf, als sich über Judiths Reaktionen Gedanken zu machen.

»Wir wohnen im fünften Stock ...« Sie deutet zu dem restaurierten alten Lastenaufzug. »Ich benutze ihn selten. Ich hoffe, er funktioniert.«

»Das sehen wir ja gleich«, meint Judith pragmatisch und rollt in die geräumige, aber dunkle Kabine.

Long John zieht die Tür hinter ihnen zu und lässt unschlüssig seinen Finger über den Tasten mit den Zahlen schweben.

»Eins höher«, sagt Judith, woraufhin Long Johns Finger auf die Fünf drückt. Mit einem Ruck setzt sich die Kabine schwerfällig in Bewegung. Hannahs Gedanken wandern wieder zu Kanoa.

»Hannah, ist alles okay?«, fragt Judith mit einem besorgten Blick.

»Nein ... ich ...« Sie weiß nicht, wo sie anfangen soll.

Aber dann fängt sie doch an zu erzählen, von Anfang an, seit der Flucht von der Insel.

Als die Kabine oben im fünften Stock mit einem Ruck stoppt und mehrmals nachfedert, ist Hannah gerade erst beim Vulkanausbruch und dem Tsunami. Judith hat sprachlos zugehört und Long John nur hin und wieder bedeutungsschwere Blicke zugeworfen. Jetzt gibt sie ihm mit einer unwirschen Geste zu verstehen, dass sie ihren Rollstuhl ohne seine Hilfe aus dem Aufzug rollen will.

Long John, der zwei Reisetaschen – eine rote und eine grüne – trägt, lässt sich nicht anmerken, ob er sich über sie ärgert oder nicht.

»Weiter«, drängt Judith, »erzähl weiter!«

Und Hannah erzählt weiter. Wie Aiden auf der Hauptinsel verschwunden ist und wie sie in New York auf ihn gestoßen sind, dass Summer Selbstmord begangen hat und sie und Kanoa zu Aidens Party gegangen sind, um Poema und Nikki zu finden – und dass Aiden Kanoa festhält und er Hannah erpresst: Poema, Nikki und Kanoa kommen frei, wenn Hannah mit Aiden in die fünfte Dimension aufsteigt. »Was immer das ist«, sagt Hannah und fügt hinzu: »Und jetzt wurde Aidens Mutter von der Steuerbehörde festgenommen.«

»Wow!«, sagt Judith, als Hannah Luft holt, »ganz schön abgefahren!«

Verzweifelt fügt Hannah hinzu: »... und ich hab keine Ahnung, was mit Kanoa ist.«

»Hm«, macht Judith und legt die Stirn in Falten.

Hannah schließt die Wohnung auf und passt diesmal auf, dass Puma nicht wieder entwischt. Sie nimmt den kleinen Kater gleich auf den Arm, der schon hinter der Tür auf eine günstige Gelegenheit gewartet hat, um wieder auf Entdeckungstour zu gehen.

»Ach, ist die niedlich!«, ruft Judith aus. »Ich liebe schwarze Katzen – obwohl es ja in bestimmten Kulturen heißt, sie würden Unglück bringen. Komm her, du kleines Teufelchen!« Judith hat die Hände nach dem Kater ausgestreckt, der sich aber in ihren Armen nicht sonderlich wohlzufühlen scheint.

»Du kratzt ja! Au, hör sofort auf!« Schnell setzt Judith den Kater zurück auf den Boden. »Ich glaub, ich hab auch 'ne Katzenallergie.« Judith schnüffelt in die Luft und dreht sich in alle Richtungen. »... manchmal entwickelt sie sich auch erst nach ein paar Tagen ...«

Hannah schließt die Tür hinter ihnen. Für einen ganz kurzen Moment fühlt es sich an, als sei sie zu Hause angekommen. Aber ohne Kanoa wird sie sich wohl nirgendwo mehr richtig zu Hause fühlen.

»Wahnsinn!« Judith lässt ihren Blick durchs Apartment wandern. »Sieh mal, John!«

Long John geht mit vorsichtigen Schritten in die Wohnung, als hätte er Angst, etwas kaputt zu machen.

»Verstehst du mich?«, fragt ihn Hannah. Long John nickt langsam.

»Ja, wir üben fleißig, stimmt's?« Judith greift nach seiner Hand und lächelt ihn an. »Du bist ein wahres Sprachtalent!« Über Long Johns Gesicht huscht ein kurzes scheues Lächeln.

»Ist ja riesig!« Mit Schwung lässt sich Judith ins Wohnzimmer rollen. »Schicke Couch! He, das ist aber ein schönes Bild! Und wo habt ihr denn die blaue Vase her?

»Ach, irgendwo gekauft.« Hannah ist jetzt nicht nach solchem Geplauder. Judith redet unbeirrt weiter. »Und dieser Blick! Dafür müsst ihr aber ganz schön Miete blechen, was?«

»Es geht so«, gibt Hannah ausweichend zur Antwort. Die Sache mit den Perlen will sie Judith nicht unbedingt gleich erzählen. Judith gibt sich offenbar mit der Antwort zufrieden, denn schon ist sie wieder vom Fenster weggerollt und sieht hinauf an die Decke.

»Und diese Stuckdecken! Ich liebe Stuckdecken. In unserer Altbauwohnung in München haben wir auch Stuckdecken. Aber die hier – toll, die sind ja ganz besonders schön! Schau mal!« Judith hat den Kopf in den Nacken gelegt. »Sogar mit Palmenblättern drauf!«

Hannah betrachtet die Ornamente in der Stuckdecke über der Küchentheke zum ersten Mal genauer.

»Und da ist sogar eine Muschel«, stellt Judith fest. »So ein Zufall aber auch!«

»Wieso eine Muschel ...«, sagt Hannah arglos.

Judith und Long John werfen sich einen seltsamen Blick zu und auf einmal spürt sie wieder diesen Schatten über sich fallen. *Mete bab ou alatranp ... es war alles geplant,* hat Summer gesagt ... Und ihr wird ganz kalt. Sie blickt erst in Judiths, dann in Long Johns regloses Gesicht und dann fragt sie sich, wieso sie eigentlich hier sind? Ausgerechnet hier, vor ihrem Haus?

»Wieso wart ihr eigentlich vor dem Haus? Woher wisst ihr, dass wir in New York sind? Und wie seid ihr von der Insel weggekommen?« Auf einmal kommt ihr dieses Zusammentreffen sehr merkwürdig vor. Alles andere als zufällig. Judith seufzt. »Sag mal, könnten wir erst was essen und was trinken? Wir sind seit einer Ewigkeit unterwegs und total groggy. Wir essen alles – außer gegrillten Spinnen! Brrrrrr!« Judith schüttelt sich und kichert ein bisschen. »Das hat mein Dad in Australien mal gegessen.«

Hannah ist jetzt ganz und gar nicht nach Essen zumute, aber Judith hat recht. Beim Essen können sie sich immer noch in aller Ruhe erzählen, was passiert ist. Im Kühlschrank allerdings herrscht gähnende Leere, ein kalter neonheller Raum mit weißen Gittern, auf denen verloren eine rote Paprika ihrem Ende entgegenschrumpelt und oben in der Ecke drei Joghurts ausharren, deren Verfalldatum schon längst überschritten ist.

»Was isst du denn die ganze Zeit?«, fragt Judith verwundert. Beinahe hätte Hannah »Plasmanahrung« gesagt, aber das wäre ein schlechter Witz gewesen – noch dazu hätte ihn Judith gar nicht verstanden. Sie war ja nicht am weißen Strand. »Ich kann euch heiße Schokolade oder Tee machen. Und Kekse hab ich auch noch.«

»Klingt großartig!«, sagt Judith und setzt endlich ihre Beanie ab.

Während Hannah in der Küche die Schokolade in die Tassen rührt, rollt Judith zur Couch und redet Long John zu, sich dorthin zu setzen, was er auch ganz vorsichtig tut.

»Ich weiß, was du denkst«, sagt Judith und nippt an der heißen Schokolade, die Hannah ihnen gebracht hat. »Aber es war nicht eure Schuld!« Sie klopft auf das Rad ihres Rollstuhls. »Ich war es, die noch mal zu Matteo zurückgelaufen ist. Und Erin hätte auch auf euch geschossen.«

Hannah nickt, trotzdem fühlt sie sich schuldig.

»John hat mich gerettet.« Sie sieht liebevoll zu ihm hinüber, der auf der Couch wirkt wie ein großer massiver Felsen.

»Er hat alles mit angesehen und mich dann aus dem Wasser gezogen und zum Bunker getragen. Dort hat er mich verarztet. Sonst wäre ich verblutet. Wie er das geschafft hat, ist mir ein Rätsel.«

Puma klettert von Hannahs Schoß hinüber zu Long John, der stumm auf der Couch neben Judiths Rollstuhl sitzt und nur ab und zu an seiner Tasse nippt. Neugierig steigt der kleine Kater auf Long Johns breite Schulter.

Judith greift nach Long Johns Hand. »Er versteht wirklich eine Menge von Medizin. Ohne ihn wäre ich tot.« Puma hat sich inzwischen zu Long Johns Ohren hochgearbeitet und schnurrt. Auf dessen Gesicht zeigt sich ein Lächeln.

»John hat Erin getötet«, sagt Judith in dem Moment. Hannah erinnert sich daran, wie schockiert sie gewesen war, als er plötzlich mit der Machete in der Tür der Hütte stand, in der sie und Kanoa Unterschlupf gesucht hatten. Hatte er Erin mit der Machete getötet?

»Bo ist in den Dschungel geflohen, hat John mir erzählt«, redet Judith weiter und knabbert an einem Keks. »Sébastien hat versucht, die Funkanlange im Bunker in Gang zu setzen, aber das hat nicht funktioniert. Dann haben er und die Holländer die anderen dazu überredet, mit den Muschelkähnen hinaus aufs Meer zu fahren – in Richtung Hauptinsel.

»Und warum seid ihr nicht mitgefahren?«, fragt Hannah und blickt erst Long John dann Judith an.

»Erstens«, erklärt die, »ging es mir zu schlecht. Und zweitens meinte John, wir sollten unbedingt dableiben. Er hatte recht: Der Vulkan ist ausgebrochen und dann kam der Tsunami ...«

Puma kuschelt sich jetzt schläfrig in Long Johns große Hand wie in einen bequemen Sessel.

»Wir haben es im Bunker überlebt«, sagt Judith. »Es war ...

verrückt! Total verrückt! Die Lava ist bis ungefähr hundert Meter vor den Bunker gekommen – und dann ist sie erstarrt. Sie hat so was wie einen Schutzwall um ihn herumgebildet. An dem sich die Welle gebrochen hat. Es war ein echtes Wunder!« Judith bläst sich eine Strähne aus dem von der Erzählung oder vom heißen Kakao erhitzten Gesicht. »Der Vulkanausbruch hat uns sozusagen gerettet!«

»Dann ist die Insel nicht ganz untergegangen?« Die Möglichkeit versetzt Hannah einen Stich in den Magen.

»Auf der Insel kann niemand mehr leben«, sagt Long John plötzlich und seine dunkle Stimme klingt ernst und traurig.

Judith schüttelt den Kopf. »Johns Heimat gibt es nicht mehr. Tja, nach zwei Tagen kam die Küstenwache und sie haben uns auf die Hauptinsel gebracht. Mein Vater hat es geschafft, dass John einen Pass bekam, und dann sind wir zusammen zu meinen Eltern geflogen. Mein Vater versteht sich glänzend mit John. Sie haben schon neue Projekte ...« Sie bricht ab und schüttelt den Kopf. »Aber was erzähle ich dir da? Du willst ja wissen, warum wir in New York sind.«

»Ja! Und woher habt ihr gewusst, wo wir wohnen? «

Judith hebt erstaunt die Brauen. »Das ... wussten wir nicht.«

»Nein?« Hat sie was missverstanden? Hannah versucht, die Dinge in eine Ordnung zu bringen. »Du willst doch nicht behaupten, dass ihr *zufällig* vor dem Haus gestanden habt.«

Long John sieht kurz zu Judith hinüber, die daraufhin sagt: »Nein, nicht zufällig ...«, und den Blick durch das Apartment wandern lässt. Zu den Stuckdecken mit den Palmenwedeln und den Muscheln. »Sag mal, Hannah, wie habt ihr eigentlich dieses Haus gefunden?«

## BEFORE: DIE WOHNUNG

Von der oberen Etage des Industrielofts mit den wandhohen Fenstern bot sich ihr ein atemberaubender Blick. Die blitzenden und bunt blinkenden Lichter New Yorks sahen von hier aus wie die Kontrollleuchten in einem Cockpit. »Gefällt es dir?«, sagte Kanoa hinter ihr und eigentlich sollte sie glücklich sein, doch da war nur diese unbestimmte Angst, die sie schon seit einer Weile nicht mehr losließ – die Angst, einem fremden Plan zu folgen und die Albträume, in der eine Person aus einem Fenster sah ...

»Es ist ... wunderschön!« Ihre eigene Stimme kam ihr auf einmal fremd vor. Kanoa umarmte sie und sie spürte seine warmen Lippen auf ihrem Nacken. »Ja! Wir werden glücklich sein!«, sagte er zärtlich. Und sie brachte sogar ein Lächeln zustande. »Das müssen wir feiern! Ich hol uns was von unten, aus dem kleinen Laden!«, sagte er.

Sie drehte sich zu ihm um und hielt ihn fest. »Bleib hier.«

Er lachte und gab ihr einen Kuss. »Ich bin doch gleich wieder da.«

Die schwere Tür fiel hinter ihm ins Schloss und plötzlich war es still, so beängstigend still.

Und auf einmal fühlte sie sich in dem weitläufigen Apartment mit den großen Scheiben wie in einem Terrarium – und sie war die Echse darin, die jemand von außen beobachtete.

Sie stürzte zu den Fenstern, ließ die Jalousien herunter und kauerte sich auf den Boden.

Oh Gott ... das darf nicht wahr sein! Das ist Einbildung!

Halluzination! Genau so sah der Raum in ihren Albträumen aus.

Nur stand da nicht sie, sondern eine andere Frau am Fenster und sah hinaus in die Dunkelheit – und in die Lichter. Die Frau hatte ein Baby an ihre Brust gedrückt. Die Tür öffnete sich langsam und ein Mann, ganz in Weiß gekleidet, betrat den Raum ... und er lächelte und streckte die Arme nach dem Baby aus ... und die Frau riss den Mund zu einem Schrei auf, aber kein Laut kam hervor und der Mann in Weiß nahm ihr das Kind aus den Armen. Er ging, die Tür fiel hinter ihm zu und jetzt erst drang der Schrei der Frau durch den Raum, so laut, so durchdringend, so schrill, dass das Fensterglas zerbarst. Dann sprang die Frau in die bodenlose Häuserschlucht.

»Hannah?«

Sie hatte gar nicht gemerkt, dass Kanoa zurück war. Er stellte die wunderbar nach asiatischen Gewürzen duftende Tüte neben Hannah auf den Boden und setzte sich neben sie. »Was ist passiert? Stimmt irgendwas nicht?«, fragte er beunruhigt.

Sie schüttelte den Kopf. »Ich weiß nicht, ich glaube, ich bin ... bin einfach ...«

Als er sie in die Arme nahm, sie seine Wärme spürte und sein Herz schlagen hörte, verblassten die Bilder aus dem Albtraum und sie fühlte sich wieder ruhiger.

»Wenn dir das Apartment nicht gefällt...«, fing er an, »ich kann den Vertrag auch wieder ...« Doch sie fiel ihm ins Wort. »Nein, nein, Kanoa. Es ist wunderschön. Wirklich.« Dann packten sie die Schachteln und Ess-Stäbchen aus und Kanoa war ganz stolz, dass er inzwischen damit umgehen konnte. Er hatte thailändischen Gurkensalat mit Erdnüssen und Chilli gebracht, Fischkuchen und ein gefülltes Omelette. Die gebackene Banane schmeckte besonders köstlich und mit jeder so genossenen Minute vergaß sie ein wenig mehr diesen unheimlichen Albtraum. Nur irgendwann – sie hatten kaum etwas übrig gelassen, lagen auf einer ausgebreiteten Decke und schauten in die bunten Lichter der Stadt da vor ihnen – da drängte sich eine Frage an die Oberfläche.

Hannah stützte sich auf den Ellbogen und betrachtete Kanoas Gesicht. Er sah so glücklich aus – und schon wollte sie die Frage wieder hinunterschlucken, doch da hatten sich schon ihre Blicke getroffen.

»Ja?«

»Sag mal«, fing sie an und malte mit dem Finger ein Herz auf seine Brust.

»Das kitzelt.« Er lächelte und sie überlegte, ob sie nicht schnell irgendwas anderes sagen sollte, etwas, das ihn weiter so lächeln ließ, aber dann fragte sie doch: »Wie hast du das Apartment eigentlich gefunden?«

»Ein Perlenhändler aus dem Diamond District hat mir die Adresse einer Maklerin gegeben. Und Susan war sehr nett und meinte gleich, sie hätte was, was uns bestimmt gefallen würde«, sagte Kanoa. »Das hier war das erste Apartment, das sie mir gezeigt hat. Außerdem waren hier zwei Apartments frei und Summer ...«

Sie unterbrach ihn. »Es ist merkwürdig ... aber dieses Apartment kommt in meinen Albträumen vor.«

Eine Weile starrte er sie schweigend an. Sie versuchte, seinen Blick zu deuten, aber es gelang ihr nicht.

»Vielleicht *glaubst* du bloß, dass es dasselbe Apartment ist wie in deinen Träumen«, meinte er dann.

Nein, sie *wusste*, es war dieses Apartment. Und die Frau – war Janice.

# WASSERSTEIN

»Janice ist deine Mutter, ja?«, fragt Judith, als Hannah geendet hat.

»Ja, Janice Katherine Stafford. Und sie war auf derselben Insel, bevor ich geboren wurde ...« Hannah kommt jetzt alles noch rätselhafter vor. Die Albträume, das Licht, die Schrift in Summers Apartment ...

»Hm ...«, macht Judith, »meinst du, dass deine Mutter dich nicht behalten wollte, hat mit ... mit der Insel zu tun?«

»Ich weiß nicht ...«, Hannah überlegt. »Was einmal zusammen war, wird immer zusammenbleiben ...«, hat sie zu mir gesagt. Vielleicht träume ich ja deshalb von ihr?«

»Ja, kann sein ...« Judith räuspert sich. »Also, du hast gefragt, warum wir hier sind.«

Hannah blickt zum Handy auf der Küchentheke. »Sorry, ich hab gerade gedacht, ich hätte es vibrieren gehört.«

Judith hebt die Brauen.

»Shannen wollte dafür sorgen, dass Kanoa freikommt«, erklärt Hannah. »Wenn ich nur wüsste, wo er ist!«

Judith schaut zu Long John hinüber. »Weißt du, wo Kanoa ist?« An Hannah gewandt erklärt sie: »John kann so was manchmal.«

Long John setzt Puma vorsichtig auf die Couch und geht wortlos aus dem Zimmer. »Manchmal muss er das tun, rausgehen, allein sein«, erklärt Judith mit einem Schulterzucken. »Er hat telepathische Fähigkeiten, ganz bestimmt. Himmel, kannst du dir vorstellen, dass er vorher noch nie woanders als auf der Insel war? Er kannte überhaupt keine Großstadt! Und dann gleich New York. Aber er macht das sehr gut, finde ich.« In Judiths Stimme klingt Bewunderung mit. »Ich hab mich echt in ihn verliebt. Ist total verrückt, ich weiß. Ohne dass wir viel miteinander sprechen, bin ich ihm so nah. Mit Matteo war es nie so. Ihm hab ich mich nie so nah gefühlt, dabei haben wir die ganze Zeit miteinander gesprochen.«

In Judiths Redefluss hinein denkt Hannah an Kanoa. Wo er wohl jetzt ist? Sie muss ihn finden ...

»Ich habe wochenlang recherchiert«, hört sie Judith weiterreden, »ich wollte wissen, wer dahintersteckt, hinter Erin, die mir das hier angetan hat.« Sie blickt auf ihre gelähmten Beine und Hannah bemerkt, wie sie schluckt.

Als Judith wieder aufsieht, ist ein wütendes Flackern in ihren Augen. »Ich hab alles zusammengetragen, was ich finden konnte. Über die Perlenfarm, über Sky, über die Insel. Zuerst hab ich gedacht, ich bin wirklich paranoid, wie Matteo immer behauptet hat.«

Für eine Sekunde blitzt in Hannahs Gedächtnis die Begegnung mit Judiths Exfreund am Strand auf. *Wir sind hier nicht allein, glaubt Judith. Sie ist ein bisschen vorbelastet, ihre Eltern sind Ethnologen ...* Ja, sie kann sich noch gut daran erinnern. *Du meinst also auch, dass sie ein bisschen paranoid ist?*, hat er Hannah an dem Abend gefragt.

Judith zählt an den Fingern auf: »Also, erstens: Die Perlenfarm POG war eine Fassade für die Sekte in der anderen Bucht der Insel.«

Hannah nickt. »Ja, bestimmte Mädchen wurden von Leuten wie Luke in Sydney angeworben. Um aber das Ganze nicht zu auffällig wirken zu lassen, wurden auch ganz gewöhnliche

Backpackerinnen und Jungs eingestellt.« Ja, so weit war Hannah auch schon gekommen.

»Zweitens«, fährt Judith fort, »die Sekte. Sky ist ihr Führer. Sein Vater hieß Conrad Wasserstein. Er war amerikanischer Militärarzt und hat auf der Insel praktiziert – und im Bunker seine Experimente gemacht. Dann ist er plötzlich verschwunden und hat seine Frau und den kleinen Sky zurückgelassen. Die beiden sind bald darauf nach Amerika gegangen. Später hat Sky ein indianisches Model namens Shannen kennengelernt, hat sich in sie verliebt und hat sie geheiratet.«

Ja, das ist die Geschichte, die Kanoa ihr erzählt hat.

»Er ist mit ihr zurückgegangen auf die Insel«, fährt Judith fort, »wo er die Sekte gegründet hat. Ich nehme mal an, er hat die Ideen seines Vaters weiterentwickelt. Das mit der fünften Dimension. Die Idee, dass es außer unserer Wirklichkeit noch andere Parallelwelten gibt – in die man reisen kann.«

Hannah stöhnt. Plötzlich ist sie wieder da, die ganze Hoffnungslosigkeit. »Und nachdem die Insel untergegangen ist, ist die Sekte nach New York gezogen ...« Mit Luke, denkt sie.

»So in etwa.« Judith nickt. »Und jetzt heißt ihre Fassade nicht mehr POG sondern GOP.«

»God's Own People ...«, sagt Hannah. »Wir haben immer nach POG gesucht und natürlich nie etwas gefunden.«

»Ganz schön clever«, sagt Judith trocken. »POG ist tatsächlich nur die Perlenfarm. Aber zu GOP gehören eine Modelagentur, eine Restaurantkette und eine Investmentfirma. Dolphin Limited, na ja, und wer weiß, was noch.«

Dolphin Limited ... Hannah sieht den Schriftzug mit dem springenden Delfin deutlich vor sich ... wo hat sie ihn bloß schon mal gelesen? Dann fällt es ihr ein und sie hat das Gefühl, gleich in einen bodenlosen Abgrund zu stürzen. »Dolphin Limited steht auf unserem Mietvertrag ...«

Sie fühlt sich wie in einem Spinnennetz gefangen.

»Deshalb standen wir vor dem Haus. Wir hatten die Adresse im Verzeichnis der Mietshäuser von Dolphin Limited gefunden. Es sieht so aus, als wäre alles bis ins Detail geplant worden«, sagt Judith nachdenklich. »Der Perlenhändler und die Maklerin... ich bin sicher, die beiden gehören auch zu GOP.« Hannah erschaudert.

»Wir sollten also hier einziehen, hier in dieses Haus ...«

Hannah kann kaum sprechen vor Entsetzen.

Judith nickt. »Sieht ganz so aus.« Sie stutzt plötzlich. »Sag mal, hörst du das auch?«

Hannah lauscht. Da ist ein Kratzen, ein Schaben ...

»Es kommt aus dem Schlafzimmer ...«

Als sie die Tür aufstoßen, bleibt Hannah auf der Stelle stehen und Judith ruft: »John, was um Himmels willen machst du da?«

Long John dreht sich zu ihnen um. Er hält ein Messer in der Hand.

## RADIO NEWS 7

»Einstein, was ist los, Mann? Die Heizung ist voll aufgedreht und du bibberst. He, warum bist du so kalt?

Deine Lippen sind ganz blau. Was laberst du? Nein, nein! Du ertrinkst doch nicht. Hier ist weit und breit kein Wasser.

Kein See, kein Meer. Scheiße! Dr. Fowler! Dr. Fowler, Zimmer 78! He, Einstein, ich hab dir doch verboten, in meiner Schicht abzunibbeln! Komm schon, komm schon, atme! Verdammt, mach schon! Heilige Scheiße ...«

»Der Hinweis auf einen Magnetsturm ist also durchaus berechtigt. So weit der aktuelle Stand. Dr. Rojas ...«

»Dieses Scheißradio sollten wir dir wegnehmen, es regt dich viel zu sehr auf! Was? Was hast du gesagt?«

»Wir müssen es aufhalten ...«

»Einstein, jetzt mal ganz easy, okay? Du ertrinkst nicht. Hier gibt's Wasser nur unter der Dusche oder im Glas. Okay? Du bist hier im St. Mary's Stift. Und zwar seit mehr als fünfzehn Jahren, hab ich mir sagen lassen. Du bist ein bisschen durch den Wind, sprichst fast nie und hörst diesen komischen Sender mit diesen abgefahrenen Sonnennachrichten. Aber kein Problem, Einstein – jeder hat so seine Macken. Und ja, wir nennen dich Einstein, obwohl du nicht so heißt, aber es ist nett gemeint, verstehst du, wirklich nett gemeint. Wir alle mögen dich. Aber, he, jetzt reiß dich verflucht noch mal zusammen, ohne dich ist's hier echt langweilig, glaub mir! Komm schon, rede mit mir! Einstein, he, bleib bei mir! Dr. Foooowler!«

## SONNE, MOND UND STERNE

Long John wischt das Messer an seiner Hose sauber.

»Interessant ...« Judith rollt langsam näher zur Wand hinter dem Bett, wo Long John den Verputz abgekratzt hat. »Sieht aus, wie ...«

Hannah tastet über die grünen Umrisse der Zeichnung auf dem Mauerwerk.

Ein Kreis von etwa fünfzig Zentimetern Durchmesser prangt da direkt hinter dem Bett. Darin sind wiederum zwei Kreise unterschiedlicher Größe aufgemalt und durch Linien miteinander verbunden. »Nachts fällt das Licht von einem Stern direkt auf diese Karte ...« Hannah kann kaum sprechen.

»Eine Art Sonnen- oder Sternenuhr ... so was findet man bei den Majatempeln ... oder bei den ägyptischen Pyramiden ...« Judith runzelt die Stirn. »Immer wird ein bestimmter Moment angezeigt, bei den Majas wurden Menschenopfer ... Hannah, wo willst du denn hin?«

Hannah hat das Kästchen von Janice ins Regal neben den Fernseher gestellt, und seit sie aus London zurück ist, nicht mehr geöffnet.

»Oh, eine Schatztruhe!«, ruft Judith auf, als Hannah mit dem Kästchen ins Schlafzimmer kommt. »Jetzt wird's richtig spannend!«

»Kannst du endlich mal deine Klappe halten!«, fährt Hannah sie an.

»Schon gut ... «, murmelt Judith beleidigt.

Hannah nimmt einen der drei Zettel heraus. Ein Herz. Für immer Kim. Das ist er nicht. Sie faltet den zweiten auseinander. Ja ...

»Woher hast du das ...?« Judith schlägt sich die Hand vor den Mund.

Die Zeichnungen sind identisch. Derselbe große Kreis, dieselben kleinen Kreise darin und dieselben Linien. Hannah blickt zu Long John, der sich zum Fenster gewendet hat und zum Himmel hinaufsieht.

»Woher hat John das gewusst?«

»Ich hab doch gesagt, er kann so was«, sagt Judith leise, als dürfe sie ihn nicht stören. »Aber ... ich kapiere jetzt gar nichts mehr. Woher hast du diesen Zettel und wieso ...«

Das schrille Handyklingeln lässt sie mitten im Satz verstummen. Hannah stürzt in die Küche, wo das Telefon vibrierend und klingelnd auf der Küchentheke herumtanzt. Es rutscht ihr beinahe aus der Hand, als sie die Annehmen-Taste drückt.

»Hannah?«

Sie kann es kaum glauben. Ihr Herz macht einen Sprung.

»Hörst du mich, Hannah?«

»Kanoa? Wo bist du? Bist du okay?«

Knacken und Rauschen in der Leitung. Dann wieder Kanoas Stimme.

»Ja, und du?« Seine Stimme klingt, als käme sie Tausende Kilometer weit her.

»Mir geht's gut ... wann kommst du und wo ...« Wieder Rauschen und Knacken.

Sie schüttelt das Handy und hält es sich wieder ans Ohr. Doch es rauscht und dann macht es *Klack* und das Besetztzeichen ertönt. Ihr Display zeigt *Unbekannt* an.

Hannah holt aus, will das Handy an die Wand schleudern, doch im letzten Moment hält sie sich zurück.

»Was ist denn los?« Judith ist herangerollt.

»Das war Kanoa!« Hannah schüttelt wieder das Handy. »Irgendwas stimmt nicht mit den Telefonen ... Ich glaube, es geht ihm gut ... aber ... er wollte mir noch was sagen und ich hab nichts verstanden!«

»Ja, sie sagen im Radio und im Internet, es hat was mit

den Stürmen auf der Sonnenoberfläche zu tun. Da wird so viel Energie frei, dass das Magnetfeld der Erde gestört wird ... aber ...«

Judith hat das Kästchen auf dem Schoß und einen der Zettel auseinandergefaltet. »Warum hast du mir nicht gesagt, dass deine Mutter auch in New York war?«

Judith hält ihr den Zettel hin.

Es ist die Rechnung. Hannah sieht ihn sich zum ersten Mal genauer an.

Behandlung im Lenox Hill Hospital, New York, steht dort, 589 Dollar und 53 Cent. Für Röntgen und noch etwas, das Hannah nicht mehr entziffern kann. Aber der Name, auf den die Rechnung ausgestellt ist, ist noch gut zu lesen. Janice Katherine Stafford, entlassen am 15. April 1995 ...

Ihre Mutter war auch hier? In New York? Hannah lässt sich auf einen Küchenhocker sinken. Ist sie eine Spielfigur in einem größeren Plan?

»Hannah?«

»Ich glaub, ich drehe gleich durch«, murmelt Hannah. »Janice hat mir ihr Tagebuch gegeben und ich bin in dasselbe Motel in Sydney gegangen, in dem sie vor zwanzig Jahren war. Dann wurde ich wie sie mit einem Job auf die Insel gelockt – in Skys Sekte. Janice kommt irgendwie von der Insel weg – genau wie ich. Wir landen beide in New York ... Mensch, Judith, das ist doch ... verrückt!«

Judith lässt ihren Blick zu den Ornamenten an der Decke schweifen. »Hm ... eine Entscheidung ... und das Schicksal nimmt seinen Lauf ...«

# POEMA

Das Pochen und Brennen der genähten Wunde erinnert Kanoa jede Sekunde an seine Mission. Das Mädchen, das er gleich treffen wird, weiß etwas über Poema, hat Butterfinger gesagt. Er wird Poema retten, er wird sie aus Aidens Gewalt befreien. Niemals wird er die Bilder von ihr vergessen können.

Er tastet nach dem Revolver, den Butterfinger ihm gegeben hat. Die Waffe steckt in der Innentasche seiner Jacke und fühlt sich schwer und kalt an.

Danach wird er mit Hannah diese Stadt verlassen. Vielleicht will Poema ja mit ihnen kommen und woanders ein neues Leben anfangen. Immer wieder versucht er, Hannah anzurufen, doch er hat kein Glück. »Xin! Was ist mit dem Handy los?«

Xin wirft ihm im Rückspiegel seinen ausdruckslosen Blick zu und zuckt nur mit den Schultern.

Sobald er mit dem Mädchen gesprochen hat, muss Xin ihn unbedingt zu Hannah fahren. Die weiß ja gar nicht, was alles passiert ist! Aber erst muss er mit dem Mädchen sprechen. Die Gegend, durch die sie jetzt fahren, wirkt in der Dämmerung so, als wäre sie schon vor Jahren von den Menschen verlassen worden. Zurück blieben verfallene Häuser, Müll, Ratten und streunende Hunde. Das hier ist eine andere Welt, die Welt der Schatten, schießt es ihm durch den Kopf. Xin fährt auf einmal langsamer, bis er an einer Ecke vor einem schäbigen Wohnblock stehen bleibt.

Dunkle, dick vermummte Gestalten wärmen sich über einem

offenen Feuer aus einem Ölfass die Hände. Hunde schleichen zwischen aufgerissenen Mülltüten und Sperrmüll herum.

»Zehn Minuten, dann ich muss fahren«, sagt Xin.

Kanoa steigt aus. Er weiß, dass Xin nicht mit sich reden lässt.

Die Gestalten wenden sich in seine Richtung. Kanoa geht einfach weiter. Sie können ihm keine Angst einjagen. Sein Zorn macht ihn stark. Der Feuerschein flackert über ihre Gesichter. Als er näher kommt, erkennt er die feindseligen Blicke. Ein großer zotteliger Hund rennt kläffend auf ihn zu, doch Kanoa beachtet weder ihn noch die Typen und geht weiter auf den Wohnblock zu.

»He, Mann!«, ruft jemand hinter ihm.

Kanoa reagiert nicht.

»Ich hab gesagt, he, Mann!«

Kanoa bleibt stehen und dreht sich langsam um.

Einer der Typen kommt langsam auf ihn zu und baut sich breitbeinig vor ihm auf. Er trägt einen dicken, gesteppten Mantel, der ihm über die Knie reicht, und eine dunkle Wollmütze. Seine Hände stecken in abgeschnittenen Handschuhen.

»Was will denn so ein weißes Arschloch hier?«, blafft er. Seine Stimme klingt wie das Aneinanderreiben von rostigem Metall. Seine Kumpane stellen sich neben ihn wie Bodyguards und mustern Kanoa abschätzend. Er ist sicher, eine falsche Bewegung und sie brechen ihm alle Knochen. Aber sein Zorn wird ihm übermenschliche Kräfte verleihen.

»Mit dem Mädchen da drin reden«, sagt er und macht einen Schritt auf das Gebäude zu.

»Halt!«

Kanoa geht weiter.

»Halt, hab ich gesagt!« Der Typ im Steppmantel, der wahrscheinlich ihr Anführer ist, hat ein paar Schritte auf Kanoa zugemacht. Er stemmt die Arme in die Seiten und wippt in seinen aufgerissenen Stiefeln.

»Du verschwindest jetzt von hier, und zwar pronto!«

Als Kanoa nicht antwortet, rücken seine Kumpane näher. Sie warten nur auf ein Zeichen von ihrem Anführer und sie stürzen sich auf ihn und machen ihn fertig.

Aber auch das kann Kanoa nicht einschüchtern.

»Erst rede ich mit dem Mädchen.«

»Was du zuerst tust, ist abhauen, kapiert?«, blafft der Anführer und der Typ neben ihm zieht auf einmal einen Schlagstock aus der Jacke.

»Weißt du, was das ist? Weißbrot?«, ruft der Anführer grinsend und bleckt gelbe Zahnstümpfe. »Damit kann dir Bobo ruck, zuck deinen dämlichen Schädel einschlagen!«

Hinter Kanoa wird eine Tür aufgerissen. Ein gelbliches Licht leuchtet über dem Eingang auf.

»Was ist denn hier los, ihr Motherfucker?«

Im Eingang zu dem Wohnblock steht ein Mädchen. Sie hat kurze platinblonde Haare und trägt eine grobe schwarze Lederjacke über einem knappen Jeansrock. Ihre Füße stecken in schweren Bikerstiefeln.

»Der Typ da ...«, fängt der Anführer an, doch das Mädchen bringt ihn mit einer kurzen Handbewegung zum Verstummen und sieht Kanoa an. »Bist du Kanoa?« Sie kaut mit offenem Mund Kaugummi.

»Ja.« Er geht auf sie zu. Sie hat die Arme verschränkt und lehnt lässig im Türrahmen. Im gelblichen Licht erkennt Kanoa ein schmales Gesicht mit dunklen, stark geschminkten Augen, die in tiefen Höhlen liegen. Ihre Nase wirkt spitz, genauso wie ihr Kinn. Und ihre Haut ist so blass, als würde sie nie in die Sonne gehen.

Wo hat er nur dieses Gesicht schon mal gesehen?

## EXPERIMENTE

»Lenox Hospital«, denkt Hannah laut vor sich hin und geht in der Küche auf und ab, »was hat sie in New York gemacht? Und warum war sie in diesem Hospital?«

Endlos scheint sich die Zeit zu dehnen, bis sich Judith räuspert. »Hannah, du wolltest doch wissen, warum John und ich in New York sind. Ich hab dir noch nicht alles gesagt.«

Was kommt jetzt noch?, denkt Hannah und lehnt sich an die Wand.

Judith legt den Kopf schief und kräuselt die Nase.

»Jetzt rück schon mit der Sprache raus«, sagt Hannah ungeduldig.

Judith holt Luft. »Ich hab die Tonbänder gehört.«

Einen Moment lang glaubt Hannah, sie habe sich Judiths Antwort eingebildet und Judith habe etwas ganz anderes gesagt.

»Die Tonbänder aus dem Bunker«, wiederholt Judith.

Hannah fühlt sich wie in einem Film. Sie und Jesper im Dschungel. Der Bunker, über den das Moos gewachsen ist. Der OP-Tisch, der Helm mit den Kabeln, das altmodische Tonbandgerät, Jesper, der den Generator anwirft ... und dann die unheimliche Stimme, die auf Englisch von Probanden und einem Experiment spricht und dann die fremden, unverständlichen Worte des sogenannten Probanden ...

»Pass auf.« Judith rollt noch ein bisschen näher zur Küchentheke, auf die sich Hannah jetzt mit beiden Ellbogen gestützt hat, den Kopf in den Händen vergraben. »Conrad Wasserstein hat Johns ganze Familie da im Bunker seinen Experimenten ausgesetzt. Sein Vater und sein Bruder, heißt es, sind deswegen verrückt geworden.«

Hannah sieht auf. Long John ist fast lautlos hereingekommen und hat sich hinter Judith gestellt. »John hat mir übersetzt, was die Probanden unter Hypnose gesagt haben«, redet Judith weiter.

Will sie das überhaupt wissen? Ist alles nicht schon schaurig genug?

»Stell dir vor: Sie haben davon erzählt, wie sie zwischen den Dimensionen und Zeiten hin- und herreisen. Echt, John hat mir erklärt, für sie ist das völlig normal, sie haben einfach ihre Verbindungen zu den Ahnen und so.« Judith fuchtelt mit den Händen herum. »Aber Wasserstein, Skys Vater, wollte unbedingt herauskriegen, wie die das machen. Er hat ihnen Drogen injiziert, Elektroden auf den Kopf gesetzt und ... na ja, er hat seine eigene Lehre daraus entwickelt. Und diese Lehre hat er in einem Buch niedergeschrieben. Die fünfte Dimension. Darin steht alles drin! Dann weißt du vielleicht auch, was mit deiner Mutter passiert ist, warum sie ... na ja ... ein bisschen ...«

»... durchgeknallt ist?« Judith grinst schief.

Hannah stellt sich ihre Mutter vor, auf der Insel, im weißen Gewand, wie sie an Skys Lippen hängt, der allen die große Liebe verspricht. Und wie sie sich dann in ihrem Leben verirrt ...

»Und, was steht in dem Buch?«, will sie wissen.

»Das ist es gerade ...«, sagt Judith. »Ich habe recherchiert. Nach meinen Informationen gibt es heute nur noch drei Exemplare. Eines liegt in einem Kloster in Myanmar, da kommt keiner dran, das andere hatte Sky, wie John mir gesagt hat, und das ist bestimmt mit der Insel untergegangen. Aber das dritte ...«, Judith macht eine Kunstpause, »liegt in der Public Library in New York. Deshalb ...«, sie räuspert sich, »sind John und ich hier. Und ... Hannah, ich will es mir ansehen. Jetzt.«

Hannah zuckt mit den Schultern. »Weißt du was, Judith? Mir sind Wassersteins abgedrehte Ideen ziemlich egal.« Allmählich packt sie die Wut. »Dieser Unsinn mit der fünften Dimension! Total egal! Und was meine Mutter hier getan hat ...? Ich will es gar nicht mehr wissen, okay? Mir reicht's!« Sie steht vom Barhocker auf. »Ich will nur endlich wissen, was mit Kanoa und ...«

Auf der Küchentheke tanzt und klingelt ihr Handy.

Hannah nimmt ab. Es kratzt und knallt in der Leitung, bis endlich eine Stimme zu ihr durchdringt.

»Hannah? Hier ist Richard.«

Hannah ist so überrascht, dass sie nur ein schwaches »Hallo, Dad« zustande bringt.

Judith hebt neugierig die Brauen.

»Endlich erreiche ich dich! Offenbar sind irgendwelche Satelliten gestört ... Jedenfalls, Eileen und ich wollten hören, wie es dir geht ... und ...«

»Mir geht's gut. Bestens. Alles super!« Wie soll sie ihren Eltern das alles erklären, was gerade passiert? Sie versteht es ja selbst kaum.

»Schön, gut ...«, kommt es von Richard.

Aber wie er herumdruckst, ahnt Hannah, dass er aus einem bestimmten Grund mit ihr sprechen will.

»Wir wollten dir sagen ...«, fängt er zögernd an, »Janice hat angerufen, das heißt, nicht sie selbst, weil ...«

»Ja?« Hannah lässt sich auf den Barhocker zurücksinken. Was kommt jetzt?

»Sie wurde ja entlassen ...«

»Jaja, ich weiß«, fällt ihm Hannah ungeduldig ins Wort.

»Na ja, sie ist jetzt ... sie hatte einen Zusammenbruch ... einen Nervenzusammenbruch und ist in einer Klinik. Deshalb konntest du sie nicht erreichen.«

Hannah, unfähig etwas zu erwidern, hält einfach weiter das Handy ans Ohr gedrückt.

»Sie ist dem Klinikpersonal so lange auf die Nerven gefallen, bis uns jemand verständigt hat. Wir sollen dir ausrichten, dass du ... warte, Eileen hat es aufgeschrieben ... Eileen, gib mir doch mal den Zettel ...«

Hannah hört ein Rascheln am Ende der Leitung.

»Hannah?«, sagt Eileen. »Liebes, geht es dir gut?«

»Jaja, es ist alles in Ordnung ...«, hat sie jemals schon so sehr gelogen?

»Also, Richard und ich haben uns lange Gedanken gemacht, ob wir dich überhaupt verständigen sollen.« Es knistert und knackt. Hannah presst das Handy fester ans Ohr. »Janice«, dringt Eileens Stimme wieder heran, »lebt in irgendeinem Wahn, es tut mir so leid für dich ... Hannah?« Das ist wieder Richard. »Ich habe die Notiz. Janice hat gesagt: Hannah soll unbedingt New York und Wassersteins Haus verlassen. Und sie soll sich nicht auf Wassersteins Lehre einlassen. Wir haben uns gefragt, woher sie weiß, dass du in New York bist. Und wer ist dieser Wasserstein?«

Hannah schluckt. Sie weiß immer noch nicht, was sie denken oder sagen soll.

»Verstehst du das?«

»Nein!«, sagt Hannah schnell und versucht, belustigt zu klingen. »Aber wir wissen ja, dass Janice ein bisschen anders tickt, oder?«

»Ja, so kann man das auch sagen. Ach, noch was ... Eileen meinte, vielleicht könntest du ja mit Kanoa doch zu uns nach London kommen. Es wäre doch schön, wenn ...«

»Hat Janice noch was gesagt?«, fällt Hannah Richard ins Wort.

»Nein ...«

»Ich will mit ihr sprechen, Richard!« In Hannah überschlagen sich die Gedanken. Was weiß ihre Mutter? Was weiß sie von Wasserstein? Und warum war sie damals in New York? Sie hat so viele Fragen ...

»Darling, ja ... das geht wohl schlecht, denn ... sie ... sie hatte ... bei einem ihrer Anfälle einen Pfleger angegriffen und verletzt und nun wurde sie erst einmal ruhiggestellt. Das sagte ...«

Hannah hört nur noch ein kurzes Rauschen, dann ist die Verbindung abgebrochen.

»Und?« Judith sieht sie neugierig an. »Neuigkeiten?«

Hannah rutscht vom Barhocker. »Los, gehen wir!«

»Wohin?«

»Zur Public Library natürlich!«

# FESSEL

»Haut ab!«, ruft das Mädchen den Typen zu, die daraufhin murrend abrücken. Sie zieht Kanoa in den Hausflur.

»Victor Tong hat mir gesagt, du weißt was über Poema«, fängt er ohne Umschweife an.

Sie sieht ihn einen Moment an und spuckt dann den Kaugummi auf den Boden. »Du bist verarscht worden. Aiden hat mir Geld gegeben, damit ich deine Schwester spiele und die Show für das Video abziehe.«

Er merkt, wie er sie anstarrt und wie alles um ihn herum ganz schwarz wird.

»Wieso soll ich dir glauben? Wie heißt du überhaupt?« Er geht auf sie zu und bleibt nah vor ihr stehen.

»Tasha.« Sie lächelt anzüglich. »Hast du Interesse an mir?«

Er streckt langsam die Hand nach ihr aus.

»He, anfassen kostet extra!«

Mit einem Ruck hat er den Reißverschluss ihrer Lederjacke aufgerissen. Sie will aufschreien, doch er presst ihr die Hand auf den Mund. Er hat gesehen, was er sehen wollte. Die dunkle Stelle an ihrem Hals. Sie ist wirklich das Mädchen aus dem Video.

Er nimmt die Hand von ihrem Mund und weicht einen Schritt zurück.

»Fuck you!« Sie spuckt an ihm vorbei auf den Boden.

Blitzschnell hat er sie mit dem Rücken an die Wand gedrängt. Sein Gesicht ist ihrem jetzt ganz nah, so nah, dass er ihren süßlichen Kaugummi riechen kann. »Pass gut auf, Tasha. Poema ist meine Schwester und ich hab mir geschworen, sie zu finden. Hast du verstanden?«

Das gelbliche Licht flackert über ihr Gesicht. In ihren Augen erkennt er Angst und Leere. Unter anderen Umständen hätte er Mitleid mit ihr.

»Bist du wirklich ihr Bruder?«, bringt sie schließlich heraus.

»Glaubst du, ich bin zum Spaß hier?«

Sie schluckt und beißt sich dann auf die Lippen.

»Okay ... Poema hat für Shannen gearbeitet – für GOP.«

»So wie du?«

»Ja.«

»Und weiter? Los, komm schon!«

Ihr Blick gleitet zu seiner Hand, mit der er noch immer ihre Schulter an die Wand drückt. Er lässt sie los. Schweigend zieht sie den Reißverschluss ihrer Jacke wieder hoch. Dann erst spricht sie weiter: »Wir arbeiten in ihren Clubs. Da sind Typen mit speziellen Wünschen. Manche haben echt kranke Fantasien. Aber sie haben verdammt viel Kohle. Mann, die zahlen so viel, damit nichts von ihren perversen Wünschen bekannt wird. Industrielle, Politiker, Diplomaten und Botschafter – was glaubst du, was für Schweine in der UNO sitzen!«

Er weicht noch einen Schritt zurück. Jeder Satz von Tasha reißt seine Wunde weiter auf.

»Shannen verdient damit eine Wahnsinnskohle. Zu ihren Supermodels hab ich auch gehört, genauso wie Poema. Bis mir so ein perverses Schwein kochendes Wasser in den Ausschnitt geschüttet hat. Jetzt kriegen mich die Typen, die auf so was stehen. Und die sind noch schlimmer.«

Kanoa will sich nicht vorstellen, was diese Typen mit Poema gemacht haben.

»Und was ist mit Poema?«

Sie weicht seinem Blick aus.

»Komm schon! Du weißt es doch!«

»Sie ist tot«, sagt sie endlich.

»Du lügst!« Ihm ist, als würde die Erde anfangen zu beben. Die ganze Welt ... »Du lügst!« Er will Tasha packen und sie so lange schütteln, bis sie zugibt, dass sie lügt, doch als sie nichts erwidert und ihm dabei direkt in die Augen sieht, weiß er, dass sie die Wahrheit sagt.

»Sie ist vor einer Woche gestorben«, sagt Tasha leise.

Aber da war er doch schon hier, hier in New York! Er war schon da, warum hat er sie nicht früher gefunden? Warum nur? Alles schreit in ihm und doch bleibt er stumm.

»Poema ist es schon lange schlecht gegangen«, sagt Tasha, und als Aiden auf einmal hier in New York aufgetaucht ist, wurde es richtig schlimm. Er hat angefangen, sie zu quälen, und hat sie zu den fiesesten Kerlen geschickt. Dann hat sie es nicht mehr ausgehalten ...« Sie zuckt mit den Schultern und sieht auf den Boden, mit den zersprungenen Platten. »Sie hat sich von der Brooklyn Bridge runtergestürzt.«

Er taumelt. Nein, das ist nicht wahr ... Poema ... seine Schwester ... er glaubt zu stürzen und nur die Hauswand mit dem rissigen Verputz hält ihn noch.

»Weißt du, was sie immer gesagt hat? Sie hat immer wieder gesagt: ›Kanoa wird mich hier rausholen. Er hat mich nicht vergessen.‹«

Er schluckt alles herunter, was aus ihm herauswill. Tasha fasst ihn rasch am Ärmel. »Wenn du noch etwas für sie tun willst, töte Aiden!« Sie zieht ihn näher zu sich. »Aiden ist total verrückt geworden. Er plant irgendwas. Wir müssen alle heute Nacht auf das GOP-Hochhausdach!«

»Wozu?«

»Er hat was von einem Portal gefaselt. Ich hab doch gesagt, er ist verrückt.«

»Und ihr kommt dann so einfach, wenn Aiden es sagt?«, fragt er ungläubig.

Sie sieht ihm in die Augen und schiebt dann langsam den Ärmel ihrer Lederjacke hinauf.

Ein breites weißes Plastikarmband mit einer Muschel umschließt ihren Unterarm.

»Das Ding ist programmiert. Wir müssen zu bestimmten Zeiten an bestimmten Orten sein – und dürfen bestimmte Orte nicht verlassen.«

Er betrachtet skeptisch das Armband. »Wieso sollte ich dir das glauben, Tasha?«

»Mach Platz!« Ungehalten schiebt sie ihn zur Seite, stößt die Tür auf und macht ein paar Schritte nach vorn, da wird ihr Körper so heftig geschüttelt, dass sie zu Boden stürzt. Kanoa läuft zu ihr, kniet sich und bemerkt die rot flackernde Diode an dem Plastikarmband.

Tashas Gesicht ist verzerrt, ihr Körper krampft, ihre Beine und Arme schlagen auf die Erde. Plötzlich erschlafft ihr Körper, das rote Licht flackert nicht mehr, sondern leuchtet nur noch.

Langsam öffnet sie die Augen.

»Glaubst du mir jetzt?«, bringt sie heiser hervor.

»Es tut mir leid, Tasha ...« Erst jetzt sieht er die Narben an ihrem Arm. »Und die sind von deinen ... Fluchtversuchen?«

Sie bringt so was wie ein Grinsen zustande. »Ich bin ein ungehorsames Mädchen ...«

»He! Was geht hier ab!« Die Typen vom Ölfass sind angerückt. Messer blitzen in ihren Händen.

»Er hat nichts damit zu tun!«, sagt Tasha und versucht, sich aufzurichten.

Kanoa blickt in ihre dunklen Gesichter.

»Verpiss dich endlich!«, sagt der Anführer, ohne Tasha zu beachten. Und schon hat er Kanoa hochgezerrt und ihm ein Messer an den Hals gedrückt. Poemas Schicksal hat Kanoa den letzten Rest seiner Angst genommen.

»Lass ihn in Ruhe, King!«, schreit Tasha. Da explodiert ein Schuss und King sackt zusammen.

Sekundenbruchteile später hallen die nächsten Schüsse, allesamt Treffer. Kanoa wirft sich auf den Boden. Dann ist es auf einmal ganz still, und als Kanoa den Kopf hebt, blickt er in Xins regloses Gesicht.

»Schnell!«, sagt Xin nur und reißt ihn hoch. Kanoa wehrt sich, aber Xin ist stärker, viel stärker.

»Töte Aiden!«, hört er Tasha rufen.

Xin zerrt ihn zum Auto. »Wir können sie doch nicht einfach zurücklassen!«, schreit Kanoa und versetzt Xin einen Schlag in die Magengrube, der jedoch an dessen betonharten Bauchmuskeln abprallt. Xins Schlag hingegen trifft ihn so schmerzhaft in den Magen, dass ihm die Luft wegbleibt und ihm schwarz vor den Augen wird. Xin verfrachtet ihn auf den Rücksitz und schlägt die Tür zu.

Erst das Klingeln von Xins Telefon nimmt Kanoa wieder bewusst wahr. Und dann auch die rote Ampel, die Scheinwerfer der Autos und die grellbunten Leuchtreklamen hinter den Scheiben.

Wortlos reicht Xin ihm das Telefon nach hinten.

»Na, alles okay?« Victor Tongs heisere Stimme klingt, als würde man Papier schneiden.

»Was sollte das«, bringt Kanoa hervor, »warum hat Xin sie alle erschossen?«

»Er hatte die Anweisung, dich zu beschützen! Also, beschwer dich nicht!« Kanoa hört Butterfinger schmatzen.

»Du hast gewusst, dass Poema tot ist! Warum hast du mich trotzdem zu diesem Mädchen geschickt?«

»Hättest du mir vielleicht geglaubt?«, schnauzt ihn Butterfinger an.

Er ist zu spät gekommen ... nur ein paar Tage zu spät, um Poema zu retten ...

»Also, jetzt bist du dran«, sagt Butterfinger, »liefer mir Aiden!«

Kanoa spürt, wie die Wut in ihn zurückkehrt, stärker und mächtiger als jemals zuvor. Und er sagt: »Okay, du kriegst ihn.«

## DAS BUCH

Am Schalter der Public Library warten acht Leute vor ihnen, Hannah hat sie gezählt und dabei überlegt, wie lange es dauern wird, bis sie endlich drankommen. Sie sieht wieder auf die Uhr. Richards Worte klingen ihr immer noch in den Ohren. Warum musste sich ihre Mutter auch so rätselhaft ausdrücken? Verdammt, Janice, warum kannst du nicht wie eine normale Mutter einfach sagen: tu dies und tu dies nicht? Und warum hast du diesen Pfleger angreifen müssen?

Judith stöhnt auf einmal laut auf und verzieht das Gesicht, als hätte sie Schmerzen.

Als Hannah sie besorgt anschaut, raunt sie ihr leise zu: »Manchmal hilft das, da lassen sie mich vor. Aber hier sind die Leute«, sie hebt die Stimme etwas, »wohl ziemliche Ignoranten!«

Die Frau vor ihnen dreht sich um, sagt aber nichts und macht auch keine Anstalten, sie vorzulassen. Als sie ihnen wieder den Rücken zuwendet, streckt Judith ihr die Zunge heraus. Judith hat Nerven, denkt Hannah, jetzt hier rumzualbern! Wieder sieht sie auf die Uhr, dann auf ihr Handy, aber Kanoa hat sich nicht mehr gemeldet.

Und dann endlich sind sie an der Reihe.

»Was kann ich für euch tun?«

Die Bibliothekarin ist kaum älter als sie. Sie wirkt sympathisch und hat ein intelligentes, freundliches Gesicht, blonde hochgesteckte Haare und erinnert Hannah an Emma, das Mädchen, mit dem Hannah in der Schule die Experimente im Chemielabor zusammen machte. Die Bibliothekarin heißt Ingrid Pabst, wie Hannah auf ihrem Namensschild liest.

Judith rollt näher an den Empfangstresen heran.

»Hi! Wir suchen ein bestimmtes Buch. Es heißt: Die fünfte Dimension.«

Und Hannah fügt hinzu: »Von Conrad Wasserstein.«

Das Gesicht von Ingrid Pabst verändert sich schlagartig. Eben noch hat es etwas Unbeschwertes gehabt, jetzt glaubt Hannah, einen Anflug von Erschrecken darauf entdeckt zu haben. Rasch fliegt ihr Blick von Judith zu Hannah und wieder zurück.

»Stimmt was nicht?«, fragt Judith mit einer Spur Arroganz in der Stimme. Das macht sie manchmal, erinnert sich Hannah, wenn sie verunsichert ist.

Die Bibliothekarin beißt sich auf die Lippen. Sie fängt an,

mit dem Kugelschreiber zu knipsen. Offenbar sucht sie nach einer Antwort.

»Gibt's ein Problem?«, will Hannah wissen und lächelt die Bibliothekarin an, die sich doch ziemlich seltsam verhält.

Diese wirft einen hastigen Blick über Hannahs und Judiths Schulter hinweg, als müsse sie sich vergewissern, dass ihnen keiner zuhört. Dann beugt sie sich weiter über ihren Schreibtisch zu ihnen und sagt leise: »Wieso interessiert euch dieses Buch?«

»Fragen Sie das alle Leute hier?« Judith zeigt mit dem Daumen hinter sich.

Die Bibliothekarin errötet ein wenig und schüttelt rasch den Kopf. »Nein, aber ... ich weiß nicht, ob das ...«

Judith ist jetzt ganz dicht an den Schreibtisch herangerollt.

»Ob das was ...?«, fragt Hannah ungehalten. Die Angestellte schluckt, bevor sie endlich leise anfängt:

»Das klingt vielleicht verrückt, aber meine Kollegin Evelyn ...« Sie zeigt kaum merklich mit dem Kugelschreiber auf den benachbarten Schreibtisch, an dem ein untersetzter Mann im Cordanzug sitzt. »Das war damals ihr Platz und wir waren ganz gut miteinander befreundet ... eines Tages hat sie ganz begeistert von einem neuen Buch erzählt, das wir reinbekommen haben.« Die Bibliothekarin senkt noch ein wenig mehr die Stimme. »Es kam von einer Schenkung. Manchmal vermachen Leute unserer Bibliothek etwas in ihrem Testament.« Judith wirft Hannah einen raschen Blick zu und Hannah fragt sich, welche Story Ingrid Pabst ihnen da gleich erzählen wird. Sie ist auf alles gefasst.

»Na ja, sie war jedenfalls total fasziniert von diesem Buch. Sie hat sich schon immer für Übernatürliches interessiert, wie Parallelwelten und so ...« Die Bibliothekarin rollt ein bisschen belustigt die Augen. »Aber dann hat sie nur noch von diesem Buch gesprochen, von der fünften Dimension und dass man dort seine Twin Flame trifft, seine große Liebe und ...« Ingrid Pabst schüttelt den Kopf. »Sie wollte unbedingt, dass ich das Buch auch lese ... also, dass wir uns richtig verstehen, ich lese total viel, ich liebe Bücher, aber ... meine Mutter ist ... nun ziemlich esoterisch ... und hat mich schon als Kind immer mit ihren Horoskopen genervt ...« Die Bibliothekarin holt Luft und schüttelt wieder den Kopf, als könnte sie das alles nicht begreifen. »Evelyn jedenfalls hat sich Urlaub genommen und wollte sich auf eine Reise machen ... seitdem gilt sie als vermisst.«

Ist sie Evelyn vielleicht sogar auf der Insel begegnet, schießt es Hannah durch den Kopf. Auch Judith wirkt erschrocken.

»Hör mal, Ingrid«, flüstert Hannah, »wir sind einer Sache auf der Spur. Ist ein bisschen kompliziert zu erklären. Aber ... es ist möglich, dass wir herausfinden, was mit deiner Kollegin passiert ist.«

Judith nickt zustimmend.

»Und es ist total wichtig, dass wir dieses Buch bekommen, verstehst du?«

Ingrid Pabst sieht sich wieder unsicher um.

»Wir brauchen es unbedingt, Ingrid«, sagt jetzt Judith. Die Bibliothekarin nagt an ihrer Unterlippe. »Da ist noch was«, sagt sie ganz leise. »Eine unserer Praktikantinnen hat letzten Monat das Buch gelesen – und war genauso fasziniert. Seit drei Tagen ist sie auch verschwunden.«

# RADIO NEWS 8

»Geburtstagspost für dich, Einstein. Die Heimleitung hat mal wieder eine nette Karte geschrieben und Oberschwester Lucia kommt nachher vorbei, um dir höchstpersönlich zu gratulieren! Und weil du heute Geburtstag hast, darfst du dir von mir auch was wünschen. Soll ich dich auf die Terrasse fahren? Oder willst du einen Extra-Schokopudding?«

Ihm ist nicht nach solchen dummen Späßen. Auch wenn er sich in den vielen Jahren schon daran gewöhnt hat.

»Ich will beichten.«

»Du willst was, Einstein? Hab ich eben richtig gehört? Du kannst ja sprechen wie ein normaler Mensch! He! Und dann gleich beichten? Ich weiß nicht, ehrlich, bist du sicher? Wer weiß, was dir der Typ da oben im Himmel für 'ne Buße aufbrummt.«

»Ich will beichten. Ich will beichten. Ich will beichten ...«

»Schon gut! Schon gut! Hör auf! Ja! Ich sag Oberschwester Lucia Bescheid! Aber bitte halt jetzt die Klappe!«

Er blickt auf den Brief in seiner Hand. Sein knochiger Zeigefinger bohrt sich unter die Lasche des Umschlags und schlitzt sie langsam auf.

*Herzlichen Glückwunsch zum Geburtstag, lieber*
*Mr Conrad Wasserstein, Ihr St. Mary's Stift,*
*Geschlossene Psychiatrische Abteilung*

Er zieht die Schublade auf und legt die Karte auf den Stapel mit den anderen Geburtstagskarten. Die neue hat genau das gleiche Blumenmotiv wie die vom letzten Jahr.

## 2347

Schließlich hat ihnen die Bibliothekarin das Buch aus dem Regal geholt. Hannah kann es kaum erwarten, es aufzuschlagen.

Irgendwo darin liegt der Schlüssel, bestimmt ... Schon im Taxi, auf der Fahrt zurück ins Apartment, liest sie Judith daraus vor.

»In der fünften Dimension wird es weder Leid, Krankheit noch Geldsorgen geben – es werden Frieden und Harmonie herrschen und ihr alle werdet eure Twin Flame, euren Seelenverwandten – eure große Liebe treffen.

Jeder, der in die fünfte Dimension aufsteigt, wird mit seinem göttlichen Selbst wieder verschmelzen. Ihr werdet euch telepathisch verständigen und werdet alles wissen, was war, was ist und was sein wird ...«

»Hey, klingt cool!«, kommt es vom Taxifahrer. »Das wüsst ich auch gern.« Er zwinkert ihnen im Rückspiegel zu. »Dann wüsst ich, ob die Aktien steigen oder fallen – und ob meine Freundin mit ihrem Boss fremdgeht oder nicht ... wie komm ich in diese fünfte Dimension? Gibt's da 'nen Shuttle-Bus hin?«

Als Hannah mit Judith zur Tür hereinkommt, springt Puma an Hannahs Hosenbeinen hinauf und drückt sich ganz fest in ihren Arm und sieht sie mit diesem Lass-mich-nie-nie-wieder-allein-Blick an. Von Kanoa noch keine Spur. Aber irgendetwas sagt ihr, dass er auf dem Weg zu ihr ist. Sie spürt es einfach. Und wenn sie den roten Stein an ihrem Finger betrachtet, erinnert sie sich an jedes Wort, das Kanoa zu ihr gesagt hat. *Zwei Seelen vereinigt wie zwei Flammen, manchmal getrennt, um zu lernen und zu wachsen. Aber einander immer wieder findend. In allen Zeiten, an allen Orten. Eine Liebe – über alles erhaben, alle Leben überdauernd.*

»Wo ist John? Hast du John gesehen?«, ruft da Judith und fährt mit ihrem Rollstuhl von einem Raum zum andern.

»Nein ...«, antwortet Hannah und sieht doch wieder auf ihr Handy. Aber das Display zeigt keine neue Nachricht.

»Ich versteh nicht, warum er weggegangen ist.« Judith ist aus dem Schlafzimmer gerollt.

»Vielleicht wollte er mal raus, spazieren gehen?«, meint Hannah. Sie will nicht zugeben, dass es ihr auch seltsam vorkommt. Long John machte nicht den Eindruck, als würde er die Stadt gern erforschen wollen.

»Er kennt sich doch gar nicht aus!« Judith wirkt zum ersten Mal, seitdem sie hier sind, wirklich besorgt. Hannah kann sie verstehen.

»Er geht doch nicht in einer Stadt wie New York einfach mal *spazieren!*« Judith ist zum Fenster gefahren und sieht hinaus.

»Er wird schon wiederkommen«, versucht Hannah, sie zu beruhigen. Judith stöhnt. »Ich verstehe nicht, warum er nicht hier auf mich gewartet hat!« So hilflos hat Hannah die sonst so selbstsichere Judith noch nie erlebt.

»Lies weiter«, sagt Judith, »das lenkt mich wenigstens ab.«

»Bist du sicher?«

»Nein.« Sie grinst Hannah schief an.

Hannah muss ein bisschen lachen. Das mag sie an Judith, ihren trockenen Humor. Sie schlägt das Buch an der Stelle auf, an der sie im Taxi geendet hat: »Nicht jedem ist es bestimmt, in die fünfte Dimension zu gelangen. Und es gilt, einen bestimmten Zeitpunkt abzuwarten, an dem sich das Magnetfeld der Erde mit dem der Sonne verbindet und ein ununterbrochener Weg von unserer dritten Dimension durch die vierte in die fünfte Dimension entsteht ... Der Weg wird nur dann frei, wenn ein starker Sonnensturm auf der Sonne tobt und Unmengen explosiver Energie freisetzt.«

Hannah blickt auf. »Das klingt echt ganz schön abgefahren! Janice kann doch nicht im Ernst meinen, dass ich auf diesen Quatsch reinfalle. Oder was hat sie sonst damit gemeint, ich soll mich nicht auf die Lehre einlassen?«

»Wenn ich mich recht erinnere, sollst du ja auch New York und dieses Haus verlassen«, sagt Judith und streckt die Hand nach dem Buch aus. »Gib mal her.« Ihr Finger gleitet über die Seiten. »Hm ... astronomische Tafeln ... Sonnenstürme. Daten ...«, sie lässt ihren Finger über die Seite gleiten. »Um diese Uhrzeiten stehen die Sterne so, dass ein Portal im Universum entsteht ... 1261 heißt 12 Uhr 61, ah, jetzt versteh ich ... 3 Uhr 45, 2347 ... heißt ...«

»Was?« Hannah stutzt. »Sag das noch mal!«

»Ich hab gesagt, um diese Uhrzeiten stehen die Sterne so, dass ...«

»Nein«, unterbricht Hannah sie aufgeregt, »die letzte Zahl?«

»23 Uhr 47...?«

»2347«, wiederholt Hannah gedankenverloren, und spürt, wie das Grauen ihren Körper hinaufkriecht. Diese Zahl kennt sie. Sie steht an der Eisentür im Keller.

# UNTEN

Judiths Silhouette oben an der Kellertreppe wird immer kleiner. Das aufgebrochene Vorhängeschloss hat noch niemand repariert. Mit einem mulmigen Gefühl steigt Hannah die steile Treppe hinunter. Der Kegel der Taschenlampe gleitet zitternd an den groben Wänden entlang.

»Und?«, hallt Judiths Stimme herunter. »Bist du unten?«

»Gleich!«, ruft Hannah hinauf.

Die Dunkelheit schluckt sogar ihre Worte, so kommt es Hannah vor, während sie sich mit der Hand an der Wand weiter nach unten tastet. Stufe um Stufe. Bis der Schein der Taschenlampe auf die Eisentür trifft. In weißer Farbe steht dort 2347. Sie hat sich nicht geirrt. Dreiundzwanzig Uhr siebenundvierzig.

»Hannah! Bist du jetzt unten?«, kommt Judiths Stimme von weit her.

»Ja, ich bin an der Tür!«

»Kannst du sie öffnen?«

Hannah drückt die rostige Klinke hinunter – und mit einem Quietschen lässt sich die Tür aufziehen.

Muffiger Geruch schlägt ihr entgegen, fast wie etwas Lebendiges, das da hinter der Tür gewartet hat. Hannah rümpft die Nase und leuchtet in den Schlund der Dunkelheit.

»Ich geh jetzt rein!«, ruft sie nach oben und holt tief Luft. Der Kegel der Taschenlampe tastet sich über dichte Spinnweben, die überall an den Wänden und von der Decke hängen. Das Licht ist zu schwach, als dass Hannah den Raum in seinen Ausmaßen genauer erkennen könnte. Aber sie riecht Staub. Uralten Staub. Und dann flackert die Taschenlampe und erlischt.

Sofort fällt die Dunkelheit über sie und einen Moment lang glaubt sie, sie müsse ersticken.

Sie schüttelt die Taschenlampe und die Birne leuchtet wieder.

»Hannah?« Von ganz weit her dringt Judiths Stimme zu ihr, aber Hannah gibt keine Antwort. Ihr ist, als dürfe sie diese Stille nicht stören, als lauere hier unten etwas. Und da geht die Lampe wieder aus. Diesmal hilft Schütteln nichts. Hannah flucht. Soll sie wieder umkehren? Vielleicht ist es nur ein Wackelkontakt? Im Dunkeln schraubt sie die Lampe auf, nimmt vorsichtig die Batterien heraus, achtet darauf, dass sie sie nicht fallen lässt, und setzt sie wieder ein. Sie schraubt den Verschluss fest und schiebt den Schalter nach oben. Die Taschenlampe funktioniert wieder, wenn das Licht auch flackert. Jetzt lösen sich Umrisse aus der zuvor noch konturlosen Dunkelheit. Was ist das? Was liegt da am Boden? Vorsichtig berührt sie mit dem Fuß das Graue da vor sich und zieht ihn sofort zurück. Es ist hart, trocken, Staub wirbelt auf und sie muss niesen.

Das schwache Licht flackert über unförmige Erhebungen. Säcke? Hannah bückt sich und unterdrückt einen Schrei. Das da vor ihr ist ein Schädel. Und daneben noch einer und noch einer ... überall liegen Tote!

Vertrocknet, mumifiziert. Und sie tragen helle Kleider.

Die Toten halten sich an den Händen, die bis auf die Knochen zerfallen sind. Entsetzt starrt Hannah in die leeren Augenhöhlen, auf die staubigen Haare. Die Kleider sind von einer dicken Staubschicht überzogen. Etwas blitzt da auf dem

Boden auf. Hannah hebt das blitzende Teil auf. Ein Tablettenröhrchen ...

Sie kämpft gegen den Drang an, sofort hinaufzurennen, aus dieser Gruft zu fliehen, aber sie zwingt sich, alles noch einmal genau zu betrachten. Eins, zwei, drei, vier, fünf ... sie zählt und kommt auf zweiundzwanzig Leichen.

Da erlischt die Taschenlampe und die Toten sinken in die Dunkelheit zurück. Fluchend stolpert sie Richtung Ausgang. Sie hat Glück, durch die Erschütterung flackert die Taschenlampe wieder auf und leuchtet ihr den Weg zur Tür. Ein Reflex an der Wand lässt sie noch kurz stehen bleiben.

In einer staubigen Klarsichtfolie hängt dort eine Liste. Hannah reißt sie ab, gerade bevor die Taschenlampe ihren Geist aufgibt.

So schnell ist Hannah noch nie eine Treppe hinaufgerannt.

»Mein Gott!«, ruft Judith aus, »du rennst ja, als wäre der Teufel hinter dir her!« Hannah ist vollkommen außer Atem und bringt kein Wort heraus, gibt Judith nur das Tablettenröhrchen.

»Ist da unten 'ne alte Apotheke oder was?«

»Nein. Eher ein Friedhof«, keucht Hannah.

Judiths Augen weiten sich entsetzt. »Da unten sind Tote?«

»Ja, sie tragen weiße oder, na ja, jedenfalls helle Kleider und liegen ganz friedlich da«, sagt Hannah noch immer mit einer Gänsehaut, »und halten sich an den Händen, so wie ... Kinder auf einem Ausflug ...« Oder so wie wir Sky in den Dschungel gefolgt sind, denkt sie.

»Amiodaron ...«, entziffert Judith auf dem Etikett, »klingt giftig ...«

»Ist es auch«, erwidert Hannah, »wenn man keine Herzrhythmusstörungen hat.«

»Hört sich nach einem kollektiven Selbstmord an«, überlegt Judith. »Ich hab mal von so was gelesen. Da haben sich fast tausend Sektenmitglieder zusammen umgebracht, weil ihnen ihr Guru das Heil im Jenseits versprochen hat.«

Hannah stellt sich vor, wie es gewesen sein muss, da unten, im Dunkel. Wie es sich angefühlt haben muss, dort zu sterben. Ob sie im letzten Moment Angst hatten? Ob sie alle gleichzeitig gestorben sind? Ob sie noch etwas gesagt ... oder vielleicht gesungen haben?

»Und was ist das?« Judith deutet auf die Klarsichtfolie in Hannahs Hand.

»Oh, das hing an der Wand.« Hannah liest vor:

»Am 14. April 1995 um 23 Uhr 47 werden durch das Portal gehen und in die fünfte Dimension aufsteigen:

Helen Dunhill, Elizabeth Miller-Jones, Ida Emmerson, Paula McMillan, Lucia Maria Fernandez ...«

Und dann steht alles still. Ihr Atem, ihr Herz ... die ganze Welt. Die Buchstaben verschwimmen vor ihren Augen. Judith nimmt ihr die Liste aus der Hand.

»Janice Katherine Stafford .... äh ... ist das nicht deine Mutter?«

## DER SCHLÜSSEL

Hannah fühlt sich, als würde sie gleich in einen Abgrund stürzen. Hier steht es schwarz auf weiß.

»Janice war in der Sekte ... Und sie war hier bei Wasserstein.«

»Wow ... die Geschichte wiederholt sich ...« Judith nagt an ihrer Unterlippe. »Aber ... deine Mutter lebt doch, oder?«

Hannah starrt auf die Liste. Dreiundzwanzig Namen.

»Da unten liegen zweiundzwanzig Skelette.«

»Irgendwie hat es wohl deine Mutter geschafft zu entkommen ...«, überlegt Judith.

Hannah nickt und betrachtet die Liste noch einmal genauer. »14. April ...«, murmelt sie und dabei fällt ihr etwas ein. »Judith, wir müssen sofort in die Wohnung!«

Oben angekommen holt sie das Kästchen aus dem Regal. »Hier«, sie hält Judith den Zettel mit der Krankenhausrechnung unter die Nase.

»Entlassen am 15. April 1995«, liest Judith und blickt erstaunt auf, »deine Mutter war also nicht im Keller dabei ... weil sie im Krankenhaus war! Stell dir mal vor, Hannah, deine Mutter hätte damals nicht ins Krankenhaus gemusst, dann wäre sie mit den anderen da unten gestorben und du wärst nie geboren! Und ...«, sie macht eine ausladende Handbewegung, »wir wären uns nie begegnet und ...«

Hannah klappt den Deckel des Kästchens zu und Judith verstummt. Das Tagebuch, die Rechnung, die Muschel ... was hat ihr Janice fürs Leben mitgegeben? Keine Antworten. Sondern lauter Fragen.

Nach Zusammenhängen. Nach dem Schicksal. Nach dem Sinn ...

»Dein Handy, Hannah!« Judith reißt sie aus ihren Gedanken.

»Hannah?«, kommt es aus dem Telefon.

Ist das wirklich Kanoas Stimme?

»Hannah ... ich kann noch nicht kommen, aber ...«

»Kanoa?« Schon übertönt das Rauschen seine Worte.

»Kanoa!«

»... mir versprechen, im Apartment zu bleiben, okay?«

»Was?«, schreit sie ins Telefon. »Was? Warum? Was ist denn passiert? Wo bist du?«

»Ich muss noch was … erledigen.«

»Wie? Was musst du erledigen?« Ihre Finger krallen sich um das Telefon, als könnte sie so Kanoa festhalten.

»… unter Brüdern …«, kommt es bruchstückhaft aus dem Telefon.

»Kanoa, ich hab auch eine Rechnung mit Aiden offen! Er hat Summer getötet und …«

Die Verbindung wird noch schlechter. Es rauscht und knackt noch lauter.

»Hannah, ich …«

»Verdammt!« Hannah schüttelt das Telefon. »Was?«

»… wie möglich zurück … bleib zu Hause!«

»Kanoa, was ist mit Poema?«

Rauschen, Knacken und Pfeifen. Dann: »Poema – ist tot.«

Die Verbindung ist abgebrochen oder Kanoa hat aufgelegt. Hannah starrt auf das Telefon in ihrer Hand, als hätte dieses Gerät Poema getötet …

Die Hoffnung, Poema zu finden, hat Kanoa angetrieben. Deshalb ist er jeden Tag in den Diamond District gegangen um etwas über POG herauszufinden. Und jetzt muss er akzeptieren, dass er sie nicht retten konnte … und … wenn Poema tot ist, ist Nikki auch …

»Hannah?«

Sie hat Judith völlig vergessen.

»Was?«

»Ich hab dich gefragt, was Kanoa gesagt hat?«

Hannah hat das Gefühl, Ewigkeiten zu brauchen, um zu antworten. »Poema ist tot …«

Judith stößt ein lautes Seufzen aus. »Und jetzt? Wo ist er?«

Entschlossen nimmt Hannah Wassersteins Buch von der Küchentheke und gibt es Judith.

»23 Uhr 47, steht da auch ein Datum?«

Judith blättert die Seite mit den Tabellen auf. »Das Portal öffnet sich für fünfunddreißig Minuten um 23 Uhr 47 am ...« Sie sieht auf. »Heute«, sagt sie mit auf einmal tonloser Stimme. »Das ist ... heute.«

Und plötzlich wird Hannah etwas klar. Irgendwie hat sie es die ganze Zeit geahnt: Alles, was geschehen ist, war so bestimmt gewesen. Von dem Moment an, als Janice ihr Tagebuch in das Kästchen für Hannah gelegt hat ...

»Ich muss los, Judith.«

»Wohin?«

»Ich muss rechtzeitig da sein ...«

»Rechtzeitig? Wieso? Wo?«

»Die Liste! Die Toten im Keller, Judith! Es wiederholt sich! Aiden wird Mädchen in den Tod treiben!«

»Und du musst jetzt die Welt retten, oder was?«, schreit Judith sie an. »Das ist doch ...« Sie verstummt und blickt wie Hannah zum Fenster. Am Himmel pulsieren plötzlich gelbrote Lichtwellen, ja, der ganze Himmel hat sich in ein waberndes Lichtermeer verwandelt!

Die Halogenlampen über der Küchentheke flackern, ein Blitz zuckt über den Himmel und mit einem Schlag sind sie erloschen.

Auch Lichter an den Fenstern draußen sind auf einmal dunkel und auch das blaue Neonschild vom Thailändischen Takeaway leuchtet nicht mehr.

»Mein Gott, was passiert da gerade?«, murmelt Judith und umklammert die Armlehne ihres Rollstuhls. »Und John ist da draußen ... ich versteh nicht, wo er ist. Das hat er noch nie gemacht ...« Sie klingt ganz verzweifelt.

»Judith, er kommt bestimmt zurück. Vertrau ihm. Mir bleibt

jetzt keine Zeit mehr. Ich muss los.« Hannah nimmt den kleinen Kater hoch, der zwischen ihren Füßen Schutz gesucht hat. »Puma, du bleibst hier. Judith passt auf dich auf.«

Hannah will Judith den Kater in den Arm legen, doch der krallt sich fest in Hannahs Pullover. Sie gibt ihm einen Kuss auf den Kopf. Da fängt er an zu schnurren und Hannah setzt ihn Judith auf den Schoß.

Hannah weiß, dass alles jetzt auf sie ankommt. Sie hat das Rätsel gelöst.

Um 23 Uhr 47 wird Aiden in seine fünfte Dimension schreiten – und dabei wer weiß wie viele Menschen mit sich in den Tod reißen. Ihr bleiben noch knapp fünfundvierzig Minuten.

Hannah schnappt sich die Autoschlüssel von der Küchentheke, nimmt ihre Jacke von der Stuhllehne und umarmt Judith.

»Wenn ich nicht mehr wiederkomme, versprich mir, dass du dich um Puma kümmerst, ja?«

»Hannah, du kannst mich doch jetzt nicht hier allein lassen!« Judiths Stimme überschlägt sich. »Ich ...«

Judith hat Tränen in den Augen. »Hannah, glaub mir, ich würde mitgehen, wenn ich nicht in diesem blöden ...«

Hannah löst sich aus der Umarmung.

»Ich ...«, fängt Judith an, »ich wollte dir noch sagen, dass ... ich noch nie eine richtige Freundin hatte – außer dir ...« Judith schnieft. »Pass auf dich auf, ja? Und jetzt hau schon ab! Los!«

Hannah dreht sich um und stürmt aus dem Apartment. Sie springt in den Porsche und schießt aus der Ausfahrt auf die Straße. Es donnert, es blitzt, Sirenen heulen – und der Himmel leuchtet in allen Rottönen, als stünde das ganze Universum in Flammen.

JUMP?

TO

READY

YOU

ARE

# RADIO NEWS 9

»He, Einstein, da ist Besuch für dich! Mister Long möchte dir zum Geburtstag gratulieren. Wenn Sie was brauchen, melden Sie sich bitte, Mister Long. Ich bin draußen. Benimm dich, Einstein.«

Er starrt den großen dunklen Mann in dem schwarzen, langen Mantel ungläubig an. Ist das möglich? Eine ganze Weile bringt er kein Wort heraus. Auch der große dunkle Mann sagt nichts. Steht nur da und starrt auf ihn herab.

»Bist du der Sohn von Big John?«, fragt er schließlich.

Aber der große dunkle Mann schweigt.

»Wie hast du mich gefunden?«

Der große dunkle Mann antwortet nicht.

»Ich weiß, wie du mich gefunden hast.« Und diese Erkenntnis ist so erschütternd, dass er eine ganze Weile nicht mehr sprechen kann. Als er sich wieder einigermaßen gefasst hat, sagt er: »Bevor du mich tötest, lass mich beichten.«

Der große dunkle Mann schiebt sich den Stuhl vors Bett.

Conrad Wasserstein weiß, dass Schweigen Zustimmung bedeutet.

Er holt Luft und schließt die Augen. Es fällt ihm nicht leicht. Aber er fängt trotzdem an, denn das ist das Einzige, was er noch will: laut aussprechen, wie alles geschehen ist.

»Ich, Conrad Wasserstein, bin schuld am Tod von zweiundzwanzig Mädchen. Ich wollte sie in die fünfte Dimension bringen. Bei meinen Experimenten mit deinen Leuten auf der Insel haben sie mir unter Hypnose berichtet, dass sie in eine Dimension reisen können, in der Zeit und Raum aufgehoben sind. Sie begegnen dort den Verstorbenen und auch denen, die noch geboren werden. Sie wissen, was war, was ist und was sein wird. In der fünften Dimension finden sie ihren Seelenverwandten, den Menschen, der für sie bestimmt ist. Sie haben mir von Portalen berichtet, die sich nur zu bestimmten Zeiten öffnen und einen Durchgang von unserer Dimension in ebenjene fünfte Dimension freigeben.

Auch die genauen Zeiten haben sie mir unter Hypnose verraten. Ich habe sie notiert und nach eingehenden Beobachtungen festgestellt, dass sie jeweils mit bestimmten Sternenkonstellationen und Sonnenstürmen verbunden sind. Ich habe eine Tabelle erstellt, in der die Tage aufgelistet sind.«

Er senkt den Kopf, er hält dem Blick des Fremden von der Insel nicht stand.

»Eines Nachts sprach eine Stimme zu mir. Sie sagte: ›Geh dahin, wo das Leben pulsiert und eine hohe Energiedichte herrscht, und sammle Mädchen um dich. Eröffne ihnen das Geheimnis von der fünften Dimension, wie es sich dir offenbart hat.‹ Ich verließ also meine Frau und meinen kleinen Sohn und wählte New York. Eines Nachts entdeckte ich, dass das Licht eines Sterns auf eine bestimmte Stelle an der Wand in meinem Haus traf. Ich beobachtete dieses Phänomen mehrere Nächte lang und zeichnete die Konstellation der Sterne auf einer Wandkarte auf.

Ich versammelte Mädchen um mich herum, die eine höhere Macht auserwählt hatte. Wir waren eine wunderbare, freudvolle Gemeinschaft. Die Stimme befahl mir, alle Mädchen in den Keller zu führen, da ein Angriff der dunklen Mächte bevorstand. Dort sollten wir ausharren, bis sich das Portal öffnen würde. Da es eine sehr lange, gefahrvolle Reise durch die Dimensionen werden sollte, sollten die Mädchen etwas einnehmen, das sie schützte. Anschließend sollten sie sich in einen Kreis legen und sich an den Händen halten. Ich – als ihr Führer – wurde aufgefordert, mit ihnen zu gehen und zu meditieren. Als meine Meditation zu Ende war, blickte ich auf. Zuerst dachte ich, dass sie alle auch meditierten. Doch dann merkte ich, dass sie alle tot waren.«

Der große dunkle Mann sieht ihn unverwandt an.

Er spricht weiter: »Ich war zutiefst schockiert. War ich an ihrem Tod schuld? Hatte ich sie in den Tod getrieben? Und dann kam das Schlimmste: Ich hörte das laute Lachen vieler Stimmen. Es waren die Stimmen der Eingeborenen von der Insel. Sie lachten mich aus. *Das ist unsere Rache, weil du uns erforschen wolltest! Wir werden dir niemals unsere Geheimnisse preisgeben!* Dieses schauerliche Lachen! Ich hielt mir die Ohren zu, aber es hörte nicht auf! Ich höre es heute noch.

Und plötzlich begriff ich: Deine Leute auf der Insel wollten nicht, dass auch ich Zugang zur fünften Dimension bekomme! Und ich hatte in meiner Verblendung alles geglaubt, was sie mir erzählten! Ich habe fürchterliche Dinge angerichtet!

Ich wollte etwas Bahnbrechendes entdecken! Ich wollte der wissenschaftlichen Welt etwas beweisen, ich wollte die ganze Welt verändern ... am Ende bin ich bloß ein armer Irrer, den man auslacht ...

Als ich das Ausmaß meines Irrtums erkannt hatte, habe ich alle Exemplare meines Buchs vernichten wollen. Aber es gelang mir nicht ganz, denn die Bücher waren schon in der ganzen Welt verstreut. Der Kalender darin sagt, dass sich ...« Erschöpft macht er eine Pause, so viel hat er seit Jahren nicht mehr gesprochen. »... das Portal heute wieder öffnen wird. Wieder werden in meinem Namen Unschuldige sterben, die meine Lehre glauben. Ich bereue zutiefst. Und ich bereue auch, dass einige deiner Leute durch meine Experimente Schaden genommen haben.«

Er öffnet langsam die Augen. Der dunkle Mann ist aufgestanden und blickt auf ihn herab.

»Ich bekenne mich schuldig. Aber, bitte, bevor du mich tötest, beantworte mir eine letzte Frage.«

War das eben ein Nicken?

»Bitte, sag mir: Du hast mich gefunden, weil du weißt, was war, was ist und was sein wird. Ist es nicht so?«

Er wartet.

»Bitte, gib mir eine Antwort auf meine Frage! Ich flehe dich an, dann kannst du mich töten, denn ich habe den Tod verdient!«

»Wer bin ich, dass ich dich richten könnte?«, sagt der große dunkle Mann dreht sich um und geht aus der Tür.

»Bitte!«, schreit er in den Flur hinaus. »Sag mir, du kommst aus der fünften Dimension, ja? Bitte! Bitte, gib mir eine Antwort!« Er bricht in Tränen aus.

»He, Einstein! Was heulen wir denn so?«

Der Pfleger stopft ihm eine bittere Tablette in den Mund.

»So, gleich geht's uns wieder besser.«

»Antworte mir ...!«, schreit er so laut, dass ihm die Ohren dröhnen.

Tick, tack, tick macht der altmodische Wecker und blättert eine weitere Minute um. 23 Uhr 11.

# VAKUUM

Victor Tong stopft sich schon den vierten Riegel in Folge in den Mund.

»Die Stadt ist ein einziges Chaos! Und dann dieser Himmel!«, sagt Tong jetzt und verrenkt den Hals, um durchs Seitenfenster nach draußen zu sehen. Blitze zucken über den Nachthimmel, ein rotes Licht flammt gespenstisch am Horizont. Kanoa hat keine Ahnung, was gerade passiert.

Tong und Yu sind unterwegs zugestiegen. »So, mein Freund, jetzt kommt dein Auftritt«, hat Tong zu Kanoa gesagt und ihm auf die Schulter geklopft, »und wehe, du vermasselst den!«

Das ganze Telekommunikationsnetz ist durch diese Sonnenstürme, diese ungewöhnlich starken Eruptionen auf der Sonnenoberfläche, gestört, hat Tong Kanoa gerade erklärt, Satelliten sind beschädigt, U-Bahnen fahren nicht, Flugzeuge starten nicht mehr. Viele Menschen wollen die Stadt verlassen, aus Angst vor dem, was vielleicht noch passiert. Und jetzt stecken sie alle im Stau fest.

Zuerst wollte Kanoa nach Hause zu Hannah, aber dann dachte er daran, was Tasha ihm gesagt hat, dass Aiden die Mädchen heute Nacht auf das GOP-Hochhausdach bestellt hat. Kanoa ist sicher: Aiden hat auch Hannah dahinauf bestellt. Und vor allem deshalb muss er jetzt auch dorthin.

»Guck dir das doch an!« Butterfinger klatscht seine fette Hand an die Scheibe. »Was ist das? Der Weltuntergang? Und was macht Victor Tong? Sitzt im Auto fest!« Wütend knüllt er das Papier in seiner Faust zusammen, kaut und schluckt und leckt sich dabei nervös über die Lippen. So unbeherrscht hat Kanoa ihn noch nie erlebt.

»Xin!«, schreit Tong mit noch heiserer Stimme als sonst den Fahrer an. »Tu verdammt irgendwas!«

»Zu viel Stau«, erwidert Xin stoisch wie immer.

»Das interessiert mich nicht!«, brüllt Tong. »Wenn du nicht sofort losfährst, lass ich dir von Yu die Hand abhacken!«

Xin wirft seinem Boss im Rückspiegel einen ausdruckslosen Blick zu und reißt dann das Lenkrad herum. Die Limousine macht einen Satz, schießt in eine Lücke und kracht in den nächsten Wagen.

»Weiter, Xin!«, tobt Tong. »Fahr verdammt noch mal weiter! Wozu hab ich diesen Wagen! Walz sie alle nieder! Mach sie platt!«, brüllt er und sein Kopf ist so rot, als wäre er kurz vorm Platzen.

Einen Moment lang zögert Xin. Dann tritt er das Gas, der Motor heult auf und der Wagen bohrt sich mit einem schauerlichen Geräusch in die Karosserien der Autos, zwischen denen er eingekeilt ist.

»Walz sie platt, hab ich gesagt!«, schreit Tong. Sein massiger Körper zittert wie unter Strom, während Xin weiter Gas gibt und sich der Wagen zentimeterweise auf den vorderen schiebt. Der Gestank von verbrennenden Reifen dringt herein, die Insassen in den Autos nebenan toben und gestikulieren wild, das Hupen ist ohrenbetäubend, Xin steht weiter auf dem Gaspedal, aber der Wagen kommt nicht viel weiter. »Los! Da ist doch mehr drin!« Da verliert Tong die Beherrschung. Mit beiden Armen greift er nach vorn und drückt mit seinen fetten Pranken Xins Kehle zu. Xin strampelt, versucht, Victors Hände von seiner Kehle zu bekommen, und tritt dabei das Gaspedal durch. Der Wagen schiebt sich weiter hinauf, der

Motor dröhnt, als würde er gleich explodieren. Rauch steigt an den Fenstern auf. Kanoa schreit »Aufhören!«, aber Tong hört und sieht nichts mehr. Sie sind alle verrückt!, denkt er und rüttelt an der Tür, doch sie lässt sich nicht öffnen, der nächste Wagen steht zu dicht. Er drückt auf den Fensterheber, lässt die Scheibe herunter ... nur raus hier!

»Du bleibst hier!«, keucht Tong mit den Händen um Xins Kehle. »Ich darf kein Machtvakuum entstehen lassen, hörst du? Ich muss Aidens Imperium sofort und komplett übernehmen! Ich muss ...!« Er verstummt und zwischen den Fettwülsten kommen schwarze Knopfaugen zum Vorschein, die erst ungläubig auf das lange blitzende Messer in Yus Hand starren – dann –, auf den blutigen Stumpf, an dem einmal seine Hand war. Victor Tong reißt den Mund auf, um zu schreien, da stopft ihm Xin einen Butterfinger hinein und holt mit dem Messer zu einer Bewegung aus. In dieser Sekunde gelingt es Kanoa, sich durchs Fenster hinaus ins Freie zu zwängen. Er sieht sich nicht mehr um und läuft unter einem glühenden Himmel über die Autodächer seinem Ziel entgegen. Diesmal darf er nicht zu spät kommen ...

## TO THE TOP

Die Stadt ist im totalen Chaos versunken. Die Ampeln sind ausgefallen, überall haben Autos sich ineinander verkeilt, Sirenen heulen, Straßenlaternen flackern und an den Hauswänden zucken die gigantischen Leuchtreklamen wie riesenhafte Wesen im Todeskampf. In den düsteren Straßen irren aufgeregt Menschen umher, während über ihnen der Himmel in roten und gelben Farben pulsiert, als wäre dort etwas Unheimliches zum Leben erwacht.

Hannah versucht, die verstopften Straßen zu meiden. Eben biegt sie in eine enge dunkle Seitenstraße ein und plötzlich huschen Schatten vor ihr auf die Fahrbahn. Sie bremst abrupt und kann den Wagen gerade noch vor ihnen zum Stehen bringen. Die finsteren Gestalten kommen auf den Wagen zu. »Raus!«, schreien sie und schwingen Baseballschläger. »Raus aus der Karre!«

Und schon kracht der erste Schlag auf die Motorhaube. Hannah duckt sich unwillkürlich und legt den Rückwärtsgang ein. Der Cayenne schießt rückwärts davon. Hannah lenkt ihn zur nächsten Straßenecke, reißt das Lenkrad herum, schaltet wieder auf Drive und rast durch die Nebenstraße davon.

Das war verdammt knapp! 23 Uhr 00 ... Sie drückt noch ein bisschen fester aufs Gas.

Ihr Navi ist ausgefallen, natürlich, die Sonnenstürme! Nichts funktioniert mehr. Keine Ampeln, keine Leitsysteme, kein Licht – die gewaltige Energie der Sonne hat alle Regeln außer Kraft gesetzt. Und hier auf der Erde übernehmen jetzt andere Mächte die Herrschaft ... »Konzentrier dich«, murmelt sie. Die Zeit läuft und sie darf sich nicht verirren.

Mit Vollgas fährt sie in eine Einkaufsstraße hinein, wo Gestalten in Kapuzenjacken Schaufenster einschlagen. Nur weiter, denkt Hannah, einfach weiter, und krallt die Hände ums Steuer. Grelle Blitze spalten den rot glühenden Himmel über ihr. Mein Gott, so etwas hat sie noch nie erlebt ... Mitten auf der Straße versperrt plötzlich ein brennendes Auto den Weg. Hannah tritt gerade noch auf die Bremse, setzt zurück, wendet, reißt das Steuer herum, biegt in die nächste Straße ein, rast weiter. Wo ist der GOP-Turm? Sie darf auf keinen Fall jetzt die Orientierung verlieren! 23 Uhr 06 ...

Die Straße wird schmaler, Müllcontainer versperren den Weg, sie muss wieder wenden. Dann ein lauter Knall. Etwas ist auf die Heckscheibe gekracht. Sie wirft einen Blick über die Schulter. In dem Augenblick schlägt eine Eisenstange in die Frontscheibe und verfehlt sie nur knapp ... und dann hört sie ein Grölen. Die Stadt gehört jetzt den anderen. 23 Uhr 18.

Ruckartig setzt Hannah den Wagen zurück, die Gestalt fliegt von der Motorhaube und lässt die Eisenstange los, die durch die Scheibe auf den Beifahrersitz fällt. Weitere Schläge gehen auf die Karosserie nieder, Scheiben zerplatzen. Jemand schleudert eine Fackel durch die zerborstene Scheibe herein. Die Flamme schießt hoch. Auf der Rückbank brennt es jetzt.

Hannah legt den Hebel auf D und tritt das Gaspedal durch. Der brennende Cayenne schießt nach vorn, raus aus der Gasse, weiter auf irgendeine finstere Straße zu. Es wird heißer in ihrem Rücken. Sie weiß nicht, wann der Wagen explodiert. Aber wenn sie jetzt aussteigt, ist sie tot. Ihre Hände krallen sich um das Steuer. Sie schwört, sie wird den Fuß nicht mehr vom Gaspedal nehmen, egal was passiert.

Steine prasseln auf den Wagen oder sind es Scherben von zerberstenden Schaufenstern? Ihr bleibt keine Zeit, darüber nachzudenken ... 23 Uhr 13. Und dann, endlich, wirft das GOP-Gebäude seinen mächtigen Schatten über sie. Hannah steigt auf die Bremse, nimmt die Eisenstange vom Beifahrersitz und stürzt aus dem Auto. Der helle Feuerschein des brennenden Porsche reflektiert in der Glastür des Turms. Als hätte sie nie anderes getan, hebt sie wie selbstverständlich die Eisenstange und lässt sie auf die Glastür niedergehen, so lange, bis endlich klirrend ein Stück herausbricht. Sie zwängt sich durch das Loch und läuft zum Aufzug. Im Foyer ist es finster bis auf ein paar glimmende Lichter. Was ist mit dem Aufzug? Funktioniert er trotz Stromausfall? Sie drückt den schwach rot glimmenden Knopf an der Tür der gläsernen Kabine. Lautlos schiebt sich die Tür auf. Vielleicht hält ein Notaggregat den Aufzug in Betrieb, denkt sie noch und drückt den obersten Knopf.

Die Tür schließt sich und die Kabine schwebt langsam zur Kuppel hinauf. 23 Uhr 26 …

## DIE FÜNFTE DIMENSION

Hannah starrt auf die nacheinander aufleuchtenden Knöpfe mit den Stockwerken, als könnte sie sie hypnotisieren und die Fahrt beschleunigen. 41 … 42 … die Anzeige verlischt und Hannah wartet auf das Aufleuchten der 43. Da geht ein Ruck durch die Kabine. Der Aufzug stoppt. Bleibt einfach in schwindelnder Höhe zwischen den Stockwerken hängen. Hannah drückt auf den Knopf, doch der bleibt dunkel. Um sie herum nur graues Dämmerlicht. Blackout. Alles steht still. Und sie hängt in diesem Aufzug fest, zig Meter über dem Boden! Sie atmet schneller. Mein Gott, wie lange hält überhaupt der Sauerstoff in dieser Kabine? Wird es nicht schon wärmer? Und die Zeit läuft. 23 Uhr 29 … 31 … Das darf doch nicht sein, dass sie hier festhängt und nichts tun kann! Während Aiden nur ein paar Stockwerke über ihr gleich etwas Schreckliches tun wird! Verzweifelt trommelt sie gegen die Scheibe und weiß doch, dass sie sie nicht zertrümmern darf. Und plötzlich, wie durch ein Wunder, geht ein Ruck durch die Kabine. Die Tasten mit den Nummern der Stockwerke flackern wieder auf. Hannah hämmert auf die 45 ein und – sie kann es kaum glauben – die Kabine setzt sich in Bewegung und hält im obersten Stockwerk an. Hannah stürzt aus dem Aufzug und stolpert durch die gläserne Röhre, rennt zur Treppe, die hinauf zur Plattform auf dem Dach führt. Es muss ein Notaggregat oder eine Notversorgung geben, denn die Gänge werden von schwachen Leuchtröhren in ein trübes Licht getaucht. Hannah hat Glück, die Tür zur Plattform ist unverschlossen und lässt sich aufstoßen. Kalter Wind bläst ihr entgegen und atemlos bleibt sie auf der Schwelle stehen.

Für einige Sekunden glaubt sie, in eine Theatervorstellung geplatzt zu sein.

Fackeln erleuchten die Plattform, über die sich der rot und gelb flackernde Himmel spannt. Auf der Plattform knien ehrfürchtig Mädchen in weißen Kleidern, die Gesichter nach vorn gewendet, zur Brüstung hin, wo Aiden – auch ganz in Weiß – mit ausgebreiteten Armen steht. Hannah wagt kaum zu atmen. Sie weiß nicht, ob er sie schon bemerkt hat. Ihr Blick sucht Kanoa. Ist er irgendwo? Und ist irgendwo unter den Mädchen vielleicht Nikki? 23 Uhr 44.

»Die Stunde ist gekommen«, verkündet Aiden mit Pathos. »Das Experiment ist beendet. Wir Lichtwesen haben uns an unsere Herkunft erinnert. Wir haben die dunklen Wesen besiegt und steigen nun auf in die fünfte Dimension.«

Mit einer weit ausholenden Bewegung zeigt er in den glühenden Himmel, dorthin, wo ein weiß gleißender Stern leuchtet. Ist das wirklich der Stern, der in ihr Apartment geleuchtet hat?, fragt sie sich, als Aiden schon mit seiner Verkünderstimme weiterspricht:

»Das Portal wird sich in wenigen Minuten öffnen. Seht ihr den hellen Stern? Dort wartet unser Mutterschiff. Es wird uns alle aufnehmen und in die fünfte Dimension bringen.«

Er deutet auf eine Rampe aus Metall, die drei, vier Meter weit über die Brüstung ragt. »Und das ist der Weg zum Mutterschiff.«

Unter den Mädchen hebt ein aufgeregtes Geraune und Getuschel an. Mit einer Handbewegung bringt Aiden sie zum Verstummen. »Oriana, eine Bewohnerin der fünften Dimension, wird jetzt durch mich zu euch sprechen. Hört gut zu!« Er schließt seine Augen und wirkt tief versenkt.

Ganz still ist es jetzt. Hannah ist sprachlos. Was für eine Show zieht Aiden da ab? Ja, er ist besser als Sky, viel, viel besser.

»Seid gegrüßt!«, erhebt Aiden seine Stimme, die nun aber viel heller klingt. »Ich bin Oriana, ich spreche zu euch aus der fünften Dimension oder von der Neuen Erde, wie wir, die wir dorthin aufgestiegen sind, sie nennen. Fürchtet euch nicht! Sondern freuet euch, dass ihr auserwählt wurdet, die Neue Erde mit Leben und Liebe zu füllen! Wir erwarten euch auf dem Mutterschiff. Bis dahin folgt den Anweisungen eures Führers Aiden, der euch sicher durch das Portal zu uns bringen wird!«

Es ist totenstill. Und niemand bewegt sich. Nur der Wind faucht über die Brüstung und bauscht die weißen Kleider und zerrt an den Haaren.

Aiden öffnet wieder die Augen. »Danke, Oriana, für deine wunderbaren Worte!«

Die Mädchen haben ehrfürchtig den Blick in den Himmel gehoben. Hannah denkt an die Toten im Keller. Kollektiver

Selbstmord, hat Judith gesagt ... Hannah ahnt, was jetzt folgt. Und das muss sie unbedingt verhindern.

Sie bahnt sich einen Weg nach vorn.

»Aiden ist wahnsinnig! Glaubt ihm nicht, sonst werdet ihr alle sterben!«

»Hannah!«, ruft Aiden erfreut aus, sein Gesicht leuchtet auf. »Ich wusste, dass du kommen würdest!« Er streckt die Hand nach ihr aus. »Seht, manchen ist es vergönnt, schon hier auf der Erde, in der dritten Dimension, seine Twin Flame zu treffen. Hannah! Wir beide werden als Erste durch das Portal schreiten, komm zu mir!«

Hinter Aiden ragt die Rampe über die Brüstung. Wenn Aiden das hier wirklich ernst meint, denkt sie, dann ... ist er vollkommen wahnsinnig.

»Sag mir, wo Kanoa ist!«, ruft sie zu ihm hinüber.

Aiden lacht, als hätte sie einen Witz gemacht.

»Aber Hannah! Wir stehen hier an der Schwelle eines neuen Lebens!«

»Lauft weg!«, ruft Hannah den Mädchen zu, die auf einmal unschlüssig und verängstigt wirken. »God's Own People hat euch missbraucht und verkauft! Steht auf, lauft weg!«

Einige sind schon aufgestanden und haben sich weiter nach hinten zur Tür verzogen, als Aiden brüllt: »Ihr bleibt hier! Ohne mich werdet ihr niemals erleuchtet werden!«

Da schießt ein grellweißer Blitz vom glühenden Himmel, als wollte er ihn spalten. Und für Sekunden taucht er die Stadt in gleißendes Licht, so blendend hell, dass Hannah den Arm vor die Augen hochreißt. Schrill schreien die Mädchen auf. Einige Mädchen werfen sich auf den Boden, andere rennen kopflos zur Brüstung, wieder andere schlagen sich die Hände vor die Augen und fangen an zu beten. Nur Aiden bleibt ungerührt an der Rampe stehen, mit wehendem Haar, flatterndem weißem Hemd, den Rücken ihnen zugewendet, den Blick ins Licht erhoben und ruft: »Das Mutterschiff hat uns ein Zeichen gesendet!«

Schlagartig verstummen die Schreie. Ehrfürchtig werfen sich auch diejenigen, die fliehen wollten, wieder auf die Knie und blicken zu Aiden auf, der bereits einen Schritt auf die Rampe gemacht hat.

»Hannah, meine Liebste!« Als Aiden sich zu ihr umdreht, hat er ein irres Lächeln im Gesicht. »Hannah, komm zu mir!« Er streckt ihr die Hand entgegen.

Und plötzlich wird alles dunkel. Der Himmel wird finster, kein rotes Licht glimmt mehr, kein Blitz zuckt. Keine Ampel, kein Autoscheinwerfer – nichts, gar nichts leuchtet mehr –, nur die Fackeln neben der Tür brennen noch und der ferne Stern blitzt in dem schwarzen, leeren Himmel. Blackout.

Ein beunruhigtes Raunen geht durch die Menge der Mädchen. Aiden wirkt irritiert.

»Das ist ...«, dann verstummt er.

Hannah dreht sich um. Wie soll sie bloß Kanoa und Nikki finden?

Genau in diesem Augenblick, in dieser Zehntelsekunde, in der ihre Gedanken bei Kanoa sind, stürzt sich Aiden auf sie, reißt sie heran und presst sie an sich.

# VERKAUFT

Der Motor der Limousine surrt wie ein Wespennest, obwohl sie sich keinen Zentimeter vorwärts bewegt.

Draußen geht gerade die Welt unter. Selbst im GOP-Hochhaus, sind die Lichter ausgegangen und es wirft nur noch seinen dunklen Schatten über sie und die leere Straße vor ihnen. Hoffentlich hat bald alles ein Ende. Sie weiß nicht, wie lange sie noch so leben kann.

»So musst du das machen!« Sein harter Griff hat ihr Handgelenk wie in einen Schraubstock eingespannt. »Schön langsam.« Er führt ihre Hand mit dem Streichholz an die Zigarre, die zwischen seinen Lippen klemmt. »Na, geht doch!«

Endlich lässt er ihr Handgelenk los. Die Zigarre qualmt und sie muss husten.

»Daran wirst du dich schon noch gewöhnen!« Er lacht dröhnend und zwickt sie in die Wange. Wie sie sein Lachen hasst. Wie sie alles an ihm hasst. Alles, einfach alles.

Sie will von seinem Schoß herunterrutschen, doch er hält sie fest.

»Pass mal auf, Schätzchen«, er bläst ihr seinen ekelhaften Zigarrenatem ins Gesicht, »dass eins klar ist. Aiden hat mir ’ne ziemliche Stange Geld für dich abgeknöpft. Du gehörst jetzt mir und ich kann mit dir machen, was ich will. Kapiert?«

Fuck you!, denkt sie.

»He, ich hab dich was gefragt.«

Das Blut steigt ihm vor Wut in den Kopf.

Elender Wichser, denkt Nikki. Hol dich der Teufel!

Die Ohrfeige schleudert ihren Kopf zur Seite. Erst dann spürt sie den brennenden Schmerz in ihrem Gesicht.

»Sag ›Ja, ich hab's kapiert, Dimitri‹, sag's schon!«

Schlag mich doch tot, dann ist es endlich vorbei, oder besser, reg dich so auf, dass dich der Schlag trifft, denkt sie und schweigt.

Plötzlich hört er auf. Ein fieses Grinsen zieht über sein feistes Gesicht.

»Was glaubst du wohl, was Aiden mit dir macht, wenn ich dich zurückbringe und mein Geld wiederhaben will?« Er nimmt die feuchte Zigarre aus dem Mund. Das brennende Ende ist jetzt ganz nah an ihrem Auge. »Na ...?«

Ihr Auge fängt an, zu tränen von der Hitze.

Da lacht er auf und steckt sich die Zigarre wieder zwischen die Lippen. Er greift nach der Champagnerflasche neben sich in der Halterung. »Trink! Das macht dich weniger aufmüpfig.«

Er beugt sich vor und klopft auf die Rückenlehne des Fahrersitzes. »Gregor, du kannst losfahren.«

»Verzeihung, Privet Gospadin, aber die Straße ist noch blockiert ...«

»Umso besser. Wenn die kleine Schlampe nicht spurt, können wir sie gleich wieder zurückgeben!« Er reißt den Mund zum Lachen so weit auf, dass sie sein Rachenzäpfchen zittern sieht.

# SPRING

Hannah wehrt sich verzweifelt, doch Aiden hält sie mit eisernem Griff umklammert und zerrt sie zur Rampe. Sie weiß, wenn er sie erst mal da oben auf der schmalen Rampe hat, kann sie sich nicht mehr von ihm losreißen, ohne hinunter in die Häuserschlucht zu stürzen. Noch nie in ihrem Leben hat sie solch entsetzliche Angst gehabt – und zugleich solch rasende Wut.

Die Mädchen haben sich aneinandergedrängt wie ängstliche Schafe in einer Herde. Vielleicht kapieren sie jetzt endlich, was ihnen blüht, denkt Hannah und will es hinausschreien, aber Aiden hat sie so fest an sich gepresst, dass sie kaum atmen kann.

»Ich kann nicht ohne dich gehen, Hannah!« Aidens Gesicht ist ihrem ganz nah. »Hannah ... Ich liebe dich!«, seine Stimme zittert vor Erregung und seine Augen flackern wie die eines Wahnsinnigen. »Du musst mit mir kommen! Du bist dazu bestimmt!«

»Niemals!«, bringt Hannah hervor. »Niemals!« Die Angst hat ihre Sinne geschärft, ihre Muskeln zum Zerreißen gespannt, sie bündelt alle Kraft, um mit einem Mal zu explodieren und sich zu befreien. Jetzt ... doch Aiden ist noch schneller.

Blitzschnell hat er ihr den Arm auf den Rücken gedreht.

»Es wäre schöner gewesen, wenn du freiwillig mitgekommen wärst«, zischt er ihr ins Ohr und stößt sie vor sich her zum Fuß der Rampe. Hinter ihr schreien und kreischen die Mädchen vor Angst und Aufregung oder vor beidem, wer weiß das schon.

»Du kannst doch nicht im Ernst glauben, dass ich dahinauf steige!«, ruft Hannah und tritt und windet sich, um sich aus seinem Griff zu befreien. Vergeblich. Er hört sie nicht einmal. Der Wind bläst hier an der Brüstung stärker, als wollte er sie gleich hinunterreißen in die todbringende Häuserschlucht. Hannah ist nur noch Herzschlag. Nur noch Atmen.

»Uns bleiben sieben Minuten! Dann schließt sich das Tor und wir werden zwischen den Dimensionen verloren gehen!«

Jetzt ist es aus! Und nirgendwo ist Kanoa. Nirgendwo Nikki. Da sind nur Aiden mit seiner Wahnidee – und die todbringende Tiefe.

Hannah hört jetzt die Mädchen summen. »Aiden! We will follow you ... follow you ... follow you ... to the stars!« Es ist eine unheimliche Melodie, die Hannah eine Gänsehaut über den Rücken jagt. Sie sind bereit, in den Tod zu springen, weil sie glauben, was Aiden ihnen erzählt ... Sie nimmt noch einmal alle Kraft zusammen und schreit:

»Ihr dürft ihm nicht glauben! Ihr werdet alle sterben!«

»Lügnerin!«, kommt es zurück, worauf die anderen Mädchen rhythmisch einstimmen: »Lügnerin! Lügnerin! Lügnerin!«

Aiden dreht Hannah ein wenig zur Seite. Sie sieht die Mädchen langsam auf sie zukommen.

»Sie glauben dir nicht!«, triumphiert Aiden.

Sie hat verloren. Aber sie will nicht sterben.

»Aiden, bitte«, sie kann ihren Kopf so weit drehen, dass sie ihm in die Augen sieht. »Okay. Du hast gewonnen. Ich komme mit dir, aber lass diese Mädchen aus dem Spiel – und auch Kanoa und Nikki!«

Ein hässliches Grinsen verzerrt sein Gesicht.

»Nein. Wir werden alle zusammen gehen. Es bleibt uns nicht

mehr viel Zeit. Das Portal schließt sich! Komm jetzt!« Und er zwingt sie, ihren Fuß auf die Rampe zu setzen.

Genau in diesem Moment explodiert etwas.

Aiden fährt herum, lockert den Griff und Hannah nutzt diesen Bruchteil eines Augenblicks und rammt ihm die Faust gegen die Kehle. Er kommt ins Taumeln, ringt nach Luft, sie reißt sich von ihm los und sieht erst jetzt da an der Tür – Kanoa mit dem Revolver.

»Hierher, Hannah!«

Hannah stürzt auf ihn zu, an den Mädchen vorbei, auf einmal sicher, dass sie die ganze Zeit nie etwas anderes erwartet hat, als dass Kanoa am Ende kommt.

Er hält sie fest und erst jetzt merkt sie, wie sie schlottert und ihre Zähne klappern.

»Du machst einen großen Fehler, Hannah!«, schreit Aiden zu ihnen herüber. »Du gehörst zu den Auserwählten! Du hast an diesem großen, einmaligen Experiment teilgenommen, das hier und jetzt endet!«

Aiden steht nun am Ende der Rampe. Sein irres Lachen hallt über die ganze Stadt. »Ihr habt nichts verstanden! Gar nichts! Endlich ist es so weit!« Er breitet die Arme aus. Der Wind weht jetzt stärker, bläst ihm die Haare aus dem Gesicht und lässt sein weißes Hemd und seine weißen Hosen flattern. »Hier sind wir Lichtwesen versammelt«, verkündet er. »Wir haben uns unserer Herkunft erinnert und kehren jetzt nach Hause zurück. In die fünfte Dimension, dorthin, wo es keine Zeit gibt, wo alles ist, was war und was sein wird. Folgt mir, ihr Auserwählten! Ich gehe voran!«

Zwei Mädchen laufen auf die Rampe zu.

»Bleibt hier!« Hannah löst sich von Kanoa und stellt sich ihnen in den Weg, doch sie beachten sie gar nicht.

»Kommt zurück!«, ruft Kanoa, aber die beiden Mädchen kriechen schon auf allen vieren über die über dem Abgrund schwankende Rampe zu Aiden hin. Der Wind ist stärker geworden.

Hannah macht einen Schritt auf die Rampe und streckt den Arm nach ihnen aus und auch Kanoa versucht, weitere Mädchen von der Rampe wegzudrängen.

Aiden hat sich umgedreht und sucht Hannahs Blick. Er lächelt glücklich, so, wie er sie ganz am Anfang angelächelt hat. Damals ... am Strand.

Seine weißen Shorts und sein offenes weißes Hemd leuchten hell im Mondlicht. Gleißend weiß, rein, überirdisch ... Er gibt ihr die Hand. Sie ist warm und fest und trocken und Hannah spürt, wie etwas durch sie hindurchläuft, als sie seinen Händedruck erwidert. Ein Feuer, ein Blitz, etwas ... etwas Unaussprechliches. Willkommen auf der Insel, schön, dass du hier bist, seine Stimme ist wie dunkelblauer Samt ...

Seine Lippen formen Worte, doch der Wind nimmt sie mit. Der Wind weht ihm durch die Haare, bläht sein weißes Hemd. Die beiden Mädchen kauern bewegungslos auf der Rampe. Im jetzt schwarzen Himmel blitzt der helle Stern noch immer. Aiden hebt eine Hand und es sieht aus, als würde er gleich den Stern berühren.

Er beugt ein wenig die Knie, breitet die Arme aus wie Flügel – und springt und für einen Moment glaubt Hannah, er würde wirklich fliegen.

Da spürt sie Kanoas Hand auf ihrem Arm, sie dreht sich zu ihm um und seine blaugrünen Augen geben ihr Halt. »Ich dachte, ich hätte dich verloren.«

»Ich bin hier «, flüstert sie und hält ihn ganz fest.

# HASTA LA VISTA

Die Limousine fährt gerade an, als etwas auf die Windschutzscheibe kracht. Ein Komet?, schießt es ihr durch den Kopf, als sie auch schon gegen die Vorderlehne geschleudert wird. Die Frontscheibe birst, der Airbag platzt aus dem Lenkrad, der Wagen macht einen Satz nach vorn und prallt gegen etwas.

Das geschieht in Bruchteilen von Sekunden und trotzdem hat sie das alles wahrgenommen, während sie erst nach vorn, dann gegen die Rückenlehne geschleudert wird. Aus der Nase von dem Kerl neben ihr läuft Blut, er glotzt sie ungläubig lächelnd aus weit geöffneten Augen an. Dann sackt sein Kopf schlaff auf die Brust. Von seiner Glatze tropft der verspritzte Champagner und trifft nicht ganz die qualmende Zigarre in seinem Schoß.

»Na, dann, noch viel Spaß ...«, murmelt sie. »Dios mio, warst du das, da oben?« Sie bekreuzigt sich hastig. Sie kann es noch gar nicht fassen. Oder war das ein Komet, der sie da eben gerettet hat? Sie stemmt sich gegen die Tür, doch die klemmt. Mit aller Kraft tritt sie zu, die Tür springt auf und sie fällt auf die Straße.

Sie rappelt sich auf, kommt auf die Füße, merkt, dass der Absatz von ihrem linken Schuh abgebrochen ist, egal, sie streift die High Heels ab und schleudert sie von sich.

Warum zum Henker ist hier alles dunkel? Keine Ampeln, keine Lichter, keine Werbetafeln? Und wieso steht da ein Auto mitten auf der Straße in Flammen?

»Ist die Scheißwelt etwa untergegangen?«, murmelt sie,

schüttelt den Kopf und merkt, wie ihr dabei schwindlig wird. Scherben schneiden ihr die Fußsohlen auf, als sie um den Wagen herum nach vorn geht. Der Wagen ist gegen einen Betonpfeiler geprallt.

»Uups ...« Sie beugt sich näher zur Motorhaube hinüber.

Dort, eingedrückt ins Blech liegt eine weiß gekleidete Gestalt mit seltsam verdrehten Gliedmaßen. Ein Windstoß fährt durch die langen schwarzen Haare.

»Dios mio ... das ist ja Aiden ...!«

Sie sieht hinauf zum düsteren GOP-Hochhaus. Da wird ihr Blick zur Eingangstür gelenkt, über dem die Buchstaben GOP nur noch schwach glimmen. Ein Schwarm weiß gekleideter Mädchen stürmt schreiend heraus, als hätten sie Schule aus ...

»He«, ruft sie ihnen zu, »was ist denn passiert?«

Doch die Mädchen laufen an ihr vorbei, als wäre sie gar nicht da.

Hannah starrt die Gestalt an, die da auf der Straße auf sie zuhumpelt. Diese Heliumstimme, die kennt sie doch. Die blonden Haare schimmern im spärlichen Licht. Der Mantel verschmilzt mit der Umgebung. Ist das *wirklich* oder ist das eine ... Fata Morgana?

»Kanoa«, Hannah fasst nach seinem Arm, »sag mir, was siehst du da vorne?«

»Das Mädchen da ohne Schuhe?«

Ist sie es wirklich?

Hannah lässt Kanoas Arm los und geht langsam auf die Gestalt zu.

Das Mädchen bleibt stehen.

*»Joder!«,* ruft das Mädchen mit Heliumstimme. »Spinn ich jetzt?«

»Nikki?«

»Hannah?«, kommt es ungläubig zurück.

»Das Leben ist zu kurz ...«, fängt Hannah an.

»... als dass man nicht alles ausprobieren sollte!«

Diesen Moment, der jetzt folgt, wird Hannah ihr ganzes Leben lang nicht mehr vergessen. In diesem einen Moment passiert alles noch einmal. Wie sie zusammen auf dem Bett im *Blue Horizon* sitzen, Eiscreme löffeln und sich ihr Leben erzählen, *sofern man mit achtzehn schon so was hat*; *ich bin eigentlich nur wegen der coolen Surfertypen hier; hot, echt hot, Hannah; ich hab den ultimativen Job für uns auf einer Trauminsel*! Nikki, die den uralten Madonna-Song singt, Nikki mit wackelnden Hüften, Nikki, die durchs Felsentor geht ...

»Nikkiiiiiiiii!« Hannah stürzt auf die Freundin zu und Nikki läuft im selben Augenblick los und dann stoßen sie beinahe mit den Köpfen zusammen, als sie sich in die Arme fallen.

»Hannah ...« Nikki versagt die Stimme, »Dios mio! Ich hab gedacht, wir sehen uns nie, nie wieder!«

Hannah schießen Tränen in die Augen.

Ist das wirklich wahr? Sie kann es immer noch nicht ganz fassen. Nikki lebt! Sie sind um die halbe Welt gereist und haben sich wiedergefunden ...

»Ich hab gedacht, du wärst ertrunken! Damals am Felsentor.« Nikkis Stimme ist in ihrer Aufregung noch schriller geworden.

»Aiden hat erzählt, du wärst doch noch nicht reif für die fünfte Dimension gewesen. Aber spätestens auf dem Boot, das uns zur Jacht gefahren hat, habe ich gewusst, dass er lügt! Ich hab gedacht, du bist tot, ertrunken ...«

»Ach, Nikki!« Hannah kann kaum sprechen vor Rührung. So lange hat sie nach der Freundin gesucht und wie oft war sie nahe daran, die Hoffnung zu verlieren, sie jemals wiederzusehen.

»Und«, Nikki schnieft, »wer ist das?« Sie meint Kanoa, der nun zu ihnen gekommen ist.

»Das ist Kanoa. Er hat mich beim Felsentor gerettet. Kanoa, das ist Nikki.« Hannah wischt sich die Tränen vom Gesicht. Die Gefühle sind so überwältigend, dass sie ganz durcheinander ist.

Nikki streckt Kanoa die Hand entgegen, hält sie fest und wird auf einmal ganz ernst. »Das ist wahrscheinlich das Beste, was du bisher in deinem verdammten Leben getan hast. Ich hoffe, du weißt das.«

Kanoa nickt und legt den Arm um Hannah. Diese Sekunde will Hannah für immer festhalten.

»Aber«, fragt Nikki, »ich versteh immer noch nicht, wieso seid ihr hier, in New York?«

Hannah seufzt und tauscht einen Blick mit Kanoa. »Tja, das ist eine ziemlich lange Geschichte. Aber wieso warst du nicht auf dem Dach?«

»Aiden hat mich an einen Kunden verkauft.« Nikki deutet mit dem Daumen über die Schulter zu einem Auto, das gegen einen Pfeiler gerast ist.

»Tja, Aiden ist vom Dach gesprungen …«

»Ja, er hat einen ziemlich coolen Abgang gemacht«, Nikki grinst schief. »Auf einmal ist er vom Himmel aufs Auto geknallt. Der Fahrer ist daraufhin gegen den Pfeiler gerast, der ekelhafte Typ hat sich die Champagnerflasche in den Rachen gerammt und wird hoffentlich gerade von seiner Zigarre gegrillt … und ich … bin hier!«

»Mein Gott, Nikki …«

Nikki seufzt. »Wie konnte ich Aiden und Sky nur so auf den Leim gehen?«

»Das hab ich mich auch oft gefragt«, sagt Hannah.

Nikki schüttelt den Kopf. »Die Insel, ich meine, die Perlenfarm, war doch echt cool. Und dann bei Sky mit all den Mädchen, dem Gesinge und diesen geheimnisvollen Ritualen, fand ich es auch cool. So anders! Ich hab mich als was ganz Besonderes gefühlt. Ich war auserwählt ... « Nikki verstummt.

»Ja ...«, sagt Hannah. »Ich war wie verzaubert von Aiden und der Insel, den Nächten am Strand ... ich *wollte* das alles glauben ...«

*»Mete bab ou alatranp* ... prepare for what is coming«, sagt Nikki, »wir hätten drauf hören sollen ... meinst du, man kann das alles vergessen, nie mehr daran denken?«

»Nein«, sagt Hannah. »Wir werden das, was passiert ist, wohl nie vergessen. Aber dass wir gerettet wurden, auch nicht.«

Nikki breitet schluchzend die Arme aus und umarmt Hannah und Kanoa. Wir leben, warum auch immer, fühlt Hannah in dem Augenblick.

Nikki schnieft, als sie sich aus der Umarmung lösen. »Dann ist das mit der fünften Dimension also alles eine große Lüge.« Sie blickt über die düster daliegende Straße mit den Autowracks. »Dann ist das hier ... alles. Mehr gibt's nicht?«

»Mir reicht das fürs Erste«, bemerkt Kanoa trocken.

Hannah sieht hinauf in den Himmel. Der Stern leuchtet noch immer. Und er leuchtet heller und schöner als alle anderen.

»Vielleicht gibt es ja etwas ... anderes ...?«

Nikki ist ihrem Blick gefolgt und seufzt. »Ach, was auch immer da oben ist, ich hab einen Wahnsinnshunger wie schon so lang nicht mehr – und ...«, sie hebt ihren nackten Fuß, »ich brauch schleunigst neue Jimmy Choos!«

In diesem Augenblick flackert wie durch Zauberhand erst eine dann noch eine Straßenlaterne auf, bis schließlich alle

Lichter wieder brennen und ein wunderbar helles, freundliches Licht die Düsternis vertreibt. Nur das GOP-Gebäude bleibt dunkel.

Nach einem langen Fußmarsch können sie endlich ein Taxi auftreiben, das sie zu ihrem Apartment fährt. Unterwegs erzählt Hannah, was alles seit dem Felsentor passiert ist, und Nikki berichtet, wie Aiden im Laufe der Zeit immer wahnsinnigeres Zeug geredet und die Mädchen gequält hat.

In der Küche sitzt Puma vor einer Schüssel Futter und schmatzt. Aber Long John und Judith sind spurlos verschwunden. Auch ihr Gepäck ist nicht mehr da. Auf der Küchentheke liegt ein Brief. Darauf steht in schwungvoller Handschrift: FÜR HANNAH.

Hannah reißt den Umschlag auf.

*Liebe Hannah,*

*leider konnten wir dir nicht persönlich Auf Wiedersehen sagen, aber ich bin dir wohl eine Erklärung schuldig.*
*John und ich hatten eine Mission. Wir wollten verhindern, dass die Lehre Wassersteins weiter verbreitet wird und noch mehr Schaden anrichten kann.*
*Wir haben das Buch vernichtet.*
*Jetzt existiert nur noch ein Exemplar, an das wohl nie mehr jemand kommt, und Wassersteins Lehre wird hoffentlich keine Opfer mehr fordern. Conrad Wasserstein selbst stellt keine Gefahr mehr dar. Davon hat sich John überzeugt. Was du vielleicht noch wissen willst, warum ihr und Summer in diesem Haus wohnen solltet:*
*Wir haben herausgefunden, dass das Haus in den Besitz*

*von Conrad Wassersteins Ehefrau übergegangen ist, von der er nie geschieden wurde. Als diese vor vier Jahren gestorben ist, hat sie es ihrem Lieblingsenkel Aiden vermacht. Aiden hat schon immer gern Menschen manipuliert und kontrolliert, hat mir John gesagt.*

*Liebe Hannah, ich habe nie an etwas anderes geglaubt als an das, was ich sah, was ich messen und was sich wissenschaftlich beweisen ließ. Bis ich John kennenlernte. Er hat mir eine ganz neue Welt eröffnet. Eine neue Dimension. Durch ihn habe ich begriffen, dass Hass, Angst, Neid und Habgier unser Leben eng machen, aber wenn wir lieben, können wir alles überwinden, was uns beschränkt. Unsere eigenen Grenzen und Zeit und Raum.*
*Ich habe es erfahren: Wenn wir uns mit Liebe an jemanden erinnern, ist er uns ganz nah, auch wenn er schon lange nicht mehr mit uns in unserer Zeit lebt.*
*Um dorthin zu kommen, müssen wir nicht in ein Raumschiff steigen oder Portale durchschreiten. Wir müssen nur bereit sein zu lieben. Und in dem Augenblick, in dem wir uns auf die Suche nach der Liebe machen, macht sich auch die Liebe auf, uns zu finden. Es gibt immer einen Menschen auf der Welt, der einen anderen sucht.*
*Leb wohl, Hannah, ich werde dich nie nie vergessen.*

*Deine Judith*

Und darunter waren ganz viele Herzen gemalt.

# THE END

Es war ein warmer Tag, selbst jetzt am frühen Abend ist die Luft lau, fast schon ein bisschen wie im Frühling. Hannah und Kanoa sind vom Park am Embankment zum Southbank-Ufer hinübergelaufen, lehnen am Geländer und blicken auf die Hochhäuser der Londoner City. Silbrig und golden reflektieren die Dächer und Fenster der Bürotürme die noch zaghafte Vorfrühlingssonne. Hinter ihnen spielt eine Straßenband, Leute flanieren vorbei und von einer Bude weht der Duft von Popcorn heran.

Obwohl sie schon seit Monaten hier in London sind, gibt es immer wieder Momente, in denen sie nicht glauben kann, dass sie sich wirklich aus den Fängen der Insel befreien konnten und überlebt haben. »Ich frag mich manchmal, warum ich überlebt habe und Jesper und Summer und so viele andere nicht«, fängt Hannah an und sieht dem Touristenschiff nach, das eine Spur feiner Gischt hinter sich zurücklässt.

»Wir hatten einfach Glück, oder?«

Er greift nach ihrer Hand und die Sonne lässt das Rot und das Orange ihrer Ringe aufleuchten. *Eine Liebe – alle Leben überdauernd,* erinnert sie sich und drückt seine Hand noch ein bisschen fester.

Ja, sie hatten Glück gehabt.

Wenige Stunden nach 23 Uhr 47 hatten sich die Stürme in New York gelegt. Schon einen Tag nach dem großen Blackout funktionierten Telefon und Internet wieder und der Himmel war in der Nacht dunkel und am Tag hell, so wie sonst.

Hannah rief Detective Gallo an und erzählte ihm alles. Daraufhin rückte die Polizei mit einem großen Team an. Das ganze Haus wurde vom Dach bis zum Keller untersucht, die Leichen wurden geborgen.

Journalisten umstanden das Haus und berichteten in Artikeln und Fernsehbeiträgen über die Sekte und den Massenselbstmord vor zwanzig Jahren und die gerade noch abgewendete Katastrophe auf dem Dach des GOP-Hochhauses. Nikki war eine gefragte Interviewpartnerin und trat in mehreren TV-Shows auf, in denen sie ihre Geschichte erzählte. »Damit ich vielleicht andere davor bewahren kann, solchen Versprechungen zu glauben«, sagte sie. Durch die Interviews war sogar ein Filmregisseur auf Nikki aufmerksam geworden. Er traf sie in einem Studio am Times Square. Am darauffolgenden Tag schickte er ihr einen Vertrag für die Mitarbeit am Drehbuch – und die Hauptrolle. Die Dreharbeiten für DIE INSEL sollten schon im Sommer beginnen. Allerdings aus technischen Gründen in der Karibik. Nikki kriegte sich vor Freude gar nicht mehr ein.

Für sie alle stand fest, dass sie nicht länger in New York bleiben würden. Und obwohl ihnen wahrscheinlich keine Gefahr mehr drohte, barg die Stadt doch zu viele schlechte und traurige Erinnerungen.

Hannah wollte so schnell wie möglich nach London, damit Kanoa ihre Eltern kennenlernte. Außerdem musste sie unbedingt Janice besuchen. Sie hatte so viele Fragen.

»Ich komme mit euch!«, entschied sich Nikki. Und so flogen sie zusammen nach London.

Puma verschlief den ganzen Flug und fing erst in der Wohnung von Eileen und Richard an zu miauen.

Was für ein liebes Kätzchen, meinte Eileen gerührt und holte gleich den teuersten Thunfisch aus dem Vorratsschrank.

Richard und Eileen waren auch ganz begeistert von Kanoa und der verstand sich bestens mit ihnen. Schließlich hatte er nach dem Selbstmord seiner Mutter nie richtige Eltern gehabt.

Seit ihrer Ankunft in London versuchte Hannah immer wieder, ihre Mutter in der Klinik zu besuchen, doch dort hieß es, Janice müsse sich erholen und dürfe keinen Besuch empfangen. Als Hannah eine Woche später anrief, sagte man ihr, Ms Stafford sei schon als geheilt entlassen worden.

Hannah war außer sich, aber es half nichts. Man gab ihr keine Adresse und die alte Telefonnummer war abgemeldet.

»Als würde sie vor mir fliehen«, hatte Hannah gemeint. Und dieses Gefühl hat sie bis heute nicht losgelassen.

Aber eigentlich will sie nicht mehr so viel über das Vergangene nachdenken. Sie lebt hier und jetzt – und mit Kanoa. Überhaupt, Kanoa! Ihn interessierte so vieles! Und er hatte so vieles nachzuholen.

»Was meinst du«, hatte er Hannah gerade gestern gefragt, »ich könnte einen Schulabschluss machen und dann was mit Politik und Wirtschaft studieren? Dann können wir zusammen zur Uni gehen.«

»Aber du darfst mich nicht ablenken!«, hatte sie mit gespielter Strenge geantwortet, denn sie wollte sich für Kulturanthropologie einschreiben.

»He!« Kanoa zieht Hannah plötzlich mit schnellen Schritten zur Brücke am Embankment, direkt auf das in der Sonne glitzernde Riesenrad zu. »Wie hoch ist das wohl?«

Hannah muss immer wieder lachen, wenn Kanoa so etwas Naives hat.

»Wollen wir's ausprobieren?«, und ohne seine Antwort abzuwarten, nimmt sie seine Hand und rennt mit ihm über die Brücke hinüber zum Riesenrad.

»Warte hier, ich besorge uns Karten, ja?« Bevor Hannah noch etwas erwidern kann, ist Kanoa in dem Ticketshop verschwunden.

Hannah schließt die Augen und hält das Gesicht in die warme Sonne. Da klingelt ihr Telefon.

»Hannah?«

Hannah bringt vor Überraschung noch nicht mal ein *Ja* heraus.

Janice ...

»Eileen und Richard haben mir gesagt, dass es dir gut geht. Ich bin so ... erleichtert!«

Hannah weiß gar nicht, was sie sagen und was sie zuerst fragen soll.

»Ich weiß alles aus dem Fernsehen«, redet Janice weiter. »Du hast den Keller gefunden ... Mein Gott, ich hatte solche Angst um dich, aber sie haben mich nicht telefonieren lassen!«

Hannah schluckt. »Woher hast du gewusst, dass ich in New York bin und in diesem Haus?«

»Als ich von Richard und Eileen gehört habe, dass du auf der Perlenfarm warst, wusste ich, dass du meinen Weg noch einmal gehst ... und dich dieser Weg auch nach New York in Wassersteins Haus führen würde ...«

Hannah hört ein Seufzen.

»Du warst also wirklich auf der Insel«, unterbricht Hannah sie ungeduldig. »Wie bist du von dort weggekommen?«

Ein paar Sekunden verstreichen, bis Janice antwortet: »Ich habe für die Sekte gearbeitet.«

»Du hast was?« Hannah hat geglaubt, alles Schreckliche schon zu wissen.

»Ich ... war so fasziniert von Wassersteins Lehre. Von Sky und der Idee von der fünften Dimension, dass ich nach Sydney und dann auch nach New York geschickt wurde, um Follower anzuwerben.«

»Follower.« Vor Hannah dreht sich plötzlich alles und sie muss sich gegen eine Mauer lehnen. Ihre eigene Mutter war so was wie ... Luke.

»Janice, wie konntest du nur so etwas tun?«

Aus dem Telefon kommt ein weiteres lautes Seufzen. »Ich hab viele Fehler in meinem Leben gemacht ...«

Bevor sie weiterfragen kann, sagt Janice: »In New York hab ich Skys Vater getroffen, Conrad Wasserstein. Seine Vision der Öffnung des Portals hat mich so überzeugt, dass ich mich ihm angeschlossen habe. Ich war jung und naiv und neugierig, ich wollte Abenteuer ...« Janice spricht atemlos. »Aber offenbar sollte ich nicht ... nicht aufsteigen ... Genau an dem Tag, an dem sich das Portal öffnen sollte, hatte ich einen blöden Fahrradunfall. Ich wurde mit einer Gehirnerschütterung eingeliefert. Als ich am nächsten Morgen zurückgekommen bin, hab ich ... sie ... im Keller gefunden.« Janice hält einen Moment inne und Hannah versucht, das alles, was auf sie einstürzt, zu begreifen.

»Ich bin geflohen«, fährt Janice fort. »Mein ganzes Leben war ich seitdem auf der Flucht. Vor mir, vor den Erinnerungen, der Angst, der Schuld ... Deshalb konnte ich dich auch nicht behalten. Was hätte ich für eine Mutter abgegeben?« Hannah hört ein unterdrücktes Schluchzen. »Glaub mir, es war der schlimmste Moment in meinem Leben, als ich dich aus meinen Armen gab. Ich hatte dich doch gerade erst ... geboren.«

Hannah will etwas sagen, aber in ihrer Kehle sitzt ein Kloß, den sie nicht runterschlucken kann.

»Hannah, ich habe so viele Fehler gemacht. Ich hätte dir nie das Kästchen mit dem Tagebuch hinterlassen dürfen. Ich hätte wissen müssen, dass du nicht auf mich hören würdest, als dich gebeten habe, es wegzuwerfen. Dabei wollte ich nur, dass du mich nicht ganz vergisst. Dass du nicht glaubst, ich hätte dich nicht geliebt. Aber .... aber so ist das nun mal mit Müttern und Töchtern. Wir wollen es richtig machen und machen das Falsche ...« Janice versagt die Stimme.

Und auch Hannah bringt kein Wort heraus.

»Hannah, das ist mein letzter Anruf. Du musst deinen eigenen Weg gehen. Denk dran: Was einmal zusammen war, wird immer zusammenbleiben – wenn wir lieben. Leb wohl.«

»Mom?« Aus dem Telefon kommt ein Rauschen. »Mom!« Nein, du darfst nicht auflegen ... »Mom!«

Klack. Hannah lässt das Telefon sinken. Ihr ist zum Heulen zumute, sie fühlt sich auf einmal so allein.

»He?« Kanoa steht neben ihr. Eben noch hielt er triumphierend zwei Tickets hoch, doch als er ihren Gesichtsausdruck bemerkt, lässt er sie sinken.

»Sie hat einfach aufgelegt ...«

»He ... Ich bin doch da.« Kanoa lächelt sie an und streichelt ihr über die Wange. Er weiß, mit wem sie gesprochen hat.

Seine Sommersprossen leuchten wieder golden, seit sie in London sind und der Frühling angebrochen ist, und in seinen Augen ist diese Wärme, ohne die sie nicht mehr leben will. Er nimmt sie in die Arme.

»Meinst du, es geht ihr wirklich gut?«, fragt sie.
»Ja ... ich glaube, du hast sie ... gerettet.«
»Ich? Wieso?«
»Sie hat sich irgendwie immer noch schuldig gefühlt – und du hast sie erlöst. Du hast eure Geschichte zu Ende gebracht.«
»Meinst du wirklich?«
»Ja.« Kanoa lächelt sie an und küsst ihr die Träne von der Wange.
Und Hannah weiß, dass es stimmt.
Rot leuchtend versinkt die Sonne hinter der Stadt, wo sie am nächsten Morgen wieder emporsteigen wird und all die anderen Morgen danach.

ENDE

Antje Babendererde

## Der Kuss des Raben

Mila ist schön und rätselhaft. Ihre Vergangenheit will sie um jeden Preis geheim halten. In Moorstein sucht die Sechzehnjährige einen Neuanfang und findet ihre große Liebe: Tristan, eigentlich unerreichbar, erwählt ausgerechnet sie! Mila kann ihr Glück kaum fassen. Doch auch Tristan hat ein Geheimnis. Als in der Kleinstadt ein junger Mann namens Lucas auftaucht und das Haus der Rabenfrau in Besitz nimmt, erwachen die Schatten der Vergangenheit zum Leben. Denn Lucas und Tristan scheinen sich zu kennen – und zu hassen. Im undurchsichtigen Spiel der beiden gerät Mila zwischen die Fronten und findet sich plötzlich vor einem finsteren Abgrund wieder ...

Auch als E-Book erhältlich und
als Hörbuch bei GOYA LIBRE

Arena

496 Seiten • Gebunden
ISBN 978-3-401-60009-3
www.arena-verlag.de
www.babendererde-lesen.de

## Rainer Wekwerth

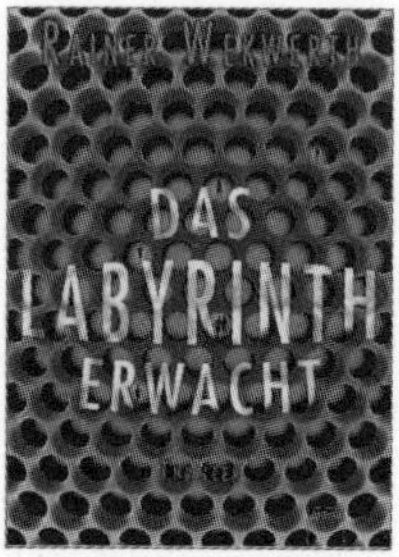


978-3-401-50791-0

### Das Labyrinth erwacht

Sieben Jugendliche werden durch Raum und Zeit versetzt. Sie wissen nicht mehr, wer sie einmal waren. Aber das Labyrinth kennt sie. Jagt sie. Es gibt nur eine einzige Botschaft an jeden von ihnen: Du hast zweiundsiebzig Stunden Zeit das nächste Tor zu erreichen oder du stirbst. Problem Nummer Eins, es gibt nur sechs Tore. Problem Nummer Zwei, ihr seid nicht allein.

978-3-401-50792-7

### Das Labyrinth jagt dich

Fünf Jugendliche. Sie haben gekämpft, sich gequält und zwei Welten durchquert, um die rettenden Tore zu erreichen. Neue Gefahren erwarten sie, aber letztendlich entpuppt sich etwas Unerwartetes als ihr größtes Hindernis: die Liebe. Jeder von ihnen mag bereit sein, durch die Hölle zu gehen, doch wer würde das eigene Leben für seine Liebe opfern?

978-3-401-50793-4

### Das Labyrinth ist ohne Gnade

Sie sind nur noch zu dritt und sie sind geschwächt. Aber sie wollen überleben – um jeden Preis. Zweifel überschatten den Kampf gegen das Labyrinth, das mit immer neuen Mysterien für die Jugendlichen aufwartet. Ihr mühsam erworbener Teamgeist scheint nicht zu brechen, doch lohnt sich für Jeb, Jenna und Mary der gemeinsame Kampf, wenn nur einer von ihnen überleben kann?